A Breath Is All We Have

Ewa Aukett

ZEILENFLUSS

Meiner großen Schwester ...
für deinen Mut und deine Entschlossenheit
niemals kampflos aufzugeben.

1

Die letzten Strahlen der untergehenden Sonne tauchten das Haus in warmes, rotes Licht und glitten über jeden verborgenen Winkel der Mauern, wie die Finger eines zärtlichen Liebhabers über die weiche Haut seiner Angebeteten.

Während der Tag ging und die Grillen die Nacht begrüßten, stand Kirsten MacAllister am Panoramafenster ihres Ateliers und betrachtete schweigend das Naturschauspiel, das sich ihr bot.

Wenn die Sonne mit dem Horizont verschmolz und der Mond sich seinen Platz am Himmel eroberte, spürte sie deutlicher denn je die Einsamkeit, die sie in letzter Zeit immer öfter überkam. Sie schloss die Augen und lehnte die Stirn gegen das kühle Glas.

Fünf Jahre!

Morgen in vier Wochen war ihr fünfter Hochzeitstag, und der Gedanke an die bevorstehenden Feierlichkeiten bereitete Kirsten zunehmende Übelkeit. Ihr Mann Jeff erwartete einen perfekten und von Anfang bis Ende gut durchplanten und funktionierenden Empfang – wie jedes Jahr. Allerdings war ihr im Augenblick weder nach Gästen noch nach irgendwelchen Feierlichkeiten … ganz zu schweigen von einer Begegnung mit Grace, Jeffs Tochter aus erster Ehe.

Kirsten hatte versucht, sich mit ihr anzufreunden, doch das

Mädchen wies sie ab – jedes Mal. Sosehr Kirsten sich in der Vergangenheit auch bemüht hatte, die Distanz zwischen ihnen blieb. Es hatte nur einige wenige Tage gegeben, während eines Familienurlaubs vor fast fünf Jahren, da hatte sie gehofft, das Verhältnis zwischen ihnen würde sich bessern … einige wenige Tage, an denen alle Abneigung vergessen gewesen war. Doch danach hatte der Alltag sie wieder und Grace, war zurück in ihrer Antipathie gegenüber Kirsten.

Manchmal hatte sie das Gefühl, selbst nun, da Grace zu einer erwachsenen, jungen Frau heranreifte, schien sie immer noch nicht akzeptieren zu wollen, dass ihr Vater zum zweiten Mal verheiratet war.

Leise seufzend öffnete Kirsten die Augen und starrte blicklos geradeaus. So furchtbar sie diese Tatsache auch fand, war sie durchaus dankbar dafür, dass Grace die längste Zeit des Jahres am College war und nur in den Ferien ihren Vater besuchte. Dabei hätte Kirsten viel dafür gegeben, wenn es anders gewesen wäre … nicht nur das gespannte Verhältnis zu ihrer Stieftochter – auch das zu ihrem Ehemann.

Sie liebte Jeff.

Er war humorvoll und zärtlich, ein warmherziger Mann voller Energie und Elan, der sie zum Lachen brachte und ihr Augenblicke schenkte, in denen die Welt sich um sie zu drehen schien. Aber sie hatten nie über Gefühle gesprochen, … und weil er ihr nie sagte, was er empfand, wagte sie es nicht, sich ihm zu offenbaren. Sie war sich bewusst darüber, dass sein Herz einer anderen gehörte, und Kirsten war sich schon früh darüber klar geworden, dass sie in diesem Kampf niemals gewinnen konnte.

Mit einer Toten zu konkurrieren war schlichtweg aussichtslos, und seine Ehe mit der schönen Shannon, Graces leiblicher Mutter, hatte viel zu früh ein jähes Ende gefunden, als diese bei einem Autounfall vor fast achtzehn Jahren ums Leben gekommen war.

Jeder Besuch von Grace brachte auch die Erinnerung daran zurück, was er mit Shannon verloren hatte. So ähnlich die Achtzehnjährige in ihren Wesenszügen ihrem Vater sein mochte, so sehr glich sie ihrer Mutter in deren Äußerem. Grace war selbstbewusst und stark, und ihre verbalen Äußerungen konnten genauso verletzend sein wie der Blick ihrer schönen, blauen Augen. Hinter dem süßen Engelsgesicht mit dem blonden Haar verbarg sich eine wahre Furie, die zu fauchen begann, sobald Kirsten auch nur in ihre Nähe kam.

Dabei war es Jeff gewesen, der *sie* angesprochen hatte.

Als sie ihn kennenlernte, war sie ziemlich naiv und ahnungslos gewesen. Ein halbes Jahr zuvor waren ihre Eltern Jan und Maris bei einem Fährunglück gestorben, und Kirsten hatte in ihrer Verzweiflung ihre Koffer gepackt, Dänemark den Rücken gekehrt und war nach London geflohen. Hier hatte sie sich in das Kunststudium gestürzt, das ihre Mutter sich über Jahre vom Munde abgespart und von dem Kirsten sich sehnlichst erhofft hatte, es möge sie ablenken.

Aber sie war allein gewesen, einsam und gefangen in ihrer Trauer.

Es war ihr schwergefallen, Kontakte zu gleichaltrigen Studienkollegen zu knüpfen. Sie kam nicht klar mit der Unbeschwertheit und Leichtigkeit ihrer Generation. Sie war in einer liebevollen, warmherzigen Familie aufgewachsen, in der Kunst, Literatur und Musik ihren Alltag bestimmt hatten.

Ihr war nicht nach Party und Saufgelagen gewesen.

Infolgedessen hatte sie sich ein winziges, möbliertes Zimmer mit Bad im Londoner Stadtteil Hackney gemietet, um dem Trubel im Studentenwohnheim zu entkommen, und sich finanziert, indem sie eine Stelle als Reinigungskraft in der *Tate Gallery* ergattert hatte.

Der Lohn war okay gewesen und die Arbeit anstrengend, aber es hatte ihr auch die einmalige Gelegenheit geboten, die Räumlichkeiten zu Zeiten zu durchwandern, wenn sie nicht von lärmenden Besuchergruppen und aufgekratzten Schulklassen bevölkert wurden. Wenn Kirsten ihren Job erledigt hatte, war sie nachts oft allein durch die Ausstellungsräume geschlendert und hatte die Stille und die geradezu gespenstische Schönheit genossen.

In einer dieser Nächte hatte Jeff sie bei ihrem heimlichen Streifzug ertappt. Er war Gast von Museumsdirektor Smeller gewesen. Die beiden Männer hatten noch weit nach dem Feierabend des Direktors zusammengesessen und sich über ein von Jeff unterstütztes Förderprogramm unterhalten. Gerade als Jeff seinen Gastgeber und dessen Büro verlassen hatte, das sich oberhalb der Ausstellungshalle befand, in der Kirsten vor einem Bild von Paul Cézanne verharrt war, war er stehen geblieben und hatte sie beobachtet.

Rückblickend erzählte er immer wieder gern, dass er eigentlich nach Hause hatte gehen wollen, … aber als er sie dort mit ihrer Kittelschürze und dem Tuch im Haar hatte stehen sehen, sei er vor Schreck geradezu erstarrt gewesen.

In Wirklichkeit war er die Treppe hinabgestiegen und lautlos hinter sie getreten. Kirsten, ganz in Gedanken versunken, war zutiefst erschrocken, als er sie unvermutet angesprochen hatte. Sie war herumgewirbelt, hatte den Eimer umgeworfen und das schmutzige Putzwasser sich über den Marmorboden und Jeffs glänzende Lederschuhe ergossen.

Ihr war weder entgangen, wie ruiniert seine offensichtlich sehr teuren Schuhe plötzlich aussahen, noch, dass Direktor Smeller mit missbilligendem Gesichtsausdruck die Treppe heruntereilte. Mit brennenden Wangen und fast schon ängstlich hatte Kirsten sich überschwänglich entschuldigt und hastig begonnen, das Chaos zu beseitigen, das sie verursacht hatte.

Ihre Verlegenheit hatte sich vervielfacht, als der Fremde ihr kurzerhand den Putzlappen aus den Fingern nahm und an ihrer statt begann, das dreckige Wasser aufzuwischen. Sie hatte vor Scham kaum gewusst, wo sie hatte hinblicken sollen, aber als sie den Kopf hob und ihre Blicke ineinandertauchten, hatten diese warmen, grünen Augen sie nicht mehr losgelassen.

Danach ging alles sehr schnell … seine Einladung zum Kaffee, die schönen Stunden bis Mitternacht, die sie gemeinsam mit ihm in einem kleinen Diner verbracht hatte. Sie hatten ewig lang geredet, und es hatte so gutgetan, endlich jemandem sein Herz auszuschütten. Kirsten hatte über ihre Eltern und ihre Brüder gesprochen, über ihre Angst vor der Zukunft und die ständigen Zweifel, ob die Wahl ihres Studiums wirklich richtig gewesen sei. Sie hatte von ihrer Heimat geschwärmt, wie aufregend London sei, und ihrer Liebe zur Malerei.

Irgendwann hatte Jeff sie mit einem Taxi heimgefahren und sich vor der Tür zu ihrem Mietshaus mit einem flüchtigen Kuss verabschiedet. Gerade, als sie sich mit wildem Herzklopfen ins Bett legte, hatte das Telefon geläutet, und er hatte ihr eine gute Nacht gewünscht.

Kirsten hatte sich Hals über Kopf verliebt – zum ersten Mal in ihrem Leben.

Schon zehn Tage später hatte Jeff ihr einen Heiratsantrag gemacht, und sie hatte Ja gesagt. Im Monat darauf, eine Woche vor ihrem fünfundzwanzigsten Geburtstag, waren sie verheiratet gewesen, und obwohl er sie umworben und beteuert hatte, sie auf Händen tragen zu wollen, wurde sie das Gefühl nie los, dass irgendetwas zwischen ihnen unausgesprochen blieb.

Dass er sie in erster Linie als Ersatzmutter für die damals dreizehnjährige Grace wollte, hatte sie erst später begriffen. Sie hatte so hoch auf ihren rosa Wolken geschwebt, dass sie die dunklen Vorboten einfach ignorierte – und auch die Tatsache, dass er ihr gegenüber nie von Gefühlen sprach.

Jeff war ein großartiger Mann … liebevoll und leidenschaftlich. Ein Mann, der ihr alle Türen öffnete und ihr den Weg in eine rosige Zukunft ebnete. Sie hatte ihr Kunststudium ohne finanzielle Sorgen zu Ende bringen können und war nicht gezwungen gewesen, sich nach den sechs Semestern um ein Lehramt zu bemühen, sondern konnte sich stattdessen ganz auf ihre Leidenschaft für die Malerei konzentrieren.

Es war wie das gelebte Märchen von Aschenputtel.

Sie war von nichts zu allem gekommen, und sie hatte es genossen. Kirsten bewohnte ein wunderschönes Stadthaus im Londoner Stadtteil Camden, verfügte über eine Haushälterin, die ihr alle unangenehmen Arbeiten abnahm, und konnte sich fast ausschließlich ihren eigenen Interessen widmen. Abgesehen von den wenigen Tagen im Jahr, an denen sie die Vorzeigeehefrau und perfekte Gastgeberin mimen und ihr Organisationstalent unter Beweis stellen musste, hatte Jeff keine unerfüllbaren Ansprüche.

Ihre Ehe war im Großen und Ganzen völlig normal. Sie redeten viel und oft, hatten ihren Spaß miteinander und waren wohl eher so etwas wie ›Freunde mit gewissen Extras‹. Aber nach fast fünf Jahren fühlte Kirsten sich längst nicht mehr so geborgen in ihrer Wolke aus Illusionen wie zu Beginn ihrer Ehe.

Sie hatte nach etwas gesucht, das ihre Beziehung wieder vervollständigte und festigte – ihr die Sicherheit zurückgab, in der sie sich anfangs gewiegt hatte. Der Wunsch nach einer richtigen Familie war stetig größer geworden.

Da Kirsten aufgrund der Erkrankung mit Eierstockkrebs in ihrer Jugend nicht in der Lage war, Kinder zu bekommen, hatten Jeff und sie vor einem halben Jahr beschlossen, sich um eine Adoption zu bemühen. Wochenlang hatten sie unzählige Termine wahrgenommen, Gespräche mit Behörden geführt, zahllose Unterlagen ausgefüllt und sich den teilweise sehr unangenehmen und intimen Befragungen der Sozialarbeiterin Mrs. Pinkett und eines Psychiaters gestellt. Sie hatten deutlich gezeigt, dass sie fest entschlossen waren, sich als Adoptiveltern zu beweisen, und Kirsten wartete seither täglich auf einen Anruf, in dem Mrs. Pinkett ihnen die frohe Botschaft verkündete, dass es ein Kind für sie geben würde.

Doch je mehr Zeit ohne die ersehnte Nachricht verstrich, desto unruhiger wurde Kirsten. Mehr und mehr Bedenken nagten an ihr, und die Tatsache, dass Jeff seit ein paar Tagen ständig Überstunden machte und ihr aus dem Weg zu gehen schien, schürte ihr Unwohlsein zusätzlich. In die Sorgen über die möglicherweise scheiternde Adoption mischten sich nun auch noch Eifersucht und ein leises, aber stetig wachsendes Misstrauen.

Das Klingeln ihres Handys riss sie aus ihren Gedanken.

Auf dem Display war Jeffs Büronummer zu sehen. Kirsten spürte, wie sich alle Muskeln in ihrem Körper anspannten und in ihrem Magen ein harter Knoten entstand.

Als sie das Gespräch entgegennahm, hörte sie am anderen Ende gedämpftes Stimmengewirr und Musik – eindeutig die Geräusche einer ausgelassenen Party. Ihre bedrückte Laune verwandelte sich schlagartig in Ärger.

»Hallo?«

Sie horchte. Jemand rief, man solle die Musik leiser drehen, dann wurde eine Hand von der Sprechmuschel am anderen Ende genommen, und Jeff meldete sich.

»Kirsten, bist du dran?«

Er klang belegt. Sie kannte ihn gut genug, um zu wissen, dass irgendetwas nicht stimmte. Immerhin war dies nicht der erste Anruf … in der vergangenen Woche hatte er sich fast jeden Abend entschuldigt und Überstunden vorgeschoben.

Als sie ihn darauf angesprochen hatte, welches Projekt so wichtig sei, war er ihr ausgewichen und hatte gemeint, es sei geheim, und er dürfe nicht darüber reden. Nicht dass so etwas in der Vergangenheit nicht tatsächlich schon vorgekommen wäre – immerhin war Allister-Airlines als Teile-Entwickler und Flugzeugingenieur für die britische Luftwaffe tätig gewesen – aber selbst dann hatte es Jeff nie davon abgehalten, ihr zumindest eine grobe Erklärung zu schenken, ohne ins Detail zu gehen.

Nur mühsam erinnerte sie sich an seine Frage, ob sie am Telefon sei.

»Ja«, erwiderte sie leise.

Er gab ein erleichtertes Lachen von sich.

»Hör zu, Süße. Ich habe noch geschäftlich zu tun, ich weiß nicht genau, wann ich nach Hause komme. Sag bitte Maggie Bescheid, dass sie mein Abendessen in den Kühlschrank stellen soll. Wir werden hier essen.«

Er log!

Er log immer, wenn er sie *Süße* nannte.

Kirsten biss sich enttäuscht auf die Unterlippe.

Was war los mit ihm? Sie waren immer ehrlich zueinander gewesen, aber die letzten Tage schien er sich weiter und weiter von ihr zu entfernen. Glaubte er wirklich, sie nahm ihm das ab? Sie hörte Partygeräusche und Musik – und er dachte ernsthaft, er könnte ihr erzählen, er habe noch geschäftlich zu tun?

Wut stieg wie überschäumende Milch in ihr auf, und sie war unfähig, auch nur einen ganzen Satz herauszubekommen, ohne ausfallend zu werden.

Was war in den letzten Wochen passiert, dass nun offenbar alles so schiefging? Sie hatte geglaubt, sie wären sich einig über ihre Zukunftspläne. Wie konnte sie sich so irren?

»Bist du noch dran, Kirsten?«

Sie brachte nur ein ersticktes Krächzen heraus.

»Ja.«

Einen Moment lang herrschte am anderen Ende der Leitung Schweigen. Nur der Lärm der Party schallte zu ihr herüber. Kirsten vernahm das laute, helle Gelächter einer Frau.

Ihr Magen verkrampfte sich noch mehr.

»Geht es dir gut, Schatz? Ist irgendwas?«

Sie schloss die Augen und kämpfte gegen die aufsteigenden Tränen. Das war wieder der Jeff, den sie kannte, … der Mann, der ihr das Gefühl gab, geborgen und behütet zu sein und sich keine Sorgen machen zu müssen.

Der Mann, der ihr vor gar nicht allzu langer Zeit noch erzählt hatte, wie sehr ihm der Lebensstil und die ständig wechselnden Bekanntschaften seines jüngeren Bruders Ray missfielen. Der Jeff, der betonte, er selbst habe gar kein Interesse an anderen Frauen, weil Kirsten ihm alles gebe, was er brauchte.

Dennoch belog er sie innerhalb von Sekunden.

Warum?

»Nein, alles okay«, erwiderte sie. Ihr war durchaus bewusst, wie angespannt ihre Stimme klang.

»Ich versuche hier so schnell wie möglich fertig zu werden, Kirsten. Ich bin bald zu Hause.«

Er schien alarmiert. Fühlte er sich ertappt? Wut und Enttäuschung tobten in ihr.

»Nein.« Kirsten schüttelte den Kopf und schalt sich im Stillen selbst – er konnte sie doch gar nicht sehen. »Lass dir Zeit, ich sage Maggie, dass du ausbleibst. Viel Spaß noch.«

Bevor er zu einem weiteren Wort fähig war, hatte sie ohne Abschied aufgelegt. Jeff starrte einen Augenblick lang unschlüssig auf den Hörer in seiner Hand, als würde der ihm eine Antwort geben. Dann ließ er ihn mit leisem Klicken auf die Gabel fallen.

Unwillig drehte er sich um und betrachtete den Menschenauflauf in seinem Büro. Jemand hatte die selten genutzte Stereoanlage aufgedreht, leise Wortfetzen drangen zu ihm herüber, und neun Personen drängten sich um den Konferenztisch, auf dem zahllose Notizzettel mit Plänen und Ideen lagen. Sie redeten wild durcheinander.

Er fuhr sich mit einer Hand durch das dunkle Haar.

Jeffs Eltern und sein kleiner Bruder Ray, Jeffs bester Freund Stuart mit seiner Verlobten Carolyne, sowie Tjark und Morten – zwei von Kirstens acht Brüdern – waren mit ihren Frauen zu diesem geheimen Treffen erschienen.

Als hätte er seinen Blick bemerkt, wandte Ray den Kopf und sah ihn fragend an.

Jeff unterdrückte einen Seufzer.

Kirsten war sauer!

Und dank der herrschenden Lautstärke in seinem Büro nahm sie nun vermutlich an, er würde sich auswärts amüsieren, während sie daheim saß. Dabei war Jeff vor einem Monat noch überzeugt gewesen, diese Überraschungsparty zu ihrem dreißigsten Geburtstag wäre die beste Idee seines Lebens.

Er wollte mit ihr feiern und sich auf einen neuen Lebensabschnitt einstimmen. Immerhin hatten sie beschlossen, eine Familie zu gründen, – wenn auch anders als gedacht – und er wollte ihr die Warterei bis zu dem erlösenden Anruf der Sozialarbeiterin versüßen.

Also hatte er alle Freunde und Kirstens Geschäftskontakte instruiert, sie sollten Terminschwierigkeiten vorschieben und ihr absagen, wenn sie ihnen eine Einladung zu ihrem Ehrentag aussprechen wollte. Mit schlechtem Gewissen hatte er dabei zugesehen, wie sie in den letzten Tagen zunehmend missmutiger wurde, weil jeder ihre Einladung ausschlug.

Irgendwann hatte er gemeint, sie könnten sich diesen Tag ganz besonders gestalten – sie könnten nach Frankreich fliegen, die Oper besuchen und sich ein romantisches Wochenende machen. Kirsten hatte nur mit zusammengepressten Lippen genickt und sich wieder an die Vorbereitungen zu ihrem fünften Hochzeitstag gemacht.

Dass *dazu* alle zugesagt hatten, aber eine Woche später niemand zu ihrem dreißigsten Geburtstag erscheinen wollte, wurmte sie mehr, als sie zugab, und Jeff haderte zunehmend mit sich selbst, weil er ihr diese Lüge auftischte.

Allerdings redeten ihm seine Familie und auch Kirstens Brüder immer wieder gut zu, er solle standhaft bleiben. Diese Party würde eine wirkliche Überraschung werden, denn nach mehr als sechs Jahren wäre Kirstens Familie endlich wieder komplett. Selbst ihr zweitältester Bruder Sören, der mit seiner Frau und zwei Kindern in Neuseeland lebte, hatte sein Kommen angekündigt.

Entschlossen straffte Jeff die Schultern und versuchte das schlechte Gewissen abzuschütteln, das ihn immer wieder einholte. Er konnte ihr die Situation noch nicht erklären, dann wäre alles verdorben – und zu viele Menschen waren involviert und bemüht, ihr eine Freude zu machen. Es gefiel ihm nicht, seine Frau belügen zu müssen, aber im Augenblick blieb ihm keine große Wahl.

Der unangenehme Druck, der sich allerdings in ihm ausbreitete, war trotzdem nicht zu leugnen. Er fühlte sich schuldig. Vor achtzehn Jahren hatte es schon einmal eine Frau in seinem Leben gegeben, die er verloren hatte, weil zu viel zwischen ihnen ungesagt geblieben war. Als Kirsten ihm vor fünf Jahren vor die Füße gestolpert war, hatte er sich geschworen, bei ihr nicht die gleichen Fehler zu machen.

Allerdings war sie auch nicht wie Shannon.

»Alles okay?«

Rays leise Stimme drang nur langsam in sein Bewusstsein.

Konsterniert hob Jeff den Kopf und begegnete dem eindringlichen Blick seines Bruders.

»Ja … mehr oder weniger«, erwiderte Jeff und zwang sich zu einem schiefen Lächeln. »Ich schätze, Kirsten ist etwas angefressen, nachdem ich ihr erzählt habe, ich müsse Überstunden machen, während sie im Hintergrund Gelächter und Musik hören konnte.«

Mit einem breiten Grinsen sah Ray sich in dem großzügig geschnittenen Raum um, fuhr sich mit einer Hand durch das blonde Haar und zuckte mit den Schultern.

»Entschuldige, war meine Idee«, bemerkte er leichthin und zwinkerte Jeff zu. »Hat sie dich mit Vorwürfen überschüttet?«

»Nein. Sie hat mir viel Spaß gewünscht und aufgelegt.«

Rays jungenhaftes Grinsen wurde noch ein bisschen breiter. »Okay, sie ist wirklich angefressen!« Seine Hand landete hart auf Jeffs Schulterblatt. »Halt dich wacker, Brüderchen. Sie wird die Wochen schon überstehen, und wenn sie erst mal sieht, was du für sie veranstaltest, wird sie sich bestimmt erkenntlich zeigen.«

Mit einem anzüglichen Lachen wich er Jeffs drohender Faust aus und ging zurück zu den anderen. Kopfschüttelnd folgte Jeff ihm und schluckte sein Missbehagen herunter. Er würde diese Party-Planungen zu einem guten Ende führen und danach einen romantischen Urlaub zu zweit einlegen.

Ihr Blick huschte zu dem Radiowecker hinüber, der auf dem Nachtschränkchen stand.

Es war vier Uhr früh!

Gerade hatte sie seinen Wagen vor dem Haus vorfahren hören, und der Ärger kroch wie bittere Galle in ihrer Kehle hoch. Nach seinem Anruf vor fast acht Stunden hatte sie der Haushälterin gesagt, dass Jeff nicht zum Abendessen erscheinen würde.

Maggie hatte geschimpft wie ein Rohrspatz, weil er nichts anderes mehr im Kopf hätte als seine Arbeit. Doch Kirsten konnte sich nur ein müdes Lächeln abringen. Sie ahnte, welche *Arbeit* das war, und im Grunde hatte sie immer befürchtet, dass es eines Tages dazu kommen musste. Er behauptete zwar stets, es gäbe für ihn keinen Grund zur Untreue, aber eine Garantie war das für Kirsten nicht.

Sie hatte sich kurz darauf auch bei Maggie entschuldigt und eine Magenverstimmung vorgeschoben. So leid es ihr tat, die Haushälterin auf diese Weise ebenfalls vor den Kopf zu stoßen – die nun mit einem zubereiteten Abendessen dastand, das niemand wollte –, so sehr hatte der Anruf ihr den Appetit verdorben.

Kirsten war geradezu in ihr Schlafzimmer geflüchtet und hatte sich auf das Bett geworfen. In der Nacht zuvor hatten sie sich noch in diesen Laken geliebt, und am Abend darauf rief er an und speiste sie mit irgendeiner fadenscheinigen Ausrede ab.

Von wegen geschäftlicher Termin!

Wütend verzog sie den Mund zu einem bösen Lächeln.

Geschäftlich!?

Genug hübsche weibliche Angestellte gab es schließlich in seiner Firma. Die machten sicher gern ein paar Überstunden für Jeff … oder *mit* ihm.

Sie hatte geschmollt, geweint und sich irgendwann wütend von einer Seite auf die andere gewälzt, während die Stunden sich endlos hinzogen. Fast war sie überzeugt gewesen, er würde gar nicht mehr heimkommen.

Der Motor erstarb, und sie hörte eine Tür zuschlagen. Dann verloren sich die Geräusche, als er das Haus betrat.

Kirsten drückte den Kopf tiefer in das weiche Kissen, schloss die Augen und zog die Decke fest um sich. Sie rutschte bis an den äußeren Rand des Bettes. Er sollte nicht merken, dass sie geweint hatte. Aber er brauchte auch nicht zu glauben, er könnte sich so einfach an sie heranmachen.

Trotzig schob sie die Unterlippe vor und war bereit, ihm die filmreife Darstellung eines schlummernden Dornröschens zu liefern. Unruhig lauschte sie in die Stille des Hauses und wartete mit klopfendem Herzen auf seine Ankunft.

. . .

Als sie die Augen aufschlug, blickte Kirsten sich irritiert um. Sonnenstrahlen stahlen sich durch die Jalousien, und Staubkörnchen tanzten munter im Licht. Den Kopf wendend, bemerkte sie, dass Jeffs Seite des Bettes unberührt war.

In ihre Brust bohrte sich ein scharfer Schmerz. Irgendwann musste sie eingeschlafen sein, und er war nicht einmal heraufgekommen.

Hatte er in seinem Arbeitszimmer auf der Couch übernachtet?

Das hatte er noch nie getan.

Vielleicht war er auch wieder zu seiner heimlichen Geliebten gefahren … Sie presste die Lippen fest zusammen und kämpfte erneut gegen die Eifersucht an, die in ihr aufwallte.

Was sollte sie jetzt tun?

War das nicht ein deutliches Zeichen für das Ende ihrer Ehe? Er verbrachte die halbe Nacht irgendwo anders, und nun schlief er nicht einmal mehr mit ihr in einem Bett?

Die Tränen brannten in ihren Augen, aber Kirsten schluckte hart und schüttelte zornig den Kopf. Sie würde nicht noch einmal weinen. Entschlossen stand sie auf und stapfte in das angrenzende Badezimmer, wo ihr ein scheußliches Spiegelbild entgegensah. Die ohnehin schon blasse Haut mit den Sommersprossen war aschfahl, und dunkle Ringe lagen unter ihren Augen.

Na großartig, musste sie nun auch noch genauso aussehen, wie sie sich fühlte?

Sie wandte sich ab, ging zur Dusche hinüber und streifte unterwegs das Nachthemd von den Schultern. Kurzerhand drehte sie das kalte Wasser auf und stellte sich unter den harten Strahl. Es brannte wie tausend Nadelstiche, aber sie vertraute darauf, dass es ihr half, wieder einen klaren Kopf zu bekommen.

Eine Stunde später betrat sie die Küche und blieb überrascht in der Tür stehen, als sie Grace gemeinsam mit Jeff am Frühstückstisch sitzen sah. Kirsten hatte die junge Frau nicht früher als in einer Woche erwartet.

Was tat sie hier?

Jeff hob den Blick von seiner Zeitung und sah Kirsten an.

»Guten Morgen, Schatz«, begrüßte er sie und nickte mit dem Kinn zu ihrem angestammten Platz. »Dein Frühstück steht schon bereit.«

Langsam kam sie näher, ging an Grace vorbei und ließ sich rechts von Jeff auf ihrem Stuhl nieder. Irgendwo in der Speisekammer hörte sie Maggie rumoren.

»Guten Morgen.« Kirstens Stimme klang seltsam rau, und sie räusperte sich umständlich, während sie nach der Kanne Kaffee griff, um sich eine Tasse einzuschenken. Unruhig sah sie zu Grace hinüber, die ihr gegenübersaß und sich einen Toast mit Butter beschmierte. »Ich wusste gar nicht, dass du heute schon kommst, Grace.«

Ihre Stieftochter hob den Blick, und ihre klaren, blauen Augen musterten Kirsten einen Moment lang scharf. Für den Bruchteil einer Sekunde schien sie mit sich selbst zu hadern, und Kirsten war überzeugt, gleich würde sie wieder irgendeine spitze Bemerkung treffen. Stattdessen zuckte die junge Frau mit den Schultern und nahm sich ein Frühstücksei.

»Ich konnte eine Woche früher in die Ferien starten. Daddy hat mich gestern Nacht am Flughafen abgeholt, und wir haben noch ziemlich lang in einem Diner gesessen.«

Verblüfft starrte Kirsten sie an und vergaß für einen Moment, wo sie war. Er hatte Grace abgeholt und war mit ihr unterwegs gewesen? Scham überwältigte sie. Demnach hatte er nicht mit einer anderen im Bett gelegen, und Kirsten hatte ihn zu Unrecht verdächtigt.

Hitze stieg ihr ins Gesicht.

»Kirsten!«

Jeffs Stimme riss sie aus ihren wirren Gedanken, und im nächsten Augenblick registrierte sie, dass ihre Kaffeetasse überlief. Die weiße Tischdecke saugte sich in Bruchteilen von Sekunden mit der heißen, schwarzen Flüssigkeit voll. Hastig stellte sie die Kanne ab.

Maggie erschien wie aus dem Nichts und drückte mit einem belustigten Lächeln ein Geschirrhandtuch auf den Kaffeefleck.

»Das ist ja gerade noch mal gutgegangen«, bemerkte die Haushälterin gut gelaunt und warf Kirsten einen Seitenblick zu. Ihre fröhliche Stimme bekam einen ernsten Unterton. »Soll ich Ihnen lieber einen Tee machen, Liebes? Sie sehen blass aus.«

Unbehaglich schüttelte Kirsten den Kopf. »Nein, danke. Es geht mir gut.«

Maggie wirkte nicht überzeugt, als sie sich mit dem schmutzigen Tuch zur Spüle hinüberbegab. Gedankenverloren starrte Kirsten auf den tiefbraunen Schatten, der unter ihrer Tasse die Tischdecke verunstaltete.

»Hast du nicht geschlafen?«, wollte Jeff wissen. Sie hob den Kopf und sah ihn an. Interpretierte sie zu viel in seinen scheinbar besorgten Blick hinein? Aber wenn er nichts zu verbergen hatte, warum log er sie dann an?

»Doch, nur nicht sehr viel«, erwiderte sie ausweichend.

Er faltete umständlich die Zeitung zusammen und legte sie neben seinem Teller ab. Eine Geste, die er immer dann zum Zeitgewinnen nutzte, wenn er einem unangenehmen Gespräch lieber aus dem Weg gegangen wäre. Kirsten fühlte sich elender denn je.

»Es ist gestern ziemlich spät geworden«, bemerkte Jeff und wirkte nun tatsächlich schuldbewusst, »ich habe auf dem Sofa übernachtet, weil ich dich nicht wecken wollte.«

Ein Hauch von Erleichterung machte sich in ihr breit. »Schon gut.«

Kirsten zog die übervolle Kaffeetasse zu sich herüber, um daran zu nippen und den Flüssigkeitspegel zu senken. Ihr Blick huschte flüchtig zu ihrer Stieftochter hinüber.

Vielleicht war Graces Aussage nichts anderes als ein vorgeschobenes Alibi für Jeff, schließlich hatte das Mädchen nie einen Hehl aus ihrer Abneigung gegenüber Kirsten gemacht. Aber würde sie tatsächlich so weit gehen?

»Nach dem Frühstück fahre ich zu Onkel Ray«, sagte Grace plötzlich. Kirsten sah sie erstaunt an und fing ihren missmutigen

Blick auf. »Nicht dass du meinst, ich wollte euch länger belästigen als nötig.«

Kirsten unterdrückte einen resignierten Seufzer. Es hätte sie auch gewundert, wenn die Ruhe länger angedauert hätte. Allerdings war sie längst über das Stadium hinaus, auf Graces Provokationen einzugehen. »Du bist hier zu Hause, Grace. Du bist niemandem eine Last.«

Für eine Sekunde musterte Grace sie deutlich zweifelnd, dann huschte ihr Blick zu Jeff, und sie runzelte die Stirn. Als sie Kirsten wieder ansah, lag eine seltsame Mischung aus Scham und Mitleid auf ihren hübschen Zügen, und Kirsten wappnete sich innerlich gegen die nächste Attacke.

»Okay.«

Eine unangenehme Kälte machte sich in Kirsten breit.

Graces Verhalten war seltsam. Normalerweise zeigte sie Kirsten gegenüber weder Mitgefühl noch Verständnis, von Schuldgefühlen ganz zu schweigen. Auch dass sie weitestgehend auf ihre sonst üblichen bissigen Sticheleien und spitzen Bemerkungen verzichtete, war neu.

Die Zweifel keimten abermals in Kirsten auf und fanden weitere Nahrung in ihrem überreizten Hirn. Vielleicht wusste Grace mehr, als sie zugeben wollte, und verspürte zum ersten Mal so etwas wie ein Gewissen.

Das war nicht fair.

Übelkeit stieg in Kirsten auf.

»Entschuldigt mich bitte«, murmelte sie, erhob sich und verließ langsam die Küche. Als sie den Korridor erreichte, lief sie – zwei Stufen auf einmal nehmend – die Treppe hinauf und in ihr Schlafzimmer. Hektisch stürzte sie sich in das Bad, wo sie gerade noch den Toilettendeckel öffnen konnte.

»War das nötig?«, fragte Jeff.

Grace sah ihn mit großen Augen an und ließ den Löffel mit dem Ei darauf sinken.

»Was denn?« Erstaunt hob sie die Schultern. »Ich habe doch gar nichts gemacht.«

»Du hast sie angesehen, als wäre sie ein widerwärtiges Insekt.«

Empört öffnete sie den Mund und schloss ihn in der nächsten Sekunde wieder. Dann legte sie den Löffel weg und nahm die Serviette von ihrem Schoß.

»Das habe ich nicht gemacht«, fauchte Grace ihren Vater an. »Ich bin nicht jedes Mal schuld, wenn sie aufsteht und den Raum verlässt.«

»Warum ist sie dann gegangen?«, fragte er ebenso laut zurück.

Fahrig warf sie die Serviette auf den Tisch und gestikulierte in die Richtung, in der Kirsten die Küche verlassen hatte.

»Hast du dir deine Frau mal genau angeschaut, Daddy? Sie sieht aus wie der Tod auf Urlaub, nachdem du die halbe Nacht nicht zu Hause gewesen bist. Was glaubst du, was in ihrem Schädel vor sich geht?«

Verblüfft schüttelte Jeff den Kopf. Der Vorwurf, der in ihren Worten mitschwang, ärgerte ihn maßlos, zumal Grace und er stundenlang in dem Diner gesessen und geredet hatten, in dem er damals seinen ersten Abend mit Kirsten verbracht hatte.

»Du bist bei mir gewesen, Grace. Du weißt, dass wir erst um vier Uhr früh hier waren. Ich wollte Kirsten nicht aufwecken.«

»Ja, das erzählst du, und natürlich weiß ich, wo du *heute* Nacht warst und mit wem. Aber bei ihr hinterlässt das offensichtlich keinen glaubwürdigen Eindruck.«

Zornig ballte er eine Hand zur Faust und zerknitterte dabei die Zeitung, die immer noch unter seinen Fingern lag.

»Du willst mir tatsächlich Vorwürfe machen, ich sei herzlos gegenüber Kirsten?«, wollte er wissen. »Vielleicht darf ich dich daran erinnern, *wer* sie seit Beginn unserer Ehe ablehnt. Du bist es, die sich seit Jahren unmöglich benimmt, und das nicht erst seit gestern.«

Grace stand auf und schob den Stuhl zurück.

»Ja, ich geb's zu … ich habe sie oft ungerecht behandelt – und zwar wann immer ich konnte. Aber ich hatte jedes Recht dazu, nachdem *du* mir nach so langer Zeit plötzlich eine Ersatzmutter vor die Nase gesetzt hast. Es wäre nur fair gewesen, wenn du sie mir vorher schon mal vorgestellt hättest.«

»Ich habe dir erklärt, warum es nicht möglich war«, gab er zurück. Grace hob abwehrend die Hände.

»Ja, ich weiß. Ich habe nichts von dem vergessen, was du mir letzte Nacht erzählt hast, und ich finde immer noch, es hätte anders laufen müssen. Aber von mir ist Kirsten es gewohnt, dass ich mich danebenbenehme … von dir nicht. Denk mal nach, Daddy, … du täuschst Überstunden vor, kommst erst mitten in der Nacht heim und übernachtest dann auch noch in deinem Arbeitszimmer – und das nicht erst seit gestern«, äffte sie ihn nach.

Die Hände in die Hüften gestemmt, starrte sie ärgerlich auf ihn hinab.

»Was meinst du, was für einen Eindruck das hinterlässt?«

»Wie kommt es, dass du plötzlich so viel Verständnis für sie aufbringst, wo du doch sonst ständig betonst, wie gleichgültig sie dir ist?«, brauste Jeff auf. Er fühlte sich zu Unrecht in die Ecke gedrängt.

Die Lippen zu einem schmalen Strich zusammengepresst, stützte Grace sich mit ihren Fäusten auf den Tisch. Ihre blauen Augen schimmerten verdächtig.

»Weil ich weiß, wie es sich anfühlt, belogen und betrogen zu werden. Wenn du eine andere hast, dann sei so fair und mach reinen Tisch.«

Überrascht schnappte Jeff nach Luft und erhob sich nun ebenfalls.

»Du unterstellst mir, ich würde Kirsten betrügen?« Aufgebracht griff er nach seiner leeren Kaffeetasse und warf sie an die gegenüberliegende Wand, wo sie in unzählige Stücke zersplitterte und einen feuchten Fleck hinterließ. Grace zuckte erschrocken zusammen, und auch Maggies Kopf tauchte kurz aus der Speisekammer auf, in die sie sich wieder verzogen hatte. »Ich bin ihr niemals untreu gewesen. Ich habe dir erzählt, warum ich in den letzten Tagen ständig abwesend bin. Wie kannst du mich auf diese Weise beschuldigen, wo du ihr selbst nie eine Chance gegeben hast?«

Grace schlug die Augen nieder und biss sich auf die Unterlippe, während Maggie genauso schnell wieder verschwand, wie sie gekommen war.

»Ich weiß«, erwiderte seine Tochter leise und sank zurück auf ihren Stuhl. Jeff folgte ihrem Beispiel. »Aber ich kann nichts von dem ändern, was ich in den letzten Jahren verbockt habe.«

»Stimmt, aber du könntest versuchen, dich künftig anders zu verhalten.«

Ein leiser Seufzer kam über ihre Lippen. »Es fällt mir ein bisschen schwer, von heute auf morgen die beste Freundin zu mimen.«

»Das verlangt auch niemand von dir«, erwiderte Jeff. Müde fuhr er sich mit einer Hand über das Gesicht. »Aber ein bisschen Entgegenkommen wäre schon ein Anfang.«

Grace griff nach dem Frühstücksei und begann, die Schale abzulösen. Ihre Blicke trafen sich.

»Du hättest mir schon viel früher von dem erzählen müssen, was zwischen Mom und dir schiefgelaufen ist.«

Ausweichend zuckte Jeff mit den Schultern.

»Ja, ich weiß – aber ich dachte, du wärest zu jung, und ich wollte das Bild nicht zerstören, das du von Shannon hattest.«

Während seine Tochter auf ihrer Unterlippe herumkaute, zerbröselte sie die Eierschale zwischen ihren Fingern. Es war schwer für Grace zu akzeptieren, dass ihre leibliche Mutter nicht so perfekt gewesen war wie gedacht. Er hatte geahnt, dass die Wahrheit ihr nicht gefallen würde.

»Es fällt mir immer noch schwer, das alles zu glauben. Trotzdem hättest du mich zu einem deiner ersten Treffen mit Kirsten mitnehmen sollen, dann hätte es sich nicht angefühlt, als würde ich von ihr ausgestochen.«

»Das hat sie nie getan.«

»Ich habe gesagt, es hat sich so *angefühlt*«, zischte Grace und rollte mit den Augen. »Warum hört ihr Männer eigentlich nie richtig zu?«

Jeff musterte seine Tochter amüsiert.

»Vielleicht, weil ihr Frauen euch nicht kurz und präzise genug ausdrückt.«

2

Kirsten stand vor ihrer Staffelei und kaute nachdenklich an dem Pinselstiel herum, den sie zwischen die Finger geklemmt hatte. Sie sah allerdings weder das Bild noch die Farbe, die an ihren Händen klebte.

Noch knapp zwei Wochen bis zu ihrem Hochzeitstag.

Ihr Mann war während der letzten Tage ständig in Begleitung seiner Tochter anzutreffen gewesen, und Grace war auffallend zurückhaltend mit ihren spitzen Bemerkungen gegenüber Kirsten. Ein Umstand, der sie zunehmend irritierte.

Jeff hatte wieder und wieder an mehreren Abenden angerufen und sich damit entschuldigt, dass er länger arbeiten musste. Allerdings gab es keine weitere Nacht, die er auf dem Sofa in seinem Arbeitszimmer verbrachte. Selbst dass er sie tatsächlich zwischendurch aus dem Schlaf riss, nahm sie gern in Kauf, wenn sie ihn nur neben sich spürte.

Dennoch war sie sich bewusst darüber, dass Jeff nach wie vor ein Geheimnis hütete, und die Tatsache, dass Grace offenbar involviert war und sich so ausnehmend nett verhielt – zumindest für ihre Verhältnisse –, ließ Kirsten wilde Mutmaßungen anstellen.

Es war schon mehr als auffällig, dass alle Freunde, Bekannten und sogar Jeffs Familie ihr zwar eine Zusage zu der Hochzeitsfeier machten, aber angeblich niemand zu ihrem dreißigsten Geburtstag kommen konnte. Nachdem sie sich anfangs über die unzähligen Absagen geärgert hatte, war sie mittlerweile in ihren Überlegungen zu der Schlussfolgerung gekommen, dass es vielleicht Hoffnung auf eine heimlich geplante Überraschungsparty gab.

Entsprechend entspannt hatte sie sich weiter um die Organisation zu ihrem fünften Jahrestag gekümmert. Alles war perfekt durchdacht und bis ins Detail vorbereitet. Das Einzige, worum sie sich noch Sorgen machen musste, war der Sitz ihrer widerspenstigen roten Locken und des Kleides, das sie sich extra für die Feier gekauft hatte.

Vermutlich würde sie nicht so gut darin aussehen wie vor drei Wochen. In den letzten Tagen kämpfte sie ständig mit immer wiederkehrender Übelkeit und Appetitlosigkeit. Daraus folgend hatte sie entsprechend an Gewicht verloren, und sie brauchte mittlerweile einen Gürtel, um ihre Hosen auf den Hüften zu halten.

Vermutlich war es schon lange überfällig, dass sie einen Arzt aufsuchte. Allerdings war sie immer schon sehr nachlässig gewesen, was gerade diese Dinge betraf. In der Regel war sie jemand, der die Meinung vertrat, was von allein kam, würde auch von allein wieder gehen – obwohl sie als Vierzehnjährige an Eierstockkrebs erkrankt war und dadurch wusste, dass nicht alles auf die leichte Schulter zu nehmen war.

So elend, wie sie sich mittlerweile an manchen Tagen fühlte, war sie auch nicht mehr so sicher, ob es tatsächlich von allein gehen würde. Vermutlich hatte sie sich irgendeinen hartnäckigen Virus eingefangen und diesen verschleppt.

Wie schlimm sollte es schon sein?

Kirsten ernährte sich schließlich gesund und trieb sogar ein bisschen Sport. Weder rauchte sie, noch trank sie. Also konnte sie wohl davon ausgehen, dass sie, was auch immer sie sich eingefangen hatte, schnell wieder loswürde. Wenn der Stress mit der Hochzeitsfeier hinter ihr lag, würde sie einen Termin bei ihrem Hausarzt machen und das abklären lassen.

Das Klingeln des Telefons ließ sie heftig zusammenzucken. Ihre

Stieftochter war an diesem Sonntagabend mit ihrer besten Freundin zu einem Kinobesuch gestartet und seither außer Haus. Obwohl Kirsten auf eine Überraschung durch Jeff hoffte, bohrte trotzdem der Stachel der Eifersucht in ihr. Grace war nicht jeden Tag mit ihm gemeinsam unterwegs, und gerade diese Arbeitstage an den Wochenenden, die er im Alleingang bewältigte, gaben Kirstens Misstrauen immer wieder neue Nahrung.

Sie starrte auf den Apparat, der neben der Tür zum Korridor auf einem kleinen Tisch stand. Nach dem dritten Läuten brach der Ton ab, und sie ahnte, dass Maggie den Anruf in der Küche beantwortete.

Ihr kam eine Idee.

Rasch drückte sie den Pinsel auf die Ablage ihrer Staffelei, hastete ins Schlafzimmer hinüber und zog sich im Laufen ihre Arbeitskleidung aus. Schließlich riss sie die Türen des Kleiderschrankes auf und griff hinein.

Eilig zog sie sich um. In dunkle Hosen und ein langärmeliges, schwarzes Shirt gekleidet, grinste sie übermütig ihrem eigenen Spiegelbild zu, flocht das rotblonde Haar zu einem Zopf und schlüpfte in ein Paar dunkle Turnschuhe. Jetzt fehlte nur noch eine Skimaske mit Augenschlitzen, und in der Nachbarschaft würde man sie für einen Einbrecher halten, sobald sie das Haus verließ.

Als sie fertig war, durchquerte sie das Atelier, schlich auf den Korridor hinaus und die Treppe zum Foyer hinab.

Maggies schlechtgelaunte Stimme erklang aus der Küche.

»Ich bin damit *nicht* einverstanden, Mr. MacAllister«, wütete sie. Durch die halbgeöffnete Tür konnte Kirsten sehen, wie die Haushälterin das schnurlose Telefon zwischen Ohr und Schulter klemmte und deutlich verärgert ein Bund Möhren mit dem Messer bearbeitete. »Wie soll ich Verständnis dafür haben? Seit Tagen essen Sie auswärts, und Ihre Frau ist für regelmäßige Mahlzeiten offenbar auch nicht mehr zu begeistern. Ich weiß nicht, wofür ich mich hier überhaupt noch an den Herd stelle, wenn ich sie höchstens morgens dazu bewegen kann, eine Scheibe Toast zu knabbern.«

Behutsam schlich Kirsten weiter bis zum Ende der Treppe und

an die Küchentür heran. Erneut hob Maggie die Stimme, und Kirsten zuckte zusammen, als die ältere Frau mit Schwung das Küchenmesser auf die Arbeitsplatte knallte. Obwohl sie mit dem Rücken zu Kirsten stand, strahlte ihre ganze Haltung unübersehbaren Ärger aus.

»Was? Natürlich liegt es *nicht* an meinen Kochkünsten!« Sie klang empört. Kirsten nutzte den Augenblick, angelte sich so leise wie möglich ihren Schlüsselbund von dem Bord neben der Tür und ließ ihn lautlos in ihrer Hosentasche verschwinden. »Ich habe keine Ahnung, warum sie nicht isst. Sie spricht von Übelkeit und Magenschmerzen.« Einen Augenblick lang lauschte Maggie angestrengt in den Hörer, ehe sie einen leisen Seufzer von sich gab. »Warten Sie einen Moment, ich gehe und bringe ihr das Telefon.«

Hektisch wandte Kirsten sich um und hastete auf Zehenspitzen zu dem dunklen Wohnzimmer hinüber. Sie konnte sich gerade noch rechtzeitig hinter den Glastüren verbergen, als Maggie auch schon mit dem Telefon in der Hand das Foyer betrat und die Treppe zum Obergeschoss emporstapfte.

Als Kirsten sah, wie die Haushälterin auf dem oberen Treppenabsatz verschwand, lief sie in die Küche, eilte hindurch und stürmte zur Hintertür hinaus. Erleichtert rannte sie durch den Garten und zu der Garage hinüber, wo sie sich hinter das Steuer ihres Wagens gleiten ließ.

Mit einem aufgekratzten Lachen steckte sie den Schlüssel ins Schloss und startete den Motor. Vielleicht war ihr unüberlegter Plan völlig verrückt, aber sie wollte keine Sekunde länger in Ungewissheit verbringen. Ganz gleich, welche Konsequenzen es mit sich brachte … Wenn sie wissen wollte, was wirklich vor sich ging, musste sie ihn in flagranti ertappen.

Heute noch!

»Was soll das heißen: Sie ist nicht da?«

Besorgt lauschte Jeff seiner mittlerweile unüberhörbar wütenden Haushälterin, die ihrem Unmut nun Luft machte.

»Sie ist nicht zu Hause«, fauchte Maggie. »Wundert Sie das, Mr. MacAllister? Ich weiß, es geht mich nichts an, und natürlich war ich anfangs auch sehr begeistert von der Idee mit der Party, aber hätten Sie es nicht unauffälliger planen können? Welche Art von Überraschung ist das, wenn Ihre Frau annehmen muss, Sie würden sich anderweitig vergnügen?«

Genervt fuhr er sich mit einer Hand durch das Haar. Dass seine Angestellte ihn nun mit den gleichen Vorwürfen bombardierte, die Grace ihm vor nicht allzu langer Zeit an den Kopf geworfen hatte, machte seine Laune nicht gerade besser.

»Verdammt noch mal, Maggie! Ich tue nichts dergleichen, und Sie wissen, womit ich jeden Abend beschäftigt bin. Ich kann diese Planungen nicht während meiner normalen Arbeitszeit bewerkstelligen, ich habe schließlich auch noch einen Job zu erledigen.«

»Dann sorgen Sie dafür, dass Ihre Frau wieder isst und nicht auf eine Magersucht zusteuert. Guten Abend!«

Das Besetztzeichen des Telefons war ein passendes Ende für das unbefriedigende Gespräch mit Maggie. Jeff knallte den Hörer auf die Gabel und rieb sich über das Kinn.

Wo zum Teufel war seine Frau?

Und was war dran an Maggies Sorge über Kirstens Gesundheitszustand?

Natürlich war ihm aufgefallen, dass sie in den letzten Wochen abgenommen hatte – aber er schob es auf den Stress mit den Vorbereitungen zu ihrem Hochzeitstag. Seit dem Streitgespräch mit Grace war ihm klar geworden, dass seine Frau sich vermutlich ihre eigenen Gedanken über sein ständiges Fernbleiben machte.

Allerdings hatte sie in den letzten Tagen so entspannt gewirkt, und er hatte gehofft, sie hätte sich schlichtweg mit der Situation arrangiert – zumal er nun, egal wie spät es wurde, immer zu ihr ins Bett geschlichen kam.

Dass sie heute allerdings, entgegen ihrer Gewohnheiten, an einem Sonntagabend das Haus verließ, ohne Maggie zu informieren, wohin sie ging, frustrierte ihn. Und es gab der Situation einen unangenehmen Beigeschmack, weil es ihn auf fatale Weise an das Fiasko seiner ersten Ehe erinnerte.

Shannon hatte sich kurz nach Graces Geburt einen Liebhaber gesucht. Dabei war diese Tatsache nur der letzte Anstoß gewesen, warum ihre Beziehung endgültig zerbrochen war – dennoch fragte Jeff sich immer wieder, ob er sie mit seinem eigenen Verhalten schon vorher von sich fortgetrieben hatte.

Sie hatte keine Kinder gewollt und keine Ketten, die sie an ihn banden. Sie war nicht bestimmt gewesen für diese Art von Beziehung, aber er hatte ihr seinen Willen aufgezwungen, und letztlich hatte eine lebenshungrige, schöne, junge Frau dafür mit ihrem Leben bezahlt … und ein kleines Mädchen seine Mutter verloren.

Leise seufzend strich er sich mit einer Hand über das Kinn.

Die Vergangenheit konnte niemand ändern, ganz gleich wie oft er sich wünschte, die Zeit zurückdrehen zu können, um alles anders zu machen.

»Alles in Ordnung?«

Jeff wandte sich seinem jüngeren Bruder zu und verzog den Mund.

»Nichts ist in Ordnung«, gab er zurück. »Kirsten ist nicht zu Hause, und ich habe ein wirklich ungutes Gefühl im Bauch.«

»Meinst du, sie weiß etwas?«, wollte Ray wissen.

Schulterzuckend schob Jeff die Hände in die Hosentaschen und wanderte unruhig vor dem Schreibtisch auf und ab.

»Ich bezweifle, dass sie die Wahrheit kennt. Aber natürlich ahnt sie, dass etwas nicht stimmt. Das Problem ist, dass sie mir die Ausreden vermutlich schon lange nicht mehr abnimmt und trotzdem nichts sagt. Es widert mich an, dass ich sie ständig anlügen muss.«

»Wir sind so gut wie fertig. Du musst nicht einmal mehr zwei Wochen durchhalten«, bemerkte Ray. Er schüttelte den Kopf. »Wenn ich überlege, was für einen Aufwand du wegen *einer* Frau betreibst, streiche ich die Möglichkeit einer monogamen Beziehung lieber ganz schnell aus meinen Zukunftsplänen.«

»Sag niemals nie«, erwiderte Jeff mit müdem Lächeln. »Nach

Shannons Tod war ich mir sicher, ich würde kein zweites Mal heiraten, aber manchmal trifft es einen wie der Blitz aus heiterem Himmel … Und wo bin ich heute? Ich bekomme graue Haare wegen einer dämlichen Geburtstagsparty und muss damit rechnen, dass mir mein eifersüchtiges Eheweib an der nächsten Ecke mit einem Nudelholz auflauert.«

Ein Grinsen zuckte um Rays Mundwinkel. »Kirsten kann doch gar nicht kochen.«

»Das war als Metapher gemeint, du Idiot!« Mit beiden Händen gleichzeitig fuhr Jeff sich durch das dunkle Haar und nickte zu dem Konferenztisch hinüber. »Lass uns weitermachen, ich will endlich fertig werden.«

»Du hast es nicht dementiert«, stellte Ray mit unüberhörbarer Genugtuung fest.

Jeff musterte ihn eine Sekunde lang eindringlich, ehe er mit den Schultern zuckte. Kirstens nicht gerade hervorstechende Künste am heimischen Herd sorgten zwischen Ray und ihm stets für Neckereien. Eine Tatsache, mit der sein jüngerer Bruder ihn nur zu gern aufzog, weil Jeff in früheren Jahren nie müde geworden war zu betonen, wie wichtig ihm eine Frau sei, die gut kochen konnte.

Kirstens Talente lagen allerdings auf anderen Gebieten. Sie war eine großartige Künstlerin, eine warmherzige Ehefrau und eine leidenschaftliche Geliebte – Attribute, für die Jeff gern auf herausragende Kochkünste verzichtete.

Wenn er jedoch ehrlich war, zog er Maggies kulinarische Köstlichkeiten den angebratenen Eiern vor, die Kirsten ihm zu Beginn ihrer Ehe vorgesetzt und die er mit brennenden Augen heruntergewürgt hatte, weil sie ihm ein so treuherziges Lächeln schenkte.

Nein, er würde Rays Behauptung weder dementieren noch kommentieren. Seinen übermäßig charmanten und leider ausgesprochen gutaussehenden Bruder ging es nämlich gar nichts an, was Jeff so genau an Kirsten schätzte.

»Kümmern wir uns um die wichtigen Dinge im Leben.« Entschlossen schob er ihn zum Konferenztisch hinüber.

Nervös knabberte Kirsten an ihrem Daumennagel und ließ den Blick immer wieder zu dem Haupteingang des Bürogebäudes huschen, vor dem Jeffs dunkelgrüne Limousine stand. Sie hatte ihren eigenen Wagen in einer Seitenstraße geparkt und konnte sowohl den modernen Firmensitz von Allister-Airlines als auch den Parkplatz davor im Auge behalten, auf dem mitten in der Nacht noch ein knappes halbes Dutzend Autos standen.

Die Fensterfront in der oberen Etage des Gebäudes war hell erleuchtet. Offenbar war er tatsächlich noch im Büro.

Allerdings wartete sie vergeblich darauf, dass bei dieser Erkenntnis so etwas wie eine beruhigende Wirkung einsetzte. Die Firma ihres Mannes bot etwa dreihundert Menschen einen gut bezahlten Job, von denen zwei Drittel in diesem Bürogebäude arbeiteten und ungefähr die Hälfte aus weiblichen, oft sehr hübschen, jungen Mitarbeiterinnen bestand.

Für Kirsten war durchaus nachvollziehbar, warum manch bezaubernde Sekretärin ein paar Arbeitsstunden für den attraktiven Firmenchef opferte. Zähneknirschend drückte sie sich in die Polster ihres Sitzes und atmete tief durch.

Warum kämpfte sie ausgerechnet *jetzt* mit ihrer Eifersucht?

Es hatte sie früher nie gestört, wenn Jeff ein paar Tage lang Überstunden schob und nicht jeden Abend pünktlich nach Hause kam. Trotz allem funktionierte ihre Ehe ausgezeichnet.

Aber seit sie sich in diese Idee mit der Familienplanung verrannt hatte, schien er mehr und mehr Abstand zu suchen. Vielleicht wollte Jeff gar kein Kind, erst recht kein adoptiertes … vielleicht hatte er sich nur ihr zuliebe darauf eingelassen. Für einen Moment kniff sie die Augen zu und rieb mit den Fingern über ihre Schläfen.

Verdammt, ihr Kopf schwirrte von all den unbeantworteten Fragen und den chaotischen Gedanken. Früher hatten sie über alles reden können.

Warum wagte sie es jetzt nicht, ihn einfach zu fragen?

Hatte sie schlichtweg Angst davor, dass seine Antwort ihr nicht gefallen würde? Dass er sagen würde: ›Du hast recht, eigentlich will ich kein zweites Kind. Ich tu das nur, weil du mich darum gebeten hast.‹

Natürlich wollte sie solche Worte nicht aus seinem Mund hören, aber sie konnte diese Möglichkeit nicht außer Acht lassen. Möglicherweise hatte Jeff nur aus Gefälligkeit ein Okay gegeben. Das war es wirklich nicht, was sie wollte. Ein Gefühl von tiefem Bedauern machte sich in ihr breit, als sie die Augen wieder öffnete und zu seinem Wagen hinüberstarrte.

Es war fast Mitternacht.

Dass sie hier wartete, um ihm aufzulauern, war wirklich kindisch und hatte sich nur im Eifer des ersten Augenblicks wie ein grandioses Abenteuer angefühlt. Sie sollte heimfahren, ausschlafen und morgen endlich das Gespräch mit Jeff suchen, um die Angelegenheit zu klären.

Seufzend setzte sie sich zurecht, und ihre Finger griffen suchend nach dem Zündschlüssel.

Gerade als sie den Wagen starten wollte, kam Leben in das Foyer von Allister-Airlines. Der diensthabende Nachtwächter schloss das Hauptportal auf, und Kirsten erkannte Jeff, der gemeinsam mit einer Handvoll anderer Menschen die Firma verließ.

Sie spürte, wie ihr die Hitze in die Wangen kroch.

Das sah nicht nach einer heißen Affäre aus, sondern nach dem Ende eines geschäftlichen Treffens. In der Dunkelheit auf dem Parkplatz konnte sie zwar keine Gesichter erkennen, aber eine Person vermeinte sie als Jeffs Bruder Ray auszumachen. Da er zudem Jeffs Anwalt war, bestärkte es die peinliche Erkenntnis, dass sie ihrem Mann nachspionierte, der nichts anderes tat, als sich um seinen Job zu kümmern. Dennoch konnte sie eine gewisse Erleichterung nicht verleugnen – er hatte also doch keine Affäre. Sie lächelte.

Der größte Teil der Gruppe verabschiedete sich mit kurzem Winken, steuerte auf die diversen Autos zu und verließ den Parkplatz schließlich in verschiedene Richtungen. Nur Jeff blieb mit Ray und einer jungen Frau neben seinem Auto stehen und war noch in ein Gespräch vertieft. Kirsten hatte trotz des schwachen Lichtkegels, der aus dem Foyer drang, Schwierigkeiten, etwas zu erkennen, war sich aber zunehmend sicher, dass der große, blonde Mann Jeffs Bruder war.

Die Frau, die neben ihm stand, war halb von ihm verdeckt, und Kirsten konnte nichts weiter ausmachen als langes, helles Haar, das sie zu einem dicken Zopf in ihrem Nacken gebunden trug. Als Ray ihr einen Arm um die Schultern legte und sie an sich drückte, schwand auch der letzte Rest Misstrauen in Kirsten und machte einem unangenehmen Gefühl von Scham Platz.

Das war peinlich.

Sie hätte nicht herkommen sollen.

Auf der anderen Seite hätte es noch viel unerfreulicher werden können, nämlich wenn sie hineingestürmt und Jeff unverdient eine Szene gemacht hätte. Kirsten verkniff sich ein überdrehtes Kichern und langte nach dem Sicherheitsgurt, um sich anzuschnallen.

Zeit, von hier zu verschwinden.

Ray verabschiedete sich von Jeff und ging zu dem roten Sportwagen hinüber, den Kirsten nun eindeutig als sein Auto identifizierte. Jeff hatte nach dem Kauf noch einige boshafte Witze gegenüber Ray gemacht, ob er damit seine schwindende Potenz kompensieren wolle, aber der hatte mit einem breiten Grinsen gemeint, Jeff sei bloß neidisch.

Zu Kirstens Verwunderung blieb die Frau mit dem blonden Haar vor Jeff stehen und winkte Ray zu, als dieser hupend an ihnen vorüberfuhr.

Der Lichtkegel seines Wagens huschte über Kirstens Mann und die Fremde, die ihm gegenüberstand.

Sehr hübsch, sehr blond und sehr jung.

Und sie sah aus wie die Frau auf dem Bild, das nach all den Jahren immer noch in der Bibliothek über dem Kamin hing. Für einen Moment hätte Kirsten geschworen, Shannon wäre auferstanden.

Sie spürte ihren eigenen Herzschlag in der Kehle klopfen und blickte wie erstarrt zu den beiden Menschen hinüber, die nun im Halbdunkel zusammenstanden und sich leise unterhielten.

»Bitte verabschiede dich von ihr und fahr nach Hause«, wisperte Kirsten tonlos.

Tatsächlich kam in diesem Augenblick Bewegung in die dunklen Umrisse. Jeff öffnete die Beifahrertür, ließ die junge Frau einsteigen und eilte um den Wagen herum, ehe er hinter das Steuer glitt.

Die Knöchel ihrer Finger traten weiß hervor, während Kirsten das Lenkrad umklammert hielt. In ihren Ohren war ein sphärisches Rauschen, und ihr Blick löste sich auch nicht von dem Lexus, als dieser langsam den Parkplatz verließ. Ihr war kalt, und ihr Magen fühlte sich an, als hätte er sich gerade zweimal um sich selbst gedreht. Dennoch schnallte Kirsten sich an, startete den Wagen und folgte der Limousine ihres Mannes in einigem Abstand.

Vielleicht brachte er sie nur nach Hause … aber in ihrem Kopf entstanden ungewollt so viele Bilder von schwitzenden, vereinten Körpern und einem Ehemann, der von ihr die Scheidung verlangte, dass Kirsten hektisch an dem unangenehmen, bitteren Geschmack schluckte, der in ihr emporkroch.

Was war, wenn er sie verließ?

Wenn er eine Frau gefunden hatte, die ihn von den Haarspitzen bis zu den Zehen an Shannon erinnerte?

Vielleicht konnte sie sogar kochen … etwas, wofür Kirsten sich nie hatte begeistern können und was sie gern Maggie überließ.

Sie war ein Organisationstalent und ausgesprochen kreativ, aber ihre kulinarischen Künste waren die absolute Katastrophe. Alles, was sie konnte, war, sich ein Butterbrot zu schmieren und eine Dose aufzureißen, um deren Inhalt in der Mikrowelle zu erwärmen.

Das Rauschen in ihren Ohren wurde immer lauter, und sie spürte, wie das Blut heiß durch ihre Adern pumpte. Feine Schweißperlen bildeten sich auf ihrer Oberlippe, und die Übelkeit wurde geradezu unerträglich.

Ohne einen Gedanken daran zu verschwenden, welche Konsequenzen sie damit heraufbeschwor, trat sie das Gaspedal durch. Der kleine Hyundai schien sich einen Moment aufzubäumen, als sie mit quietschenden Reifen zu Jeffs Wagen aufholte und im Augenblick eines Wimpernschlages an ihm vorbeizog.

Sie spürte bis in die Fußspitzen, wie sie den Kotflügel des Lexus mit der hinteren Stoßstange ihres eigenen Autos streifte. Jeffs wütendes Gehupe verfolgte sie immer noch, als sie den Wagen um die nächste Ecke lenkte und zornig nach Hause fuhr.

Er konnte froh sein, dass sie ihm nicht ins Heck gefahren war … Wenn er nach Hause kam, könnte er was erleben.

VERÄRGERT STELLTE JEFF DEN MOTOR DES WAGENS AUS, ZOG DEN Schlüssel ab und stieg aus.

Diese Nacht war für ihn gelaufen. Eine geschlagene Stunde hatte er auf der Polizeiwache zugebracht, nur um sich anhören zu müssen, dass der Kratzer an seinem Auto ein Bagatellschaden sei und die Anzeige gegen Unbekannt vermutlich zu keinem großen Erfolg führen würde.

Dabei hatte Jeff ihnen sogar die Automarke des rücksichtslosen Rowdys nennen können. Ein kleiner, schwarzer Hyundai wie der von Kirsten. Carolyne, die mit ihm im Wagen gesessen hatte, war viel zu geschockt von dem Vorfall gewesen und hatte keine Aussage machen können. Es war fast halb zwei, als er sie endlich vor Stuarts Haus hatte absetzen können.

Müde warf er die Autotür ins Schloss, betätigte die Funkverriegelung und sah zu Kirstens Auto hinüber, das mit den Vorderrädern mitten in den Blumenrabatten stand.

Er stutzte.

Ein unübersehbarer, deutlicher Kratzer zeigte sich auf der linken Seite ihrer hinteren Stoßstange – genau in Höhe seines Kotflügels.

Nein!

Das konnte doch nicht wahr sein!

Ärger und Frustration machten sich in ihm breit, aber gleichzeitig fügten sich plötzlich die Puzzlestückchen zusammen.

Sie war nicht daheim gewesen.

Nachdem er sie seit Wochen belog und sich in Ausreden flüchtete, hatte sie heute vermutlich irgendwo in der Nähe gestanden und gesehen, wie eine fremde Frau in sein Auto gestiegen war. Welche Schlussfolgerungen sie daraus zog, konnte er sich an fünf Fingern abzählen.

Konnte er ihr das verdenken?

Grace hatte es ihm gesagt. Maggie hatte es ihm gesagt … und in gewisser Weise konnte er ein solches Handeln sogar verstehen. Immerhin wusste er selbst, wie er sich vor all den Jahren in der Beziehung mit Shannon gefühlt hatte.

Kirstens Misstrauen war dadurch erklärbar, aber verdammt noch mal – das gab ihr kein Recht, sich so zu verhalten!

Er brauchte einen Drink und musste sich jetzt erst einmal beruhigen. Was war denn nur in sie gefahren? Sie wäre früher nie auf den Gedanken gekommen, so etwas zu tun … Mit einer so halsbrecherischen Aktion hatte sie ihrer beider Leben und das einer dritten, unbeteiligten Person in Gefahr gebracht.

Wenn sie eine Familie mit ihm gründen wollte, musste er sicher sein, dass sie sich nicht genauso unbedacht und irrsinnig aufführte wie Shannon. Er wollte keine Zweitauflage dieser Persiflage einer Ehe.

Als er die Bibliothek betrat, um sich dort einen Brandy zu genehmigen, blieb er wie angewurzelt in der Tür stehen. Sekundenlang vergaß er einfach zu atmen. Mit offenem Mund starrte er auf die zerfetzte Leinwand, die über dem Kamin aus dem Rahmen hing. Im oberen Drittel, das Shannons Augen noch erahnen ließ, steckte ein Fleischermesser – genau zwischen den Augenbrauen –, ansonsten war von dem Ölgemälde nicht mehr viel übrig.

Jetzt drehte sie wirklich durch!

Erst die Aktion mit dem Auto und nun traktierte sie das Bildnis von Graces Mutter mit einem Messer?

Was zu viel war, war zu viel.

Zwei Stufen auf einmal nehmend, eilte er in das Obergeschoss hinauf und wurde bereits auf halber Strecke von den dröhnenden Bässen laut aufgedrehter Musik begrüßt. Vermutlich hätte die

Polizei wegen nächtlicher Ruhestörung bereits vor der Tür gestanden, wenn die Nachbarn nicht weit genug fort und Kirstens Atelier nicht so gut isoliert gewesen wäre.

Als er die Tür öffnete, war er einen Moment lang versucht, sie wieder zuzuschlagen. Aus der Musikanlage gellte die Stimme des Frontsängers von AC/DC, und Kirsten brüllte dazu lauthals den Text mit.

Ihr Anblick war bizarr.

Nur mit Unterwäsche bekleidet, die drastisch zeigte, wie viel Gewicht sie in den letzten Wochen tatsächlich verloren hatte, bot sie ein geradezu erschreckendes Bild. Die Hüftknochen traten deutlich hervor, und er stellte alarmiert fest, dass er die einzelnen Wirbel ihres Rückgrates erkennen konnte.

Sie war über und über mit roter und schwarzer Farbe beschmiert und traktierte wütend die Leinwand, die vor ihr auf die Staffelei gespannt war. Ihre Bewegungen waren abgehackt, und sie war so vertieft in das, was sie tat, dass sie ihn gar nicht bemerkte.

Jeff ging nach einem Moment des Zögerns zu der Musikanlage hinüber und schaltete sie aus. Eine Sekunde später verstummte auch Kirsten und sah ihn an. In ihrem Gesicht spiegelten sich die widersprüchlichsten Emotionen, doch der offensichtliche Zorn war unübersehbar.

»Du sollltest duschen gehen«, stellte er leise fest.

Sie presste die Lippen so fest aufeinander, dass diese zu kribbeln begannen. Trotzig schüttelte sie den Kopf.

»Gut, dann zieh dir etwas an und komm ins Schlafzimmer.« Er klang resigniert. »Wir müssen miteinander reden.«

»Ach? Sonst soll ich mich immer ausziehen, wenn wir im Schlafzimmer *reden* wollen.« Kirsten genoss die Genugtuung, als sie sah, wie Jeff sacht zusammenzuckte. Sie wollte ihm wehtun – und sei es nur, um damit den eigenen Schmerz zu überdecken, der in ihr tobte. Mit einem höhnischen Lächeln auf den Lippen warf sie den Pinsel in das Glas mit Lösungsmittel und schritt hocherhobenen Hauptes an ihm vorbei. »Du musst allerdings nicht glauben, dass ich so tue, als wäre alles in Ordnung, nachdem du eben noch dieses Flittchen bestiegen hast.«

Als seine Finger sich schmerzhaft um ihren Oberarm schlossen und er sie mit einem Ruck zu sich heranzog, biss sie sich auf die Unterlippe.

»Es ist genug, Kirsten!« Seine Stimme war nur noch ein dunkles Grollen, und in seinem Blick war ein Ausdruck, den sie noch nie darin gesehen hatte. Zum ersten Mal, seit sie ihn kannte, war er ihr plötzlich fremd. Seine grünen Augen funkelten wütend. »Ich habe eine Stunde auf dem Polizeirevier verbracht, weil ich dachte, irgendein psychopathischer Autofahrer wäre mit meinem Wagen kollidiert … und als ich gerade heimkam, wurde mir klar, dass ich mit genau *diesem* Psychopathen verheiratet bin. Ich weiß nicht, was in dich gefahren ist, auf solch unverantwortliche Weise dein eigenes Leben und das anderer zu gefährden – aber ich bin froh, dass ich Stuarts Verlobte wohlbehalten bei ihm abliefern konnte und sie lediglich mit einem Schrecken davongekommen ist.«

In Kirstens Bauch machte sich Unwohlsein breit.

»Stuarts Verlobte?«, wiederholte sie irritiert. Jeffs Nasenflügel bebten, und seine Züge glätteten sich kaum merklich.

»Ja!« Er ließ sie los und trat einen Schritt zurück. Sein Blick war abschätzend und unangenehm. »Vielleicht erinnerst du dich noch an meinen besten Freund!? Er ist mittlerweile auch einer deiner Freunde. Auf seiner Geschäftsreise im letzten Monat hat er Carolyne kennengelernt. Eine sehr nette, junge Lady mit hervorragenden Manieren, die mir in den letzten Tagen während meiner Arbeit hilfreich zur Seite stand. Du wirst sie auf der Party zu unserem Hochzeitstag kennenlernen.«

Kirsten starrte ihn einen Moment lang planlos an. »Oh!«

»Ja … Oh!«, wiederholte er.

Wütend schüttelte sie den Kopf. Unabhängig davon, wie falsch ihr Verhalten auch war, ließ sie sich jetzt nicht den schwarzen Peter von ihm zuschieben. Jeff war es schließlich, der ihr die Wahrheit verschwieg … worüber auch immer.

»Woher zum Teufel soll ich wissen, wer sie ist?«, fuhr sie ihn an. »Seit Wochen erzählst du mir was von Überstunden und einem geheimen Projekt. Ich bekomme keine Erklärung und keine Details. Ich bin die Einzige, die offenbar weniger über das Leben ihres Mannes informiert ist als alle anderen.« Erregt gestikulierte sie mit den Händen vor seinem Gesicht herum. »Und nun steht dir auch noch hilfreich irgendeine fremde Frau zur Seite, die angeblich mit Stuart verlobt sein soll … eine Frau, die er letzten Monat erst in Übersee kennengelernt hat! Und dann sieht sie auch noch aus wie Shannon. Wieso dürfen *Stuarts Verlobte* und Grace dir helfen, aber *mir* erzählst du gar nichts?«

Verblüfft öffnete er den Mund, und in seinen Zügen reifte eine Erkenntnis.

»*Deshalb* hast du das Bild in der Bibliothek zerstört! Du denkst, Carolyne erinnert mich an Shannon.«

Kirsten schluckte.

Der Anblick von Shannons Gemälde verursachte seit Jahren eine eiternde Wunde in ihrem Selbstvertrauen. Als sie heimgekommen war und einen Blick durch die offenstehende Tür auf das Bild geworfen hatte, hatte sie endgültig die Nase voll gehabt. Dies waren ihr Heim, ihr Mann und ihre Familie. Sie wollte sich nicht länger mit Shannons Anblick auseinandersetzen und dabei ständig das Gefühl haben, Jeffs tote Frau sähe mit höhnischem Lächeln auf sie hinab.

»Ich ertrage es einfach nicht mehr, Tag für Tag mit ihr zu konkurrieren.«

Mit gefurchter Stirn schüttelte er den Kopf.

»Kirsten … Shannon ist tot, seit mehr als achtzehn Jahren. Sie ist die Letzte, mit der du dich vergleichen musst.«

»Ach ja?« Kirsten schossen vor Wut die Tränen in die Augen, aber nun gab es kein Zurück mehr – es war Zeit, die Karten auf den Tisch zu legen. »Seit fünf Jahren lebe ich mit dir zusammen, und immer wenn ich die Bibliothek betrete, starrt sie mich an. Jedes Mal fühle ich mich daran erinnert, wie sehr du sie geliebt hast und dass ich niemals den Platz bekommen werde, den *sie* immer noch in deinem Leben besetzt.«

»Kirsten …«

»Nein! Lass mich ausreden!« Aufgeregt zog sie die Nase hoch und wischte sich über das Gesicht. »Als ich damals hier eingezogen bin, hatten Grace und ich unseren ersten Zusammenstoß in der Bibliothek – genau unter Shannons Gemälde. Du hast mich am Haus abgesetzt, weil du noch in dein Büro musstest, trotzdem habe ich mich gefreut, deine Tochter endlich kennenzulernen. Aber plötzlich war ich allein mit einer dreizehnjährigen Teenagerin konfrontiert, die aussah wie ihre eigene Mutter und mir deutlich klarmachte, dass ich Shannon niemals ersetzen könne. Ich konnte verstehen, warum Grace so wütend war, aber Shannon war immer der Keil, der zwischen uns steckte.« Zornig zuckte sie mit den Schultern. »Was denkst du, wie ich mich über all die Jahre gefühlt habe, weil ihr Bildnis über dem Kamin hing? Ich bin nur deine zweite Frau – die zweite Wahl –, und ich habe nicht mal als Ersatzmutter für Grace getaugt, weil sie mich nie wollte.«

JEFF TRAT AN SIE HERAN, ZOG SIE WORTLOS IN SEINE ARME UND hielt sie einen Moment lang einfach nur fest.

Er hatte gegenüber Kirsten nie über seine Ehe mit Shannon gesprochen. Nun begriff er zum ersten Mal, dass es ein Fehler gewesen war, ihr so viele Dinge aus seiner Vergangenheit zu verschweigen.

Die Geister, die man rief, wurde man niemals wirklich los.

»Es tut mir leid«, flüsterte er und senkte die Lippen auf ihren Scheitel. Sie wand sich unruhig an seiner Brust und drückte ihre Hände gegen seinen Körper. Es war offensichtlich, dass sie es ihm nicht so einfach machen wollte. Widerwillig ließ er zu, dass sie auf Abstand zu ihm ging, und betrachtete sie nachdenklich. »Warum hast du mir nie davon erzählt?«

Sie schlang die Arme um den Oberkörper, als würde sie frieren … oder als würde ihr erst jetzt bewusst, dass sie ihm nur in Unterwäsche gegenüberstand. Er musterte sie unverblümt.

»Was hätte es geändert?«, fragte Kirsten zurück. Sie klang immer noch wütend, aber zumindest redeten sie jetzt endlich miteinander, und ihm entging nicht die leichte Röte, die sich auf ihren Wangen ausbreitete. »Dir dürfte doch kaum entgangen sein, wie angespannt das Verhältnis zwischen Grace und mir in den letzten fünf Jahren war.«

»Das war weder zu übersehen noch zu überhören«, gab Jeff zu, »aber von diesem ersten Streit hättest du mir erzählen müssen.«

Kirsten stieß einen verächtlichen Laut aus, ging an ihm vorbei und in das Schlafzimmer hinüber. Er folgte ihr quer durch den Raum und betrat hinter ihr das angrenzende Bad. Über die Schulter sah sie ihn an.

»Es war kein Streit … Grace war eine wütende Dreizehnjährige, die jedes Recht hatte, zornig auf uns beide zu sein.« Geschäftig griff sie nach einem Waschlappen, drehte das Wasser auf und begann, die Farbe aus ihrem Gesicht zu entfernen. Ihre Blicke trafen sich in dem riesigen Spiegel, der über dem Doppelwaschbecken hing. »Du hättest sie nicht einfach vor vollendete Tatsachen stellen dürfen … und mich auch nicht.«

»Warum hast du fast fünf Jahre gewartet, um mir das zu sagen?«

»Vermutlich hat mir der Schneid gefehlt«, erwiderte sie leise. »Eine Weile dachte ich, es wäre überstanden, und sie hätte mich akzeptiert, doch das war ein Irrtum. Trotzdem habe ich bis heute gehofft, dass sich zwischen Grace und mir alles geraderücken würde.«

»Dir ist klar, dass das vielleicht nie passieren wird.«

Kirsten verzog den Mund. »Mittlerweile schon«, erwiderte sie. Ein zerknirschter Ausdruck trat auf ihr Gesicht. »Es tut mir leid, dass ich das Bild zerschnitten habe.«

»Tut es nicht.« Er lächelte ihr zu, und für einen Augenblick sah sie fast erschrocken aus. Sie wurde rot, ehe sie den Kopf senkte und den Waschlappen in ihren Fingern betrachtete.

»Okay, es tut mir nicht leid darum, es nicht mehr sehen zu müssen. Aber ich hatte trotzdem kein Recht dazu.«

Jeff ging zu der großen Eckbadewanne hinüber, setzte sich auf den Rand und starrte einen Moment lang auf die in Brauntönen gehaltenen Mosaikfliesen, die den Boden bedeckten.

»Du bist keine zweite Wahl«, bemerkte er. »Das warst du nie.«

Als sie sich zu ihm umwandte, hob er den Kopf und sah Kirsten in die Augen.

»Meine Ehe mit Shannon war nicht glücklich … und fast hätte sie mir Grace weggenommen.«

3

Kirsten schlug die Augen auf und betrachtete gedankenverloren die Zimmerdecke. Auch ohne hinzusehen, wusste sie, dass der Platz neben ihr leer war und ihr Mann vermutlich längst das Haus verlassen hatte.

Die letzte Nacht war kurz gewesen.

Sie hatten lange geredet. Jeff hatte zum ersten Mal von Shannon und seiner Ehe mit dieser lebenslustigen, aber sehr eigensinnigen Frau erzählt. Offensichtlich hatte ihre Verbindung unter keinem allzu guten Stern gestanden, und schon während ihrer Schwangerschaft hatten Shannon und er sich mehr und mehr voneinander entfernt.

Das, was er als ›gut funktionierende Beziehung‹ angesehen habe, war wohl in kürzester Zeit zu einer ausgesprochen kühlen Verbindung mutiert. Jeff meinte, dass seine erste Frau mit der Situation, ein Kind zu bekommen, schlichtweg überfordert gewesen sei, allerdings hatte Kirsten ziemlich deutlich herausgehört, dass sie gar keines hatte haben wollen.

Grace war gerade vier Monate alt gewesen und hatte Shannon mit ihrem Geschrei zur Weißglut getrieben. Also hatte ihre Mutter sie auf der Rückbank ihres Autos in den Kindersitz gepackt und

Grace zu Jeff ins Büro bringen wollen, damit er sich um seine Tochter kümmerte und sie ihre Ruhe hätte. Auf der Autobahn waren sie dann mit dem Laster eines völlig übermüdeten LKW-Fahrers kollidiert.

Offenbar waren die Erinnerungen zu schmerzhaft und grausam, denn Jeff hatte an dieser Stelle mehrfach in seinen Erzählungen gestockt und schließlich erklärt, dass Shannon sofort tot gewesen war. Dass die kleine Grace lediglich mit ein paar Kratzern davongekommen war, hatte schon fast an ein Wunder gegrenzt.

Dankbar dafür, dass das Schicksal ihm nicht auch noch das Kind genommen hatte, war seine Tochter entsprechend verwöhnt worden, und er habe ihr die Illusion über seine Ehe mit Shannon und deren Rolle als nicht ganz so treusorgender Mutter nicht nehmen wollen. Immerhin sei Grace noch ein Baby gewesen. Also hatte er sie über Jahre in dem Glauben gelassen, Shannon wäre so engelhaft und lieblich gewesen wie auf dem Porträt … und Grace hatte ihre Mutter auf ein imaginäres Podest gehoben und angehimmelt, während sie Kirsten mehr und mehr gehasst hatte.

Er musste seine erste Frau trotz allem sehr geliebt haben, um ihr diesen letzten Dienst zu erweisen. Erst als Grace vor zwei Wochen aus dem College nach Hause gekommen war, hatte er ihr die Wahrheit über Shannon erzählt, und nun begriff Kirsten, warum ihre Stieftochter sich ihr gegenüber so unerwartet anders verhielt.

Mit einem leisen Seufzer strampelte sie die Bettdecke von sich und schwang die Beine über den Rand der Matratze. Sie wünschte sich wirklich, dass dieser Waffenstillstand zwischen ihnen anhalten möge. Allerdings war ihr auch klar, dass er spätestens dann der Vergangenheit angehörte, sobald Grace das zerstörte Gemälde ihrer Mutter entdeckte.

Ihr Gewissen meldete sich mit unangenehmen Bauchschmerzen. Vielleicht konnte sie einen guten Restaurator in ihrem Kollegenkreis ausfindig machen, der in der Lage war, ein Wunder zu vollbringen, bevor ihre Stieftochter davon erfuhr.

Entschlossen stand sie auf und ging ins Bad hinüber.

Was sie nach dieser Nacht allerdings immer noch verstimmte, war die Tatsache, dass Jeff sich nach wie vor weigerte, ihr nähere Details über sein geheimes Projekt zu offenbaren.

Auf ihre direkte Frage, ob er eine Überraschungsparty für sie plane, hatte er sie geradezu fassungslos angestarrt und schließlich verneint. Tatsächlich hatte er sich sogar entschuldigt und gemeint, dass er daran überhaupt nicht gedacht habe und ob sie nicht doch über das Wochenende verreisen wollten, wenn doch ohnehin niemand käme.

Nach dieser Neuigkeit hatte sie dann doch ein paarmal schlucken müssen und mit sich selbst gekämpft. Um nicht die Fassung zu verlieren, war sie wortlos unter die Dusche getreten und hatte sich die restliche Farbe vom Körper gewaschen. Es hatte keine Minute gedauert, bis er zu ihr gekommen war und sich auf seine ganz eigene Art entschuldigt hatte.

Danach war dieses Thema nicht mehr zwischen ihnen zur Sprache gekommen, denn irgendwann hatten sie die Dusche verlassen und waren gemeinsam im Bett gelandet, wo sie sich bis zum Morgengrauen wortlos geliebt hatten. An der tief in ihr rumorenden Enttäuschung, die Kirsten empfand, änderte es allerdings nichts.

Es war schon schlimm genug, dass Freund und Familie keine Zeit fanden, sie an ihrem dreißigsten Geburtstag zu besuchen. Aber dass nicht einmal Jeff daran dachte, ihr eine Überraschung zu machen, ärgerte sie doch mehr, als sie zugeben wollte.

Die Unzufriedenheit ignorierend, bereitete Kirsten sich auf den Tag vor.

Die seltsame Szene, die sich ihr an diesem Montagmorgen präsentierte, als sie die Küche betrat, ließ sie bewegungslos auf der Türschwelle verharren. Grace saß mit blassem Gesicht und wütendem Blick auf ihrem üblichen Platz, während der Toast vor ihr langsam kalt wurde und ihr sonst so heißgeliebtes Frühstücksei unberührt in seinem Becher steckte.

Jeff stand mit nicht weniger frostiger Miene an der Küchentheke. In der linken Hand hielt er einen Kaffeebecher, während die Finger der rechten Hand den Griff der Kaffeekanne umklammerten, ohne sie von der Stelle zu bewegen. Von Maggie war nichts zu sehen.

Kirsten räusperte sich unbehaglich. »Guten Morgen.«

Als Jeff den Blick hob und sie ansah, verstärkte sich der Druck in ihrem Bauch. Im nächsten Augenblick kratzten Stuhlbeine energisch über die Steinfliesen. Grace erhob sich mit hölzernen Bewegungen vom Tisch und durchquerte die Küche. Vor Kirsten angekommen, blieb sie stehen und starrte sie einen Moment lang stumm an.

Die Bauchschmerzen verwandelten sich explosionsartig in bittere Galle, die in ihrem Hals nach oben stieg. Grace gab keinen Ton von sich, aber der kalte Hass in ihrem Blick war so unübersehbar, dass selbst ein Blinder sich davon abgewandt hätte. Statt Kirsten allerdings, wie erwartet, anzuschreien, drängte Grace sich unwirsch an ihr vorbei und ging die Treppe hinauf, um in ihr Zimmer zu verschwinden.

Während sie noch hektisch schluckte, machte Kirsten auf dem Absatz kehrt, um ihrer Stieftochter zu folgen.

»Lass es sein!«

Der Ton in seiner Stimme war so seltsam, dass sie in der Bewegung erstarrte und ihm einen ängstlichen Blick zuwarf. Er schüttelte resigniert den Kopf.

»Alles, was du im Augenblick zu ihr sagen könntest, würde die ganze Sache nur noch schlimmer machen.«

Verstört biss sie sich von innen auf die Wange. »Sie hat es gesehen.«

Jeff zuckte mit den Schultern und nickte teilnahmslos. »Grace wollte heute Morgen ein Buch aus der Bibliothek holen«, gab er zurück, »sie hat das Bild entdeckt, bevor ich die Katastrophe beseitigen konnte.«

Mit hängenden Schultern ging Kirsten zum Frühstückstisch hinüber und ließ sich auf den nächstbesten Stuhl fallen. Unglücklich schlug sie die Hände vor das Gesicht. »Das wird sie mir niemals verzeihen.«

Das Telefon klingelte und hinderte Jeff zu seiner Erleichterung daran, auf Kirstens Einwurf zu reagieren.

Was sollte er auch sagen?

Es wäre eine Lüge gewesen, wenn er behauptet hätte, sie irre sich. Grace war nicht bereit, diese Kurzschlussreaktion zu verstehen, und eine Entschuldigung würde sie ebenso wenig annehmen – zumindest nicht von heute auf morgen. Seine Tochter hatte dieses Bild geliebt, und die Szene, die sie ihm heute Morgen im Anschluss an ihre Entdeckung gemacht hatte, würde er Kirsten nicht eins zu eins wiedergeben. Was Grace alles gesagt hatte, war selbst für ihn schwer verdaulich.

Er ging zum Wandapparat hinüber, nahm den Hörer von der Gabel und meldete sich.

»Mr. MacAllister, hier ist Penelope Pinkett. Sie und Ihre Frau haben sich bei uns als Adoptionseltern empfohlen.«

Überrascht fuhr Jeff sich mit einer Hand durch das Haar und sah zu Kirsten hinüber, die immer noch mit verzweifelter Miene auf ihrem Stuhl hockte. Er hatte mit so einigem gerechnet, aber sicher nicht damit, ausgerechnet heute einen Anruf von der Sozialarbeiterin der Adoptionsbehörde zu bekommen.

Bitte nicht noch ein Desaster, ging es ihm durch den Kopf.

»Das ist korrekt«, erwiderte er beunruhigt. »Wir hatten schon befürchtet, wir wären von Ihrer Liste gestrichen worden.«

Kirsten hob das Kinn und warf ihm einen fragenden Blick zu.

»Keineswegs, Mr. MacAllister. Potenzielle Adoptiveltern und die damit verbundene Chance auf eine gesicherte Zukunft für die von uns betreuten Kinder werden lediglich genau geprüft, ehe wir uns zu einer Vermittlung entschließen.«

Sie machte eine gut platzierte Kunstpause, und Jeff fühlte sich zu einem »Da haben Sie natürlich recht, Mrs. Pinkett« genötigt.

Auf Kirstens Miene breitete sich nach dem großen, unsichtbaren Fragezeichen langsames Begreifen aus, und ihre Gesichtsfarbe wurde noch eine Spur blasser.

»So ist es, Mr. MacAllister – und es gibt gute Nachrichten: Wir haben ein Kind für Sie gefunden. Es handelt sich um einen kleinen Jungen namens Jacob. Wenn es Ihnen möglich ist, würde ich Sie und Ihre Frau gerne heute oder aber spätestens morgen in meinem Büro antreffen, um die näheren Details zu besprechen.«

Jeff räusperte sich nervös und sah besorgt dabei zu, wie seine Frau sich zitternd von ihrem Stuhl erhob. Sie war kalkweiß.

»Ja, natürlich. Wann immer es Ihnen recht ist – wir nehmen uns die Zeit.«

»Das freut mich. Dann würde ich Sie für zwei Uhr heute Nachmittag zu mir bitten, Mr. MacAllister. Bis später.«

»Um zwei Uhr … gerne. Bis später, Mrs. Pinkett.«

Als er den Hörer auf die Gabel hängte, zwang er sich zur Ruhe und ging zu Kirsten hinüber. Sie starrte ihn aus großen, grauen Augen ängstlich an, und Jeff rang sich ein klägliches Lächeln ab.

»Wir bekommen einen Sohn.«

AUFGEREGT KNETETE KIRSTEN IN EINEM FORT IHRE FINGER UND zupfte an ihrem Rock herum, während sie auf dem zerschlissenen Sessel neben Jeff saß und darauf wartete, dass Mrs. Pinkett sie in ihr Büro rief.

Sie fühlte sich elend.

Nachdem sie in Tränen ausgebrochen und Jeff um den Hals gefallen war, hatte ein lautes Räuspern sie aus ihrem ersten Freudentaumel gerissen. Grace war mit ihrer Jacke über dem Arm in der Küchentür gestanden, hatte ihren Vater angesehen und mit emotionsloser Stimme erklärt, dass sie zu Onkel Ray ziehe.

Es war zu einer kurzen, leisen Diskussion zwischen den beiden gekommen, und Jeff hatte Kirsten mehrfach daran gehindert, sich einzumischen und Grace um Verzeihung zu bitten. Vermutlich hätte eine Entschuldigung ohnehin keine Wirkung gezeigt. Ihre Stieftochter hatte Kirsten so rigoros ignoriert, als wäre sie gar nicht existent, und war fünf Minuten später mit ihrem Koffer in der Hand zur Haustür hinausgegangen, um in das hupende Taxi zu steigen.

Freud und Leid lagen nah beieinander.

In das Glücksgefühl, das der Anruf der Sozialarbeiterin in ihr ausgelöst hatte, mischten sich Schuld und Kummer, weil Kirsten erkannte, dass sich der unsichtbare Graben zwischen Grace und ihr nach dem leichtfertigen Angriff auf Shannons Gemälde nun wohl niemals schließen würde.

Sie hatte es versaut – endgültig.

Es war ihr schwergefallen, sich unter Jeffs strenger Aufsicht zu einem mageren Frühstück zu zwingen und ihre Gedanken zu sortieren. Er hatte natürlich recht, wenn er sagte, dass Grace es bei seinem Bruder gutginge und Ray sicher besänftigend auf sie einwirken könne. Aber es änderte nichts an Kirstens Gewissensbissen. Da hatte sie so lang auf diese ersehnte Nachricht gehofft, und nun war ihr die Freude darüber verdorben, weil sie selbst einem kindischen, unüberlegten Impuls nachgegeben und Shannons Bild zerstört hatte.

Einen Seufzer unterdrückend, lenkte Kirsten ihre Aufmerksamkeit wieder auf die Gegenwart. Sie musste sich zusammenreißen und durfte sich nicht durch ihre Schuldgefühle gegenüber Grace ablenken lassen. Wenn Mrs. Pinkett auch nur den Hauch eines Zweifels verspürte, würde sie vermutlich für die nächsten hundert Jahre davon Abstand nehmen, ihnen ein Kind zu vermitteln.

Jeffs warme Finger schlossen sich um ihre Hand und drückten sie sanft. Dankbar wandte sie den Kopf und sah ihn an.

»Nervös?«, fragte er.

Kirsten gab ein leises, überreiztes Lachen von sich.

»Wie kommst du darauf? Ich bin doch eindeutig die Ruhe in Person«, witzelte sie.

Er lächelte sie still an, und für einen Moment wollte Kirsten nichts anderes tun, als sich an seine Brust zu schmiegen und die

Augen vor dem Chaos zu verschließen, in das sich ihr Leben gerade verwandelte.

Sie wollte nicht mehr darüber nachdenken, dass er sie nicht liebte und trotzdem zu ihr stand, obwohl sie gerade seine Tochter aus dem Haus getrieben hatte. Sie wollte nicht an die Verantwortung denken, die man ihr vielleicht demnächst auf die Schultern laden würde. Sie hatte sich diesen Tag so sehr herbeigewünscht, und nun, da er näherrückte, bekam sie kalte Füße? So hatte es nicht sein sollen.

Jacob.

Ein schöner Name, wie Kirsten fand.

Wie alt er wohl war?

Wie würde er aussehen?

Was war seine Geschichte?

Ihr Kopf schwirrte von den unzähligen Fragen.

»Mr. und Mrs. MacAllister?«

Hektisch hob sie den Kopf und sah zu der geöffneten Bürotür hinüber, in der die Sozialarbeiterin stand. Kirsten schluckte. Sie hatte verdrängt, was für eine Wirkung diese Frau hatte.

Mrs. Priscilla Pinkett war eine beeindruckende Endfünfzigerin mit rabenschwarzem Haar und bronzefarbener Haut. Mit ihren gut einen Meter achtzig war sie gerade fünf Zentimeter kleiner als Jeff. Eine echte Matrone … kräftig gebaut und mit wogendem Busen, lauter Stimme und einer ausgesprochen imposanten Persönlichkeit.

Diese Frau hatte Haare auf den Zähnen – so dick, dass man daraus Zöpfe hätte flechten können, und nichts wollte Kirsten weniger, als mit ihr aneinanderzugeraten. Andererseits wusste sie Mrs. Pinketts großes Herz für die Kinder, die sie betreute, durchaus zu schätzen, und die Sozialarbeiterin kämpfte verbissen für die Rechte dieser kleinen Menschen, die manch trauriges Schicksal begleitete. Wenn Kirsten ehrlich war, hätte sie selbst dem psychischen Druck niemals standgehalten, dem Mrs. Pinkett tagtäglich ausgesetzt war.

Sie erhob sich automatisch, als Jeff aufstand, und rückte ein Stückchen näher an ihn heran. Seine Finger verschränkten sich mit ihren eigenen, und für den Bruchteil einer Sekunde war sie versucht, ihm zu sagen, wie sehr sie ihn dafür liebte, dass er das alles mit ihr durchstand.

»Schön, dass Sie es einrichten konnten, Mr. MacAllister.« Die Sozialarbeiterin kam ihnen mit raumgreifenden Schritten entgegen und reichte Jeff die Hand zur Begrüßung. Dann hefteten sich ihre wachen, dunklen Augen auf Kirsten, und ein kaum merklicher Ausdruck von Argwohn huschte über ihr Gesicht. »Mrs. MacAllister!« Sie wandte sich Kirsten zu und reichte auch ihr die Hand. Als Kirsten ihre Finger in die der Sozialarbeiterin legte, wurde sie das Gefühl nicht los, besonders intensiv gemustert zu werden, und Mrs. Pinketts nächste Frage bestätigte ihren Verdacht. »Geht es Ihnen gut, Mrs. MacAllister?«

Sich zu einem Lächeln zwingend, nickte Kirsten. Ihr war leider nur allzu bewusst, wie mager und blass sie aussah.

»Ja, ich war die letzten Tage ein wenig unpässlich«, erwiderte sie leichthin, »und wenn ich ehrlich bin, bin ich im Augenblick ziemlich nervös und aufgeregt.«

»Nun, ich hoffe doch, die Freude überwiegt die Nervosität«, bemerkte die andere Frau, trat einen Schritt beiseite und machte eine einladende Handbewegung zu ihrer Bürotür hinüber. Kirsten atmete tief durch und ging an ihr vorbei.

Mit mulmigem Gefühl stand Jeff vor der geöffneten Doppeltür und beobachtete das gute Dutzend Kinder, das in dem vor ihm liegenden Raum spielte. Vor einer halben Stunde hatten sie Mrs. Pinketts Büro nach einem sehr langen Gespräch verlassen und waren ihr zu dem Kinderheim in der Chestnut Road gefolgt. Nun stand er hier – wenige Schritte von *dem* Jungen entfernt, der vielleicht in Kürze ein Zimmer in seinem Haus beziehen sollte.

Kirsten wartete neben ihm, hatte ihre Handtasche wie ein Schild an ihre Brust gepresst und lauschte der Sozialarbeiterin, die leise auf sie einsprach. Ihr Blick irrte nervös über die sehr unterschiedlichen

Jungen im Alter zwischen drei und zehn. Tief durchatmend versenkte Jeff die Hände in den Hosentaschen.

Er fühlte sich schlecht – wirklich schlecht.

Nach dem Streit mit Grace und den Erklärungen von Mrs. Pinkett quälte er sich durch einen Tag, den er augenblicklich aus seinem Gedächtnis gestrichen hätte, wenn es ihm möglich gewesen wäre. Er machte sich Vorwürfe, weil er nicht das Gespräch mit seiner Tochter suchte und diese ganze unglückselige Sachlage endlich klärte. Die Grenzen, die er ihr nie gesetzt hatte, konnte er nun nicht mehr ziehen, ohne sie von sich fortzutreiben. Es musste irgendeinen Kompromiss geben.

Und dann war da die Sache mit Jacob.

Als Mrs. Pinkett ihnen seine Geschichte erzählt hatte, war Kirsten voll des Mitleids und der Anteilnahme gewesen. Sie hatte Jacob so rasch wie möglich sehen wollen. Nur Jeff war danebengesessen und hatte gezweifelt, ob sie dem gewachsen sein würde. Kirsten verfügte über keinerlei Erfahrung mit Kindern. Das Verhältnis zwischen ihr und Grace war mehr als nur angespannt.

Mrs. Pinkett nannte Jacob sensibel und reizbar, sein Auftreten sei eher schüchtern und introvertiert. Misshandlungen, körperliche Gewalt und schwere Vernachlässigung durch die leibliche Mutter hatten ihn traumatisiert. Viereinhalb Jahre alt und von der eigenen Mutter gequält! Das war ein Fall für Adoptiveltern, die sich mit solchen Gegebenheiten auskannten. Eltern, die bereits anderen Kindern mit ähnlichem Schicksal geholfen hatten.

Wie wollte Kirsten ein Kind aufziehen, das solch einen schweren, seelischen Schaden erlitten hatte? Sie war ja nicht einmal in der Lage gewesen, sich gegen Grace durchzusetzen, und die war bloß verwöhnt.

Nur sein schlechtes Gewissen hatte ihn davon abgehalten, seine Bedenken laut auszusprechen. An dem miesen Verhältnis zwischen seiner Tochter und seiner Frau trug er schließlich die Hauptschuld.

Das mulmige Gefühl in seinem Bauch wurde stärker, als er sah, wie Kirsten sich ihm mit einem unsicheren Lächeln zuwandte und auf eine schmale Gestalt in der hintersten Ecke des Raumes deutete.

Jeffs Blick landete auf einem Hinterkopf mit glattem, blondem Haar, der zu einem zierlichen Jungen gehörte.

Er saß abseits der anderen Kinder an einem Tisch und beschäftigte sich offenbar mit einem Puzzle.

Das Haar war für Jeffs Geschmack eine Spur zu lang – allerdings wusste er aus leidvoller Erfahrung mit Grace, wie anarchistisch ein vierjähriges Kind werden konnte, das man zu einem Haarschnitt zwingen wollte. Wenn Jacob nur halb so traumatisiert war, wie Jeff annahm, dann waren die Haare noch ihr geringstes Problem.

Sein Magen schien sich einmal gegen den Uhrzeigersinn zu bewegen, als er sah, wie Kirsten auf Jacob zusteuerte. Da Mrs. Pinkett jedoch abwartend stehen blieb, wo sie war, widerstand Jeff dem Drang, seiner Frau hinterherzuhetzen und sie vor einem furchtbaren Fehler zu bewahren.

Möglicherweise musste sie diese Erfahrung einfach selbst machen, um zu begreifen, dass man sich das Elternsein nicht einfach aussuchen konnte, sondern hineinwachsen musste.

»HALLO.«

Die Regungen des Kindes erstarrten für einen winzigen Augenblick, und das schmale Kinn bewegte sich wenige Millimeter in Kirstens Richtung, bevor Jacob seine Aufmerksamkeit wieder auf das vor ihm liegende Puzzle konzentrierte, ohne ihr zu antworten oder sie auch nur anzusehen.

Für einen Moment fühlte sie sich geradezu betrunken von all den Emotionen, die zeitgleich auf sie einstürmten. Natürlich hatte sie nicht damit gerechnet, dass der Junge sich ihr in die Arme stürzen würde. Mrs. Pinkett hatte ihr nachdrücklich erklärt, welchen Schwierigkeiten Kirsten sich würde stellen müssen.

Das, was heute zwischen ihnen geschah, war nicht als Richtung für ihre gemeinsame Zukunft zu werten, und weil er einer fremden Frau gegenüber zurückhaltend blieb, nahm Kirsten das keineswegs als Rückschlag hin. Immerhin hatte er für einen winzigen Augenblick innegehalten, das war mehr, als sie erwartet hatte.

Ihr Blick fiel auf die Buntstifte, die mitten auf dem Tisch aus einem farbbekleckststen Glas ragten. Wortlos legte sie Tasche und Jacke auf den Boden, machte es sich auf einem der kleinen Stühle bequem und zog ein Blatt Papier zu sich heran.

Als sie noch in Dänemark gelebt hatte, hatte sie oft ihre Nichten und Neffen betreut. Sie hatten miteinander gespielt, gemalt, und Kirsten hatte ihnen Geschichten vorgelesen. Unzählige Male hatte sie sich gewünscht, eines Tages selbst Kinder zu haben. Ein Wunsch, der sich ihr vielleicht nun doch noch erfüllte.

Gedankenverloren angelte sie sich einen Stift aus dem Glas und legte ihn einen Moment nachdenklich an ihre Lippen, ehe sie die ersten Striche auf dem Papier platzierte. Natürlich war sie sich klar darüber, dass der Kontakt zu den Kindern ihrer Brüder kein Vergleich war mit der Beziehung zu einem eigenen Kind. Sie hatte bei Grace nie eine langfristige Chance bekommen und wollte sich diese Gelegenheit bei Jacob nicht auch von Anfang an verbauen.

Kirsten spürte, wie er zaghaft näherrückte und versuchte, einen Blick auf ihr Bild zu erhaschen. Sich ein Lächeln verkneifend, griff sie sich eine andere Farbe und fuhr mit der weichen Mine über das Papier, als merkte sie nichts von seinem Annäherungsversuch.

Es fiel ihr schwer, ihn nicht anzusehen und sich stattdessen auf die Linien zu konzentrieren, die auf dem Blatt entstanden. Während sie weiterzeichnete, schob sie ihm wie zufällig den Stift hinüber, den sie abgelegt hatte. Es dauerte einen endlos scheinenden Moment, bevor Jacob sich auf seinen Platz zurückzog und wieder ein Puzzlestück in die Finger nahm.

Kirsten unterdrückte einen Seufzer.

Immerhin hatte er auf sie reagiert, mehr konnte sie im Moment nicht erwarten. Nachdem Mrs. Pinkett ihnen erzählt hatte, wie lieblos seine leibliche Mutter sich verhalten hatte, war Kirsten fest entschlossen, ihm zu zeigen, dass es auch andere Menschen gab.

Menschen, die ihm nicht wehtaten und ihre glühenden Zigaretten auf seinem kleinen Körper ausdrückten. Tief durchatmend schloss sie einen Moment lang die Augen.

Die Bilder, die die Sozialarbeiterin mit ihren Berichten in Kirstens Kopf eingepflanzt hatte, verfolgten sie vermutlich von nun an. Sie wandte das Kinn und sah zu Jacob hinüber, der mit viel zu ernstem Gesicht das Puzzlestück in seiner Hand betrachtete, ehe er es mit geradezu mechanischer Genauigkeit an den richtigen Platz legte.

Heute war nur ein erstes Beschnuppern, und sie würde in den nächsten Tagen öfter hierherkommen, um ihn näher kennenzulernen. Mrs. Pinkett hatte klar und deutlich gesagt, dass sie ihnen den Jungen nur anvertrauen würde, wenn sie das Gefühl hatte, einer oder beide Eltern hätten eine erste Beziehung zu ihm aufgebaut. Sie würden sich als Eltern beweisen und diese Herausforderung bewältigen müssen, ehe sie ihnen den Jungen tatsächlich zur Adoption vermitteln würde.

Keine einfache Aufgabe und Kirsten wurde das Gefühl nicht los, dass sie im Augenblick auf ziemlich verlorenem Posten stand. Ihr Blick wanderte zu Jeff hinüber, der immer noch im Türrahmen stand und die Hände in den Hosentaschen vergraben hatte. Er wirkte nicht weniger wie ein bockiger, kleiner Junge als Jacob, der mit derselben Vehemenz vermied, Kirsten anzusehen.

Es war Zeit, ein ernsthaftes Gespräch mit ihrem Mann darüber zu führen, ob er tatsächlich hinter ihr stand oder glaubte, ihr nur einen Gefallen tun zu müssen. Sosehr sie sich auch ein Kind wünschte, sie wollte Jacob nicht das Gefühl geben, er wäre nur teilweise willkommen in dieser Familie.

Die Stille im Wageninneren war bedrückend, allerdings wusste Jeff zum ersten Mal nicht, wie er das Schweigen zwischen Kirsten und sich brechen sollte.

Sie hatten nach dem Besuch im Kinderheim und ihrem Abschied von Mrs. Pinkett noch einen Moment im Auto gesessen.

Kirsten war voller Enthusiasmus und Euphorie. Sie war begeistert von dem kleinen Jungen, obwohl er keinen Ton zu ihr gesagt und auch den weiteren Kontakt mit ihr vermieden hatte.

Als Kirsten Jeff schließlich gefragt hatte, wie er denn dazu stehe, hatte er schließlich tief durchgeatmet und gesagt, was er wirklich dachte: Dass er sie nicht für geeignet halte, eine solche Aufgabe zu übernehmen, und dass er bezweifle, dass sie beide einem solch misshandelten Kind die passenden Pflege-, geschweige denn Adoptiveltern sein könnten.

Zu seiner Verwunderung hatte Kirsten ihn plötzlich gefragt, ob er überhaupt ein gemeinsames Kind mit ihr wolle, woraufhin er geradeheraus geantwortet hatte, dass ein leibliches Kind etwas anderes sei als ein adoptiertes. Danach war seine Frau verstummt und starrte seither nur noch schweigend zum Seitenfenster hinaus.

Auch ohne ihr Gesicht zu sehen, war ihm klar, dass sie vermutlich schmollte oder sogar wütend auf ihn war. Allerdings fühlte er sich trotz allem erleichtert, weil er ehrlich zu ihr gewesen war.

Grundsätzlich hatte er nichts gegen ein adoptiertes Kind, auch wenn er sich durchaus eingestand, dass er es weitaus schöner gefunden hätte, mit Kirsten die Vorfreude zu erleben, die eine Schwangerschaft bedeutete.

Das war ihm bereits bei Shannon verwehrt geblieben – und bis zu dem Tag, als er von Kirstens Unfruchtbarkeit erfuhr, hatte er sich nichts sehnlicher gewünscht, als eine Familie mit ihr zu gründen und all das nachzuholen, was er bei Grace verpasst hatte. Er war enttäuscht gewesen, aber er hatte sich mit den Tatsachen arrangiert.

Als Kirsten mit der Idee gekommen war, ein Kind zu adoptieren, hatte er sich von ihrer Begeisterung mitreißen lassen. Allerdings musste er sich nun eingestehen, dass er weit mehr unausgesprochene Zweifel hegte als bislang zugegeben.

»Warum hast du nicht früher gesagt, dass du gegen eine Adoption bist?«

Er wandte den Blick von der Straße und betrachtete für einen flüchtigen Moment ihr Profil. Kirsten starrte mit unergründlicher Miene geradeaus.

»Ich habe nie gesagt, dass ich gar keine Adoption will«, erwiderte Jeff und konzentrierte sich wieder auf den Verkehr. »Ich denke nur, dass Jacob und wir nicht zusammenpassen.«

»Weil du mich für unfähig hältst«, stellte Kirsten fest. Der bittere Unterton in ihrer Stimme war unüberhörbar und veranlasste ihn erneut dazu, ihr einen Blick zuzuwerfen.

»Leg mir keine Worte in den Mund, die ich nicht ausgesprochen habe«, entgegnete er verstimmt. Ärgerlich drückte er auf die Hupe, als vor ihnen jemand, ohne zu blinken, die Spur wechselte. »Du bist nicht unfähig. Ich bin nur der Meinung, diese Aufgabe ist eine Nummer zu groß.«

»Wie willst du das beurteilen?«

»Ich habe immerhin schon eine Tochter«, gab er zurück. Kirsten ließ ein abfälliges Schnauben hören.

»Das macht dich nicht zum Experten«, stellte sie fest.

»Das ist richtig – aber im Gegensatz zu dir habe ich wenigstens Erfahrung im Umgang mit Kindern.« Er schüttelte den Kopf. »Seien wir doch mal ehrlich, dein Zusammenleben mit Grace war nicht gerade geprägt von hingebungsvoller Zuneigung füreinander. Ihr seid auf Dauer nicht annähernd miteinander klargekommen.«

»Was nicht allein meine Schuld war. Ich habe in den letzten fünf Jahren ständig versucht, Grace entgegenzukommen, aber ich kann deine Tochter nicht dazu zwingen, mich zu akzeptieren … Letztlich hat sie vorher schon dreizehn Jahre lang Zeit gehabt, ein verwöhntes Einzelkind zu sein, das keine Grenzen gesetzt bekam.«

Dass sie ihm so deutlich einen Spiegel vor das Gesicht hielt, schmeckte Jeff nicht im Geringsten.

»Ich muss mich nicht dafür rechtfertigen, wie ich meine Tochter erzogen habe.«

Kirsten atmete hörbar durch.

»Nein, musst du nicht – und ich weiß, dass du denkst, ich habe bei Grace versagt. Ich selber sehe das nicht anders. Dennoch glaube ich nicht, dass es mich grundsätzlich als Mutter disqualifiziert. Warum gibst du mir nicht die Chance zu zeigen, dass ich es durchaus besser kann?«

Jeff seufzte.

»Ich sage nicht, dass du diese Chance nicht nutzen sollst. Ich finde nur, dass Jacob nicht der richtige Kandidat ist.«

»Warum?«

Irritiert schaute er zu ihr hinüber. Sie sah ihn an, und in ihrem Gesicht lag ein seltsamer Ausdruck.

»Das liegt doch auf der Hand«, gab er zurück.

»Dann erkläre mir deine Sicht der Dinge«, verlangte Kirsten.

Verstimmt betrachtete er die Fahrbahn vor sich.

»Er ist viereinhalb Jahre alt und schwer traumatisiert – eine Beziehung zu ihm aufzubauen, wird langwierig und kräftezehrend … falls es überhaupt funktioniert.«

»Ich bin bereit, mich dem zu stellen.«

»Kirsten, du hast überhaupt keine Erfahrung mit Kindern«, gab er zu bedenken.

»Nur weil ich keine eigenen Kinder haben konnte, bedeutet das keineswegs, dass ich nicht weiß, wie ich mit ihnen umgehen muss. Mit meinen Nichten und Neffen hatte ich nie Probleme.«

Jeff konnte nicht verhindern, dass ihm ein leises Lachen entschlüpfte, während er den Kopf schüttelte.

»Zeitweise den Babysitter zu mimen, ist immer noch etwas anderes als ein Kind, das man vierundzwanzig Stunden am Tag um sich herum hat. Wenn es schwierig wird, kannst du ihn nicht einfach an seine Mutter zurückgeben.«

»Dessen bin ich mir durchaus bewusst.«

»Was ist, wenn du feststellst, dass du dem nicht gewachsen bist?«

Es dauerte eine Weile, ehe sie antwortete. »Ich werde dem gewachsen sein.«

Entschlossen setzte er den Blinker, steuerte den Straßenrand an und brachte den Wagen zum Stehen. Nachdem der Motor verklungen war, wandte er sich seiner Frau zu.

»Wie kannst du das vorher wissen?«, fragte er.

Ihre Augenbrauen schoben sich zusammen, als sie seinen Blick erwiderte.

»Ich kann es nicht vorher wissen«, gab sie zurück. »Aber bekäme ich ein eigenes Kind, wüsste ich vorher auch nicht, ob ich den Herausforderungen gewachsen bin, die es mit sich bringt. Auch dann müsste ich kämpfen und mich dem stellen.« Aus schmalen Augen sah sie ihn an. »Wenn du so wenig Vertrauen in mich hast, warum hast du einer Adoption überhaupt zugestimmt?«

»Vielleicht, weil ich darauf hoffte, dass wir ein Baby adoptieren, das noch nicht so viel Leid erlebt hat. Ich habe nicht damit gerechnet, dass uns ein solcher Extremfall vermittelt wird.«

In Kirstens Augen sammelten sich plötzlich Tränen.

»Glaubst du nicht, er hat die Chance genauso verdient wie jeder andere?«

Jeff schluckte hart. »Natürlich, aber –«

Kirsten unterbrach ihn. »Warum denkst du, hat Mrs. Pinkett uns ausgesucht?«

Er zuckte mit den Schultern.

»Gefestigte Familienverhältnisse, finanziell gesicherte Zukunft«, zählte er auf.

»Ja, und das Nest«, bemerkte sie mit leiser Stimme.

Jeff furchte die Stirn. »Was für ein Nest?«

»Unser Nest. Abgesehen von der materiellen Sicherheit, die er bei uns haben wird, ist sie überzeugt davon, dass wir ihm auch die emotionale Basis und Stärke bieten können, die er braucht. Sie hat uns nicht ausgesucht, weil wir die perfekten Eltern sind, Jeff – Mrs. Pinkett weiß, dass es Schwierigkeiten geben wird … *ich* weiß, dass es Schwierigkeiten geben wird. Aber mit uns hat Jacob die Chance auf eine ganz normale Zukunft, wie sie ein Vierjähriger verdient hat. Eine Chance, die jedes Kind haben sollte … Er wird vielleicht zum ersten Mal in seinem Leben erfahren, wie es ist, geborgen zu sein und beschützt zu werden.«

Er sank zurück in seinen Sitz und umklammerte das Lenkrad mit beiden Händen. Tief durchatmend starrte er geradeaus. »Ich weiß nicht, ob ich das kann.«

»Ich weiß … aber ich verlange auch nicht von dir, dass du dich um alles kümmerst und ständig bereitstehst.« Ihre Finger legten sich auf seine Hand, und er sah sie an. »Ich bitte dich nur, mir diese Chance zu geben und mir zu vertrauen.«

Nachdenklich betrachtete Jeff sie einen Moment lang.

»Es ist deine Verantwortung«, meinte er leise.

Kirsten presste kurz die Lippen zusammen und nickte. »Damit kann ich leben.«

4

An diesem Samstagnachmittag hatte der Wettergott offenbar besonders gute Laune. Die Sonne schien vom wolkenlosen Himmel und bescherte ihnen einen letzten warmen Maitag, der sich in all seiner Pracht zeigte. Der Duft der Fliederbüsche vermengte sich mit dem zarten Geruch von Pfingstrosen und Azaleen, während mehr und mehr Gäste den Garten bevölkerten.

Kirsten stand mit verkrampftem Lächeln auf der Terrasse, begrüßte artig alle eintreffenden Personen und fühlte sich zunehmend unwohl in ihrer Haut. Alle waren gut gelaunt, mit Getränken und Häppchen versorgt und unterhielten sich blendend. Sie hatte so viele Vorbereitungen in ihren fünften Hochzeitstag gesteckt … alles funktionierte perfekt – alles außer ihr selbst.

Schon seit den frühen Morgenstunden hatte sie kein Auge mehr zugemacht und ihre Zeit stattdessen kniend vor der Kloschüssel verbracht. Auch die Magentabletten, mit denen sie sich vollgestopft hatte, halfen nur bedingt. Sie hatte die letzten notwendigen Handgriffe erledigt, sich umgezogen und war den ersten Gästen mit einem routinierten Lächeln und perfektem Äußeren entgegengetreten. Dennoch kämpfte sie weiterhin mit der nicht mehr ganz so schlimmen, aber trotzdem ständig in ihr rumorenden Übelkeit.

Die vergangenen Tage waren stressig, aber sehr schön gewesen, auf jeden Fall um Längen besser als die Wochen davor, und sie hatte endlich wieder ein bisschen zu sich selbst gefunden. Mit einem leisen Seufzer zwang Kirsten sich zurück in die Gegenwart und begegnete den nächsten Gästen mit einem herzlichen Lächeln. Ihre Schwiegereltern traten auf sie zu, und Jeffs Mutter zog Kirsten ein Stück mit sich, nachdem diese die obligatorische und Atemnot verursachende Umarmung von Schwiegervater Willbur überstanden hatte.

»Du siehst blass aus, Schätzchen.« Charlize MacAllister musterte sie mit unübersehbarer Sorge. »Und du hast abgenommen. Bist du krank, Kirsten?«

»Ich weiß es nicht«, erwiderte sie matt. »Ich kämpfe im Augenblick ständig mit Magenschmerzen und Übelkeit. Aber keine Bange, am Montag habe ich einen Termin bei meinem Hausarzt.«

Einen Termin, den es vermutlich immer noch nicht gäbe, wenn Jeff die Sache nicht in die Hand genommen hätte. Nachdem sie den Anruf immer wieder vor sich hergeschoben und wie üblich nur mit lapidaren Floskeln auf seine Bitte reagiert hatte, sich untersuchen zu lassen, hatte er schließlich selbst nach dem Telefon gegriffen.

Tief durchatmend schüttelte sie den Kopf und schenkte ihrer Schwiegermutter ein aufmunterndes Schulterzucken.

»Es gab schon Tage, an denen habe ich mich besser gefühlt … und gerade heute kann ich es gar nicht brauchen.«

»So wie du aussiehst, glaube ich dir das sofort. Ehrlich gesagt – wenn ich es nicht besser wüsste, würde ich sagen, du bist schwanger«, bemerkte Charlize.

Kirsten hätte aufgelacht, wenn ihr nicht so schlecht gewesen wäre. Ihre Schwiegermutter wusste von Kirstens Unvermögen, eigene Kinder zu bekommen, und obwohl diese Bemerkung keineswegs boshaft gemeint war, hinterließ sie einen schalen Nachgeschmack. Die Tatsache, dass sie unfruchtbar war, fühlte sich mehr denn je an wie ein brennender Dorn, der im Fleisch festsaß.

»Ich wünschte, es wäre so. Vermutlich habe ich mir irgendeinen hartnäckigen Virus eingefangen«, erwiderte sie.

Charlize legte ihr beide Hände auf die Oberarme und betrachtete

Kirsten eine Sekunde lang schweigend. In ihren grünen Augen lag mehr als nur Besorgnis. »Ich sag' das nur ungern – explizit an einem Tag wie heute –, aber du siehst wirklich schlecht aus, Schatz.«

Kirsten grinste schief. »Das ist nicht sehr schmeichelhaft.«

Charlize zwang sich sichtlich zu einer Grimasse. »Du weißt ja, dass Jeff seine ehrliche, unverblümte Art von mir geerbt hat«, scherzte sie und wurde in der nächsten Sekunde wieder ernst. »Ich mache mir Sorgen um dich.«

Das waren originalgetreu die gleichen Worte, die auch Charlizes ältester Sohn vor zwei Tagen gebraucht hatte, und Kirsten glaubte ihrer Schwiegermutter sofort. Seit dem ersten Augenblick, als sie und Charlize einander gegenübergestanden hatten, war zwischen ihnen eine besondere Verbindung gewesen.

Ihre Schwiegermutter sah in ihr keine Konkurrentin, die ihr den Erstgeborenen wegnahm, sondern eine Tochter, die sie dazubekommen hatte. Und für Kirsten gab es endlich wieder eine weibliche Bezugsperson in ihrem Leben. Selbst wenn sie nicht wegen Jeff an dieser Ehe festgehalten hätte, hätte sie es vermutlich wegen Charlize getan.

Vielleicht wusste sie die Nähe und Herzlichkeit der älteren Frau gerade deshalb zu schätzen, weil sie ihre eigene Mutter zu früh verloren hatte. Vielleicht waren sie beide sich aber auch nur bewusst darüber, wie sehr sie einander brauchten, angesichts der Tatsache, dass Jeffs Großmutter – die Mutter seines Vaters – ein alter Drachen war und weder Charlize noch Kirsten als Mitglied ihrer Familie schätzte.

Ebendieser Drache betrat in diesem Augenblick die Terrasse, eingehakt bei ihrem jüngsten Enkel Ray, der Kirsten schon auf die Entfernung hin ein entschuldigendes Lächeln schenkte. Sie unterdrückte einen Seufzer, schluckte an dem faden Geschmack auf ihrer Zunge und straffte die Schultern.

Begegnungen mit Bernadett MacAllister hinterließen meistens tiefe Kratzer und Risse in Kirstens Selbstvertrauen, und sie war immer froh, wenn die alte Lady wieder weg war.

Trotz ihrer zweiundachtzig Jahre war das weibliche Oberhaupt der MacAllisters immer noch eine imposante Erscheinung. Imposant und furchteinflößend.

Obwohl Ray fast einen Meter neunzig groß war, überragte er Bernadett nicht einmal um einen ganzen Kopf. Ihr silbergraues, kurzes Haar war kunstvoll zu einer modischen Frisur gestylt, sie trug ein dezentes, aber wirkungsvolles Make-up und dazu ein taubenblaues, schmal geschnittenes Kleid, das ihre Figur umschmeichelte.

Kirsten hatte sich manches Mal gewünscht, in dem Alter nur halb so fit und gut in Form zu sein wie Jeffs Großmutter. Allerdings war das auch schon alles, was sie an Bernadett schätzte. Die alte Dame hatte nie einen Hehl aus ihrer Abneigung gegenüber Kirsten gemacht und auch ihre Urenkelin stets in deren Vorurteilen gegenüber der verhassten zweiten Frau ihres Vaters bestärkt.

Als Grace in diesem Moment neben ihre Urgroßmutter trat, traf Kirsten der eisige Blick ihrer Stieftochter. Seitdem Grace Shannons zerstörtes Gemälde gesehen hatte, herrschte die frostigste Stimmung aller Zeiten zwischen ihnen. Sie hatte kein Wort mehr mit Kirsten gewechselt, seit sie ihre Tasche gepackt und zu Ray gezogen war. Selbst ihr Vater hatte nur kurze, knappe Antworten auf seine täglichen Nachfragen bekommen, und den Versuch, ein Gespräch mit ihr zu beginnen, blockte sie rigoros ab.

Jeff war nach dem Fiasko vor zwei Wochen und der daraus resultierenden Diskussion mit Kirsten jeden Abend pünktlich nach Hause gekommen. Er gab ihr zwar immer noch keine befriedigende Erklärung für seine wochenlangen Überstunden, aber immerhin schien er sein Projekt nun zu Ende geführt zu haben. Dennoch war es nicht gerade angenehm, abends mit ihm allein am Tisch zu sitzen und zu wissen, dass Grace ein paar Kilometer entfernt bei ihrem Onkel schmollte.

Kirsten fühlte sich frustriert und schuldig.

Bei aller Wut, die sie empfand, war ihr Verhalten falsch gewesen, und sie hatte sich benommen wie eine Idiotin. Hätte sie doch statt des Bildes einfach eine dieser furchtbar hässlichen Vasen zertrümmert, die Bernadett ihnen jedes Jahr zum Hochzeitstag schenkte.

Die Nachmittage, die sie seither bei Jacob verbrachte und in denen sich ganz langsam ein zartes Band zwischen ihnen entwickelte, konnten nicht ansatzweise das schlechte Gewissen beruhigen, das sie seither plagte.

Sie konnte die unzähligen Male, in denen sie sich an ihren Computer gesetzt und eine Mail an Grace begonnen hatte, gar nicht mehr zählen. Aber immer wieder hatten Jeffs Worte sie letzten Endes abgehalten: ganz gleich was sie sagte oder schrieb, Grace würde ihr nicht verzeihen.

»Mein lieber Jeff!« Überschwänglich und für Kirstens Empfinden völlig überzogen trat Bernadett zu ihrem ältesten Enkelsohn und zog ihn in eine Umarmung. Nachdem sie ihn auf beide Wangen geküsst hatte, hielt sie ihn ein Stück auf Abstand und musterte ihn von oben bis unten. »Du siehst mager aus. Hat deine Frau immer noch nicht kochen gelernt?«

Kirsten schloss einen Moment lang genervt die Augen und atmete tief durch. Das waren genau die Sprüche, die sie sich jedes Mal von Bernadett anhören musste. Unsachliche Kritik über ihr Aussehen, ihre Kochkünste und ihre Arbeit, die in den Augen der älteren Frau nichts weiter war als ein von Jeff finanziertes ›Hobby‹.

Dass Kirsten mittlerweile sehr erfolgreich als Malerin arbeitete und ihre Bilder sich von selbst verkauften, ignorierte Bernadett geflissentlich. In ihren Augen hatte eine Frau sich in erster Linie um ihren Mann zu kümmern, aber weder Kirsten noch Charlize hatten genau diese Vorgabe gemäß Bernadetts Vorstellung erfüllt.

Stattdessen hatten beide Karriere gemacht. Immerhin konnte Charlize noch zwei Söhne vorweisen, von denen sogar einer ihrem Weg in die Justiz gefolgt war. Aber Kirsten war nicht in der Lage, ihrem Mann einen Erben zu schenken. Eine Tatsache, die sie in Bernadetts Augen endgültig disqualifizierte.

Da Jeffs Großmutter ihr gegenüber ohnehin nie ein gutes Wort zu erübrigen hatte, widerstrebte es Kirsten nun umso mehr, sich zu ihrem Mann zu gesellen und Bernadett zu begrüßen. Hätte Charlize nicht an ihrer Seite gestanden, wäre Kirsten vermutlich ins Haus geflüchtet, um sich irgendwo zu verkriechen. Heute war ihr so gar nicht nach einer Konfrontation mit Jeffs Großmutter.

»Komm schon«, flüsterte Charlize und hakte sich bei Kirsten ein, als hätte sie deren Gedanken gelesen. »Bringen wir es hinter uns und stellen uns dem giftigen Atem des MacAllister-Drachen.«

Beunruhigt sah er Kirsten entgegen, die mit seiner Mutter im Schlepptau zurück auf die Terrasse trat und sich nun seiner Großmutter näherte. Er versuchte, ihr ein aufmunterndes Lächeln zu schenken, doch ihre Aufmerksamkeit heftete sich auf Bernadett, die sich nun ihrer Schwiegertochter Charlize und der Frau ihres Enkelsohnes zuwandte.

Kirsten wirkte angespannt und war noch blasser als am Morgen. Seine Bitte, die Feier abzusagen, nachdem sie sich mehrfach übergeben hatte, war von ihr rigoros abgelehnt worden. Stattdessen schluckte sie Tabletten und kämpfte seither sichtbar gegen Übelkeit und Schmerzen.

Er machte sich zunehmend Sorgen um sie. Wäre ihr Hausarzt in der vergangenen Woche nicht im Urlaub gewesen, hätte Jeff bereits am Montag einen Termin verlangt. Leider war Kirsten ausgesprochen dickköpfig und hatte es abgelehnt, einen anderen Mediziner aufzusuchen. Es widerstrebte Jeff zutiefst, noch eine weitere Woche zu warten. Die ständige Übelkeit und ihre Appetitlosigkeit waren für sein Empfinden nicht mehr normal, von dem auffälligen Gewichtsverlust ganz zu schweigen.

»Deine Frau sieht furchtbar aus!«, stellte Bernadett unverblümt fest, während sie Kirsten mit langem Blick taxierte. »Was ist los? Hat die gute Maggie das Handtuch geworfen und sich einen neuen Job gesucht, sodass ihr beide euch nun von Fertiggerichten ernähren müsst?« Er sah, wie Kirsten die Hände zu Fäusten ballte und ärgerlich die Lippen aufeinanderpresste.

Ihm war durchaus bewusst, wie verletzend diese Äußerungen für sie sein mussten. Leider fehlte seiner Großmutter jegliches Taktgefühl, und sie benahm sich, gerade in Bezug auf Menschen, denen sie keine Sympathie entgegenbrachte, ausgesprochen rücksichtslos.

»Keineswegs«, erwiderte Jeff. »Kirsten geht es seit einer Weile nicht so gut, das ist alles.«

»War sie bei einem Arzt?«

Obwohl seine Frau nur zwei Meter entfernt stand, sprach Bernadett weiter über ihren Kopf hinweg, als wäre sie gar nicht da. Eine Angewohnheit, die er noch nie an seiner Großmutter geschätzt hatte und die sie auch sehr gern in Gegenwart seiner Mutter anwandte.

So dankbar er dafür war, dass seine Mutter und Kirsten sich blendend verstanden, so ärgerlich war es, dass seine Großmutter sich – abgesehen von Grace – allen weiblichen Mitgliedern seiner Familie gegenüber verhielt wie die sprichwörtliche Axt im Walde. Allerdings waren Diskussionen über ihr Verhalten bislang durchweg fruchtlos verlaufen. Die alte Dame war nicht nur uneinsichtig, sie war völlig verbohrt.

Zu seinem Bedauern verfügte sie allerdings auch über eine nicht zu verachtende Weitsicht und hatte sich in den vergangenen Jahren ihre Position in der Familie erkämpft und gefestigt. Nach dem Tod ihres Mannes vor zehn Jahren hatte sie dessen Anteile an Allister-Airlines übernommen.

Ein nicht gerade mickriger Anteil, wie Jeff ungern zugab. Mit fünfundvierzig Prozent besaß sie ein nicht zu verachtendes Mitspracherecht, und sie scheute sich keineswegs davor, ihm gegenüber Drohungen und Erpressungen auszustoßen, wenn sie wieder einmal wegen ihres Verhaltens gegenüber seiner Mutter und seiner Frau in Streit gerieten. Bislang war er Auseinandersetzungen in Bezug auf seine Firma ausgewichen, um die gereizte Stimmung nicht noch mehr aufzuheizen, aber es ärgerte ihn durchaus, wie Bernadett sich benahm.

In den letzten Jahren hatten sie sich stillschweigend auf eine Art

Waffenruhe geeinigt. Er drohte seiner Großmutter nicht länger damit, den Kontakt zu ihr komplett abzubrechen, wenn sie ihre Giftpfeile nicht mehr in die Richtung von Charlize und Kirsten verschoss.

Allerdings war ihm klar, wie schwer es Bernadett fiel, über ihren eigenen Schatten zu springen. Sie hatte einen Krieg erlebt, zwei Ehemänner zu Grabe getragen und drei Kinder verloren. Nur sein Vater Willbur war ihr geblieben, und Bernadett vergötterte ihren Sohn. Die Besessenheit für ihren Jüngsten hatte sich auch auf ihre beiden Enkel Jeff und Ray übertragen … daneben zwei weitere Frauen zu akzeptieren, die ihr – Bernadettes Meinung nach – ihre ›Jungs‹ wegnehmen wollten, war für seine Großmutter schlichtweg unmöglich.

Shannon war eine der wenigen gewesen, die Bernadett akzeptiert hatte – vielleicht, weil sie von Anfang an klargestellt hatte, dass sie keinerlei Besitzansprüche auf Jeff erhob. Grace hingegen war von Bernadett in jeder Hinsicht verwöhnt und verhätschelt worden. Er hatte es zugelassen. Wenn ihr schon die Mutter fehlte, sollte sie wenigstens eine Großmutter und Urgroßmutter haben, von denen sie alle Liebe bekam, die sie brauchte.

Leider war es nicht nur Liebe, die Bernadett ihr vermittelte, und er war froh, dass seine Großmutter noch keine Ahnung von den Adoptionsplänen hatte.

»Bekomme ich keine Antwort mehr von dir, Junge?«

Die Stimme seiner Großmutter hatte einen deutlich schärferen Klang angenommen, und er fragte sich fast erschrocken, wie oft sie ihn bereits angesprochen hatte, ohne dass er reagierte. Seine Gedanken waren abgeschweift. Etwas, das ihm in letzter Zeit viel zu oft passierte.

Konzentriere dich auf ihre Frage!, schalt er sich selbst.

»Sie hat nächste Woche einen Termin«, erwiderte er zerstreut. Bernadett presste die schmalen Lippen aufeinander und warf Kirsten einen abschätzenden Blick zu. Einmal mehr erinnerte sie ihn auf fast unangenehme Weise an Grace, die sich einen großen Teil ihres Verhaltens gegenüber Kirsten offenbar von seiner Großmutter abgeschaut hatte.

»Sie ist doch nicht schwanger, oder?«

Jeff schluckte.

Ihre Frage war wie der Finger, der sich in eine offene eiternde Wunde legte und ihm erneut vor Augen führte, welche Chancen ihm das Schicksal genommen hatte. Statt auf ein eigenes Kind freute Kirsten sich nun auf das einer anderen Frau, und die letzten zwei Wochen, in denen sie täglich in die Chestnut Road gefahren war, hatten sie mit noch mehr Euphorie und Zuversicht erfüllt.

Er war sich nicht sicher, ob und wie ihm dieser Gedanke gefiel. Natürlich war ihm nicht entgangen, wie glücklich Kirsten über die Entwicklung ihrer Beziehung zu Jacob war. Während er sich weiterhin mit Zweifeln herumplagte, freute sie sich auf eine Familie.

Jeff hatte sich stets eine richtige Familie gewünscht. Ein Wunsch, der sich mit Shannon – trotz des gemeinsamen Kindes – niemals erfüllt hätte. Kirsten war anders als sie … aber in Shannon hatte er sich auch trotz jahrelanger Beziehung geirrt. Seine erste Frau war voller Hunger gewesen, gierig auf alles, was sich ihr bot. Sie hatte ihn mit ihrer wilden Leidenschaft mitgerissen, und für eine Weile war er so blind vor Liebe und fest überzeugt gewesen, sie zähmen und an sich binden zu können, dass er all die Anzeichen ignoriert hatte.

Fast hätte er alles verloren.

Das würde ihm diesmal nicht passieren.

Tief durchatmend schüttelte er den Kopf und kehrte in die Gegenwart zurück.

»Nein, ist sie nicht«, antwortete er auf Bernadetts Einwurf. Obwohl ihr Kirstens Unfruchtbarkeit bekannt war, wirkte sie geradezu erleichtert.

»Gut!« Sie trat wieder zu Ray und hakte sich bei ihm ein. Die Stimme halb gesenkt, damit Kirsten sie nicht mehr hören konnte, schenkte sie Jeff ein boshaftes Lächeln. »Wäre der Fall anders gewesen, hätte ich mich ernsthaft fragen müssen, inwieweit

Geburtenkontrolle auch in unserer zivilisierten Gesellschaft sinnvoll ist.«

Sie konnte nicht verstehen, was seine Großmutter von sich gab, aber die ärgerliche Röte, die sich in Jeffs Gesicht zeigte, bestätigte Kirsten auch ohne akustischen Nachweis, dass es offenbar wieder einmal auf ihre Kosten gegangen war. Charlize ein entschuldigendes Lächeln schenkend, machte sie sich von ihrer Schwiegermutter los und überwand die wenigen Meter zu ihrem Mann mit leisen Schritten.

»Alles okay?«, wollte sie wissen. In seinem Blick lag wogender Zorn, als er sich ihr zuwandte. Er atmete tief ein, zog Kirsten an seine Seite und drückte seine Lippen auf ihre Stirn. Bernadett verschwand mit Ray an ihrer Seite und Grace im Schlepptau Richtung Buffet.

»Nichts, worüber es sich zu ärgern lohnt«, gab er zurück. »Du weißt, wie charmant und zuvorkommend meine Großmutter sein kann.«

Kirsten lächelte ihm zu, schlang ihm die Arme um die Taille und drückte sich an ihn. Wenn es nach ihr gegangen wäre, hätten sie diesen ganzen Trubel hinter sich gelassen und wären einfach von hier verschwunden. Eigentlich war die Idee mit dem romantischen Urlaub zu ihrem Geburtstag gar nicht so verkehrt.

»Ich habe davon gehört«, erwiderte sie leichthin.

Es frustrierte sie ein wenig, dass Bernadett wieder ihr Gift verspritzte und Kirsten sich nicht einmal selbst gegen sie zur Wehr setzen konnte, weil Jeff ihr die näheren Details verschwieg. Den heutigen Tag hatte sie sich eindeutig anders vorgestellt. Aber nachdem er bereits so durchwachsen begonnen hatte, war es wohl schwer vorstellbar, dass sie sich irgendwann entspannt würde zurücklehnen können. Seufzend strich sie sich eine widerspenstige Locke aus der Stirn und sah den dreien nach.

»Grace ist immer noch sauer auf mich.«

Jeff wandte den Kopf und blickte zu seiner Tochter hinüber, der Bernadett in diesem Moment einen Arm um die Schultern legte.

»Vermutlich.« Er zog Kirsten noch näher an sich. »Und ich bin nicht sicher, ob sie dir verzeiht.«

Tief Luft holend, zuckte sie mit den Schultern.

»Immerhin muss ich mich nicht erst daran gewöhnen, dass deine Tochter mich hasst.«

»Da kommt Stuart!«

Sie hatte keineswegs damit gerechnet, dass Jeff versuchen würde, ihre Äußerung zu dementieren, aber dass er gar nicht darauf reagierte, versetzte ihr einen irrationalen Stich. Resigniert wandte sie den Kopf und sah zur linken Seite der Terrasse hinüber, wo in diesem Augenblick ein schwarzhaariger Mann mit grauen Schläfen das Grundstück betrat.

An Stuarts Seite erkannte Kirsten die junge Frau, die sie in jener Sonntagnacht in Begleitung von Jeff gesehen hatte. Mit steigendem Unwohlsein sah sie dem Paar entgegen, das nun langsam auf sie zukam.

Wie hieß sie noch gleich?

Carolyne, oder?

»Jeff!«

Bernadetts ungeduldige Stimme klang an ihr Ohr, und Jeff gab einen genervten Seufzer von sich. Entschuldigend sah er Kirsten an.

»Tu mir den Gefallen und begrüß du die beiden. Ich werde sehen, was sie will.«

»Okay.«

Er küsste sie flüchtig und machte sich auf den Weg zu seiner Großmutter. Einen frustrierten Seufzer unterdrückend, verkniff Kirsten es sich, ihre Lippen zu berühren. Es war gute zwei Wochen her, dass sie das letzte Mal miteinander geschlafen hatten, und die Sehnsucht übermannte sie für einen Augenblick.

Entschlossen wandte sie sich Stuart und seiner Begleiterin zu. Auf die Entfernung war Carolyne schon hübsch gewesen, aber bei näherem Hinsehen war sie eine echte Schönheit. Das hellblonde Haar umrahmte lang und glatt ein herzförmiges Gesicht, aus dem

Kirsten ein Paar außergewöhnliche, blaugrüne Augen entgegenblickte.

Kein Wunder, dass Stuart sich Hals über Kopf in sie verliebt hatte.

»Guten Tag, Kirsten.« Sie fühlte sich in eine warme Umarmung gezogen, und Stuarts Lippen drückten sich auf Kirstens Wange. Raue Bartstoppeln kratzten über ihre Haut. »Herzlichen Glückwunsch zu fünf Jahren Durchhaltevermögen. Ich kann mich immer nur wundern, dass du ihm noch nichts ins Essen gemischt hast.«

Als er sie wieder losließ, erhellte ein breites Grinsen sein Gesicht. Kirsten schüttelte belustigt den Kopf.

»Du weißt doch, dass ich nicht kochen kann«, scherzte sie widerwillig.

Stuarts dunkles Lachen schallte über die Terrasse.

»Wie ich gehört habe, kann man dir auch gratulieren«, bemerkte Kirsten und wandte ihre Aufmerksamkeit nun der jungen Frau zu, die einen halben Schritt hinter Stuart zurückgeblieben war. Stuarts Verlobte trug ihre Handtasche wie einen Schild vor sich her. Für einen Moment hatte Kirsten den Eindruck, ein Schatten huschte über Carolynes Gesicht.

»Du hast recht«, stellte Stuart gut gelaunt fest.

Er klang eine Spur zu enthusiastisch, während er sich der Frau an seiner Seite zuwandte und ihr einen Arm um die Schultern legte. Kirsten stellte irritiert fest, dass Carolyne sich versteifte und das zaghafte Lächeln auf ihren Lippen an Halt verlor.

Was war los mit den beiden?

»Kirsten, ich möchte dir meine Verlobte vorstellen: Carolyne Gregory. Wir haben uns im letzten Monat während meines Aufenthaltes in Chicago kennengelernt.« Er sah seine Verlobte an, und sie erwiderte seinen Blick zögernd. »Carolyne, das ist Kirsten MacAllister. Jeffs Frau.« Die junge Frau reichte ihr die Hand und nickte ihr unverbindlich zu.

»Freut mich.« Ihre Stimme war sanft und weich, passend zu einer so hübschen Erscheinung. Kirsten erwiderte den Gruß und zwang sich zu einem aufmunternden Lächeln.

»Vor einem Monat habt ihr euch erst kennengelernt und seid schon verlobt! Wow, das nenne ich mal Eiltempo.« Sie lachte leise. »Nett, Sie kennenzulernen, Carolyne. Dann sind Sie also die geheimnisvolle Helferin meines Mannes?« Es war nur der Versuch, ein wenig Konversation zu betreiben. Dass Carolynes Wangen sich nun allerdings rot färbten, verwunderte Kirsten.

Jeff trat wie aus dem Nichts neben sie, begrüßte Stuart mit einem Schulterklopfen und drückte dessen Verlobte kurz an sich. Kirsten entging nicht, dass Carolynes ganze Haltung sich im gleichen Moment änderte. Ihre Züge wurden weicher, ihr Lächeln herzlicher, und die junge Frau wirkte von einer Sekunde auf die andere wie ausgewechselt.

Ungewollt fügten sich die Splitter in Kirstens Kopf zu einem einzigen Bild zusammen. Carolynes kühles Verhalten gegenüber Stuart und auch ihr selbst, ihr leichtes Erröten, als Kirsten sie auf ihre Arbeit mit Jeff ansprach … und nun dieser Wandel ihres gesamten Auftretens.

Kirsten wollte diesen Gedanken nicht Gestalt annehmen lassen, aber in jeder Sekunde verstärkte sich der ungeheure Verdacht in ihrem Kopf.

Jeff hatte eine Affäre mit Stuarts Verlobter!

Die Übelkeit überwältigte sie fast, und angestrengt kämpfte sie gegen Schwindel und Brechreiz. Darum bemüht, nicht einfach umzukippen, schloss sie für einen Moment die Augen.

Das war ein Albtraum!

Sie spürte die feinen Schweißperlen, die sich auf ihrer Stirn bildeten, und Jeffs Finger, die sich um ihren Oberarm legten. Als sie die Augen wieder öffnete, stand er vor ihr und sah ihr ins Gesicht. Ein seltsamer Ausdruck lag auf seinen Zügen.

»Würdet ihr uns wohl kurz entschuldigen.« Ohne eine Antwort von den beiden abzuwarten, schob er Kirsten vor sich her zum Haus hinüber.

»Wo willst du hin?«, fragte sie matt.

»Wir müssen reden.«

Der unangenehme Druck in ihren Eingeweiden vervielfachte

sich, und in ihrem Kopf hämmerte irgendjemand von innen mit einem Vorschlaghammer gegen die Schädeldecke. Wie ein Opferlamm ließ Kirsten sich von ihm durch die offen stehenden Türen der Bibliothek manövrieren. Ihr Blick wurde unweigerlich von der leeren Stelle über dem Kamin angezogen, wo vor zwei Wochen noch Shannons Gemälde gehangen hatte.

»Was ist mit dir?«

Seine Frage überraschte Kirsten. Sie starrte ihn einen Moment lang verblüfft an.

War das sein Ernst?

Jeffs Augen huschten über ihre Gestalt und blieben erneut an ihrem Gesicht hängen.

»Du bist kalkweiß, Kirsten, und du schaust aus, als hättest du ein Gespenst gesehen.«

»Ehrlich gesagt fühle ich mich auch so«, erwiderte sie.

Entschlossen ging sie zu der Terrassentür hinüber und schob sie zu. Niemand ihrer Gäste sollte an diesem Gespräch teilnehmen, und sie wollte endlich die Wahrheit wissen. Als sie sich ihm zuwandte, fing sie seinen prüfenden Blick auf.

»Hast du eine Affäre mit Carolyne?«

Ihre unverblümte Frage ließ Jeffs Gesichtszüge regelrecht entgleisen, aber sie wollte sich nicht täuschen lassen. Nicht mehr. Irgendetwas war zwischen den beiden.

»Bitte was?«

»Du hast mich schon verstanden«, entgegnete sie.

»Hast du den Verstand verloren?« Kopfschüttelnd lief Jeff auf und ab. »Ich bin mit dir verheiratet, und Carolyne ist Stuarts Verlobte.«

»Das ist ein Grund, aber kein Hindernis.«

»Wir reden hier von meinem besten Freund!«

»Ich weiß. Welcher Art waren ihre Dienste, als sie dir mehrmals bis spät in die Nacht geholfen hat?«

Er blieb stehen. Die Stirn gefurcht, starrte er Kirsten an.

»Sie hat mir – gemeinsam mit fast einem Dutzend anderer Menschen – bei einem Projekt zur Seite gestanden, über das ich dir zu diesem Zeitpunkt keine näheren Informationen geben kann.« Ärger machte sich in seinem Gesicht breit. »Auch das habe ich dir neulich Nacht erklärt.«

»Ich finde deine Erklärungen ziemlich dürftig.«

»Im Augenblick kann ich dir nicht mehr geben.« Fahrig hob er die Schultern. »Was erwartest du? Dass ich auf die Knie falle und dich anbettele, mir zu glauben?«

»Nein. Ich will nur die Wahrheit.«

»Das *ist* die Wahrheit.«

»Warum verhält sich Carolyne in deiner Nähe dann so anders als in meiner?«

»Vermutlich, weil sie dich nicht kennt.«

»Ach ja? Warum verhält sie sich dann auch gegenüber Stuart so anders als bei dir? Wo sie doch so verliebt sind und sich nur einen Monat nach ihrem Kennenlernen schon verloben.«

»Wovon redest du?«

Kirsten trat vor ihn, tippte ihm den Zeigefinger auf die Brust und musterte ihn wütend. »Ich rede davon, dass sie kalt und abweisend war – selbst gegenüber ihrem angeblichen Verlobten – aber als *du* dazukamst, war sie plötzlich wie ausgewechselt.«

Er schüttelte den Kopf. »Das bildest du dir ein.«

»Ja, vermutlich – genau wie die unzähligen Überstunden, die du für dein imaginäres Geheimprojekt angesammelt hast.«

Er hob die Hände und schüttelte wütend den Kopf.

»Okay, das reicht! Dieses Theater werde ich mir nicht länger antun.« Unsanft griff er nach ihrer Hand, zog Kirsten zu der Sitzgruppe vor dem Kamin hinüber und drückte sie auf das Sofa, ehe er sich ihr gegenüber auf den Couchtisch setzte. »Auch wenn ich damit alles verderbe, sage ich dir jetzt, warum ich in den letzten Wochen ständig mit Überstunden beschäftigt war.«

»Jeff!«

Erneut war es Bernadetts Stimme, die ihre Unterhaltung unterbrach. Während er genervt die Augen rollte, ballte Kirsten die Hände zu Fäusten und hätte am liebsten nach irgendeinem dicken, schweren Buch gegriffen, um es ihr an den Kopf zu werfen.

Ungefragt betrat die ältere Frau die Bibliothek.

Als Kirsten über die Schulter zu ihr hinübersah, erkannte sie mit einer gewissen Befriedigung den fassungslosen Ausdruck in Bernadetts Gesicht, als diese den leeren Fleck über dem Kamin anstarrte.

»Jeff! Erkläre mir bitte, was mit dem Gemälde von Shannon passiert ist«, verlangte sie.

Kirsten erhob sich von dem Sofa, wandte sich seiner Großmutter zu und starrte sie wütend an.

»Es ist zerstört – nachdem *ich* es mit einem Messer bearbeitet habe«, antwortete sie an seiner Stelle.

In Bernadetts Gesicht zuckte ein Muskel. »Jeff … könntest du mir erläutern, was hier vor sich geht?«

Ehe Kirsten sich noch weiter in ihr Fettnäpfchen stürzen konnte, stand Jeff hastig auf und legte ihr beruhigend eine Hand auf die Schulter. Als sie ihn ansah, schüttelte er kaum merklich den Kopf. Sein Blick war eindringlich.

»Sie ist durchgedreht!«

Graces Stimme zerschnitt den Moment wie kalter Stahl. Erschrocken sah Kirsten zu ihrer Stieftochter hinüber, die in der Terrassentür stand. Hinter ihr tauchten Ray und seine Eltern auf. Die Übelkeit verwandelte sich in heißen Schmerz, der ihren ganzen Körper erzittern ließ.

Kirsten spürte, wie etwas warm auf ihrer Oberlippe kitzelte, und strich sich fahrig über das Gesicht. Als sie ihre Hand hob, klebte Blut an ihren Fingern. Sie schluckte. Erneut sah sie zu Grace hinüber, dann huschte ihr Blick über Bernadett hinweg und blieb an Jeff hängen, der sie anstarrte.

Er wirkte erschrocken.

Mit einem bitteren Lächeln sah sie ihm in die Augen.

»Alles Gute zum Hochzeitstag«, flüsterte sie.

ALS KIRSTEN MIT ASCHFAHLER HAUT UND NASENBLUTEN VOR IHM stand, hatte er sich gefühlt, als schlüge ihm jemand die Faust in den

Magen. Die Sorgen, die er sich bereits seit dem Morgen um sie machte, verwandelten sich plötzlich in Angst. Er hielt sie nicht auf, als sie sich in ihr Atelier flüchtete und ihn mit dem Rest der Familie allein ließ.

Stattdessen wandte er sich seiner Großmutter zu, die in diesem Moment offenbar gar nicht anders konnte, als sich in Graces Richtung darüber auszulassen, was sie von Kirsten hielt.

»Sie taugt nichts, das habe ich von Anfang an gesagt. Diese skandinavischen Frauen … was ist nur in sie gefahren? Die arme Shannon würde sich im Grabe umdrehen, wenn sie das wüsste.«

»Ich sag doch, sie ist durchgedreht«, wütete Grace.

»Ich bin nur froh, dass dein Vater nicht auch noch ein Kind mit ihr in die Welt gesetzt hat«, stellte Bernadett fest. »Schizophrenie ist vererbbar, soweit ich weiß.«

Er kämpfte mühsam mit seinem Zorn und ballte die Hände zu Fäusten. »Hört auf! Alle beide!«

Graces Blick war mindestens so zornig, wie er sich fühlte, und er konnte ihren Ärger durchaus nachvollziehen. Allerdings schürte der überhebliche Ausdruck in Bernadetts Gesicht seinen eigenen Zorn noch weiter.

»Natürlich willst du die Wahrheit nicht hören, Jeff.« Mit einem Kopfschütteln wandte sie sich ihm zu. Als sie den Mund öffnete, um die nächste Unverschämtheit loszulassen, hob er eine Hand und verbot ihr mit deutlicher Geste noch einen Ton von sich zu geben. Mühsam zwang er sich zur Ruhe.

»Heute ist mein fünfter Hochzeitstag, und ihr seid meine Gäste«, erwiderte er leise. »Habt ihr wirklich nichts anderes zu tun, als meiner Frau und mir diesen Tag zu verderben?«

Er sah einen nach dem anderen an, und sowohl seine Eltern als auch Ray, die doch gar nichts getan hatten, sahen schuldbewusst drein. Selbst Grace schien sich plötzlich bewusst zu werden, was sie gesagt und getan hatte. Nur Bernadetts Blick blieb unbeeindruckt.

Jeff sah ihr in die Augen.

»Kirsten hat die letzten Wochen damit zugebracht, diese Feier zu planen und sie so perfekt wie möglich zu gestalten. Obwohl sie krank ist und es ihr zunehmend schlechter geht, hat sie sich dennoch durch den heutigen Tag gequält, nur damit diese Feier stattfinden kann und die Gäste nicht enttäuscht nach Hause geschickt werden. Sie tut alles, damit jeder sich wohlfühlt, und doch hast du nichts anderes zu tun, als auf ihr herumzuhacken.«

»Sie hat Shannons Bild zerstört«, entgegnete Bernadett entrüstet.

»Ehrlich gesagt bin ich überzeugt davon, wenn Grandpa über Jahre ein Bild seiner ersten Frau vor dir aufgehängt hätte, wäre deine Reaktion ganz ähnlich gewesen … und ich glaube nicht, dass *du* fünf Jahre gewartet hättest.«

Er sah zu Grace hinüber, die auf ihrer Unterlippe herumkaute.

»Ich weiß, dass es dich verletzt, was Kirsten getan hat, und auch wenn du es nicht hören willst, so sage ich dir dennoch, dass es ihr leidtut. Würdest du ihr nur einmal eine Chance geben und mit ihr sprechen, hätte sie dir längst alles erklärt.«

»Was gibt es da zu erklären?«, mischte Bernadett sich ein. »Sie hasst Shannon.«

Zornig starrte er seine Großmutter an.

»Shannon ist tot!«, fuhr er sie an. »Selbst wenn sie diesen Unfall damals überlebt hätte, wären wir heute längst nicht mehr verheiratet – und Kirsten wäre dennoch an meiner Seite.«

»Das meinst du doch nicht wirklich ernst, Jeffrey.«

»Mir ist das sehr wohl ernst«, erwiderte er ruhig. »Shannon war unfähig, einen anderen Menschen außer sich selbst zu lieben. Eigentlich hatte ich gehofft, dass meiner Familie diese Tatsache schon vor achtzehn Jahren klargeworden wäre – immerhin hat sie Grace fast mit in den Tod gerissen.«

Ihm entging weder, wie blass Bernadett wurde, noch, dass seine Tochter irritiert von einem zum anderen sah. Die Tatsache, dass sie damals mit Shannon im Auto gesessen hatte, als diese verunglückt war, hatte Jeff ihr bislang verheimlicht … ebenso wie die Wahrheit darüber, dass noch ein zweiter Erwachsener mit im Auto gewesen war – nämlich Shannons Liebhaber. Die Familie und er waren der Meinung gewesen, Grace sollte diese Seite von Shannons Charakter nie kennenlernen. Allerdings hatte sich in der jüngsten Vergangenheit leider zu deutlich gezeigt, wie falsch es war, die Wahrheit zu verschweigen. Er seufzte.

»Betrachtet euch als ausgeladen … fahrt nach Hause. Diese Feier ist hiermit offiziell beendet.«

5

»Nehmen Sie die Vitamine und das Antibiotikum in den nächsten zehn Tagen regelmäßig. Die Laborergebnisse sollten mir bis Freitag vorliegen, dann werde ich Sie umgehend informieren, Mrs. MacAllister.« Dr. Treston schüttelte Kirsten die Hand und bedachte sie mit einem ermunternden Blick. »Machen Sie sich keine Sorgen, alles deutet auf einen hartnäckigen Virusinfekt hin, den Sie über Wochen verschleppt und nicht auskuriert haben. Schonen Sie sich in nächster Zeit und schlafen Sie viel, dann sind Sie rasch wieder auf den Beinen.«

Sie bedankte sich mit einem Lächeln, griff nach ihrer Handtasche und verließ mit einem letzten Gruß das Behandlungszimmer. Wenn sie ehrlich war, enttäuschte sie das Ergebnis ihrer vorläufigen Untersuchung.

Dr. Treston hatte sie ausgiebig durchleuchtet, ihren Blutdruck und Blutzucker gemessen und unzählige Röhrchen ihres Blutes für weitere Untersuchungen abgenommen. Dass sie jetzt fast eine Woche auf die Endergebnisse warten musste, war natürlich ihre eigene Schuld, nachdem sie so lang gezögert hatte – aber es änderte nichts an ihrer Frustration.

Sie ging an der Anmeldung vorbei, verabschiedete sich leise von der Sprechstundenhilfe und drückte die Hand gegen die Tür, die nach draußen führte.

»Kirsten?«

Als sie sich umdrehte, erkannte sie Kimberley Jordan, eine ehemalige Studienkollegin, mit der sie mehrmals im Jahr an Ausstellungen und Vernissagen teilnahm. Sie stand am Empfang und sah mit schiefgelegtem Kopf zu ihr herüber.

»Kim! Entschuldige bitte, ich habe dich eben gar nicht bemerkt. Schön dich zu sehen.« Kirsten ging zu der anderen Frau zurück, und die beiden schüttelten sich die Hände. »Wie geht es dir?«

Kimberley deutete mit dem Kugelschreiber auf das Klemmbrett mit dem Patientenfragebogen, das vor ihr lag und auf dem sie ihre Daten eintragen sollte.

»Jährlicher Routinecheck. Ich kann nicht klagen«, bemerkte sie, schob sich die Sonnenbrille in das kastanienbraune Haar und musterte Kirsten prüfend. »Sei mir nicht böse, wenn ich so direkt bin, aber … du siehst wirklich schlecht aus. Bist du krank?«

»Nur ein verschleppter Infekt«, erwiderte Kirsten mit einem Schulterzucken. »Ich glaube, ich brauch mal Urlaub.«

»Eine Auffrischungskur wäre sicher auch nicht verkehrt«, neckte Kimberley, während sie auf dem Fragebogen herumkritzelte. Kirsten biss sich auf die Unterlippe.

»Apropos Auffrischungskur … kennst du zufällig einen wirklich guten Restaurator, der sich auf Ölgemälde spezialisiert hat?«

»Ölgemälde?« Irritiert furchte Kimberley die Stirn. »Ich dachte, du malst in Acryl und Aquarell.«

»Ja, ich schon. Es geht um ein zerstörtes Bild, das ich gern wieder in Ordnung gebracht hätte.«

»Altes Familienerbstück gefunden, hm?«

Für einen Moment presste Kirsten die Lippen aufeinander, ehe sie mit den Schultern zuckte.

»Drüber gestolpert, würde es wohl eher treffen«, entgegnete sie.

»Wie schlimm ist der Schaden denn?«, wollte Kimberley wissen und reichte der Sprechstundenhilfe das ausgefüllte Formular und den Kugelschreiber zurück, ehe sie sich Kirsten zuwandte.

»Verblichene Farben und poröse Leinwand nach hundertzwanzig Jahren?«

»Nein, es ist erst achtzehn Jahre alt, aber die Leinwand ist zerschnitten.«

Verblüffung und Erheiterung machten sich in Kimberleys grünen Augen breit. »Zerschnitten?«

Unbehaglich rollte Kirsten mit den Augen. »Frag lieber nicht.«

Kimberley lachte belustigt auf. »Okay, ich tu's nicht.« Schulterzuckend sah sie Kirsten an. »Nun, ich kenne mich mit Leinwänden weniger aus als mit Sandstein und Marmor, aber ich schätze, da muss ein echter Experte ran. Mir fällt da zwar jemand ein, aber ich muss ihn fragen, ob er das tatsächlich in Ordnung bringen kann.«

»Ist er gut?«

»Er ist genial. Falls du mal ein neues Gemälde brauchst … ich kann ihn nur wärmstens empfehlen. Ich ruf' ihn in den nächsten Tagen an.«

»Das wäre wirklich nett von dir.«

Die junge Frau am Empfang stand auf und beugte sich ein Stück weit vor.

»Entschuldigen Sie, Mrs. Jordan. Sie können gleich zu meiner Kollegin ins Labor gehen, damit sie Ihnen schon einmal Blut abnimmt.«

Kimberley nickte. »Okay, vielen Dank.« Kirsten zuzwinkernd, schulterte sie ihre Handtasche. »Gute Besserung und ich melde mich bei dir, sobald ich etwas weiß.«

»Vielen Dank.«

Tief durchatmend nahm Kirsten auf dem kleinen Stuhl Platz, schenkte Jacob ein schwaches Lächeln und starrte schließlich auf das leere Blatt Papier, das vor ihr lag. Heute vor zwei Wochen hatte sie hier das erste Mal gesessen und war bislang jeden Tag hergekommen, um den Jungen zu besuchen. Er taute nur langsam auf in ihrer Nähe, aber immerhin hatten sie zwischendurch schon gemeinsam gemalt und sogar ein paar kurze Unterhaltungen geführt, wenn man das so nennen konnte.

So glücklich sie die Tatsache auch machte, dass sich zwischen Jacob und ihr nach und nach so etwas wie eine Beziehung anbahnte, so unglücklich war sie über das vergangene Wochenende. Was ihr fünfter Hochzeitstag hatte werden sollen, hatte sich in eine Farce verwandelt.

Sie war es leid, dass Jeffs Großmutter sie behandelte wie einen Menschen dritter Klasse und Grace damit ein mehr als unpassendes Vorbild war.

Wie sollte das werden, wenn Jacob erst bei ihnen einzog?

Kirsten wollte unter allen Umständen vermeiden, dass Bernadett auch für Jacob ein Muster an Unhöflichkeit und Taktlosigkeit wurde. Er sollte sich kein Beispiel an ihr nehmen und sich anderen Menschen gegenüber anmaßend und unverschämt benehmen. Aber sie konnte ihn auch nicht vor der Familie verstecken.

Und dann war da immer noch die Sache mit Carolyne. Jeff hatte die Hochzeitsfeier beendet, nachdem Kirsten sich in ihr Atelier geflüchtet hatte, und war ihr irgendwann gefolgt. Sie hatten zusammengesessen und geredet, aber auch ihr Mann wusste keine Erklärung für Carolynes seltsames Verhalten. Allerdings betonte er immer und immer wieder, dass er Kirsten niemals untreu gewesen sei. Nach einer Weile hatte sie schließlich abgewiegelt, und das Thema war nicht mehr zwischen ihnen zur Sprache gekommen, aber die Zweifel nagten leise weiter in ihr.

»Bist du traurig?«

Jacobs Stimme erklang direkt neben ihr, und als Kirsten den Kopf hob, stand er vor dem Tisch und sah sie aus seinen großen, braunen Augen an. Sie unterdrückte einen Seufzer. Kein Kind in diesem Alter sollte so erwachsen wirken wie Jacob.

Jedes Mal, wenn sie diesem kummervollen Blick begegnete, wollte sie nichts mehr als ihn in den Arm nehmen und ihm sagen, dass er keine Angst mehr haben musste. Allerdings war ihr klar, dass sie mit einer solch unbedachten Handlung vermutlich mehr zerstört als gewonnen hätte.

»Ein bisschen«, erwiderte sie leise und schenkte dem kleinen Jungen ein Lächeln. Er musterte sie sehr ernst.

»Warum?«, wollte er wissen. Sie legte den Kopf schief.

»Na ja, an manchen Tagen fühlt man sich nicht so gut wie an anderen … aber man hat nicht immer einen bestimmten Grund dafür.«

Er nickte verständig und setzte sich auf den Stuhl neben sie. Nachdenklich griff er sich einen Buntstift und spielte damit herum. »Ich bin auch oft traurig.«

»Warum?«, wiederholte sie seine Frage. Jacob zog einen Strich auf dem Blatt Papier, und für einen Augenblick befürchtete Kirsten schon, er würde ihr wie so oft nicht antworten.

»Wegen der schlimmen Träume.« Seine Stimme war so leise, dass sie ihn kaum verstand. Sie wartete darauf, dass er weitersprach, aber der Junge starrte nur den Strich vor sich an.

»Welche Träume, Jacob?«

Er presste einen Moment lang die schmalen Lippen aufeinander.

»Die von Mom.«

Sie schluckte.

»Von Mom?«

Sein Blick huschte nervös über Kirstens Gesicht und durch das Zimmer.

»Wenn sie gemein war«, wisperte er tonlos.

»Was hat sie dann getan?«, flüsterte Kirsten zurück. Jacob senkte die Augen wieder auf das Blatt Papier und schien eine Spur blasser zu werden.

»Sie hat mir wehgetan«, murmelte er.

Einen Augenblick rang Kirsten um Fassung und versuchte, das Gefühlschaos in den Griff zu bekommen, das über sie hinwegrollte. Sie wollte nichts mehr, als ihn in den Arm zu nehmen, stattdessen versuchte sie mühsam, sich nicht anmerken zu lassen, wie sehr es sie mitnahm, dass er mit ihr ausgerechnet darüber sprach.

»Das tut mir sehr leid, Jacob.«

Er zuckte mit den Schultern und starrte wieder auf das Blatt mit dem Buntstiftstrich.

»Mrs. MacAllister?« Irritiert hob Kirsten den Blick und sah zu ihrer Überraschung die Sozialarbeiterin vor sich stehen. Mrs. Pinkett schenkte ihr ein schwaches Lächeln. »Kommen Sie doch kurz mit mir, Mrs. MacAllister.«

In ihrem Bauch breitete sich ein flaues Gefühl aus, das Kirsten tapfer zu ignorieren versuchte. Rasch griff sie nach ihrer Tasche, versprach Jacob leise gleich wiederzukommen und folgte Mrs. Pinkett aus dem Gemeinschaftsraum heraus und den Flur entlang zu dem kleinen Büro der Heimleiterin Mrs. Hannigan. Die Sozialarbeiterin schloss geräuschlos die Tür hinter ihnen.

»Setzen Sie sich doch, Mrs. MacAllister.« Sie deutete auf einen Stuhl, der vor dem kleinen Schreibtisch stand, ehe sie selbst dahinter Platz nahm. Die Sozialarbeiterin schenkte Kirsten ein weiteres Lächeln. »Sie wundern sich vielleicht ein bisschen, weil ich Sie in Mrs. Hannigans Büro gebeten habe.«

»Ehrlich gesagt ja«, entgegnete Kirsten.

»Mrs. Hannigan und auch ihre Mitarbeiterinnen haben mich darüber informiert, dass Sie seit unserem ersten Besuch heute vor zwei Wochen fast jeden Tag hier waren. Ihr Verhältnis zu Jacob hat sich bereits merklich verändert und ist allen positiv aufgefallen.«

Es gelang Kirsten nicht, sich das glückliche Lächeln zu verkneifen, das sich auf ihren Lippen breitmachte. Die Tatsache, dass diese Entwicklung auch dem Personal im Kinderheim aufgefallen war, stimmte sie zuversichtlich.

»Ja, das ist richtig. Wir führen mittlerweile schon ein paar kleinere Unterhaltungen und verbringen viel Zeit miteinander.«

»Denken Sie immer noch, dass er das Kind ist, das Sie zu sich nehmen möchten?«

Fast erschrocken sah Kirsten sie an. Was sollte diese Frage? Natürlich wollte sie Jacob immer noch eine Mutter sein. Hielt Mrs. Pinkett sie auch für ungeeignet … so wie Jeff?

Sie hatten sich darauf geeinigt, dass Jacob in Kirstens *Verantwortungsbereich* fiel, und sie wusste, worauf sie sich einließ. Dennoch verletzte es sie zutiefst, dass ihr Ehemann in den vergangenen zwei Wochen kein einziges Mal bei ihren Besuchen hier dabei gewesen war. Nach den ersten beiden Tagen hatte er nicht einmal mehr gefragt, wie es laufe. Im Gegensatz zu ihr schien sein Interesse an einer Adoption auf das Minimum geschrumpft zu sein … ebenso wie sein Interesse an ihr.

Kirsten schluckte. Ihre Eheprobleme durften Mrs. Pinkett auf keinen Fall zu Ohren kommen. Sich räuspernd drückte sie den Rücken durch.

»Ich möchte Jacob auch weiterhin zu mir nehmen, das ist richtig.«

»Was ist mit Ihrem Mann, Mrs. MacAllister?«

»Mit meinem Mann?«, wiederholte sie alarmiert.

»Mr. MacAllister ist in den letzten zwei Wochen leider nie mit Ihnen hier gewesen.«

»Oh … ja, ich weiß … und es tut ihm sehr leid. Mein Mann ist zurzeit in seinem Unternehmen sehr eingespannt und kommt meist erst spät in der Nacht von seinen Terminen nach Hause. Leider hatte er bislang keine Möglichkeit, an den Besuchen bei Jacob teilzunehmen.«

Mrs. Pinkett musterte sie einen Moment lang eindringlich, und Kirsten spürte, wie ihre Handflächen feucht wurden.

»Nun, das ist verständlich«, erwiderte die Sozialarbeiterin und faltete die Hände auf der abgewetzten Schreibtischplatte. »Aber er ist immer noch – ebenso wie Sie – daran interessiert, Jacob ein Heim zu bieten?«

»Selbstverständlich!«

Sie spürte selbst, wie übereilt ihre Antwort klang, und Kirsten schob ein entschuldigendes Lächeln hinterher. Der Augenblick, in dem Mrs. Pinkett sie schweigend betrachtete, zog sich endlos dahin.

»Wir haben Jacob gefragt, ob er Sie für zwei oder drei Tage besuchen möchte, und er schien durchaus angetan von dieser Idee«, stellte die Sozialarbeiterin fest. Eine Hand auf den Brustkorb gedrückt, schnappte Kirsten hörbar nach Luft. Damit hatte sie nicht gerechnet. »Wenn Sie einverstanden sind, können Sie Jacob nach Ihrem morgigen Besuch mit nach Hause nehmen. Bis Freitag darf er bei Ihnen bleiben. Sie müssen sich allerdings darüber klar sein, dass immer die Möglichkeit besteht, dass er in seine gewohnte Umgebung zurückkehren möchte.«

Kirsten zwinkerte hektisch. »Ja, ich weiß.«

»Wenn Sie ihn also nicht überzeugen können, bei Ihnen zu bleiben, werden Sie ihn vielleicht mitten in der Nacht wieder in das Kinderheim fahren müssen.«

»Dazu bin ich bereit.«

»Haben Sie ein Zimmer für den Jungen?«

Kirsten nickte. »Ja, wir haben ein ehemaliges Gästezimmer gegenüber unserem Schlafzimmer für ihn ausgesucht – ich bin gestern mit dem Einrichten fertig geworden. So ist Jacob in unmittelbarer Nähe zu uns.«

Um es genau zu nehmen, hatte nur *sie* dieses Zimmer hergerichtet, aber auch davon würde sie Mrs. Pinkett nichts erzählen. So wenig wie von Jeffs Zweifeln und Vorbehalten gegenüber Jacob oder ihr selbst. Sie war bereit, dem Jungen eine Chance zu geben, die er verdient hatte, und sie war gewillt, das auch ohne Jeffs Unterstützung durchzuziehen.

»Jacob wird eine Tasche mit Kleidung mitnehmen, wenn er allerdings in absehbarer Zeit auf Dauer bei Ihnen einziehen sollte, müssen Sie ihn vermutlich neu einkleiden.«

»Natürlich.«

Mrs. Pinkett sah Kirsten prüfend an, kleine Fältchen legten sich um ihre Augen, und ein kaum sichtbares Lächeln lag auf ihrem Gesicht. Sie wirkte ausgesprochen zufrieden.

»Dann wünsche ich Ihnen für morgen einen guten Start in ein neues Leben, Mrs. MacAllister. Dies ist noch nicht die endgültige Adoption, aber wenn es Jacob bei Ihnen gefällt und er sich rasch eingewöhnt, dann sind Sie auf dem richtigen Weg.«

»Morgen schon?« Jeff ließ die Gabel sinken und betrachtete Kirsten verblüfft. Für einen Moment fühlte er sich ziemlich überfahren. Sie hatten doch erst letzte Woche das erste Treffen gehabt … oder war es zwei Wochen her?

Warum jetzt schon?

»Er bleibt nur bis Freitag«, erzählte Kirsten weiter. »Das ist noch nicht der finale Schritt zur Adoption, wir wollen zunächst einmal austesten, ob es Jacob überhaupt bei uns gefällt.« Der Blick, mit dem sie Jeff musterte, war unergründlich. Sie stocherte in dem Gemüse auf ihrem Teller herum und strich sich eine rotblonde Locke hinter das Ohr. »Ich habe gehofft, dass du mich vielleicht morgen begleitest.«

Jeff legte das Besteck auf den Teller, tupfte sich umständlich den Mund ab und wandte sich Kirsten dann voll zu.

»Findest du das nicht alles ein wenig übereilt?«, wollte er wissen.

Sie furchte die Stirn. »Ich besuche ihn seit zwei Wochen jeden Tag«, erwiderte sie kühl. »Hättest du mich begleitet, wüsstest du, dass es nicht übereilt ist, sondern ein großartiger Fortschritt … und er freut sich darauf herzukommen.«

»Ich habe dir gesagt, was ich von dieser Adoption halte.«

Ihre Augen wurden schmal. »Ja, ich weiß … Ich habe es nicht vergessen. Kein Wort!«

Er fühlte sich plötzlich ausgesprochen unwohl in seiner Haut und senkte den Blick. Um seinen Zwiespalt zu kaschieren, drückte er den Rücken durch und öffnete die Manschettenknöpfe seines Oberhemdes. Umständlich krempelte er die Ärmel hoch.

»Dann hast du auch nicht vergessen, dass der Junge in deine Verantwortung fällt, Kirsten. Es tut mir leid, aber ich habe in den nächsten Tagen noch viel zu tun und nicht die Zeit, mich um ein Kind zu kümmern.«

»Verstehe.«

Als er den Blick hob, starrte sie auf ihren Teller und vermied es, ihn anzusehen.

»Du bist sauer auf mich«, bemerkte er.

Sie verzog die schönen Lippen zu einer Grimasse und gab ein

höhnisches Lachen von sich. »Du hast klargestellt, was du willst«, gab sie zurück. »Als gute Ehefrau füge ich mich natürlich.«

Seine Augenbrauen schoben sich zusammen, und Jeff schüttelte den Kopf. »Was soll das? Ich habe dich nicht geheiratet, weil du fügsam und nachgiebig bist.«

Ihr Lachen wurde noch lauter, und zu seinem Verdruss ließ Kirsten das Besteck auf den Teller fallen. Die Serviette folgte, und sie stand auf. Ihr Blick war eisig, als sie ihn ansah.

»Nein, das ist wohl wahr. Du hast nur eine Ersatzmutter und willige Geliebte gebraucht … und ich war naiv genug, beides zu versuchen. In guten wie in schlechten Zeiten – schade, dass das nur für einen von uns gilt … Gute Nacht, Jeff.«

DAS BETT WAR LEER, ALS ER EINE HALBE STUNDE SPÄTER DAS Schlafzimmer betrat. Er seufzte. Vermutlich war Kirsten in ihrem Atelier und würde die halbe Nacht malen, statt zu schlafen. In den vergangenen Wochen schien alles schiefgelaufen zu sein, was schieflaufen konnte.

Warum blieb seine Welt nicht so einfach und unkompliziert, wie er es gewohnt war?

Früher war es nur Bernadett gewesen, über die er sich zweimal im Jahr ärgern musste. Nun kehrte seine eigene Tochter ihm plötzlich den Rücken zu, weil er sich – ihrer Meinung nach – auf die Seite seiner Frau schlug. Etwas, das Kirsten nicht einmal zu schätzen wusste. Stattdessen war sie jetzt ebenfalls wütend auf ihn, weil er sich nicht auf die gleiche Weise für diese vermaledeite Adoption erwärmen konnte wie sie.

Es gab unzählige Kinder, die sich eine neue Familie wünschten – warum ausgerechnet Jacob? Was war nur dran an diesem Jungen, dass sie darüber jede Logik und Vernunft auszuschalten schien?

Und dann ihr Vorwurf, er hätte doch bloß eine Ersatzmutter und willige Geliebte haben wollen. Das sagte sie ihm nach fünf Jahren Ehe? Hatte sie denn nie begriffen, dass er sie vielmehr schätzte?

»Hast du es ihr je gesagt?«, flüsterte er in den Raum hinein.

Nein, hatte er nicht.

Er hatte es stets vermieden, über Gefühle zu reden, seit Shannon gestorben war. Diese Frau hatte ihm das Herz aus der Brust gerissen und es mit Öl übergossen, um es ins Feuer zu werfen. Er hatte sich geschworen, das nicht noch einmal zuzulassen.

Als er Kirsten damals, nach seinem Besuch bei Anthony Smeller, in der Ausstellungshalle hatte stehen sehen und das Mondlicht sich in den Locken verfangen hatte, die unter ihrem grauenvollen Kopftuch hervorgelugt hatten, hatte er sich magisch von ihr angezogen gefühlt.

Nachdem sie sich zu ihm umgewandt und er ihr in die Augen geblickt hatte, war er sich sicher gewesen, dass er nicht ruhen würde, bis sie seine Frau würde. Sie hatte es ihm einfach gemacht, und er hatte diesen Schritt nie bereut, aber er war überzeugt gewesen, sie wäre mit ihrem Arrangement genauso zufrieden und glücklich wie er.

Wie sehr er sich geirrt hatte, war ihm nicht erst heute Abend bewusst geworden. Wie hatte sie sich neulich selbst genannt: die zweite Wahl? Doch auch da hatte er ihr nicht sagen können, was er empfand und wie wichtig sie tatsächlich für ihn war. Er brachte die Worte, die sie vermutlich hören wollte, einfach nicht über die Lippen … und vielleicht würde er das niemals können.

Nicht mehr.

Aber damit schürte er offensichtlich die Zweifel und das Misstrauen, das sie zunehmend gegen ihn hegte. Also blieb ihm nun keine andere Wahl, als ihr zu zeigen, dass sie ihm nicht so gleichgültig war, wie sie dachte.

»Es tut mir leid.« Seine Arme legten sich warm um sie und zogen Kirsten an seine Brust. Sie seufzte leise, schloss die Augen und lehnte sich einen Moment mit dem Rücken gegen ihn. Für eine Sekunde wollte sie vergessen, dass sie sauer auf ihn war und sich von ihm im Stich gelassen fühlte.

Sie verlangte doch nichts, was unmöglich war, oder? Im Grunde hatte sie sogar schon die Hoffnung aufgegeben, dass er irgendwann mehr in ihr sehen würde als die mehr oder weniger perfekt funktionierende Ehefrau.

»Ich nehme mir den Tag morgen frei.«

Überrascht riss sie die Augen auf, wandte sich in seinen Armen zu ihm um und starrte Jeff verblüfft an. »Was?«

Sein Oberhemd stand offen, und sein Haar war zerzaust. Er schnitt eine Grimasse, als er sie schuldbewusst anguckte. Verdammt, wenn er doch bloß nicht so sexy aussehen würde, während sie gerade wütend auf ihn war. Sie liebte diesen Anblick.

»Du hast recht, Schatz, wir sollten das als Ehepaar gemeinsam meistern … und ich will nicht, dass du denkst, ich habe dich nur als Ersatzmutter für Grace haben wollen.« Er zog sie näher und grinste sie frech an. »Abgesehen davon, dass du in dieser Disziplin nicht überzeugt hast – was in erster Linie meine und Graces Schuld war –, muss ich allerdings sagen, dass du als willige Geliebte überaus glaubhaft warst.«

Sie schlug ihm mit der flachen Hand auf die Brust. Ihr Ärger war wie weggeblasen, und sie kam nicht gegen das erleichterte Lachen an, das in ihr emporstieg. Er würde sie begleiten – allein das zählte. Er zog sie nah an sich heran.

»Verzeihst du mir?«, wollte Jeff wissen. Seine Lippen waren nur Zentimeter von ihren entfernt. Kirsten betrachtete ihn einen Moment lang schweigend, ehe sie ihm ein sanftes Lächeln schenkte. Mit den Fingern zeichnete sie die Konturen seiner Wangenknochen nach und ließ die Hand in seinen Nacken gleiten.

»Für den Moment«, erwiderte sie leise. Auf Zehenspitzen hob sie sich ihm entgegen und drückte ihre Lippen auf seinen Mund.

Jeff schob sie zu dem großen Sofa hinüber, das an der Längsseite des Ateliers genau gegenüber der großen Fensterfront stand. Sie ließ es zu, dass er ihr mit flinken Fingern die Bluse aufknöpfte und den Stoff von ihren Schultern streifte. Seine Hände strichen über ihre Rippen.

»Warst du beim Arzt?«, murmelte er an ihrem Hals. Kirsten

kicherte leise. Dass er in einem solchen Moment an so profane Dinge denken konnte, war wieder typisch Jeff.

»Ja, er hat mich auf den Kopf gestellt. Die Laborergebnisse kommen zum Ende der Woche«, gab sie zurück. »Er meinte aber auch, es sei vermutlich ein verschleppter Virusinfekt.«

Ihr Mann hob den Kopf und betrachtete sie einen Moment lang eindringlich. »Dann solltest du dich sicher noch schonen«, bemerkte er. »Ich muss dich ins Bett bringen.«

Kirsten legte eine Hand auf seinen Schritt und befühlte mit ernstem Gesicht die harte Wölbung.

»Ich finde, die Couch ist für den Augenblick völlig ausreichend«, erwiderte sie. Mit einem leisen Grollen küsste er sie auf den Mund, und seine Zunge drängte sich in eindeutiger Weise zwischen ihre Lippen. Fahrig zerrte sie ihm das Oberhemd aus dem Hosenbund, öffnete die letzten Knöpfe und fuhr mit den Fingern durch das dichte Haar auf seiner Brust.

Sie spürte die Kante des Sofas in ihren Kniekehlen und ließ nur widerwillig von Jeffs Lippen ab, als er sie drängte, sich zu setzen. Ein Lächeln breitete sich auf ihrem Gesicht aus, als er vor ihr stehen blieb. Entschlossen öffnete sie seinen Reißverschluss und zog die Hose über seine Hüften hinab.

Unter dem schwarzen Stoff seines Slips zeichneten sich deutlich die Konturen seines erigierten Gliedes ab. Sie warf ihm unter halbgesenkten Lidern einen langen Blick zu und bemerkte, dass er sie erwartungsvoll betrachtete.

Unwillkürlich fuhr sie sich mit der Zunge über die Lippen, ehe sie ihre Finger unter den Bund seiner Unterhose schob und den Stoff langsam hinabzog. Jeff atmete hörbar ein, während sie gespannt dabei zusah, wie sein angeschwollener Penis sich ihr entgegenreckte.

Sanft küsste sie die Spitze und genoss das Gefühl der samtweichen Haut auf ihren Lippen. Ihr Mann gab ein leises Stöhnen von sich, das sie dazu veranlasste, ihren Mund leicht zu öffnen und zärtlich mit der Zunge über die Stelle zu fahren, die sie zuvor geküsst hatte. Jeffs Finger krallten sich in ihr Haar.

Mit einem Lächeln zog sie den Slip zu seinen Knien hinunter, fuhr mit den Händen seine behaarten Oberschenkel hinauf und umfing mit den Fingern den harten Schaft. Ihre Lippen stülpten sich über die pochende Eichel, und ihre Zunge umkreiste hingebungsvoll die warme Spitze. Das leise Keuchen, das sich Jeffs Kehle entrang, schenkte Kirsten ein wohliges Gefühl der Macht.

Sanft und doch mit Druck ließ sie ihre Hände über die warme Haut seines erregten Gliedes gleiten, während sie ihn mit Lippen und Zunge verwöhnte. Seine Hände gruben sich tiefer in ihr Haar, um sie zusätzlich zu lenken. Sie spürte, wie Jeffs Beine zitterten, und sah zu ihm auf.

Als ihre Blicke sich begegneten, stöhnte er laut.

»Warte.« Seine Stimme war nur ein Flüstern. Mit beiden Händen umfing er ihren Kopf und hielt sie fest. Das Zittern wurde nicht weniger. Er rang um Atem. Gemächlich ließ Kirsten ihn aus ihrem Mund gleiten und küsste erneut die pulsierende Spitze. Sie schmeckte die salzige Note seiner Lust. »Kirsten, bitte!«

»Sag mir nicht, dass es dir nicht gefällt«, hauchte sie und küsste den Schaft in ihren Fingern. Er keuchte.

»Was für eine Frage … aber es braucht nicht mehr lang, bis ich komme.«

Sie kicherte.

»Ich glaube, ich weiß, wie ich dir helfen kann, von vorn zu beginnen«, erwiderte sie leichthin.

Entschieden drückte sie ihre Hände auf seine Leisten, ließ ihn erneut in ihren Mund gleiten und nahm ihn tief in sich auf. Sanft glitt sie mit den Zähnen über die empfindsame Haut, ehe ihre Zunge den gleichen Weg zurück nahm. Jeffs Hüften zuckten nach vorn, und sie spürte kaum noch, wie er ihren Kopf gegen seinen Schoß presste. Es dauerte nur Augenblicke, bis er zitternd und stöhnend vor ihr stand und von seinem Orgasmus überwältigt wurde.

Er sank auf die Knie hinab, nachdem Kirsten ihm die Hose komplett ausgezogen hatte, nahm sie in seine Arme und drückte sein Gesicht gegen ihre Brüste.

»Du machst mich verrückt«, flüsterte er ermattet. Er fühlte ihr leises Lachen mehr, als dass er es hörte. Langsam hob er den Kopf und sah sie an. Kirsten war in die Polster des Sofas zurückgesunken und betrachtete ihn unter halbgeschlossenen Lidern.

»Immerhin tauge ich als willige Geliebte«, bemerkte sie mit einem Zwinkern. Augenblicklich schaltete sich sein schlechtes Gewissen wieder ein.

»Du bist viel wichtiger, als du denkst«, gab er zurück. Gedankenverloren betrachtete er ihren halbnackten Oberkörper, der nur noch mit einem blütenweißen BH bedeckt war. Sich vorbeugend, küsste er die beiden Halbmonde. »Ich bin nicht sehr gut darin, Menschen zu sagen, dass sie mir etwas bedeuten.«

Kirsten fuhr ihm mit einer Hand durch das Haar und zupfte an ein paar Strähnen herum. Ihr Atem ging schneller.

»Du musst mir nichts erklären«, erwiderte sie leise. Jeff sah sie an und bemerkte eine seltsame Traurigkeit in ihrem Blick.

Verflucht, er wollte nicht, dass sie traurig war. Sie sollte lachen und glücklich sein.

»Dann werde ich es dir zeigen«, flüsterte er, schob sich ein Stück höher und küsste sie auf die Lippen. Ihre Finger gruben sich in seinen Nacken, zogen ihn näher, und ihre Zunge begegnete seiner mit der ihr eigenen Leidenschaft.

Nur widerstrebend löste er sich aus dem Kuss, griff hinter sie und öffnete mit einer Hand den Verschluss ihres Büstenhalters. Vor ihm entblößten sich zwei wunderschöne, weiche Brüste, die eine Spur zu groß waren für den Rest ihres Körpers. Ihr Gewichtsverlust zeigte sich überdeutlich an den Rippenbögen, die sich unter ihrer Haut abzeichneten.

Jeff verdrängte seine Sorge und zog Kirsten stattdessen noch ein Stück enger an sich heran. Ihre grauen Augen verdunkelten sich, als er den Kopf senkte und eine der erregten rosa Brustwarzen in seinen

Mund zog. Er ließ seine Zunge um die feste Spitze kreisen, ehe er daran zu saugte und Kirsten damit wohlige Seufzer entlockte.

Erregt bog sie sich ihm entgegen. Ein Lächeln legte sich auf ihre Lippen, als er sich ihrer anderen Brustwarze mit der gleichen Inbrunst widmete. Seine Finger schlossen sich um das weiche Fleisch, und Kirsten stöhnte leise.

»Heb deinen Hintern an«, raunte Jeff. Sie tat, was er verlangte, und er schob ihr Hose und Slip über die Hüften hinab. Seine Lippen lösten sich von ihren Brüsten, wanderten zu ihrem Bauchnabel weiter, und seine Zunge umkreiste die Vertiefung, ehe er sie darin senkte. Kirsten kicherte, und ihre Finger gruben sich in sein Haar. Weitere Küsse verteilend, bewegte er sich über ihren Bauch nach unten, liebkoste den schmalen Streifen heller Löckchen und spreizte ihre Schenkel.

Als er den Kopf hob, um sie anzusehen, begegnete er ihrem verhangenen Blick. Langsam strich er mit den Fingern an der Innenseite ihrer Schenkel entlang und lächelte sie an.

»Du bist wunderschön«, flüsterte er. Sacht küsste er ihren Venushügel und fuhr mit den Daumen seitlich an ihren feucht glänzenden Schamlippen empor. Stöhnend bog Kirsten den Rücken durch und drückte den Kopf in die Polster des Sofas. Als er mit seiner Zunge ihren erregten Kitzler umkreiste, gab sie einen leisen Schrei von sich.

Jeff lachte dunkel auf und legte ihre Waden über seine Schultern. Sein Körper reagierte unmissverständlich auf ihren erregten Anblick. Die Nase in das weiche Haar gedrückt, begann er Kirsten mit seiner Zunge zu stimulieren und wurde mit weiteren entrückten Lauten belohnt. Langsam strich er mit einem Daumen zwischen ihren weichen, feuchten Lippen entlang und liebkoste sie zärtlich, ohne in sie einzudringen. Sie wimmerte.

»Jeff.«

Mit rauem Lachen schob er sich höher und küsste ihren Mund, während er mit dem Daumen ihre Klitoris umkreiste und einen Finger in ihr versenkte. Seine Erektion drängte sich gegen ihren Schenkel. Kirsten stöhnte an seinen Lippen.

Hungrig schob sich ihre Zunge in seinen Mund, und sie hob Jeff den Unterleib entgegen. Als er sacht in sie eindrang, biss sie ihm in die Lippe. Er hielt ihr Gesicht mit beiden Händen umfangen und befreite sich von Kirstens Zähnen.

»Du Biest.« Ihre Augen funkelten, als er sich das Hemd von den Schultern streifte und sie tiefer in die Polster drückte. »Das zahl ich dir heim.« Kirsten lachte nur, grub ihre Finger in sein Haar und küsste ihn leidenschaftlich. Ihre Beine schlangen sich um seine Hüften, und sie nahm ihn vollkommen in sich auf.

»Halt den Mund und mach weiter«, murmelte sie.

Mit einem Knurren kam er ihrer Aufforderung nach – das ließ er sich nicht zweimal sagen.

»MEINTEST DU DAS ERNST?«

Schlaftrunken öffnete er die Augen. Kirsten stützte sich mit angewinkeltem Ellenbogen ab und musterte ihn eindringlich. Jeff blinzelte. Sie waren irgendwann vom Atelier ins Schlafzimmer gezogen, um dort weiterzumachen. Er fühlte sich erschöpft und müde und wollte jetzt kein Gespräch *danach* führen.

»Was meinst du?«, fragte er irritiert.

»Dass du dir tatsächlich freinehmen willst«, gab sie zurück. Er fuhr sich einmal mit den Fingern durch das Haar, ehe er ihr mit dem Handrücken über die Wange strich.

»Du weißt doch: Was ich sage, meine ich auch so.«

Sie verzog den Mund zu einem schiefen Lächeln, griff nach Jeffs Fingern und legte seine Hand an ihr Gesicht.

»Ja, ich weiß, aber manchmal fällt es mir leichter, den weniger angenehmen Dingen Glauben zu schenken, die du so von dir gibst.«

Jeff schnaubte. »Tja, ich bin gut darin, anderen auf die Füße zu treten, oder?«

»Diese Disziplin beherrschst du wirklich meisterhaft«, erwiderte sie mit zaghaftem Lachen. Mit einem Seufzen zog er sie auf sich, und Kirsten schmiegte sich an seine nackte Brust.

»Ich werde vermutlich ein bisschen Zeit brauchen, um mich in diese neue Situation hineinzufinden«, bemerkte er. »Plötzlich bekommen wir einen vierjährigen Sohn, und ich hatte noch nicht mal die Zeit, mich neun Monate lang darauf vorzubereiten.«

Kirsten versteifte sich merklich, und er hätte sich selbst für seine unbedachte Äußerung ohrfeigen können. Sie hob den Kopf, und die Enttäuschung stand ihr ins Gesicht geschrieben.

»Tut mir leid, dass ich nicht fähig bin, dir einen Erben zu schenken.«

»Nein … entschuldige, so war das nicht gemeint, Schatz.« Rasch zog er sie wieder näher. »Das war ein schlechter Scherz – verzeih. Ich will damit nur sagen, dass ich es mir etwas leichter vorgestellt hatte.«

»Vielleicht wird es das, wenn du es zulässt. Gib Jacob eine Chance … gib *uns* eine Chance.«

Missmutig schnitt er eine Grimasse. »Das sagt sich so einfach.«

»Weil es einfach ist«, erwiderte sie, setzte sich auf und machte es sich auf seinem Schoß bequem. »Trotz allem, was Jacob passiert ist und welches Trauma er davongetragen hat, ist er immer noch ein kleiner, vierjähriger Junge, der in erster Linie den Halt und die Stabilität einer Familie braucht.« Sie atmete tief durch. »Ich verlange nichts von dir, das unmöglich scheint. Ich wünschte mir nur, dass du dich darauf einlässt. Du hast nichts zu verlieren, du kannst nur gewinnen.«

Jeff drückte den Kopf in das Kissen und starrte an die Zimmerdecke.

»Aus deinem Mund klingt das alles durchaus schlüssig, aber für mich sind immer noch Zweifel damit verbunden. Ich weiß nicht, ob wir wirklich darauf vorbereitet sind, was es heißt, ein Kind mit solch einer Vergangenheit aufzuziehen. Du hast keine Ahnung, was in ein paar Jahren sein wird.«

»Das wüssten wir auch nicht, wenn er unser eigenes Kind wäre.«

Mit einem Anflug von Ärger sah er sie an. »Wenn er *unser* Sohn wäre, hätte er weder Vernachlässigung noch glühende Zigaretten auf seiner Haut erlebt.«

»Richtig, aber das ist nicht Jacobs Schuld, also mach aus einem Opfer keinen Täter.«

»Das tue ich nicht«, widersprach er ungestüm. Entschlossen legte sie ihm einen Finger auf die Lippen, beugte sich über ihn und sah Jeff in die Augen.

»Vielleicht nicht bewusst«, entgegnete Kirsten, »aber du fürchtest das, was kommen könnte. Das hat er nicht verdient.«

Er schloss die Lider und atmete tief durch. Sie hatte recht, es war nicht fair, wie er sich verhielt. Allerdings fiel es ihm nicht gerade leicht, sich das einzugestehen.

»Okay, ich will es versuchen, aber ich kann nichts versprechen.«

»Mehr verlange ich auch gar nicht«, gab sie zurück. Mit einem Lächeln legte sie eine Hand auf seine Wange und senkte ihre Lippen auf seinen Mund. Ihr Körper schmiegte sich aufreizend an seinen, und er spürte, wie er darauf reagierte. Diese Verführerin. »Der Rest wird sich ergeben.«

LÄCHELND ÖFFNETE KIRSTEN DIE TÜR, TRAT IN DAS HELLE ZIMMER und drehte sich erwartungsvoll zu Jacob um. Der Junge stand unschlüssig im Türrahmen und musterte die neue Umgebung. Ihre eigene Euphorie zurückdrängend, ging sie weiter. Nachdem sie seine Tasche auf dem Bett abgelegt hatte, wandte sie sich erneut um, verschränkte nervös die Hände und wippte auf den Fersen vor und zurück.

»Magst du dich umsehen, Jacob?«

Ihr einen vorsichtigen Blick zuwerfend, betrat er das Zimmer. Langsam ging er zu dem Schreibtisch hinüber, auf dem ein Malblock lag und eine Dose voller Buntstifte stand. Kirsten beobachtete ihn mit wildem Herzklopfen, während er sich einen Stift griff und auf dem Stuhl Platz nahm.

Nachdem Mrs. Pinkett sich gestern von ihr verabschiedet hatte, war sie zu Jacob in den Gemeinschaftsraum zurückgekehrt und hatte ihn gefragt, ob er Lust habe, sie zu besuchen. Wie so oft, wenn sie ihm eine direkte Frage stellte, hatte er gleichzeitig mit den Schultern gezuckt und genickt.

Als sie ihn dann heute Vormittag mit Jeff aufgesucht hatte, war er in Gegenwart ihres Mannes zwar stumm und zurückhaltend geblieben, aber ihnen bereitwillig gefolgt … und nun war er hier.

Zum ersten Mal in seinem eigenen Zimmer.

Angespannt warf sie einen Blick zu Jeff hinüber, der mit verschränkten Armen im Türrahmen lehnte und Jacob beobachtete. Sie hoffte inständig, dass es in den nächsten Tagen eine Chance geben würde, dass die beiden sich einander annäherten. Immerhin hatte Jeff versprochen, es zu versuchen.

»Okay Jungs.« Sie klatschte in die Hände und schaute von einem zum anderen. »Was haltet ihr von einem gemeinsamen Mittagessen?«

Jeff hob den Blick und sah sie an.

»Du wirst doch nicht selbst kochen?«, wollte er wissen.

Kirsten lachte leise und schüttelte den Kopf. »Nein, keine Bange. Maggie hat sich ins Zeug gelegt und uns eine Kleinigkeit gezaubert.«

Jeff zwinkerte ihr zu, warf einen weiteren Blick auf Jacob und sah dann Kirsten wieder an. »Ich geh' schon mal vor, okay?«

Sie nickte, und ihr Mann verschwand.

»Hast du Hunger, Jacob?«

Er legte den Buntstift, mit dem er bedächtig auf dem Block herumgekritzelt hatte, sorgsam auf den Schreibtisch zurück. Seine linke Schulter zuckte nach oben, während er den Kopf schieflegte. Er wirkte verunsichert.

»Ich weiß nicht.« Irritiert sah er zu ihr herüber. »Wer ist Maggie?«

Kirsten trat zu Jacob, ging neben ihm in die Hocke und begegnete seinem fragenden Blick. Ein glückliches Kind sah definitiv anders aus. Sie unterdrückte einen Seufzer. Geduld war nicht gerade eine ihrer Stärken, aber genau die würde sie in Bezug auf Jacob brauchen.

»Maggie wohnt auch hier und kümmert sich um den Haushalt. Sie ist sehr, sehr nett, und sie kocht und backt lauter leckere Sachen. Heute hat sie extra Fish and Chips gemacht, weil sie hofft, dass du das magst.«

Er presste kurz die Lippen aufeinander und nickte stumm. Kirsten lächelte ihm kläglich zu.

»Im Moment ist alles ein bisschen viel, oder?« Jacob holte zitternd Luft und nickte erneut. Sie senkte den Blick und betrachtete einen Augenblick lang das Parkett, ehe sie ihn wieder ansah. »Willst du einen Moment allein sein?«

Jacob starrte sie an und schien ernsthaft darüber nachzudenken, dann schüttelte er den Kopf. Bedrückt sah sie wieder zu Boden und nahm sich schließlich ein Herz.

»Du sollst wissen, wenn du dich hier nicht wohlfühlst, Jacob, dann darfst du das jederzeit sagen.« Sie blickte ihm in die braunen Augen. »Niemand zwingt dich zu irgendetwas oder wird böse, weil du deine eigene Meinung hast. Wenn du zurück ins Heim möchtest, dann kannst du das sagen, und wenn du einfach nur irgendwelche Fragen hast, darfst du sie jederzeit stellen.«

Zum wiederholten Mal nickte er wortlos, dann gab er sich einen merklichen Ruck. »Ich hab' Hunger.«

Erleichtert lächelte sie ihn an und hielt ihm eine Hand hin.

»Dann komm.« Sie zwinkerte ihm zu. »Lass uns nach unten gehen und uns den Bauch vollschlagen.«

6

»Danke.«

Kirsten stand in der Tür zum Badezimmer, cremte sich die Hände ein und sah zu Jeff hinüber, der im Bett lag und in einer Akte blätterte. Er hob den Kopf und warf ihr einen irritierten Blick zu.

»Wofür?«

»Dafür, dass du mich begleitet und dir die Zeit genommen hast, Jacob kennenzulernen«, gab sie zurück. Mit einem Lächeln löschte sie das Licht im Bad, durchquerte das Schlafzimmer und kroch neben ihm auf das Bett. Ihm gegenübersitzend und halb gegen seine Beine gelehnt, strich sie Jeff mit den Fingern über das Gesicht. »Das bedeutet mir wirklich viel.«

Die Akte wanderte auf den Nachtschrank, und er griff nach ihrer Hand, um die Fingerspitzen zu küssen.

»Ich weiß«, erwiderte er leise. Ein warmes Lächeln lag um seine Augen. »Tatsächlich habe ich mir überlegt, ob ich mir auch die nächsten Tage freinehme und wir ein bisschen mehr gemeinsame Zeit mit ihm verbringen.«

Überrascht musterte sie ihn.

»Ach! Gestern hast du mir noch erzählt, dass du in den nächsten

Tagen nicht viel Zeit hast, weil du so eingespannt bist«, bemerkte sie zwinkernd.

Jeff grinste. »Nun, es wird natürlich schwierig werden, aber da ich fast am Ziel bin, wird man gewiss ein oder zwei Tage auf mich verzichten können.«

Kirsten rückte nah an ihn heran und legte ihre Stirn gegen seine. »Ich fände es wunderbar, wenn du dabei sein könntest.«

Seine Hand schloss sich um ihr Kinn, und seine Lippen berührten ihren Mundwinkel.

»Keine Versprechen«, murmelte er.

Grinsend schwang sie ein Bein über seine Knie und setzte sich auf seinen Schoß. Als sie provokativ vor- und zurückrutschte, legten sich seine Hände wie von selbst auf ihre Hüften und drückten sie noch ein wenig fester auf seine beginnende Erektion.

»Ich bin schon vollkommen zufrieden, wenn du willig bist«, gab sie zurück. Sein heiseres Lachen begleitete sie noch, als er sie auf den Rücken drehte.

Ein gedämpfter Schrei ließ sie zeitgleich zusammenzucken. Erschrocken sah Kirsten ihren Mann an.

»Was war das?«

Jeff verzog die Lippen zu einem freudlosen Lächeln, ehe er sich von ihr herunterrollte und aufsetzte. »Willkommen in der Welt des Elternseins.« Er nickte salopp in Richtung Schlafzimmertür. »Jacob hat vermutlich einen Albtraum.«

»Mist!«

Hektisch sprang sie auf, zog den Slip und das Nachthemd zurecht und lief zur Tür hinüber. Als sie auf den dunklen Korridor trat, erklang leises Wimmern aus dem gegenüberliegenden Kinderzimmer. Ihr wurde das Herz schwer. Rasch lief sie in den Raum hinein und trat an Jacobs Bett, in dem seine Gestalt sich klein und verloren unter der Bettdecke abzeichnete.

»Jacob?«

Er gab einen Laut von sich, der an ein Weinen erinnerte, und Kirsten schaltete die Nachttischlampe ein. Das blonde Haar klebte feucht an der verschwitzten Stirn des Jungen, und er wälzte unruhig den Kopf hin und her. Besorgt ließ Kirsten sich auf der Bettkante nieder und legte ihm eine Hand auf die schmale Schulter.

»Jacob, wach auf.«

Am Abend hatten sie alle gemeinsam mit Maggie gegessen, und Jacob war in Anwesenheit der liebenswürdigen Haushälterin sichtlich aufgetaut. Tatsächlich war er danach sehr entspannt zu Bett gegangen und hatte zugelassen, dass Kirsten sich zu ihm setzte, um ihm vorzulesen. Er war mit einem beinahe zufriedenen Ausdruck im Gesicht eingeschlafen, und sie hatte gehofft, die Albträume, von denen ihr die Heimleiterin Mrs. Hannigan während ihrer Besuche öfter erzählt hatte, würden Jacob hier erspart bleiben.

Mit einem Seufzer strich sie ihm das feuchte Haar aus der Stirn und streichelte über seine Wange. Alarmiert stellte sie fest, dass er offenbar Fieber hatte.

»Jacob«, rief sie. »Schatz, wach auf. Es ist alles gut.«

Seine Lider flatterten, aber er schlief weiter. Mit abgehackten Bewegungen drehte er sich auf den Rücken und riss die Arme in abwehrender Geste nach oben. Ein gequälter Ausdruck huschte über sein schlafendes Gesicht. Erneut schluchzte er auf, und Kirsten spürte, wie es ihr die Kehle zuschnürte.

Instinktiv schlug sie die Bettdecke zurück, hob Jacob halb auf ihren Schoß und wiegte ihn an ihrer Brust hin und her. Sie drückte ihre Lippen auf seine Stirn und schloss die Augen.

»Jacob, du bist in Sicherheit«, flüsterte sie. »Wach auf, Schätzchen, wach auf.«

Jeff trat in das Kinderzimmer und sah seine Frau mit dem schlafenden Jacob auf dem Schoß dasitzen. Der Junge wirkte fast schon leblos, wie er mit schlaffen Gliedmaßen in ihrer Umarmung hing. Nur die zuckenden Augenlider und das Wimmern zeigten, dass er offenbar in einem tiefen Traum gefangen war.

Kirsten flüsterte leise auf ihn ein, während sie ihn an sich drückte und ihm mit einer Hand das feuchte Haar aus dem Gesicht wischte. Als sie ihre Lippen auf die Stirn des Jungen legte, begegneten sich ihre Blicke über den blonden Haarschopf hinweg.

Plötzlich durchzuckte Jeff eine Erkenntnis.

Nach ihrem letzten Familienurlaub vor fünf Jahren war Grace krank geworden, und Kirsten hatte sich tagelang fürsorglich um ihre Stieftochter gekümmert. Das war es, was er sich in all den Jahren für Grace gewünscht hatte: eine Mutter, die sich um sie sorgte und sie tröstete, wenn sie sich die Knie aufschlug oder krank wurde. Keine selbstverliebte Frau, die unfähig war, sich zu binden, und für die ein Kind nur so lange von Interesse war, wie sie es ausstaffieren und als dekoratives Beiwerk mit sich führen konnte.

Vielleicht waren Shannon und er einfach nicht im richtigen Alter für Kinder gewesen. Es war alles zu schnell gegangen … Sie war noch so jung gewesen. Seine erste Frau hätte niemals am Bett ihrer Tochter gesessen und sie nach einem Albtraum im Arm gehalten.

Nicht so, wie Kirsten es jetzt mit Jacob tat.

Nicht so, wie Kirsten es vor fünf Jahren bei Grace getan hatte, als diese von Fieberträumen geschüttelt worden war.

Frustriert fuhr er sich mit einer Hand durch das Haar. Die letzten fünf Jahre hätten ganz anders werden können, wenn seine Tochter ihr auch nur den Hauch einer Chance gegeben hätte … und wenn er nicht von Beginn an alles falsch angegangen wäre.

Er fing Kirstens besorgten Blick auf.

»Ich bekomme ihn nicht wach«, flüsterte sie.

Rasch ging er zu den beiden hinüber und legte eine Hand auf die Stirn des Jungen.

»Er hat Fieber«, stellte er ruhig fest. »Wir sollten ihm ein paar Wadenwickel machen, um es zu senken. Zieh ihm den nassen Schlafanzug aus, wir müssen ihn waschen und etwas Trockenes anziehen.«

Jeff ging in das angrenzende Bad hinüber und griff sich einige Gästehandtücher, die er in lauwarmes Wasser tauchte und auswrang. Als er zurück ins Zimmer kam, schälte Kirsten den Vierjährigen gerade aus dem Schlafanzugoberteil. Sie hatte die Lippen zu einem schmalen Strich zusammengepresst und kämpfte sichtlich mit den Tränen.

Er drückte kurz ihre Schulter.

»Nicht weinen, Kirsten. Kinder werden immer mal krank, das kann ziemlich plötzlich passieren. Ich rufe gleich Dr. Treston an, damit er vorbeikommt.«

Sie schüttelte den Kopf und schluckte sichtlich. »Das ist es nicht.«

Mit dem Kinn deutete sie auf den halb entblößten Jacob, und Jeff folgte ihrem Blick. Seine Kiefermuskeln spannten, als er die unzähligen vernarbten Flecken auf der Haut des Kindes entdeckte. Narben von glühenden Zigarettenspitzen … Spuren einer Vergangenheit, in der er ungeschützt einer lieblosen, gefühlskalten Mutter ausgesetzt gewesen war. Für einen Moment schnürte es Jeff regelrecht die Luft ab. Langsam begann er zu begreifen, warum Kirsten dieser kleine Kerl so wichtig war. Sich räuspernd, reichte er ihr eines der klammen Tücher.

»Waschen wir ihn und ziehen ihm etwas Frisches an«, flüsterte er.

Nachdem sie seinen erhitzten Körper vorsichtig gekühlt und in einen trockenen Schlafanzug gesteckt hatten, lag Jacob mit Wadenwickeln an den Beinen und einem Fieberthermometer unter der Zunge in seinem Bett. Ihr Hausarzt hatte versprochen, so schnell wie möglich vorbeizukommen.

Kirsten hockte auf der Bettkante, tupfte dem Jungen hin und wieder die Stirn ab und summte eine leise Melodie, die Jeff bekannt vorkam, auch wenn er sich nicht erinnern konnte, woher. Unruhig lief er zum Schlafzimmerfenster hinüber. Jede Minute, die verstrich, glich einer kleinen Ewigkeit. Er starrte auf den kiesbedeckten Weg, der zur Straße hinabführte. Ein merkwürdiges Déjà-vu überkam ihn. Vor vielen Jahren hatte er ein paar Türen weiter an einem anderen Fenster gestanden und ebenso angespannt auf den Arzt gewartet.

»Es sind immer noch neununddreißig Grad.«

Beunruhigt wandte er den Kopf und sah zu Kirsten hinüber, die das Thermometer an sich genommen hatte und die digitale Anzeige musterte. Tief durchatmend zog er sich einen Stuhl an das Bett, griff nach der Flasche Wasser, die er vor wenigen Minuten aus der Küche geholt hatte, und öffnete den Verschluss.

Schließlich schob er Jacob eine Hand unter den Rücken, hob ihn ein Stück weit hoch und setzte die Flasche behutsam an seine Lippen. Der Junge wimmerte leise, und Kirsten gab im gleichen Moment einen besorgten Laut von sich.

»Er muss etwas trinken, damit er nicht austrocknet«, erklärte Jeff. Kirsten nickte.

»Ich weiß, aber es macht mir Angst, ihn so zu sehen«, gab sie zurück. Die Lippen zu einem schiefen Lächeln verzogen, hielt sie Jacob fest, und Jeff flößte ihm langsam etwas Wasser ein. »Ist schon bezeichnend, oder? Jetzt bewahrheiten sich deine Zweifel an mir viel früher als gedacht. Kaum ist Jacob hier, wird er krank, und alles geht schief.«

Er musterte sie unbehaglich. Es hatte andere Gründe für seine Bedenken gegeben, aber natürlich bezog sie seine Äußerungen nun auch auf diese Situation.

»In einer solchen Lage ist jedes frisch gebackene Elternteil etwas angeschlagen, aber das hat nichts mit deiner Kompetenz zu tun«, erwiderte er. »Bislang habe ich dich sehr souverän erlebt.« Er wollte gerade eine Entschuldigung für seine unbedachte Aussage hinterherschieben, als es klingelte. Geradezu erleichtert überließ er es Kirsten, den Jungen wieder hinzulegen. »Das wird Dr. Treston sein.«

Schläfrig öffnete Kirsten die Lider und blinzelte irritiert, ehe sie sich auf dem unbequemen Stuhl zu strecken begann. Ihr Blick fiel auf Jacob, der nach wie vor schlafend in seinem Bett lag. Sich ein Stück vorbeugend, strich sie ihm eine helle Strähne aus der Stirn. Immerhin war das Fieber endlich gesunken, nachdem Dr.

Treston den Jungen letzte Nacht untersucht und mit Medikamenten versorgt hatte.

Ein leises Klopfen an der Tür ließ sie den Kopf heben. Maggie trat mit einem Tablett in das Zimmer, schenkte Kirsten ein besorgtes Lächeln und stellte ihre Fracht schließlich auf dem kleinen Tisch ab, der Jacob später als Schreibtisch dienen sollte.

»Ich habe Ihnen eine Suppe gemacht«, erklärte die Haushälterin. »Sie müssen etwas essen, Liebes, der kleine Mann wird Sie bei Kräften brauchen, wenn er wieder wach wird.«

»Vielen Dank. Ich nehme mir später etwas.«

Energisch stemmte Maggie die Hände in die Hüften und schüttelte heftig den Kopf. »Oh nein, Mrs. MacAllister, Sie haben heute schon nicht gefrühstückt. Ich bestehe darauf, dass Sie es *jetzt* tun. Und damit Sie sich keine Sorgen machen müssen, werde ich für den Moment ein Auge auf Jacob haben.«

Einen Seufzer unterdrückend, sah sie auf ihre Armbanduhr. Maggie hatte recht. Es war halb zwei am Mittag, und Kirsten musste sich eingestehen, dass sie in den letzten fünfzehn Stunden nichts zu sich genommen hatte außer Wasser und ein paar relativ geschmacklosen Crackern.

Nachdem Jacob den schlimmsten Fieberschub hinter sich gelassen hatte, war er endlich in einen ruhigen Schlaf gefallen. Die wenigen Albträume, die ihn zwischendurch noch quälten, verschwanden, wenn sie mit ihm sprach, und auch Kirsten hatte langsam wieder zu ihrem Rhythmus gefunden.

Jeff war irgendwann heute Morgen in seinen eigenen Alltag zurückgekehrt und zur Arbeit gefahren. Nichts war geblieben von seinem Versprechen, er wolle sich freinehmen und Zeit mit Jacob und ihr verbringen. Statt ihm wütend irgendetwas an den Kopf zu werfen, hatte Kirsten ihren Ärger heruntergeschluckt und versucht, ihre Enttäuschung über seine Unzuverlässigkeit zu verdrängen.

Wenn sie ehrlich war, hatte er ihr ja gar nichts versprochen … Er hatte nur überlegt, sich freizunehmen. Angesichts der Tatsache, dass er daheim mit einem kranken Kind konfrontiert war, schien er sich allerdings lieber wieder seinem Job zuzuwenden.

Sie gab es nur ungern zu, aber Kirsten fühlte sich von ihm alleingelassen. Natürlich hatte er von Anfang an klargestellt, dass Jacob in ihre Verantwortung falle und er sich selbst davon ausklammere. Aber seine Andeutungen und Überlegungen hatten die wilde Hoffnung in ihr geweckt, dass sie gemeinsam alles überstehen konnten.

Immerhin hatte er die halbe Nacht mit ihr an Jacobs Bett verbracht, dem Jungen die Wadenwickel gewechselt und Fieber gemessen. Sie konnte und wollte einfach nicht begreifen, warum Jeff sich offenbar immer noch dagegen sperrte, ihn als Teil ihrer Familie zu akzeptieren.

Sich zu einem Lächeln quälend, hob sie den Kopf und sah Maggie an, die nach wie vor wartend im Zimmer stand. Vielleicht war eine heiße Suppe gar nicht so verkehrt. Immerhin würde zumindest das ihr einen Augenblick lang ein warmes Gefühl geben … und sie konnte sich möglicherweise einreden, dass sie nicht gerade sehenden Auges auf einen Abgrund zusteuerte.

»Gut, ich esse, Sie passen auf.« Ein wenig wackelig erhob sie sich von dem Stuhl, den sie in den letzten Stunden kaum verlassen hatte, warf einen besorgten Blick auf Jacob und ging schließlich zum Tisch hinüber. Maggie bedachte sie mit einem zufriedenen Nicken, nahm an Kirstens Stelle auf dem Stuhl Platz und langte nach einem der Kinderbücher, die auf dem Nachtschränkchen lagen.

Als Kirsten den Deckel von der kleinen Suppenterrine hob, um sich einen Teller zu befüllen, schlug ihr der unverkennbare Geruch nach Spargelcreme entgegen.

Einen Augenblick lang schnürte es ihr regelrecht die Kehle zu.

Seit sie Jeff vor fünf Jahren geheiratet hatte, war auch Maggie zu einem Teil ihres Lebens geworden. Die Haushälterin war ständig präsent, kümmerte sich um alle Belange und war die gute Seele ihrer häuslichen Gemeinschaft.

Sie hatte sich gemeinsam mit ihr um Grace gesorgt, wenn diese krank war, hatte Kirsten mit schlagfertigen Bemerkungen zum Lachen gebracht, wenn sie sich wieder einmal nicht gegen ihre

Stieftochter zu behaupten wusste, und war über all die Zeit so etwas wie ihr Fels in der Brandung geworden.

Sie liebte Maggies Spargelcremesuppe, die immer ein wenig die Erinnerungen an eine wehmütige Zeit vor zehn Jahren pflegte, als ihre Eltern noch gelebt hatten – und Maggie wusste, wie gern Kirsten diese Suppe aß.

Genau wie Schwiegermutter Charlize war auch die Haushälterin längst zu einer wichtigen Bezugsperson für sie geworden. Allerdings wurde Kirsten sich plötzlich bewusst darüber, wie viele Dinge in dieser Familie als selbstverständlich hingenommen wurden, ohne dass irgendjemand Maggie dafür die nötige Anerkennung entgegenbrachte.

»Danke!«

Mit hochgezogenen Augenbrauen wandte die Haushälterin sich halb auf dem Stuhl um und sah Kirsten an. »Für die Suppe? Gern geschehen.«

»Nicht nur dafür«, gab Kirsten zurück, zog sich einen Stuhl an den Tisch und befüllte ihren Teller. »Sie sind immer für uns alle da, ertragen unsere Launen und Stimmungen und haben doch die meiste Zeit ein Lächeln für jeden übrig. Ich muss mich entschuldigen, weil wir Ihren unermüdlichen Einsatz so wenig wertschätzen.«

Etwas verlegen winkte Maggie ab und schüttelte den Kopf. »Das ist nicht nötig, Mrs. MacAllister. Ich mache meine Arbeit sehr gern – für mich sind Sie, Grace und Mr. MacAllister die Familie, die ich nie hatte.«

»Dann ist ein bisschen Anerkennung umso wichtiger«, erwiderte Kirsten mit einem Zwinkern. Als sie den ersten Löffel Spargelcremesuppe zu sich nahm, schloss sie einen Moment lang genießerisch die Augen. Sie hatte ganz vergessen, wie gut Maggies Essen schmeckte, und plötzlich überfiel sie der Hunger, den sie in den letzten Stunden geflissentlich ignoriert hatte. Die Haushälterin gab ein Lachen von sich, als Kirsten den Löffel beiseitelegte und ungeniert den Suppenteller an die Lippen setzte.

»Ich freue mich, wenn ich sehe, dass es Ihnen wieder besser geht. Das ist schon Grund genug weiterzumachen.«

Nachdenklich betrachtete Kirsten das Bild, an dem sie seit einer Stunde herumpinselte. Ihr Stil hatte sich in den vergangenen Wochen eindeutig verändert. Von den ›feenhaften Elfenwelten‹, die sie früher so oft gemalt hatte, war nicht mehr viel übrig geblieben. Stattdessen waren es nun vorwiegend düstere Landschaften, über denen nebelige Wolkenfetzen hingen und die etwas Dunkles und Bedrohliches ausstrahlten.

Sie seufzte leise. Es wunderte sie nicht wirklich. Im Grunde spiegelte diese Änderung nur ihre eigene Stimmung wider. Sie fühlte sich zunehmend einsamer und auf sich allein gestellt. Der heutige Tag hatte ihr zum wiederholten Mal aufgezeigt, dass ihre Ehe längst nicht das war, was sie sich über all die Jahre eingeredet hatte.

Gegen sechs Uhr war Jacob endlich wach geworden.

Er war desorientiert und ziemlich durstig gewesen, also hatten Maggie und sie ihm etwas zu trinken gegeben und ihm erklärt, dass er krank gewesen sei. Mit dem Tee kehrten auch langsam seine Lebensgeister zurück. Er hatte ein wenig Suppe gegessen, sich vorlesen lassen und tatsächlich einen Moment lang mit den Legosteinen gespielt, die in einer Ecke des Zimmers für ihn bereitlagen. Zwei Stunden später hatten sie ihn wieder zu Bett gebracht, und er war nach den ersten Zeilen des Kinderbuches, das Maggie ihm vorlas, bereits eingeschlafen.

Seither bewegte Kirsten sich in unregelmäßigem Rhythmus zwischen Kinderzimmer und Atelier hin und her. Eigentlich hatte sie schlafen wollen, immerhin war das Schlimmste überstanden, und Maggie hatte darauf beharrt, bei Jacob zu bleiben.

Zugegebenermaßen war Kirsten hundemüde. Ihre Augen fühlten sich schwer an, und ihr ganzer Körper stöhnte schon bei jeder Bewegung. Aber die Unruhe, die sie gefangen hielt, ließ sich einfach nicht abschütteln. Sie war am Ende ihrer Kräfte und dennoch nicht in der Lage, ein Auge zuzubekommen.

Einen Moment glaubte sie Räder auf Kies knirschen zu hören, und automatisch fiel ihr Blick auf die Uhr an der Wand.

Halb zwölf in der Nacht.

Gestern noch hatte sie sich bei ihm bedankt, weil er für sie da gewesen war, und heute war wieder ein Tag vergangen, an dem Jeff seine Zeit lieber außerhalb der eigenen vier Wände verbrachte. Einen Seufzer unterdrückend ließ Kirsten sich auf den farbbeklecksten Stuhl sinken.

Ihr war schwindelig.

Dieses Auf und Ab nervte sie.

Sollte das wirklich so weitergehen?

Sie wäre künftig Ehefrau, Vorzeigegastgeberin und alleinerziehende Mutter eines adoptierten kleinen Jungen, während Jeff mit seinem Job verheiratet war, sich vielleicht eine Geliebte hielt und nur noch dafür existierte? Warum konnte er sich nicht einfach entscheiden? Sie wollte nicht zwei verschiedenen Leben führen, die sich nur dann berührten, wenn sie miteinander schliefen oder gemeinsame Termine hatten.

So hatte sie sich ihre Zukunft nicht ausgemalt.

Er musste endlich eine Wahl treffen.

Entweder bestanden sie miteinander, was bedeutete, dass er seiner Rolle als Vater künftig gerecht werden musste, oder sie mussten abwägen, ob ihre Verbindung überhaupt noch Sinn machte.

Kirsten schluckte. Wenn sie ihre Ehe so anspruchslos betrachten würde, wie er es offenbar tat, wäre es vermutlich einfach, einen Schlussstrich zu ziehen. Aber das tat sie nicht. Ihr Herz gehörte immer noch Jeff, auch wenn er sich dessen nicht bewusst war. Sosehr sie Jacob bereits liebte, so wenig wollte sie ihren Mann verlassen.

Sie fühlte sich zerrissen.

Als es an der Tür klopfte, zuckte sie zusammen und fuhr von dem Stuhl hoch.

Nicht jetzt!

Zu ihrer Erleichterung war es Maggie, die den Kopf hereinsteckte.

»Ich wollte nur kurz Bescheid geben, dass ich bei Jacob übernachten werde. Sie können jetzt wirklich ins Bett gehen, Mrs. MacAllister, ich gebe auf den kleinen Mann Acht.«

Kirsten zwang sich zu einem Lächeln und schluckte mehrmals hektisch.

»Okay, dann gute Nacht und bis morgen früh.«

»Gute Nacht – und gehen Sie ins Bett, Sie sehen blass aus.«

Mit einem letzten Lächeln zwinkerte Maggie ihr zu und verschwand wieder. Tief durchatmend ließ Kirsten die Schultern sinken. Die Haushälterin hatte recht, sie musste sehen, dass sie ins Bett kam. Immerhin hatte sie in der Nacht auf Mittwoch schon kaum ein Auge zugemacht.

Sie trat an das Fenster, doch die Auffahrt zum Haus war leer.

Wo blieb er nur?

Als sie geduscht und in ein Nachthemd gekleidet aus dem Bad in das angrenzende Schlafzimmer trat, sah sie Jeff neben dem Bett stehen. Einen Moment lang wirkte er regelrecht ertappt, und sie selbst fühlte sich ebenfalls plötzlich befangen.

»Du bist auf dem Weg ins Bett«, stellte er unnötigerweise fest. Sie verzog den Mund.

»Sieht so aus«, gab sie zurück. Die Uhr auf ihrem Nachttisch zeigte Viertel nach zwölf. »Du bist spät.«

Schulterzuckend fuhr Jeff sich mit einer Hand durch das wellige, braune Haar, ehe er fahrig sein Jackett auszog und achtlos über den Sessel neben seiner Seite des Bettes warf. Kirsten musterte ihn nachdenklich. Er war sonst immer so pingelig, alles musste an seinem Platz sein und das in der Regel ordentlich zusammengefaltet. Diese Geste passte so gar nicht zu ihm.

Irgendetwas stimmte nicht.

»Ich hatte zu tun.«

Sie presste die Lippen aufeinander. Das war genau die Antwort, die sie *nicht* hatte hören wollen. Sich zur Ruhe zwingend, trat sie an die Kommode auf ihrer Seite des Raumes, griff nach der Handcreme und gab einen Klecks auf ihren Handrücken.

»Offensichtlich.« Während sie sich die Hände eincremte, wandte sie sich ihm wieder zu. Erneut zuckte Jeff mit den Schultern, wich ihrem Blick aus und ging schließlich an ihr vorbei, um das Bad zu betreten.

Kirsten blähte die Nasenflügel und erstarrte.

Ihr Verstand weigerte sich sekundenlang, die Tatsache zu akzeptieren, dass die Duftnote eines Damenparfüms an ihm klebte, das nicht zu ihr gehörte. Wie ferngesteuert ging sie hinter ihm her und musterte ihn in dem riesigen Spiegel, der über den beiden Waschtischen hing.

Dass er sich hektisch das Gesicht wusch, lenkte nicht von der Gewissheit ab, dass er es ständig vermied, sie anzusehen. Ihr Blick huschte suchend über seine Gestalt. Als er sich aufrichtete und nach dem Handtuch griff, um sich das Gesicht abzutrocknen, spürte sie, wie sich ein Stachel in ihre Brust bohrte.

Das Atmen fiel ihr schwer, als sie neben ihn trat, ihm das Handtuch wegzog und die Lippenstiftspuren am Kragen seines Hemdes betrachtete. Es war ihr unmöglich, die Tränen aufzuhalten, die ihr in die Augen schossen. Sie sah ihn an.

»Hast du mir nichts zu sagen?«, wollte sie wissen.

Jeff schluckte sichtlich, ließ die Arme sinken und senkte den Blick. Dann trat er ein paar Schritte beiseite, ließ sich auf dem Rand der Badewanne nieder und stützte sich mit den Ellenbogen schwer auf die Knie.

»Ich weiß nicht, wie ich anfangen soll.«

Seine Stimme war leise und kaum zu verstehen. Kirsten rang nach Luft. Ihr Leben verwandelte sich soeben in einen Klumpen Matsch.

»Sag es einfach«, krächzte sie. Er hob nicht einmal den Kopf, sondern saß einfach da wie ein geprügelter Hund. Seine Schultern sackten nach unten.

»Carolyne und ich haben gearbeitet. Die letzten Vorbereitungen waren erledigt, und wir haben nur noch geprüft, ob wirklich an alles gedacht wurde. Ich wollte nichts vergessen.« Sich räuspernd, legte er das Handtuch in seinen Fingern zusammen. »Wir waren die Letzten im Büro … die anderen waren schon gegen halb zehn gegangen. Wir hatten uns einen oder zwei Cognac genehmigt … Ich wusste nicht, dass sie nichts verträgt. Sie begann plötzlich zu weinen und erzählte mir, wie unglücklich sie mit Stuart sei.« Während er den Kopf schüttelte, starrte er weiter auf den Boden vor sich. »Sie behauptete, ihre Verlobung sei arrangiert und Teil eines Geschäftes, das Stuart mit Carolynes Großmutter ausgemacht hat. Er weiß nicht, dass sie davon weiß … Großer Gott, nicht einmal *ich* habe geahnt, dass er zu so etwas fähig sein könnte.« Für eine Sekunde hob er den Kopf, begegnete Kirstens Blick und konzentrierte seine Aufmerksamkeit erneut auf das Handtuch, das er mittlerweile zum fünften Mal neu faltete. »Sie hat ewig geweint, und ich habe mir nichts dabei gedacht, sie zu trösten. Ich wollte sie wirklich nur in den Arm nehmen und ihr gut zureden. Aber … dann hat sie mich geküsst und …« Er holte tief Luft. »… ich habe sie ebenfalls geküsst.«

Kirsten hielt sich an dem Waschtisch fest und drückte die Finger gegen den kalten Marmor. Die Welt um sie herum begann sich mit zunehmender Geschwindigkeit um ihre eigene Achse zu drehen. Sie fürchtete jeden Moment einfach umzukippen. Ihr Blick flackerte, und es fiel ihr schwer, sich auf den Mann zu konzentrieren, der vor ihr saß.

»Hast du mit ihr geschlafen?«

Die Frage kam ihr nur leise über die Lippen, aber sie sah trotzdem, dass Jeff zusammenzuckte, als hätte sie ihn angebrüllt. Ihr Magen fühlte sich an, als würde er von einer übergroßen Faust zerquetscht.

»Nein«, erwiderte Jeff, »aber es hat nicht viel gefehlt, und ich hätte es getan.«

Schweißtropfen bildeten sich auf ihrer Stirn.

In der nächsten Sekunde hastete sie zu der Toilette hinüber, riss den Deckel hoch und erbrach ihr Abendessen.

»Ich verspreche dir, ich komme dich in den nächsten Tagen wieder besuchen.« Kirsten streichelte Jacobs Schultern und zwang sich zu einem Lächeln. Es fiel ihr schwer, stark zu bleiben und seinem Blick standzuhalten, während er in Tränen aufgelöst vor ihr stand und in seinen braunen Kulleraugen eine unfassbare Enttäuschung lag. »Wir wiederholen diesen Besuch bei mir, okay? Beim nächsten Mal bleibst du einfach ein bisschen länger, wenn du magst.«

Er nickte schweigend. Dieses stumme Weinen war schlimmer, als wenn er laut schluchzend an ihrem Bein gehangen hätte. Kirsten war kurz davor, die Fassung zu verlieren, aber gerade jetzt musste sie die Zähne zusammenbeißen und stark bleiben.

Nachdem Jeff ihr gestanden hatte, dass da ›irgendetwas‹ zwischen Carolyne und ihm war, das er sich selbst noch nicht erklären konnte, war sie in ihr Atelier umgesiedelt. Als er versucht hatte, ein Gespräch mit ihr zu erzwingen, war die Situation schließlich eskaliert. Sie hatte ihn angeschrien, und all die Wut der letzten Wochen hatte sich zum ersten Mal komplett auf ihn entladen.

Jeff hatte nur vor ihr gestanden, sie schweigend angehört und war irgendwann wortlos gegangen. Dass er sich nicht gegen ihre Vorwürfe zur Wehr setzte oder in irgendeiner Form reagierte, war das Schlimmste. Sie fühlte sich in all ihren Ängsten und Sorgen bestätigt und wurde sich mehr denn je der Tatsache bewusst, dass ihre Ehe nichts anderes mehr war als eine Farce.

Der Donnerstag darauf hatte ihr alles abverlangt.

Jacob war wieder gesund und ausgesprochen fidel, also hatten sie sich einen Picknickkorb bei Maggie geholt, ihn mit ihrer Hilfe befüllt und waren in den Zoo aufgebrochen. Sie hatten einen wunderbaren Tag miteinander verbracht, und Kirsten hatte sogar für ein paar Minuten vergessen können, dass in ihrer Brust eine offene Wunde klaffte. Aber in ihren Gedanken war sie immer wieder mit Jeff beschäftigt gewesen.

Erst nachdem sie Jacob abends ins Bett gebracht und ihm vorgelesen hatte, bis er eingeschlafen war, ließ sie es zu, dass der Schmerz zurückkam. Nun begriff sie, was es bedeutete, die erste große Liebe zu verlieren, und welche Qual damit verbunden war. Keine Medizin dieser Welt war in der Lage, diesen Kummer zu heilen.

Vielleicht hätte sie um Jeff gekämpft, wenn sie die Kraft gehabt hätte, aber noch nie hatte Kirsten sich so elend und müde gefühlt wie in den letzten Tagen. Sie wollte sich nur noch hinlegen, einschlafen und nie wieder aufwachen.

Jacob war der einzige Lichtblick, der ihr blieb. Aber wenn ihre Ehe mit Jeff in die Brüche ging, würde man ihr auch den Jungen nicht vermitteln … Mrs. Pinkett hatte ihre Grundsätze, und Kirsten bezweifelte, dass sie von diesen abwich.

Und nun stand sie hier an diesem Freitagmorgen und hatte Jacob zurück in das Heim in der Chestnut Road gebracht. Auf dem gesamten Weg hatte er keinen Ton von sich gegeben, obwohl sie am Vortag so viel geredet und er zum ersten Mal so etwas wie ein Lachen gezeigt hatte.

Als sie sich schließlich von ihm verabschieden wollte, fing er plötzlich an zu weinen. Es geschah still und leise, und zu dem bereits vorhandenen Loch in ihrer Brust gesellte sich ein zweites.

Kirsten fühlte sich wie eine Verräterin, weil sie Jacob hierließ, statt ihn mit heimzunehmen und ihm endlich das zu sein, was er sich wünschte: eine Mutter. Er starrte sie nur aus seinen großen, dunklen Augen an, und sie spürte, wie unglücklich er war.

Instinktiv tat sie genau das, wovon man ihr in all den Tagen seit ihrem ersten Besuch abgeraten hatte – sie griff nach ihm und zog den Jungen in ihre Arme. So wie sie es getan hatte, als er das Fieber gehabt hatte.

»Es tut mir so leid, Jacob«, flüsterte sie erstickt. »Ich würde dich gern für immer mit zu mir nehmen, aber ich darf es noch nicht. Wir müssen noch ein bisschen Geduld haben.«

Der kleine Körper erzitterte, dann schlangen sich Jacobs dünne Ärmchen um Kirstens Nacken, und er drückte sein nasses Gesicht an ihren Hals. Als er geräuschvoll die Nase hochzog und mit dem

Kopf nickte, liefen ihr die Tränen über das Gesicht. Sie drückte ihn einen Moment lang und küsste seine Wange, ehe sie sich vorsichtig von ihm löste. Die Stirn an seine gelegt, sah sie ihm in die Augen. Er schniefte.

»Montag komme ich dich wieder besuchen«, versicherte sie, »das bedeutet, wir müssen nur dreimal schlafen und sehen uns dann schon wieder.«

»Versprochen?«, fragte er. Einen Arm angehoben, hielt er ihr den kleinen Finger hin. Kirsten lächelte, verschränkte ihren kleinen Finger mit seinem und nickte.

»Großes Indianerehrenwort«, gab sie zurück. Die Andeutung eines Lächelns huschte über Jacobs Gesicht, ehe er sich erneut an Kirsten schmiegte und ihr die Arme um den Hals schlang.

Blinzelnd legte Kirsten den ersten Gang ein und griff nach dem Päckchen Taschentücher, das aufgerissen auf dem Beifahrersitz lag. Rasch zog sie ein Tuch heraus und betupfte ihre Augen. Seit sie im Auto saß, konnte sie gar nicht mehr aufhören zu heulen.

Vor zwanzig Minuten hatte sie das Kinderheim verlassen und Jacob noch aufmunternd zugewunken, seitdem fühlte sie sich scheußlicher denn je. Für einen Augenblick wünschte sie sich nichts mehr, als dass der Schmerz aufhören möge, der in ihr tobte. Aber die seelische Pein, die die beiden einzigen Männer in ihrem Leben ihr verursachten, äußerte sich längst auch in körperlichen Krämpfen.

Sie hatte zweimal links ranfahren müssen, weil sie ihr Frühstück nicht bei sich behalten konnte. Ihr Inneres fühlte sich an, als hätte es jemand mit einer Mistforke durchkämmt. Ihr war schwindelig, und sie war schweißgebadet. Eigentlich war sie gar nicht mehr in der Lage, ein Auto zu führen, aber sie zwang sich immer wieder zu ein paar klaren Momenten, in denen sie die nächsten Kilometer zurücklegte. Wenn die Polizei sie erwischte, würde man ihr vermutlich vorsorglich den Führerschein abnehmen.

Sie unterdrückte ein hysterisches Lachen. Als ob das im Moment noch ein Problem darstellen würde. Ihr ganzes Leben ging gerade den Bach herunter, was störte sie sich da an einem möglichen Führerscheinverlust.

An der nächsten Ampel drückte sie einen Moment das Taschentuch auf ihre Augen, ehe sie sich die Nase putzte. Ein energisches Hupen hätte sie fast dazu veranlasst, kopflos anzufahren, aber im letzten Augenblick sah sie, dass immer noch rot war.

Als sie sich nach dem Idioten umblickte, entdeckte sie im Wagen neben sich Stuart am Steuer, der ihr mit Handzeichen zu verstehen gab, sie solle das Fenster öffnen.

Das hatte ihr gerade noch gefehlt!

»Hast du ein paar Minuten?«

Sie wollte Nein sagen und nickte trotzdem. Kirsten fluchte still in sich hinein. Nichts wollte sie jetzt weniger, als sich mit Stuarts Vorwürfen konfrontiert zu sehen – es war doch nicht *ihre* Schuld, dass seine Verlobte sich an ihren Mann heranmachte.

Schließlich hatte *er* dieses Weib hergebracht.

Diese Carolyne dachte wahrscheinlich, sie könnte sich alles erlauben … Amerikaner! Dass Jeff ihr diese hanebüchene Geschichte mit der arrangierten Verlobung überhaupt abnahm – sie lebten doch nicht mehr im sechzehnten Jahrhundert.

»Komm hinter mir her«, rief Stuart.

Zwei Minuten später folgte sie ihm in das nächste Parkhaus, wo sie ihren Wagen neben seinem abstellte. Sie hatte das Auto kaum verlassen, da kam er zu ihr geeilt und nahm sie unvermittelt in die Arme. Einen Moment blieb ihr die Luft weg, so fest drückte er sie an seine breite Brust.

»Es tut mir so leid«, raunte er. Überrascht schüttelte Kirsten den Kopf und machte sich mühsam aus seiner bärenhaften Umarmung frei.

»Was meinst du?«, wollte sie wissen. Stuart runzelte irritiert die Stirn.

»Carolyne hat mir heute Morgen beim Frühstück erzählt, dass du und Jeff euch trennt.« Sie starrte ihn mit ausdruckslosem Gesicht an. »Sie meinte, er habe es ihr gestern Abend bei der Arbeit gesagt.«

»Meinte sie …?« Blinzelnd lehnte sie sich gegen ihren Hyundai und rang sich ein klägliches Lächeln ab. Wer hatte sie bloß dazu bestimmt, die Einzige zu sein, die gerade durch die Hölle ging? Was Carolyne konnte, konnte Kirsten auch. »Hat sie dir auch erzählt, dass sie Jeff geküsst hat und die beiden es fast miteinander getrieben hätten?«

Der Ausdruck in Stuarts Gesicht war schlichtweg fassungslos. »Bitte was?«

Kirsten biss sich von innen auf die Wangen.

Sie hatte den Schritt nach vorn gewagt, und sie würde jetzt nicht wieder zurückstolpern. Wenn ihr Leben schon den Bach heruntergging, war sie nicht länger bereit, selbstlos alle angeblichen Geheimnisse für sich zu behalten. Stuart sollte ruhig wissen, was für ein Flittchen Carolyne tatsächlich war, und wenn die Wahrheit auch seine Freundschaft zu Jeff gefährdete, dann hatte *der* sich das selbst zuzuschreiben.

Kirsten war schließlich auch nichts weiter als ein Kollateralschaden auf seinem Weg zur Midlife-Crisis.

»Ich rede davon, dass deine Verlobte offenbar nicht sehr glücklich mit eurem angeblichen Arrangement ist. Sie hat Jeff gesagt, sie wisse von dem Geschäft, das du mit ihrer Großmutter abgeschlossen hättest.« Wenn überhaupt möglich, entgleisten Stuarts Gesichtszüge noch mehr, und in seine Augen trat ein erschrockener Ausdruck. Sie musterte ihn irritiert. »Dann ist das tatsächlich wahr? Ich dachte, arrangierte Ehen gäbe es heutzutage nicht mehr.«

»Du hast keine Ahnung.« Stuart keuchte.

Schulterzuckend nickte sie.

»Ja, das ist wohl wahr … Ich habe wirklich keine Ahnung. Ich war fünf Jahre lang gut genug für Jeff, solange ich keine unerfüllbaren Ansprüche stellte – und nun serviert er mich offenbar ab.«

Tief durchatmend trat er einen Schritt zurück, schob die Hände in die Hosentaschen und starrte finster vor sich hin. Kirsten schluckte. Es tat ihr weh, ihn so zu sehen. Stuart war Jeffs bester Freund und in den letzten Jahren auch für sie zu einem wichtigen Teil ihres gemeinsamen Lebens geworden.

Er war ein wirklich guter Mann, und er hatte es nicht verdient, so behandelt zu werden. Vor sechs Jahren hatte er seine Lebensgefährtin Amy durch Krebs verloren und war seither immer allein auf Partys aufgetaucht. Er war kein Lebemann und Playboy wie Jeffs Bruder Ray.

Stuart war bodenständig und treu. Ein attraktiver, intelligenter Mann, dem die Frauen durchaus hinterherschauten, aber an den nur schwer heranzukommen war, weil er eine unsichtbare Mauer um sich errichtet hatte. Sie hätte ihm ein bisschen Glück von Herzen gegönnt.

Carolyne hatte ihn gar nicht verdient. Allerdings empfand Kirsten es dennoch als befremdlich, dass sich die Behauptung einer arrangierten Verlobung nun tatsächlich bewahrheitete.

»Begleitest du mich auf eine Tasse Kaffee?«, wollte er wissen. Fragend sah sie ihn an, Stuart zuckte ungelenk mit den Schultern. »Ich brauche jetzt erst mal einen Moment, um das zu verarbeiten«, bemerkte er fast schon entschuldigend, »und ich würde gerne mit jemandem reden.«

DER KAFFEE IN IHRER TASSE WAR LÄNGST KALT GEWORDEN, während sie dem Mann, der ihr gegenübersaß, stumm zugehört hatte. Nun herrschte nachdenkliches Schweigen, und jeder war in seine eigenen Gedanken versunken.

Tatsächlich hatte Stuart einen Deal mit Amelia, Carolynes Großmutter, von der die junge Frau viele Jahre geglaubt hatte, sie wäre längst verstorben. Eine verworrene Familiengeschichte, durch die Kirsten immer noch nicht ganz durchblickte.

Alles, was sie verstanden hatte, war, dass Stuart Amelia einen Gefallen schuldete. Einen solch großen Gefallen, durch den er sich tatsächlich verpflichtet fühlte, eine Verlobung und vielleicht sogar Heirat mit Carolyne einzugehen, obwohl sie einander kaum kannten und es keine Gefühle gab … eine reine Zweckgemeinschaft.

Ähnlich *gute* Voraussetzungen wie in Kirstens Ehe, nur dass Jeff und sie immerhin im Bett harmonierten. Zwischen Stuart und Carolyne herrschte dahingehend völlige Funkstille. Sie lebten wohl gemeinsam in seinem Haus, und er fand Carolyne durchaus anziehend, aber es war bislang nie zu mehr als flüchtigen Berührungen zwischen ihnen gekommen.

Kirsten hätte gern darauf verzichtet, all diese Details zu erfahren, aber sie begriff auch, dass Stuart jemanden zum Reden brauchte. Nun verstand sie, warum er nicht ansatzweise so wütend wie sie darauf reagierte, dass Carolyne sich an Jeff herangemacht hatte. Wer emotional nicht involviert war, hatte es eben deutlich einfacher.

Als sie ihn gefragt hatte, wie es dazu gekommen sei, dass Carolyne mit Jeff zusammenarbeitete, war Stuart schließlich mit dem großen Geheimnis herausgerückt. Eine geplante Überraschungsparty zu ihrem dreißigsten Geburtstag.

Das war der Grund für Jeffs wochenlange Überstunden und die ständigen Ausflüchte gewesen. Kirsten unterdrückte ein bitteres Auflachen. Carolyne hatte ihm geholfen, weil sie sich in Stuarts Nähe unwohl fühlte und eine Aufgabe suchte. Vielleicht wäre es zwischen Jeff und ihr gar nicht so weit gekommen, wenn sie nicht so oft allein gewesen wären.

Letztlich war es nun auch noch durch die Planungen zu Kirstens Geburtstag überhaupt erst dazu gekommen, dass sie ihren Mann an eine andere verlor. Das war Stoff für eine echt miese Seifenoper. Die Party konnte er mal allein feiern!

Mit einem leisen Seufzer schob sie die halbvolle Tasse von sich und lehnte sich in ihrem Stuhl zurück. Sie wähnte sich von einer tiefen Bitterkeit erfüllt, doch der Schmerz, von dem sie ständig glaubte, er würde sie jeden Augenblick zerreißen, war einem eher betäubenden Gefühl gewichen.

»Du solltest dir für morgen Abend etwas anderes vornehmen.« Es überraschte sie selbst, wie fest ihre Stimme klang. »Eine Geburtstagsfeier wird es jedenfalls nicht geben.«

»Es tut mir leid, dass ich dir die Überraschung verdorben habe.«

Kirsten zwang sich zu einem Lächeln und schüttelte den Kopf.

»Ganz ehrlich, Stuart, ich denke, die Überraschungsparty ist dabei eindeutig das kleinere Problem.« Sie griff nach ihrer Handtasche und wollte Geld für den Kaffee auf den Tisch legen, doch er hob abwehrend die Hand.

»Du bist eingeladen.«

»Danke.« Über den Tisch greifend, legte sie ihre Hand auf seine und schenkte ihm ein freudloses Lächeln. »Es tut mir sehr leid, Stuart. Ich wünschte, du würdest der Frau über den Weg laufen, die dich verdient hat.«

Er verzog den Mund. »Vielleicht wäre es besser gewesen, wenn *wir* beide uns über den Weg gelaufen wären, bevor Jeff dich entdeckt hat«, scherzte er. »Dein Mann weiß dich nicht zu schätzen.«

Sie drückte seine Finger.

»Genau wie Carolyne dich nicht zu schätzen weiß. Aber die Richtige wartet irgendwo auf dich, dessen bin ich mir sicher.«

Sein Kehlkopf bewegte sich, als er schluckte. Ein trauriger Ausdruck trat in seine Augen. »Sie war schon da – vor ein paar Jahren«, gab er leise zurück. »Aber ich habe sie verloren.« Er schenkte ihr ein gequältes Lächeln. »Mach, dass du heimkommst, Kirsten … und viel Glück.«

7

Die Spannung zwischen ihnen war fast greifbar.

Unbehaglich rutschte Kirsten auf ihrem Stuhl nach hinten, breitete sorgfältig die Serviette auf ihrem Schoß aus und entfernte eine nicht vorhandene Fluse von ihrem Kleid.

Dreißig!

So hatte sie sich den Start in ihr nächstes Lebensjahrzehnt nicht ausgemalt. Müde, unglücklich und erschöpft. War wirklich erst eine Woche seit ihrer verunglückten Hochzeitsfeier am Samstag vergangen? Sie fühlte sich mindestens wie sechzig, und die letzte halb durchwachte Nacht hatte es auch nicht besser gemacht.

Am Freitag war Jeff zum ersten Mal seit einer gefühlten Ewigkeit schon daheim gewesen, als sie von ihrem Treffen mit Stuart zurückkam. Sie hatte ihn in seinem Arbeitszimmer gehört, war, ohne anzuklopfen, eingetreten und hatte ihm mitgeteilt, dass er die Überraschungsparty absagen könne, weil sie nicht gewillt sei so zu tun, als würde sie sich über Gäste freuen, die ihr eiskalt ins Gesicht logen.

Er hatte sie entgeistert angestarrt, und sie war gegangen, ohne die Tür hinter sich zu schließen. Zu ihrer eigenen Überraschung war sie völlig ruhig geblieben, obwohl sie sich gefühlt hatte, als würde sie jeden Moment explodieren. Einen Moment lang hatte sie gehofft und gebangt, ob er ihr hinterherkommen würde, um mit ihr zu reden.

Zu ihrer Enttäuschung hatte er es nicht getan, und Kirsten war den Rest des Tages in ihrem Atelier verblieben, wo sie malte und malte und versuchte, der widersprüchlichen Gefühle Herr zu werden, die in ihr tobten.

Irgendwann am Abend hatte er dann angeklopft und tatsächlich abgewartet, bis sie ›Herein!‹ sagte. Sein Gesicht war vollkommen ausdruckslos gewesen, als er sie ansah und darum bat, an ihrem Geburtstag mit ihr auszugehen, um ein klärendes Gespräch zu führen.

Ein Teil von ihr hatte ihm das Glas mit dem Lösungsmittel an den Kopf werfen wollen, das mitsamt den benutzten Pinseln neben ihr gestanden hatte. Ihr war bewusst gewesen, dass er dieses klärende Gespräch nur auf neutralem Boden veranstalten wollte, damit sie ihm keine weitere Szene machte. Dennoch hatte sie genickt und sich damit einverstanden erklärt, dass sie um halb sechs in ihr Lieblingsrestaurant aufbrechen würden.

Vermutlich würde das ihr letzter Besuch dort sein, denn wenn er ihr heute sagte, dass er die Scheidung wolle, würde man sie nie wieder hineinlassen. Sie war keineswegs gewillt, aus Rücksicht auf die anderen Gäste die kühle, gelassene Ehefrau zu spielen. Wenn er ihr die Pistole auf die Brust setzte, musste er mit den Konsequenzen leben.

Da saß sie nun.

Und fühlte sich wie das sprichwörtliche Lamm, das zum Schafott geführt wurde. Angespannt griff sie über den Tisch nach ihrem Weinglas und führte es an die Lippen. Über die Kerzen hinweg trafen sich ihre Blicke. Jeff war der Erste, der die Augen abwandte, seine Menükarte beiseitelegte und umständlich nach der Serviette griff.

Kirsten stellte das Glas ab und presste die Lippen aufeinander. Da waren so viele kleine Bewegungen an ihm, die ihr vertraut waren – so viele Gesten, die ihr oft schon ohne Worte verrieten, was er dachte. Wenn sie ihn ansah, gab es unendlich viele Erinnerungen an Augenblicke, die sie miteinander geteilt hatten und in denen Kirsten glücklich gewesen war. Gemeinsames Lachen, nächtelange Diskussionen und Momente voller Zärtlichkeit.

Ihre Beziehung war vielleicht nicht perfekt, aber sie hätte es wahrhaft schlechter treffen können. Den Blick auf die Tischdecke gerichtet, kämpfte sie mit dem Kloß in ihrem Hals. Sie wollte das alles nicht aufgeben. Jeff war *ihr* Mann, und Carolyne hatte kein Recht, das alles zu zerstören, ganz gleich wie instabil das Grundgerüst dieser Ehe auch sein mochte. Gab es denn keine Möglichkeit, dass alles wieder so wurde, wie es einmal gewesen war?

Das konnte es doch unmöglich gewesen sein.

»Wann holst du Jacob wieder?«

Überrascht hob sie den Kopf und sah ihn an. Mit dieser Frage hatte sie am wenigsten gerechnet.

»Montagnachmittag gegen zwei fahre ich zu ihm, allerdings werde ich ihn nur besuchen. Sein nächster Aufenthalt muss durch Mrs. Pinkett genehmigt werden.«

»Sie ist sehr streng«, bemerkte er.

»Ja, aber das ist sie nicht ohne Grund. Kinder sind kein Spielzeug.«

Er nickte stumm und musterte nachdenklich den Teller, der vor ihm stand. Sie betrachtete ihre Hände. Unbehagliches Schweigen breitete sich zwischen ihnen aus.

»Es tut mir leid.«

Seine Worte drangen nur langsam an ihr Ohr, und als sie den Kopf erneut hob, sah sie ihm in die Augen. Er hatte sich vorgebeugt, einen Arm über den Tisch in ihre Richtung geschoben und hielt ihr die offene Hand hin.

Wie ferngesteuert legte sie ihre eigene hinein. Als ihre Haut seine berührte, schossen ihr die Tränen in die Augen. Jeff atmete tief ein, drückte ihre Finger und strich mit dem Daumen über ihren Handrücken.

»Das sollte alles nicht so schieflaufen«, begann er leise, »in den letzten Wochen habe ich aus den Augen verloren, was wirklich wichtig ist.«

Zitternd holte sie Luft und starrte ihn an.

»Und was ist wichtig?«, wollte sie wissen.

»*Du* bist wichtig«, gab er zurück. Er räusperte sich umständlich, setzte sich aufrecht hin und legte auch seine andere Hand auf ihre. Kirstens Herz machte einen aufgeregten Hüpfer. »Ich habe dir in all den Jahren nie gesagt, wie sehr ich dich schätze und bewundere.«

Sie wandte den Blick von seinem Gesicht und starrte auf ihre Hand, die zwischen seinen lag. Sie wollte nicht geschätzt und bewundert werden … sie wollte, dass er ihr sagte, dass er sie liebe und begehre, dass er nicht leben könne ohne sie … dass Carolyne nichts war als ein dämlicher Fehltritt, der sich niemals wiederholen würde. Stattdessen fühlte sich das hier gerade alles furchtbar falsch an.

»Du hast alle Unannehmlichkeiten, die unsere Ehe manchmal mit sich brachte, ohne Klagen hingenommen. Du hast die Launen meiner Tochter ertragen und ständig versucht, ihr näherzukommen, obwohl sie dich immer und immer wieder abgewiesen hat. Das ist mir Dienstagnacht zum ersten Mal wirklich bewusst geworden, als ich dich mit Jacob sah.« Kirsten nickte matt und versuchte die Niedergeschlagenheit zu ignorieren, die in ihr hochkroch. »Ich kann nicht wiedergutmachen, was ich dir angetan habe, und ich kann mich nicht oft genug für das entschuldigen, was zwischen Carolyne und mir passiert ist.«

Sie spürte, wie ihre Unterlippe zitterte, und grub die Zähne hinein. Wenn er ihr jetzt sagte, dass er sie für Carolyne verließ, würde sie ihm das Glas Wein ins Gesicht schütten – und ihr war egal, wer alles dabei zusah.

»Wenn du die Scheidung willst, werde ich mich nicht dagegen sträuben und dir die Hälfte meines Vermögens überlassen.«

Irritiert runzelte sie die Stirn.

Wenn *sie* die Scheidung wollte?

Sie hatte erwartet, *er* würde die Trennung verlangen.

Er konnte sein verdammtes Vermögen behalten!

Manchmal wünschte sie sich ernsthaft, sie wären bettelarm, wenn er ihr nur sagen würde, was er wirklich empfand. Selbst wenn er ihr erklärte, dass er sie abgrundtief hasste, wäre das immer noch angenehmer zu ertragen als diese kühle Gleichgültigkeit.

»Ich will dein Vermögen nicht«, erwiderte sie leise, ihre Stimme kippte, »und auch keine Scheidung.« Eine Träne lief warm über ihre Wange und zum Kinn hinab. »Ich wollte nur eine ganz normale Familie mit dir haben und gemeinsam alt werden. Was ist daran so falsch?«

Er erhob sich, kam um den Tisch herum und zog Kirsten von ihrem Stuhl. In der nächsten Sekunde fand sie sich an seine Brust gedrückt und spürte seine Lippen an ihrer Wange.

»Es tut mir leid.« Sein warmer Atem streifte ihr Ohr. »Es tut mir so schrecklich leid, Schatz. Ich wünschte, ich könnte das alles ungeschehen machen.«

Sie schüttelte den Kopf. »Das kannst du nicht, aber … du könntest ehrlich zu mir sein.«

Er löste sich von ihr und sah ihr ins Gesicht. »Was meinst du?«

Ihr war gleichgültig, dass die anderen Gäste im Restaurant mittlerweile zu ihnen herübersahen. Die Frage, die ihr am meisten auf der Seele brannte, musste heraus.

»Willst du die Trennung?«

Ernst blickte er auf sie hinab, drückte sie auf den Stuhl und zog seinen eigenen zu ihr heran. Gegenüber von ihr blieb er sitzen, griff nach ihren Händen und hielt sie fest.

»Nein, ich will mich nicht von dir trennen, aber wenn du meinen Anblick nicht mehr erträgst nach allem, was passiert ist, kann ich das verstehen.«

Kirsten legte ihm einen Finger auf die Lippen.

»Antworte nur auf meine Fragen – bitte.«

Er nickte.

»Bist du bereit, ein Kind mit mir zu adoptieren, oder bist du es nicht?«

In seinem Gesicht zuckte ein Muskel, dann atmete er tief durch.

»Ich bin bereit dazu«, gab er zurück.

»Mit allen Konsequenzen?«

»Ja.«

»Auch wenn es sich um Jacob handelt?«

»Ja!«

Einen Augenblick lang betrachtete sie ihre miteinander verflochtenen Finger.

»Was ist mit Carolyne und dir?«, wollte sie wissen.

»Ich habe sie seit dem Vorfall nicht mehr gesehen, und ich wünschte, das wäre nie passiert.«

Kirsten musterte ihn einen Moment lang. »Du hast gesagt, da ist etwas zwischen euch.«

Er rutschte unruhig zur Stuhlkante vor. »Ich weiß, aber es war anders gemeint.«

»Dann erklär es mir bitte.«

»Es ist nicht so, als wäre Carolyne die Frau, die ich mir an meiner Seite wünsche. Ich war nur so frustriert von der Nacht davor, weißt du …«

»Was meinst du?«

»Kaum ist ein Kind im Haus und wird krank, schon fällt unser Liebesleben wie ein Kartenhaus in sich zusammen.«

Kirsten spürte, wie ihre Wangen sich rot färbten. Natürlich konnte sie sich erinnern, dass sie gerade dabei gewesen waren, einander an die Wäsche zu gehen, als Jacobs Albträume sie aus ihrem Liebesspiel gerissen hatten. Jeff war allerdings nicht der Einzige, dem diese Unterbrechung zusetzte.

Verdammter Kerl!

»Du hättest gestern auch einfach früher nach Hause kommen können und deinen Frust gemeinsam mit mir abbauen können, statt dich mit Carolyne zu betrinken.«

»Wir haben uns nicht betrunken«, warf er ein. »Aber du hast recht, ich hätte heimkommen und dort weitermachen sollen, wo wir zuvor unterbrochen worden waren.«

Nachdenklich musterte sie ihn. »Sie macht sich Hoffnungen auf dich.«

Jeff runzelte die Stirn. »Wie kommst du darauf?«

»Ich habe Stuart gestern getroffen.«

Im Gesicht ihres Mannes schien jede Mimik einzufrieren.

»Du hast es ihm gesagt?«, fragte er tonlos.

»Er hat mir sein Mitgefühl ausgesprochen, weil Carolyne ihm beim Frühstück nach eurem Tête-à-tête erzählt hatte, du wollest dich von mir trennen.«

»Du hättest es ihm nicht sagen dürfen«, flüsterte Jeff. Er ließ ihre Finger los und rutschte in seinem Stuhl zurück. Enttäuschung überrollte sie und machte zeitgleich dem Zorn Platz, der immer noch in ihr rumorte. Sie knirschte mit den Zähnen.

»Was hast du erwartet, Jeff? Dass ich dieses *Geheimnis* dankbar für mich behalte, nur damit du nicht als Verräter an deinem besten Freund dastehst?«

»So war es nicht.«

Kirsten lachte auf und schüttelte den Kopf. Ihr entging keineswegs, dass immer mehr Gäste zu ihnen herübersahen und tuschelten. Ärgerlich stand sie auf und starrte Jeff an.

»War es das nicht? Immerhin ist sie mit Stuart verlobt, ob diese Verbindung nun arrangiert ist oder nicht. Ich finde, er hat genauso ein Recht, davon zu erfahren, wie ich.«

Jeff schoss aus seinem Stuhl hoch, und im nächsten Augenblick schlossen seine Finger sich schmerzhaft um ihren Oberarm.

»Du tust mir weh«, beschwerte sie sich. Sein Griff lockerte sich nur unmerklich.

»Warum hast du nicht einfach den Mund gehalten?«, wollte er wissen. Für eine Sekunde fühlte es sich an, als stieße er ihr ein Messer ins Herz. Sie rang nach Luft.

Das war einfach nicht fair!

»Weil du mir das Herz aus der Brust gerissen hast und ich nicht mehr an meinem Schmerz ersticken wollte«, hauchte sie.

Die Fahrt bis zu ihrem Haus war schweigend verlaufen, nachdem sie überstürzt und ohne Essen das Restaurant verlassen hatten. Das war der perfekte Abschluss einer überwiegend grauenvollen Woche. Seit ihrem Hochzeitstag schien fast alles schiefzulaufen.

»Wir sollten uns vielleicht professionelle Hilfe holen«, bemerkte Jeff, als er den Wagen anhielt. Kirsten schnaubte, stieg aus und warf zornig die Tür hinter sich ins Schloss. In ihrer Handtasche nach dem Schlüssel kramend, ging sie zur Haustür hinüber.

»Kirsten, warte!«

Mit dem Schlüssel in der Hand blieb sie vor der Tür stehen, drehte sich zu ihm um und taxierte ihn mit zornigem Blick, während er auf sie zukam.

»Wozu professionelle Hilfe, Jeff?«, wollte sie wissen. Mit einer alles umfassenden Geste zuckte sie die Schultern, wandte sich der Tür zu und schloss sie auf. »Du warst kurz davor, sowohl deine Ehefrau als auch deinen besten Freund zu betrügen … Ich wüsste nicht, was daran noch analysiert werden muss.« Sie stieß die Haustür auf, trat in die dunkle Eingangshalle und knallte den Schlüssel auf die Kommode, die neben der Tür stand. »Ich darf mir dieses Geständnis anhören und soll einfach damit leben, dass mein Mann mich fast betrogen hat – mit dieser amerikanischen Schlampe –, und dann machst *du* mir auch noch Vorwürfe, weil ich ausgerechnet *den* Mann über euch beide aufkläre, der ebenso ein Recht auf die Wahrheit hat wie ich.« Ihre Stimme hallte durch das Haus und wurde von den Wänden als hohles Echo zurückgeworfen. »Du bist so ein Heuchler, Jeff.«

Über ihnen flammten die Kronleuchter auf, und im Gesicht ihres Mannes stand kalte Fassungslosigkeit, während er auf einen Punkt hinter ihr starrte. Als Kirsten sich umsah, blickte sie in mindestens zwei Dutzend Gesichter, die ihr aus der Doppeltür zur Bibliothek entgegensahen und auf denen sich das ein oder andere pikierte Lächeln breitmachte.

Im gleichen Moment erklang ein vielstimmiger Chor: »Überraschung!«

. . .

Kirsten fühlte sich elender als je zuvor. Das war definitiv der peinlichste Moment ihres Lebens.

Es war eine Sache, sich mit Jeff in die Haare zu bekommen und in einem vollbesetzten Restaurant ein paar neugierige Zuhörer zu haben, die sie nicht kannte. Aber es war etwas ganz anderes, wenn Familie, Freunde und Bekannte Zeugen eines sehr unschönen Ehestreits wurden.

Sie schloss eine Sekunde lang die Augen und wünschte sich nichts sehnlicher, als dass sich unter ihr ein Loch auftun möge, um sie zu verschlingen. Stattdessen vernahm sie überdrehtes Gelächter und Jeffs warme Stimme, die die ersten Gäste begrüßte.

Verflucht, sie hatte ihn doch gebeten, er solle diese alberne Überraschungsparty absagen. *Das* hatte sie nicht gewollt!

Hektisch schluckte sie an dem bitteren Geschmack, der sich auf ihrer Zunge breitmachte, öffnete die Augen und zwang sich zu einem gekünstelten Lächeln, als ihre Schwiegermutter ihr entgegeneilte. Mit hochgezogenen Augenbrauen und einem aufmunternden Lächeln nahm sie Kirsten in die Arme und drückte sie.

»Liebes, ich wünsche dir alles Glück dieser Welt für dein neues Lebensjahr.« Ihr zuzwinkernd, rückte Charlize ein Stück von ihr weg. »Und ich denke, ein gutes Nervenkostüm wäre auch nicht verkehrt.«

Mit einem freudlosen Auflachen auf den Lippen nickte Kirsten.

»Ja, das könnte ich gut gebrauchen … Falls du mal eins findest, weißt du, wo ich bin.«

Schwiegervater Willbur schob seine Frau beiseite, grinste Kirsten unter dem mächtigen Schnurrbart breit an und zog sie fest in seine Arme. Sie gab einen erstickten Laut von sich.

»Schätzelein, lass dich nicht verrückt machen von dieser Welt. Meistens wird alles nur halb so heiß gegessen, wie es gekocht wird.« Ein schmatzender Kuss landete auf ihrer Wange, bevor er sie wieder freigab und Jeffs Bruder Ray mit charmantem Lächeln zu ihr trat.

»Gib ihr ein bisschen Luft, Dad«, tadelte er seinen Vater. »Irgendwann erstickt Kirsten mal in einer deiner Umarmungen.«

Sie fühlte sich vom nächsten MacAllister in die Arme gezogen und gedrückt. Ray hielt sie einen Moment länger fest als nötig.

»Was auch immer passiert ist, gib ihm eine Chance, es zu erklären«, raunte Ray an ihrem Ohr. »Auch wenn es ihm schwerfällt, es zu zeigen, aber er liebt dich wirklich sehr.«

Großer Gott! Er hatte ja keine Ahnung, was er da behauptete.

Die Kehle war ihr plötzlich wie zugeschnürt, und unfähig, ein Wort herauszubekommen, konnte Kirsten nur nicken. Ray küsste sie flüchtig auf die Wange und ließ sie los, um dem nächsten Gratulanten Platz zu machen.

Entgeistert starrte sie den Mann an, der ihr gegenüberstand. Braungebrannt, mit himmelblauen Augen und das Haar aufgehellt von der neuseeländischen Sonne, grinste Sören ihr spitzbübisch entgegen. Fast fünfeinhalb Jahre waren vergangen, seit sie ihm zuletzt in die Augen gesehen hatte. Das war an dem Abend nach der Beerdigung ihrer Eltern gewesen – als sie ihren Koffer gepackt und nach England hatte fliehen wollen, um den Erinnerungen zu entkommen.

Er hatte ihr gesagt, sie solle ihren Weg gehen und glücklich werden … und sie war sicher gewesen, ihn vielleicht niemals wieder zu sehen. Mit einem Schluchzen stürzte sie sich in die Umarmung ihres zweitältesten Bruders und drückte das Gesicht an seinen Hals. Plötzlich brachen all die Emotionen der letzten Tage über ihr zusammen und entluden sich in einer wahren Tränenflut.

»Hey, hätte ich geahnt, dass du das Haus unter Wasser setzt, hätte ich einen Eimer mitgebracht«, scherzte ihr Bruder. Er hob sie hoch und drehte sich mit ihr im Kreis. Kirsten lachte unter Tränen, küsste ihn auf die Wange und schlang ihm die Arme noch fester um den Hals.

»Du hast mir so sehr gefehlt«, erwiderte sie mit zittriger Stimme. Sören setzte sie ab, hielt sie ein wenig auf Abstand und musterte sie aufmerksam.

»Du hast mir auch gefehlt, Törtchen.« Kopfschüttelnd drückte sie sich an ihn. Es war tröstlich, diesen alten Kosenamen zu hören, mit dem ihre Brüder sie aufgrund ihrer *erdbeerblonden* Locken immer geneckt hatten. Obwohl neun Jahre die beiden trennten, war Sören früher schon immer ihr engster Vertrauter gewesen. Der große Bruder, der sie beschützte und über sie wachte.

Sie konnte kaum glauben, dass er wirklich vor ihr stand.

»Du hast schon besser ausgesehen«, bemerkte er in seiner üblich saloppen Art.

»Seltsam, das höre ich in letzter Zeit ständig«, gab sie zurück. »Wie geht es dir?«

»Das sollte ich dich fragen, so wie du aussiehst.«

»Ich hab nur was verschleppt.«

»Dem schließe ich mich an«, erwiderte er zwinkernd. Irritiert musterte sie ihn, und Sören zuckte mit den Schultern. »Eine kleine Ehekrise in Neuseeland, aber sonst geht's mir gut.«

»Oh Sören, das tut mir so leid.«

»Schon okay, ich bekomm' das wieder gerade gebügelt.«

»Seid ihr bald fertig?«

Verblüfft horchte sie auf, als sie die Stimme von Tjark erkannte, und löste sich aus Sörens Umarmung. Ihr drittältester Bruder stand schräg hinter ihm und zwinkerte ihr zu.

Der Älteste, Lars, trat neben ihn.

»Hier sind noch etwas mehr als ein halbes Dutzend weiterer Brüder, die ihre kleine Schwester in den Arm nehmen wollen – kommt mal in die Hufe!«

Sie konnte sich später kaum noch erinnern, wie sie diese Überraschung ohne Ohnmacht hatte überstehen können. Wie auch immer Jeff das koordiniert hatte, es war ihm doch gelungen, all ihre Brüder einzuladen … und alle acht waren gekommen: Lars, Sören, Tjark, Morten, die Zwillinge Nils und Finn, Jesper und ihr jüngster Bruder Evan – teilweise waren sie sogar mit ihren Frauen angereist.

Es hatte ein großes Hallo gegeben, und Kirsten hatte jede Menge Tränen vergossen. Doch noch während sie von ihren Brüdern mit frechen Sprüchen bedacht und in die Arme genommen wurde, hatte sie immer wieder zu Jeff hinübergesehen, der sich um die anderen Gäste kümmerte und tat, als hätte es diese letzten bösen Worte von ihr nicht gegeben.

Natürlich war sie sauer auf ihn und seine doppelte Moral.

Aber auf der anderen Seite hatte er das alles hier organisiert. Er hatte über Wochen diese Party geplant, Freunde und Bekannte involviert und ihre gesamte Familie eingeladen, obwohl sie ihm ständig auf den Geist gegangen war. Sie bemerkte den Catering-Service, der auf der Terrasse ein reichhaltiges Buffet aufgebaut hatte, hörte die Band, die dezent im Hintergrund spielte, und sah, wie wunderschön alles geschmückt worden war. In einer Ecke der Terrasse schienen zwei Tische unter der Flut an Geschenken fast zusammenzubrechen … Es hätte perfekt sein können.

Wenn nur dieser Vorfall mit Carolyne nicht gewesen wäre, dann hätte sie den heutigen Abend in vollen Zügen genossen – und sie hätten sich gar nicht erst gestritten.

Was hatte Ray gesagt: ›Auch wenn es ihm schwerfällt, es zu zeigen, aber er liebt dich wirklich sehr.‹

Wie kam er auf die Idee, so etwas zu behaupten? Jeff hatte ihr gegenüber nie von Gefühlen gesprochen. Davon, dass sie ihm wichtig war und er sie schätzte – okay – damit musste sie leben. Sie hatte sich in den letzten Jahren damit arrangiert, dass es für ihn nur eine Vernunftentscheidung gewesen war. Aber von Liebe war nie die Rede gewesen. Dabei war es genau das, was sie hören wollte. Tief durchatmend bedankte sie sich bei den letzten Gästen für ihr Erscheinen und die Geschenke und wünschte ihnen viel Spaß auf der Party.

Was war, wenn Ray recht hatte?

Warum hatte Jeff nie etwas zu ihr gesagt oder angedeutet?

Brauchte er den Anstoß von ihr? Vielleicht wartete er schon die ganze Zeit darauf, dass *sie* den Anfang machte … Aber gerade nach ihrem Streit und dem, was zwischen ihm und Carolyne passiert war, fiel es ihr schwer, genau diesen ersten Schritt zu tun.

. . .

Eine Hand auf ihre Körpermitte gelegt, betrachtete sie das reichhaltige Buffet, an dem sich die Gäste bedienten. Sie spürte den Hunger bis in die Zehenspitzen, und gleichzeitig bereitete ihr der Gedanke an etwas zu essen eine unangenehme Übelkeit. Sie fühlte sich scheußlich, und ihre Hände zitterten. Tief durchatmend bemühte sie sich, die Übelkeit unter Kontrolle zu bekommen. Vermutlich war das ein bisschen zu viel Aufregung gewesen.

»Gratulation zum Geburtstag.«

Ein wenig erschrocken fuhr sie herum und sah Grace vor sich stehen. Die Freude darüber, dass ihre Stieftochter überhaupt gekommen war, wechselte sich ab mit der Unsicherheit, weil Grace immer noch allen Grund hatte, sauer auf sie zu sein.

»Danke schön.«

Das Mädchen kaute unschlüssig auf ihrer Unterlippe herum. Schulterzuckend versenkte sie die Hände in den Taschen ihres Kleides und sah einen Moment lang aus wie Stuart.

»Ich war nicht sicher, ob ich hier erwünscht bin«, bemerkte sie leise. Kirsten kämpfte gegen das Bedürfnis an, die junge Frau einfach in den Arm zu nehmen – heute war so ein Tag, an dem sie mit niemandem mehr Streit haben wollte … Allerdings war sie sich ziemlich sicher, dass Grace eine solche Geste ganz und gar nicht begrüßen würde.

»Du *bist* hier erwünscht, immer und zu jeder Zeit.« Ihre Stieftochter nickte und wollte sich abwenden, um zu den anderen hinüberzugehen, als Kirsten sie sacht an der Schulter berührte. »Ich möchte mich bei dir entschuldigen, Grace, auch wenn ich weiß, dass das, was ich getan habe, unverzeihlich ist. Ich werde versuchen, den Schaden wieder in Ordnung zu bringen.«

Grace nickte nur und verschwand ohne ein weiteres Wort im Getümmel.

»Sie ist noch nicht bereit, dir zu vergeben«, bemerkte Jeff neben ihr.

Kirsten warf ihm einen schrägen Seitenblick zu.

Wie so oft hatte er sich geräuschlos an sie herangeschlichen. Eine Unart, die sie zutiefst verabscheute. Aber nachdem sie ihn heute bereits einmal vor ihren Gästen bloßgestellt hatte, wollte sie ihn dafür jetzt nicht auch noch tadeln.

»Das wird sie vielleicht niemals«, gab sie zurück. Sie deutete mit dem Kinn auf die anwesenden Menschen. »Ich dachte, du würdest die Party absagen.«

»Als ich es bei den Ersten versucht habe, wurde mir unmissverständlich klargemacht, dass man nicht gewillt sei, eine Ausladung anzunehmen. Deine Brüder sind ziemlich überzeugend.«

Kirsten lächelte mild. Den Kopf schiefgelegt, sah sie wieder zu dem Buffet hinüber.

»Ich weiß.«

»Soll ich dir etwas zu essen holen?«

Ihr Magen schien sich bei Jeffs Frage einmal um sich selbst zu drehen. Zögernd schüttelte sie den Kopf. »Nein, danke. Ich glaube, im Augenblick bekomme ich nichts herunter.«

Als er nicht antwortete, sah sie ihn an und begegnete seinem durchdringenden Blick.

»Was ist?«

»Wann hast du das letzte Mal etwas gegessen?«, wollte er wissen. Tatsächlich musste sie einen Moment länger überlegen.

»Ich habe heute Morgen gefrühstückt.«

»Deine übliche Scheibe Toast mit Marmelade?«, fragte er.

Kirsten krauste die Stirn. Was sollte die Fragerei?

»Ja.«

»Denkst du nicht, du übertreibst es langsam?«, wollte er wissen. Sein Tonfall war eindeutig verstimmt. Irritiert musterte sie ihn.

»Was meinst du?«

»Dieser Diäten-Wahnsinn, den du neuerdings betreibst«, gab er zurück. »Das ist nicht normal, Kirsten, und deine Magersucht ist längst zu einem Problem geworden.«

Überrascht riss sie die Augen auf.

»Magersucht?«, wiederholte sie. Im nächsten Moment schüttelte sie vehement den Kopf und hob abwehrend die Hände. »Wow … nein, auf gar keinen Fall. Ich bin *nicht* magersüchtig, ich habe mich in der letzten Zeit einfach nur schlecht gefühlt und keinen Appetit gehabt.«

»Du hast mindestens fünf Kilo abgenommen, wenn nicht mehr«, gab er unwirsch zurück. »Das ist kein einfacher Gewichtsverlust wegen eines Infekts.«

Erneut stieg Zorn in ihr auf.

»Du glaubst allen Ernstes, ich hätte mit Absicht gehungert?«

»Ich bin überzeugt, dass du es immer noch tust – sonst würde es dir nicht so schwerfallen, etwas zu essen.«

Übelkeit stieg in Kirsten hoch, und die Vehemenz, mit der sie ihm die Meinung sagen wollte, verflüchtigte sich plötzlich, um einem merkwürdigen Gefühl von Leere Platz zu machen. Etwas lief warm über ihre Oberlippe.

Sie griff nach Jeffs Hand und spürte, wie er sie unvermittelt an sich zog.

»Kirsten!« Er klang panisch. Sein Gesicht verschwamm vor ihren Augen zu einem hellen Fleck, und ein lautes Rauschen legte sich über all ihre Sinne. Dann wurde die Welt um sie herum schwarz.

»Sind Ihnen vermehrte Symptome wie Müdigkeit und Blässe aufgefallen?«

»Nein.«

»Hat sie nachts stark geschwitzt oder konnte sie plötzlich ihre Arbeit nicht mehr auf die gleiche Weise ausführen wie sonst üblich?«

»Nicht dass ich wüsste.« Genervt fuhr Jeff sich mit einer Hand durch das Haar und starrte den jungen Arzt an, der ihm gegenübersaß. »Verdammt, das habe ich alles schon Dr. Treston erzählt. Sagen Sie mir, was mit meiner Frau ist, und dann lassen Sie mich zu ihr – und zwar sofort.«

»Sie können gleich zu Ihrer Frau, Mr. MacAllister, aber es ist wichtig, dass Sie mir diese Fragen beantworten – auch wenn Dr. Treston sie schon gestellt hat. Bitte.«

Mit einem Stöhnen ließ Jeff sich gegen die Rückenlehne des unbequemen Stuhls sinken und hob resigniert die Hände.

»Meinetwegen.«

»Hat Ihre Frau über Knochenschmerzen geklagt?«

»Nein.«

»Was ist mit Kopfschmerzen und Schwindel?«

»Ja, damit hatte sie in der letzten Zeit öfter zu tun.«

»Wurde Sie deshalb untersucht?«

»Sie war letzten Montag bei unserem Hausarzt. Dr. Treston hat ihr Blut abgenommen und von einem hartnäckigen Infekt gesprochen.«

»Hm, die Ergebnisse liegen mir auch bereits vor … Klagte sie über ein Völlegefühl oder Schmerzen im Oberbauch?«

»Nein.«

»Hatte sie mit Fieberschüben zu kämpfen oder starkem Gewichtsverlust?«

»Kein Fieber, aber sie hat in den letzten paar Wochen enorm abgenommen.«

»Können Sie abschätzen, wie viel sie abgenommen hat?«

»Ich vermute mindestens fünf Kilo, vielleicht sogar zehn … Ehrlich gesagt dachte ich, sie macht so eine verrückte Diät.«

»Hm.«

Dr. Carter tippte auf der Tastatur seines Computers herum, starrte sekundenlang schweigend auf den Bildschirm und wandte sich dann wieder Jeff zu.

»Das Blutbild Ihrer Frau weist erhöhte Leukozytenwerte und deutlich veränderte Zellen auf, Mr. MacAllister … Wir werden eine Knochenmarkpunktion durchführen müssen.«

Mit verblüfft hochgezogenen Augenbrauen starrte er den Arzt an, der aussah, als käme er gerade frisch von der Universität. Jeff war immer noch unbegreiflich, wie ihn das Namensschild als Oberarzt ausweisen konnte. Dieser Kerl war nicht viel älter als Grace und sprach von Dingen, die einfach nicht wahr sein konnten.

Erhöhte Leukozytenwerte … was zur Hölle war hier los?

»Eine Knochenmarkpunktion?«, wiederholte Jeff beunruhigt.

Dr. Carter senkte den Blick auf seine Hände und legte sorgfältig die Fingerspitzen aneinander, ehe er wieder aufsah.

»Es tut mir leid – bislang weisen nicht nur die Symptome, sondern vor allem sowohl die Blutuntersuchungen von Dr. Treston als auch unsere Ergebnisse auf eine schwere Leukämieerkrankung hin. Um wirklich sicherzugehen, müssen wir das Knochenmark extrahieren. Dazu führen wir eine Aspiration unter örtlicher Betäubung durch, das heißt, wir punktieren den Knochen auf Höhe des Beckenkamms. Wir werden zudem einige molekularbiologische Tests durchführen, um die Erbinformationen der Leukämiezellen zu untersuchen – und es muss eine Lumbalpunktion gemacht werden, da Sie von vermehrten Kopfschmerzen und Schwindelgefühlen sprachen.«

Jeff verstand nur noch Bahnhof. Alles, was in seinem Kopf haften geblieben war, war das Wort ›Leukämie‹.

Kirsten hatte Krebs!

»Was …« Er schüttelte den Kopf und fuhr sich mit beiden Händen gleichzeitig durch das Haar. Vor zwei Stunden hatten sie sich noch über ihr Essverhalten gestritten, und nun saß er hier im *Royal Marsden Hospital*, und seine Welt brach zusammen. »Was bedeutet das?«

»Ihre Frau muss sich einer umfassenden Diagnostik unterziehen, damit wir die Therapieplanung entsprechend ausarbeiten können.«

Jeff schluckte.

»Heißt das … heißt das, sie stirbt?«

Dr. Carter verschränkte die Finger miteinander und legte die gefalteten Hände auf der Tischplatte ab.

»Nicht jede Leukämieerkrankung verläuft automatisch tödlich, Mr. MacAllister. Über den Grad der Erkrankung kann ich Ihnen allerdings erst dann etwas Genaueres sagen, wenn alle Tests und Untersuchungen abgeschlossen sind. Wir wollen keineswegs schon vorher den Teufel an die Wand malen, aber wir müssen uns selbstverständlich dennoch darüber bewusst sein, dass Ihre Frau schwer krank ist und die Behandlung so schnell wie möglich beginnen muss.« Mit einem schmalen Lächeln erhob sich der Arzt, und Jeff tat es ihm nach. »Gehen Sie jetzt zu ihr, Mr. MacAllister. Wenn Sie wieder wach ist, werden wir ihr erklären, was geschehen ist, und ihr erläutern, wie die weiteren Schritte aussehen werden.«

Er hatte keine Ahnung, wie er hier hereingekommen war.

Nach dem Gespräch mit dem Arzt hatte er sich wie ein Schlafwandler durch das Krankenhaus bewegt und war irgendwann in ihrem Zimmer angekommen. Nun saß er neben dem sterilen Krankenhausbett, in dem Kirsten lag und schlief. Ihre Haut hatte eine unnatürliche, wächserne Blässe angenommen, und der Überwachungsmonitor, der schräg hinter ihr stand und sein immer wiederkehrendes rhythmisches Piepsen von sich gab, zerrte an Jeffs Nerven.

Leukämie.

Die Ellenbogen auf den Knien abgestützt, drückte er die Stirn auf die zusammengepressten Fäuste und starrte zu Boden. War es wirklich so, wie der Arzt gesagt hatte, oder wollte dieser Jüngling ihn mit seinen Erklärungen bloß ruhigstellen?

Vor sechs Jahren war Stuarts Verlobte Amy an Gebärmutterkrebs gestorben. Es war so unglaublich schnell gegangen, und Jeff hatte nicht vergessen, wie sehr Stuart unter diesem Verlust gelitten hatte. Und nun Kirsten …

Es war doch sehr seltsam, wie sich die Vergangenheit zu wiederholen schien – wieder eine Frau, die dem Tode nah war. Tief durchatmend verbarg er das Gesicht in seinen Händen und schloss die Lider.

Dieser Tag hätte so anders sein sollen, und er bekam die Bilder nicht aus seinem Kopf. Kirsten, die ihn böse anfunkelte und plötzlich die Augen verdrehte. Er hatte geglaubt, sie wollte nur eine Grimasse ziehen, und dann hatte er ihre eiskalten Finger gespürt.

Im einen Moment stritten sie sich noch, und im nächsten lag Kirsten krampfend in seinen Armen, während ihr das Blut über das

Gesicht lief. Von jetzt auf gleich war sie mit heftigem Nasenbluten einfach umgekippt. Für einen unerträglichen Bruchteil hatte er nichts anderes gespürt als Todesangst und kalte Panik.

Ihr Bruder Morten war zu ihnen geeilt und hatte die Erstversorgung übernommen, während Jeff mit zitternden Händen den Notruf gewählt hatte. Keine fünfzehn Minuten hatte es gedauert, bis Ray – der an der Haustür stand – den Notarzt und die beiden Sanitäter in die Bibliothek führte. Eine halbe Stunde nachdem sie ohnmächtig geworden war, wurde Kirsten im Krankenwagen abtransportiert … immer noch bewusstlos und nicht ansprechbar.

Ray hatte gemeint, er werde sich um alles kümmern, und Jeff solle sich keine Sorgen machen. Dann hatte Morten ihm eine Hand auf die Schulter gelegt, und Jeff war gemeinsam mit ihm und Sören ins Krankenhaus gefahren, wo Kirsten bereits durch den zuständigen Oberarzt untersucht wurde.

Die Party und die verschreckten Gäste waren hinter ihnen zurückgeblieben. Die nächste Stunde hatte sich endlos hingezogen, und das Gespräch, das er anschließend mit Dr. Carter geführt hatte, hätte er lieber aus seinem Gedächtnis gestrichen.

Die wenigen Informationen, die über Leukämie in seinem Hirn verankert waren, zeichneten ein Szenario über Kirstens Zukunft, gegen das sich alles in ihm sträubte. Dennoch kam er nicht gegen die Bilder in seinem Kopf an. Immer wieder dachte er an Amy und wie rasch das Schicksal sie und Stuart damals auseinandergerissen hatte … Und er sah Kirsten vor sich … abgemagert bis auf die Knochen, mit kahlem Kopf und tiefen Ringen unter den Augen.

Sie hatte so viele Pläne und Träume gehabt, und nun würde sich alles ändern. Wie sollten sie das schaffen? Und wie würde es weitergehen? Die Veränderung, die durch eine mögliche Adoption in ihrem Leben eingetreten wäre, hatte ihn bereits nervös gemacht, als sie noch gesund gewesen war … Aber nun stand auch das in den Sternen.

Es würde ihr das Herz brechen, wenn sie Jacob nicht zu sich nehmen könnte. Er hatte es in ihrem Gesicht gelesen, als sie am Bett des kranken Jungen gesessen hatte. Sie liebte dieses Kind jetzt schon, als wäre es ihr eigenes – und er musste daran denken, wie oft sie mit genau diesem Gesichtsausdruck an Graces Bett gesessen hatte, wenn diese krank gewesen war.

Das war der Grund gewesen, warum er sich am Mittwochmorgen wieder auf den Weg in sein Büro gemacht hatte. Er hatte sich ausgeschlossen und gleichzeitig schuldig gefühlt – ihm war noch nie so deutlich wie zu diesem Zeitpunkt bewusst geworden, dass Grace und auch er Kirsten nie das zurückgegeben hatten, was sie so bereitwillig an sie verschenkt hatte – nämlich ihr Herz.

»Jeff?«

Müde hob er den Kopf und sah Morten an, der neben ihn getreten war, Sören stand in der halbgeöffneten Tür zum Korridor. Kirstens Brüder hatte er völlig vergessen. Es war Zeit, mit ihnen zu reden.

Die Stille, die ihn umfing, schien Jeff regelrecht zu erdrücken. Er senkte den Kopf und starrte in die Flüssigkeit, die in dem Zahnputzglas in seiner Hand langsam hin- und herschwappte.

Ein perfekter Tag!

Nachdem er Morten und Sören über das informiert hatte, was Dr. Carter ihm gesagt hatte, waren die beiden sehr unterschiedlich mit dieser Nachricht umgegangen. Morten, der als Veterinär in Kopenhagen praktizierte, hatte sie aufgrund seines Berufes deutlich rationaler aufgenommen als Sören, der minutenlang am Fenster gestand und wortlos hinausgestarrt hatte.

Sie hatten fast die ganze Nacht gemeinsam an Kirstens Bett verbracht, und gegen halb drei hatte Morten vorgeschlagen, Jeff und Sören sollten heimfahren und sich ausschlafen, es sei sinnvoller, sich mit der Wache abzuwechseln. Natürlich hatte er recht, aber Jeff bestand darauf, dass er selbst bei Kirsten blieb. Also waren ihre Brüder gefahren, um sich auszuruhen und ihre Familien zu informieren.

Das war vor zwei Stunden gewesen. Seither wartete er an ihrem

Bett und fühlte sich furchtbar nutzlos. Für diesen Sonntag hatte er ein romantisches Frühstück geplant, aber die Durchführung war bereits in der Sekunde gescheitert, als er Carolyne geküsst hatte.

Er fuhr sich mit einer Hand über das Gesicht und schüttelte den Kopf. Welcher Teufel ihn da geritten hatte, konnte er sich immer noch nicht erklären. Natürlich war sie hübsch und ja, er war frustriert gewesen. Es schmeichelte seinem Ego, wie sie ihn anhimmelte … aber er war nicht der Mann, der sich gern zwei Eisen im Feuer hielt.

Er war verheiratet, und für ihn war sein Ehegelübde nicht nur dahergesagt – ganz gleich, ob er nun in erster Linie aus Vernunftgründen geheiratet hatte. Ganz zu schweigen von der Tatsache, dass Carolyne die Verlobte seines besten Freundes war … Das war ein unverzeihlicher Fehler, und er musste unbedingt mit Stuart darüber reden. Ihre Freundschaft hatte schon einmal wegen einer Frau auf wackeligen Füßen gestanden.

»Jeff?«

Er benötigte mehrere Sekunden, um zu begreifen, dass das leise Wispern von Kirsten kam, die ihn unter halbgesenkten Lidern betrachtete. Erschrocken stellte er das Glas mit dem Apfelsaft auf den Nachtschrank, setzte sich zu ihr auf die Bettkante und strich ihr eine Locke aus der Stirn.

»Du bist wach«, bemerkte er. »Hast du Durst?«

Sie nickte schwach, und er griff sich die Wasserflasche, die neben dem Apfelsaft für sie bereitstand. Vorsichtig half er ihr, sich ein kleines Stück aufzurichten, und setzte die Flasche an ihre Lippen. Nachdem sie ein paar winzige Schlucke genommen hatte, lehnte sie den Kopf erschöpft in die Kissen zurück.

»Was ist passiert?« Ihre Stimme klang kratzig und belegt. Einen Augenblick lang betrachtete er sie besorgt, sie war nach wie vor extrem blass, und dunkle Ringe lagen unter ihren Augen.

»Du bist ohnmächtig geworden«, gab er leise zurück. »Wir mussten dich ins Krankenhaus bringen.«

»Wie spät ist es?«

»Halb fünf in der Früh … am Sonntag.«

Irritiert runzelte sie die Stirn und schien einen Moment über seine Worte nachzudenken, ehe sie mit den Fingern über ihr Gesicht strich.

»Habe ich mir den Kopf angeschlagen?«, wollte sie wissen. Jeff unterdrückte einen Seufzer. Wenn es doch nur das gewesen wäre.

»Nein.«

»Was ist dann mit mir?«

Tief durchatmend griff er nach ihrer Hand und verschränkte Kirstens Finger mit seinen. Natürlich spürte sie, dass etwas nicht stimmte. Sie hätte schon blind und taub sein müssen, um es nicht zu merken.

Zum Teufel, eigentlich hätte jetzt dieser verdammte Oberarzt hier sein sollen, um mit ihr zu reden. Allerdings hatte Jeff keine Ahnung, wann dieser Halbwüchsige mit Doktortitel auftauchen würde.

»Sie haben dir Blut abgenommen und erhöhte Leukozytenwerte festgestellt. Deine Zellstruktur ist verändert. Es wird noch ein paar weitere Untersuchungen geben, aber bislang weist alles darauf hin, dass du … ziemlich krank bist.«

Kirsten bemühte sich sichtlich, die Augen offen zu halten.

»Wie krank?«

»Sehr krank.«

Müde schüttelte sie den Kopf und blinzelte.

»Ich will jetzt keine Ratespielchen, Jeff, sag mir, was es ist.«

Er atmete tief durch und begegnete ihrem prüfenden Blick.

»Du hast Leukämie.«

8

Vierzehn Stunden, dreiundzwanzig Minuten und fünfzehn Sekunden … okay, die Minuten und Sekunden waren übertrieben, aber es änderte nichts daran, dass fast der ganze Sonntag vergangen war, seit Jeff ihr am Morgen die *frohe Kunde* überbracht hatte.

Kirsten starrte an die Zimmerdecke. Wäre ihr nicht so elend zumute gewesen, hätte sie vor Wut geheult.

Das war nicht fair. Sie hatte in den letzten Jahren ständig auf ihre Ernährung geachtet, Sport getrieben und war regelmäßig zum Gesundheitscheck gegangen … und nun das.

Krebs!

Schon wieder.

Wenn sie daran dachte, wie viele Schokoriegel sie statt roher Möhren hätte genießen können, frustrierte sie diese Tatsache gewaltig.

Müde wandte sie das Kinn und sah zu ihrem Bruder Morten hinüber, der seit zwanzig Minuten mit seinem Handy am Ohr im Zimmer auf und ab lief. Mehr als hin und wieder ein »Hm.« oder »Ja.« kam nicht über seine Lippen. Während er mit seinem humanmedizinischen Kollegen in Kopenhagen sprach, hatte sie Zeit genug gehabt, sich den Kopf zu zerbrechen.

Der Tag war anstrengend gewesen.

Ein Teil von ihr wollte immer noch nicht wirklich begreifen, was die Diagnose bedeutete, über die Dr. Carter sie eine Stunde nach Jeff in schönstem Fachchinesisch aufgeklärt hatte.

Akute lymphatische Leukämie – kurz ALL.

Eigentlich eine Erkrankung, die vorwiegend Kinder betraf und nur selten bei Erwachsenen auftrat. Ihr Mann hatte sie nur fragend angesehen, ehe Jeff den Arzt um eine genaue Erklärung gebeten hatte. Ihr selbst war aufgefallen, wie viele Dinge sie zwischenzeitlich verdrängt hatte, seit sie mit vierzehn an Eierstockkrebs erkrankt war – und wie viele dieser Erinnerungen nun mit Macht nach vorn drängten.

Damals hatten ihre Eltern sich um alle Formalitäten gekümmert, und Kirsten hätte lediglich die Behandlungen über sich ergehen lassen müssen, aber trotzdem hatte sie oft genug bemerkt, wie ihre Mutter weinend im Schlafzimmer gesessen und Vater beruhigend auf sie eingesprochen hatte. Ein Grund mehr, warum Kirsten so gekämpft hatte, und es war ein langwieriger Prozess gewesen – keine Zeit, auf die sie zurückblickte und sie im Nachhinein als angenehm und schön empfunden hätte. Umso glücklicher waren sie alle gewesen, als sie es überstanden hatte.

Sie hatte so sehr gehofft, nie wieder damit zu tun zu haben … und nun ausgerechnet Blutkrebs.

Dr. Carter hatte ihnen lang und breit erklärt, dass eine akute Leukämie sich von der chronischen durch die rasche Entwicklung der Krankheit unterschied. Kirstens angeschlagener Gesundheitszustand, ihr immer wiederkehrendes Nasenbluten, die Kopfschmerzen und der Schwindel, die Appetitlosigkeit und der rapide Gewichtsverlust … Symptome, die zwar auf eine Erkrankung hindeuteten, aber nicht zweifelsfrei eine Leukämie bewiesen.

Erst das Blut, das man ihr nach ihrem Zusammenbruch entnommen hatte, brachte schließlich die Gewissheit. Als die Testergebnisse von Dr. Treston vorlagen, war der Fall klar. Wichtig war nun eine rasche Therapie, und Dr. Carter hatte ausdrücklich betont, wie viel für Kirsten davon abhing, damit diese Diagnose nicht automatisch einem Todesurteil gleichkam.

An dieser Hoffnung hielt sie sich fest.

Die Schwestern hatten ihr so viel roten Lebenssaft abgezapft, bis sie schon sicher war, ihre Venen würden austrocknen und der Blutkrebs direkt mit ihnen. Im Anschluss daran gab es unzählige weitere Untersuchungen mit Ultraschall, Computertomographie und Röntgen. Sie hatte eine Urinprobe abgeben müssen, ein Schwangerschaftstest war – trotz ihrer Beteuerung, unfruchtbar zu sein – durchgeführt worden, und sie hatte sich einem EKG unterzogen.

Von der Punktion ihrer Hüfte, bei der eine Knochenmarkprobe aus ihrem Hüftknochen entnommen worden war, hatte sie dank Lokalanästhesie nicht allzu viel gemerkt. Dennoch war sie sich vorgekommen, als wäre die Londoner U-Bahn mehrfach über sie hinweggefahren – dabei fühlte sie sich bereits krank und ausgelaugt genug.

Den krönenden Abschluss bildete schließlich die Lumbalpunktion, die Dr. Carter persönlich durchgeführt hatte. Ein zwar nicht schmerzhafter, aber doch sehr unangenehmer Eingriff, bei dem er ihr mit einer Nadel Nervenwasser aus dem Rückenmarkskanal entnommen hatte. Selbst Stunden danach überfiel sie noch ein Schaudern, wenn sie daran zurückdachte.

Die Zeit zwischen den Untersuchungen war in trostlosem Einerlei vergangen.

Jeff war schweigsam und in sich gekehrt gewesen. Meistens hatten sie nur wortlos nebeneinandergesessen und ihren Gedanken nachgehangen. Kurz nach der Mittagszeit, in der sie ihr Essen kaum angerührt hatte, lagen Dr. Carter endlich die letzten Ergebnisse vor, und die Diagnose war unwiderruflich bestätigt.

In dem neuerlichen Gespräch machte er ihnen ausdrücklich klar, dass sie so rasch wie möglich mit der Induktionstherapie beginnen würden und schon für den nächsten Tag die erste Chemotherapie anberaumt sei. Das war der Moment gewesen, in dem Kirsten zum ersten Mal nervös wurde und Jeff nach Hause schickte, damit er sich ausschlief.

Sie brauchte einen Moment für sich allein.

Natürlich kannte sie die Nebenwirkungen, die auftreten konnten … Übelkeit und Erbrechen waren etwas, das ihr noch von ihrer ersten Krebserkrankung vertraut war … ebenso wie die Tatsache, dass ihr die Haare ausfallen würden. Genau wie früher.

Damals hatte es ihr nichts ausgemacht, mit einer Glatze herumzulaufen. Aber sie war keine vierzehn mehr … und sie hatte kein halbes Dutzend weiterer Kinder um sich herum, die genauso ›anders‹ aussahen wie sie.

Sie hätte über sich selbst gelacht, wenn sie sich nicht so müde und schwach gefühlt hätte. Selbst in diesem Moment hielt sie an unsinnigen Eitelkeiten fest. Dabei war nun in erster Linie ihre Gesundung vorrangig, und ihr Arzt hatte unmissverständlich klargemacht, wie wichtig die Chemotherapie bei einer akuten Leukämie sei. Je schneller die Behandlung begann, desto größer die Chancen einer Heilung.

Kirsten wusste, was das bedeutete.

In den nächsten Tagen und Wochen würde sie mit einem wahren Chemiecocktail an Medikamenten vollgestopft, die ihrem Körper zusetzten – und sie konnte sich noch gut daran erinnern, wie es ihr vor sechzehn Jahren gegangen war.

Übelkeit und Erbrechen, Bauchschmerzen und Durchfall, Schweißausbrüche und Fieber, die Haare waren ihr etwa zehn Tage nach der ersten Chemotherapie ausgefallen. Hinzu kam die Strahlentherapie, die Dr. Carter begleitend angeordnet hatte und von der sie nicht wusste, was diese in ihrem Körper auslösen würde.

Mit einem leisen Seufzer lehnte sie sich in das Kissen und starrte erneut an die Decke.

Was nun?

Ihre Ehe mit Jeff ging den Bach runter, die Adoption von Jacob rückte in weite Ferne, sobald Mrs. Pinkett von Kirstens Krankheit erfuhr, und sie war für die nächsten Tage oder vielleicht Wochen ans Krankenhaus gefesselt, ohne eine Chance, sich davonstehlen zu können. Sie hätte heulen mögen, stattdessen war sie von einer alles verschlingenden Leere erfüllt.

Ihr Blick fiel auf die Uhr, die über der Tür hing. Kurz nach sieben. In wenigen Augenblicken würde die Schwester mit dem Abendessen hereinkommen, und Kirsten würde wieder kaum etwas heruntergewürgt bekommen.

Vor zwei Stunden hatte sie ihren ersten Medikamentencocktail erhalten, und obwohl sie wusste, dass die Chemotherapie erst morgen begann, wurde sie jetzt schon das Gefühl nicht los, jeden Moment könnten ihr die Haare ausfallen.

Es war wie ein Wahn.

Vielleicht sollte sie nicht warten, bis sie von allein ausfielen, sondern sie kurzerhand abschneiden.

»Wie fühlst du dich?«

Morten trat neben das Bett und ließ sich auf der Kante nieder. Sich zu einem Lächeln zwingend, nickte sie ihm zu.

»Prima so weit.«

»Du hast noch nie gut gelogen, Törtchen«, bemerkte er mit einem Grinsen, dann wurde er unvermittelt wieder ernst. »Ich habe meinen Kollegen in Kopenhagen erreicht. Er sagt, du bist hier bestens aufgehoben. Das *Royal Marsden Hospital* ist spezialisiert auf dem Gebiet der Krebsforschung, und auch Dr. Carter hat einen hervorragenden Ruf, so jung er auch sein mag. Allerdings muss ich dir sagen, dass die nächsten Wochen und Monate hart für dich werden.«

»Das dachte ich mir schon«, erwiderte sie leise.

Mit besorgtem Gesichtsausdruck beugte er sich vor und nahm ihre Hände in seine.

»Ich meine *wirklich* hart, Kirsten.« Er zuckte mit den Schultern. »Wenn die Chemotherapie und die Bestrahlung gut anschlagen, ist es damit nicht getan. Nach dieser Induktionstherapie, die – je nach Grad deiner Erkrankung – unterschiedlich lang verläuft, schließt sich die

Konsolidierungstherapie an. Ist die Blutbildung in deinem Körper wieder normal, werden sie mit diesem nächsten Schritt versuchen, die Zellen zu erreichen, die die erste Behandlung überlebt haben. Das dauert ungefähr ein halbes Jahr, mal mehr, mal weniger. Dann folgt die Erhaltungstherapie von mindestens zwölf Monaten, und auch danach musst du dich immer wieder überprüfen und untersuchen lassen, um einen möglichen Rückfall frühzeitig zu erkennen.«

Seelenruhig musterte sie ihren Bruder.

»Ich habe das alles schon einmal mitgemacht, Morten«, erinnerte sie ihn.

»Ja, aber damals warst du vierzehn, und die Krebstumore an deinen Eierstöcken konnten aus dir herausoperiert werden. Diesmal ist es dein Blut … Das kann man nicht mal eben durch die Waschmaschine jagen.«

Sie lächelte ihn an. »Ich weiß.«

Tief durchatmend drückte er einen Kuss auf ihre Fingerspitzen. Er sah traurig aus.

»Natürlich weißt du das … entschuldige, ich hatte einfach gehofft, dass nicht noch einmal erleben zu müssen.«

»Geht mir nicht anders.« Sie strich ihm mit einem Finger über die Wange. »Denkst du, sie lassen mich eine ambulante Therapie machen?«

»Wenn dein Gesundheitszustand entsprechend gut ist, darfst du sicher nach Hause. Dein Mann würde es gewiss begrüßen, wenn er dich dort jeden Tag sieht und nicht herkommen muss.«

Fast hätte sie laut aufgelacht. Vielleicht war Jeff sogar froh, wenn er sie gar nicht mehr sehen musste. Damit hätten sich vermutlich all seine Probleme erledigt.

Keine Adoption, keine lästige Ehefrau, die nun auch noch krank und in Kürze ein hässlicher Glatzkopf war … Der Weg wäre frei für Carolyne und ihn. Der Gedanke tat weh.

Er hatte gesagt, er habe sie nicht mehr gesehen und wünsche sich, es ungeschehen machen zu können. Aber Kirstens Vertrauen hatte mehr gelitten, als sie zugeben wollte. Hinzu kam die Tatsache, dass sie ihn vor allen bloßgestellt und sich den halben Samstag mit ihm gestritten hatte.

Welchen Sinn machte da noch eine Ehe, die doch ganz offensichtlich nicht funktionierte?

Im Moment fühlte sich alles so sinnlos an.

Ein Klopfen an der Tür veranlasste sie, erneut den Kopf zu wenden. Im nächsten Moment sah sie bereits die Schwester mit dem Tablett hereinkommen. Ihr Magen machte einen unangenehmen Satz.

Zeit fürs Abendessen.

»Wie stehen ihre Chancen?« Charlize setzte sich nervös auf der Sofakante zurecht und musterte Jeff besorgt.

Er fuhr sich müde mit einer Hand über das Gesicht.

Nachdem er zwei Stunden mehr oder weniger gut geschlafen hatte, war er unruhig im Haus auf und ab gewandert. Irgendwann am Nachmittag hatte plötzlich Kirstens alte Studienkollegin Kimberley vor der Tür gestanden und gemeint, sie habe jetzt den passenden Restaurator, nach dem Kirsten gefragt habe. Es hatte erst ihrer Erklärung bedurft, damit er begriff, dass sie auf Kirstens Bitte hin ein zerstörtes Gemälde abholen und zu einem Spezialisten bringen sollte.

Er wusste, Kirsten hatte Shannons Bild zu diesem Zweck in Papier eingeschlagen und in die Ecke ihres Ateliers abgestellt. Also hatte er das Paket geholt und Kimberley übergeben, damit sie damit tat, was sie tun musste. Ihm war längst gleichgültig, was aus dem Gemälde wurde. Er verzichtete auf irgendein lebloses Stück Leinwand mit Ölfarben, wenn er dafür seine Frau gesund und munter zurückbekam.

Da er wusste, dass Sören und Morten bereits ihre Brüder informiert hatten, lud er seine Familie – bis auf Großmutter Bernadett – zu einem klärenden Gespräch ein. Immerhin hatten sie Kirstens Bewusstlosigkeit am Vortag selbst miterlebt.

Nun saßen sie alle in seinem Wohnzimmer, mit teilweise schockierten Gesichtern, und waren in ihre eigenen Überlegungen vertieft. Er sah zu Grace hinüber, die an der Terrassentür stand und in die beginnende Abenddämmerung hinausstarrte. Sie hatte die letzte Nacht wieder in ihrem alten Zimmer verbracht, und als er gegen Mittag nach Hause gekommen war, hatte er ihr nur grob umrissen, dass Kirsten vorerst zur Beobachtung im Krankenhaus bleiben musste. Er hatte sich selbst noch nicht mit den Tatsachen abgefunden und einen Moment gebraucht, um sich zu sammeln.

Erst jetzt hatte er die Kraft, darüber zu reden. Auf den ersten Blick wirkte Grace zwar unbeteiligt, aber er konnte erkennen, dass sie unruhig auf ihrer Unterlippe herumkaute. Letztlich kannte er seine Tochter lang genug, um zu wissen, dass sie das alles nicht so kaltließ, wie sie gern vorgab.

Jeff unterdrückte einen Seufzer. Es fiel ihm schwer, seine Gedanken zusammenzuhalten, und er rief sich mühsam Charlizes Frage nach Kirstens Chancen ins Gedächtnis.

»Dr. Carter sagt, dass zu diesem Zeitpunkt noch keine detaillierte Einschätzung gegeben werden kann«, entgegnete er schließlich. »Wir müssen abwarten, wie die Chemotherapie anschlägt, danach wird sich zeigen, wie groß ihre Überlebenschancen sind … aber wir hoffen das Beste.«

»Großer Gott, Jeff, es tut mir so leid!« Seine Mutter beugte sich vor und griff nach seiner Hand. Er rang sich ein Lächeln ab und nickte ihr zu. »Du sagst es uns, wenn wir irgendetwas für euch tun können.«

Er schluckte. Nun kam der Teil, über den er sich schon auf der Fahrt vom Krankenhaus nach Hause Gedanken gemacht und schließlich vor wenigen Augenblicken erst seine Entscheidung gefällt hatte. Er brauchte seine Familie in der nächsten Zeit … mehr als je zuvor.

»Es gibt da tatsächlich etwas, worüber ich noch mit euch reden muss.« Angespannt holte er Luft. »Kirsten und ich tragen uns seit einer Weile mit dem Gedanken, eine Familie zu gründen.« Grace wandte sich mit vor der Brust verschränkten Armen zu ihm um und musterte ihren Vater zerstreut. Er schenkte ihr ein mildes Lächeln. »Wie ihr wisst, ist es ihr aufgrund der frühen Krebserkrankung als Jugendliche nicht möglich, eigene Kinder zu bekommen … Also hatten wir uns entschlossen, uns um eine Adoption zu bemühen. Wir haben euch allen bisher nichts davon erzählt, weil wir nicht sicher waren, ob man uns überhaupt als geeignet ansieht – und wir wollten keine Hoffnungen wecken, solang wir sie nicht selbst hatten.« Er knetete nervös seine Finger und konzentrierte seinen Blick auf den Couchtisch, der vor ihm stand. »Wir haben vor ein paar Tagen die Zusage bekommen und durften einen kleinen Jungen namens Jacob kennenlernen. Ich muss zugeben, dass ich mich die letzten Tage in diesem Punkt eher zurückgehalten und Kirsten alles überlassen habe … Sie war deshalb ziemlich sauer auf mich. Die Beziehung zwischen Jacob und ihr hat sich in diesen Tagen intensiviert, und ich weiß, wie gern die beiden einander haben. Mir ist bewusst, wie sehr sie sich ein Kind wünscht … und gerade jetzt möchte ich ihr diesen Wunsch auch erfüllen.«

»Du weißt, wie sehr ich deine Frau schätze«, bemerkte seine Mutter ausweichend. »Aber hältst du es für eine gute Idee, sie in der momentanen Situation dem Stress auszusetzen, den ein Baby verursacht?«

»Jacob ist vier«, gab er leise zurück. »Er ist ein sehr ernstes und schüchternes Kind … und er hat eine traumatische Vergangenheit. Eine Kombination, an der ich bereits zweifelte, bevor wir von Kirstens Krankheit wussten.« Er zuckte mit den Schultern. »Ehrlich gesagt habe ich ihr die Fähigkeit abgesprochen, Mutter sein zu können, und geglaubt, sie wäre damit überfordert, einen Jungen wie ihn zu betreuen. Aber gerade im Hinblick auf die letzten Stunden und Tage ist mir klar geworden, dass ich sie in all den Jahren unterschätzt habe – und dass ich viele Dinge vergessen habe, die mir selbstverständlich erschienen. Aber davon abgesehen … hoffe ich ernsthaft, dass es Kirsten Kraft geben wird zu kämpfen. Sie hat den Krebs schon einmal besiegt, und ich bete darum, dass sie es wieder schafft.«

»War diese Adoption der Grund, warum sie Moms Bild zerstört

hat?«, warf Grace ein. Ray, der bislang schweigend neben seinem Vater gesessen hatte, durchbohrte seine Nichte mit wütendem Blick.

»Grace!«

Beschwichtigend hob Jeff die Hand und schüttelte den Kopf.

»Nein, lass sie. Sie hat eine Erklärung verdient.« Er klopfte auf die Armlehne seines Sessels. »Setzt du dich zu mir?«

»Danke, ich stehe ganz gut«, erwiderte sie verstockt. Achselzuckend lehnte er sich in die Polster zurück und betrachtete sie.

»In Ordnung.« Mit einer Hand fuhr er sich über das Kinn. »Um deine Frage zu beantworten: Nein. Die Adoption ist nicht der Grund für ihre Attacke auf Shannons Gemälde. Kirsten ist in jener Nacht mit ihrem Wagen zu meiner Firma gefahren, weil sie herausbekommen wollte, warum ich ständig Überstunden machte. Sie hat in einiger Entfernung gewartet und gesehen, wie meine Party-Komplizen und ich das Gebäude verließen und uns voneinander verabschiedeten. Dann habe ich Carolyne nach Hause gefahren … Da Kirsten Stuarts Verlobte zu diesem Zeitpunkt noch nicht kannte, dachte sie, ich hätte eine Affäre mit einer meiner Angestellten. Sie ist wütend heimgefahren, und als sie die Bibliothek betrat, fühlte sie sich von Shannons Lächeln auf dem Bild geradezu verhöhnt.« Er verschränkte die Finger und musterte Grace ernst. »Rückblickend betrachtet kann ich mich eigentlich nur wundern, dass sie es so lang mit diesem Bild ausgehalten und sich nie darüber beschwert hat. Wie ich schon letzte Woche sagte, wenn ihr mal ehrlich wäret, hätten weder du noch deine Urgroßmutter diese Geduld auch nur einen Monat lang bewiesen, wenn das Bild der Ex noch an der Wand eures Mannes oder Freundes gehangen hätte. Jedenfalls hat Kirsten in diesem Moment einfach rotgesehen. Seit fünf Jahren fühlte sie sich schon als zweite Wahl … egal ob als Ehefrau oder als Stiefmutter – und wir haben beide unseren Teil dazu beigetragen.«

»Sie hätte es einfach abhängen können«, bemerkte seine Tochter unwillig.

Er nickte. »Ja, hätte sie tun können … Aber du weißt selbst, wie unlogisch man manchmal reagiert, wenn man wütend ist.«

»Du hast immer eine Ausrede für sie«, stellte Grace fest.

Jeff unterdrückte einen enttäuschten Seufzer. Ihr Zorn war nach wie vor nicht abgeflaut und machte sie blind für die Wahrheit. »Eigentlich versuche ich nur die Menschen um mich herum zu verstehen, so schwer es mir auch manchmal fällt«, erwiderte er ruhig. »Vielleicht solltest du das auch mal probieren: dich in ihre Situation versetzen und dich fragen, wie es dir an ihrer Stelle gegangen wäre.«

»Ich bin aber nicht an ihrer Stelle«, entgegnete Grace bockig. »Und ich würde mich so auch nie benehmen.« Zornig funkelte sie Jeff an. »Dass ihr euch klammheimlich wegen einer Adoption erkundigt habt, zeigt doch schon wieder, wie hörig du ihr bist. Es ist wie damals mit eurer Hochzeit – und nun willst du dieses Gör mit seiner rührseligen Geschichte auch noch in unsere Familie aufnehmen, damit Kirsten wieder gesund wird. Ich bin's so leid … Ich bin *sie* so leid! Soll sie doch an diesem verdammten Krebs ersticken.«

Wütend schoss er aus dem Sessel hoch, überwand die kurze Entfernung zu Grace und verfluchte sich im gleichen Moment, in dem er die Hand hob und ihr eine schallende Ohrfeige verpasste. Eisige Stille breitete sich in dem großen Raum aus, dann gab seine Tochter ein lautes Schluchzen von sich und stürzte aus dem Zimmer.

»Du hast *was* getan?«

Entsetzt starrte Kirsten ihren Mann an. Mitternacht lag längst hinter ihnen, und Jeff hatte vor zwanzig Minuten plötzlich in der Tür gestanden. Nicht, dass sie sich nicht freute, ihn zu sehen, sie hatte den halben Tag im Dämmerzustand verbracht und ohnehin nicht mehr schlafen können, aber sie war trotzdem ziemlich überrascht gewesen. Noch mehr überraschte sie allerdings das, was er getan hatte – und sie kannte immer noch nicht den Grund dafür.

»Warum?«

»Ich will das nicht wiederholen … aber sie hat mich zur Weißglut getrieben mit ihrem Geschwätz. Das hat sie eindeutig von meiner bornierten Großmutter«, gab er zurück. Obwohl ihm das schlechte Gewissen ins Gesicht geschrieben stand, sah er wütend aus. Seine Worte machten deutlich, dass sie keine genauere Erklärung dafür bekam, allerdings wurde damit klar, dass es offenbar um sie selbst gegangen war – wieder einmal.

Kirsten unterdrückte einen Seufzer. Dass er Grace ohrfeigte, weil sie sich gegen seine Frau stellte, war der falsche Weg, und es würde der angespannten Situation auch nicht die Schärfe nehmen.

»Du hättest das nicht tun dürfen«, flüsterte sie und drückte seine Finger.

»Ich weiß, aber ich war so wütend, weil sie so unfair war.«

»Hast du dich entschuldigt?«, wollte sie wissen.

»Ich hab's versucht und gegen ihre Zimmertür gehämmert. Aber sie hat von der anderen Seite nur gebrüllt, ich solle sie in Ruhe lassen.«

Kirstens Augenbrauen beschrieben zwei halbmondförmige Bögen. »Ich nehme an, genau das hast du dann auch getan.«

»Natürlich.«

Sie seufzte.

»Männer!«

»Was soll das denn jetzt heißen?«, begehrte er auf.

»Das heißt, du hättest hartnäckig bleiben und dich entschuldigen sollen«, gab sie zurück. »Du müsstest sie schließlich am besten kennen und wissen, dass sie darauf gewartet hat.«

»Woher soll ich das wissen, wenn sie hysterisch kreischt und schimpft und mir sagt, ich solle abhauen«, erwiderte Jeff unwillig. »Ernsthaft, euch Frauen sollte eine Gebrauchsanleitung beigelegt werden, sobald ihr geboren werdet!«

Kirsten lachte leise auf und legte im nächsten Moment eine Hand auf ihren Bauch. Lachen war im Augenblick keine so gute Option in Anbetracht der unterschwelligen Übelkeit, mit der sie seit einer Stunde kämpfte. Bislang hatten die Medikamente, die man ihr gegen Schwindel und Kopfschmerzen gegeben hatte, ganz gut geholfen, und sie hatte das bisschen Abendessen bei sich behalten können, das sie gegen sieben zu sich genommen hatte. Daran wollte sie nach Möglichkeit nichts ändern.

»Hast du Schmerzen?«, wollte Jeff besorgt wissen. Sie winkte ab.

»Nein, mir ist nur ein bisschen schlecht«, gab sie zurück. »Sie haben mir etwas gegen die Kopfschmerzen und den Schwindel gegeben, aber mir ist trotzdem übel.«

Nachdenklich starrte er sie an.

»Soll ich die Schwester rufen, damit sie dir etwas gegen die Übelkeit gibt?«

»Nein, ich will heute nicht noch mehr Medikamente in mich hineinschaufeln. Morgen wird schon schlimm genug«, erwiderte sie.

Jeff strich ihr mit den Fingern über das Gesicht. »Du hast recht, entschuldige … ich bin im Augenblick wohl ein wenig überfordert mit all diesen neuen Verhältnissen.«

Sie schüttelte den Kopf.

»Schon okay, mach dir deshalb keine Gedanken.« Entschlossen nahm sie seine Hand und hielt sie fest. »Du musst dir das alles nicht antun, Jeff.«

»Wie meinst du das?«

Schulterzuckend deutete sie auf das Zimmer. »All das hier, diesen Aufenthalt im Krankenhaus und das, was noch kommt … Ich weiß nicht, wie lang das alles dauern wird, und nach jeder Chemotherapie wird es mir schlecht gehen. Ich verlang' nicht von dir, dass du bei mir bleibst und dir das alles ansiehst.«

Seine Augenbrauen zogen sich bedrohlich zusammen, bevor er aufstand und unruhig im Zimmer auf und ab wanderte.

»Was redest du da?«

»Ich hatte heute viel Zeit nachzudenken und habe beschlossen, dir nicht im Weg zu stehen.«

»Mir nicht im Weg zu stehen?«, wiederholte er. Die Arme vor der Brust verschränkt, drehte Jeff sich zu ihr um und sah sie an. »Erklär mir das bitte genau.«

Kirsten zwang sich zu einem Lächeln. »Ich werde dich nicht dazu zwingen, bei mir zu bleiben … und ich werde mich nicht länger um Jacob bemühen, obwohl ich damit mein Versprechen breche. Er hat eine stabile und sichere Zukunft verdient.«

Einen Moment lang starrte er sie schweigend an.

»Weißt du, wie das für mich klingt?«

»Wie?«

Enttäuscht ließ er die Schultern sinken. »Du gibst einfach auf.«

Im ersten Augenblick wollte sie den Kopf schütteln und verneinen. Aber sie konnte es nicht. Ihre Augen brannten, und einen Moment später senkte sie den Kopf, weil sie seinem durchdringenden Blick nicht länger standhalten konnte.

Er hatte recht, sie gab auf.

Der Tag hatte ihr genug Zeit geboten, sich mit dem zu beschäftigen, was sie in der Zukunft erwartete. Sie wusste, wie es sich anfühlte, gegen einen unsichtbaren Feind zu kämpfen, der sie von innen auffraß. Beim letzten Mal war sie davon überrascht worden – sie hatte nicht gewusst, was auf sie zukam, und sie hatte gekämpft, gemeinsam mit ihren Eltern und acht Brüdern, die ihr immer wieder Mut zusprachen. Aber nun … Sie war müde und ausgelaugt … Sie fühlte sich so … überflüssig und ungeliebt.

Als Morten aufgezählt hatte, was in den nächsten Monaten auf sie zukam, waren die letzten verdrängten Erinnerungen zurückgekehrt und die Angst plötzlich in ihr hochgekrochen.

Sie hatte sich etwas vorgemacht. Es war unmöglich, ihre kaputte Ehe und Jacobs Adoption mit dieser Krankheit zu kombinieren. Welchen Sinn machte es da noch zu kämpfen?

»Ich schaff' das nicht noch mal«, flüsterte sie tonlos.

Jeff schüttelte den Kopf, setzte sich wieder zu ihr aufs Bett und griff nach ihren Fäusten.

»Hör auf, das zu sagen, Kirsten.« Er zog ihre Hände an sich und küsste die Fingerknöchel. »Du hast es schon einmal geschafft, den Krebs zu bekämpfen, du schaffst es wieder.«

»Ich bin kein vierzehnjähriger Teenager mehr«, erwiderte sie kopfschüttelnd. Er legte eine Hand an ihre Wange, und sie schmiegte sich hinein. Es war so schön, ihn zu spüren. Sie wollte die Augen schließen und nicht darüber nachdenken, was kommen würde. Sie wollte, dass er sie in die Arme nahm.

»Richtig, aber du bist auch keine neunzigjährige Großmutter, die mit ihrem Leben abgeschlossen hat. Du bist immer noch am Anfang, Schatz.«

Am Anfang … Er sagte das so leicht. Seit Wochen hatte sie sich eingeredet, dass das, was sie sich eingefangen hatte, mit ein paar Tabletten wieder in den Griff zu bekommen sei. Sie hatte sich heute eingestehen müssen, dass sie in erster Linie deshalb nicht zum Arzt gegangen war, weil sie genau vor einem solchen Ergebnis Angst gehabt hatte – und während sie die letzten Stunden im Bett gelegen hatte, war ihr schließlich bewusst geworden, dass sie diesen Kampf durchaus verlieren könnte, weil sie viel zu lang gewartet hatte.

Sie immer mit ihren Reden, was von allein kam, würde auch von allein gehen – sie hätte es doch besser wissen müssen. Und nun?

Natürlich gab es die Chance, den Krebs erneut zu besiegen und zu leben … aber was war in den nächsten zehn bis fünfzehn Jahren? Vielleicht würde er wiederkommen … schlimmer als zuvor, und es gäbe keine weitere Chance – sie wollte kein bereits traumatisiertes Kind mit einem Vater zurücklassen, der es nicht wollte.

Sie musterte Jeff, der auf der Bettkante saß und sie betrachtete. Sein braunes Haar war zerzaust, und dunkle Bartschatten zierten Kinn und Wangen. In seinen lebhaften, grünen Augen lag ein besorgter Ausdruck und eine Wärme, die ihr Herz so wild klopfen ließ, als wollte es in ihrer Brust zerspringen.

Verdammt!

Sie wollte nicht sterben … Sie wollte sehen, wie sein Haar grau wurde, wie Fältchen sich um seine Augen legten und er sich einen grauen Bart wachsen ließ. Sie wollte Jacob erleben, der befreit und glücklich lachte, während er auf Jeffs Schultern durch die Welt getragen wurde. Sie wollte sich mit Grace aussöhnen und Jeff sagen, wie sehr sie ihn liebte.

Sie wollte nicht sterben in der Gewissheit, dass ihr all diese Träume versagt blieben und sie nichts davon würde erleben können.

Sie wollte nicht einsam und allein in diesem Krankenzimmer vor sich hinvegetieren und darüber grübeln, ob Carolyne oder irgendeine andere eines Tages ihren Platz einnehmen würde. Tränen schossen ihr in die Augen und liefen über ihre Wangen hinab.

»Mir werden die Haare ausfallen«, wisperte sie leise schluchzend. Ein sanftes Lächeln machte sich in seinem Gesicht breit, und Jeff beugte sich zu ihr herunter. Zärtlich küsste er ihre Nase und ihre Lippen, sein Daumen wischte die Tränen auf ihrer Haut fort.

»Du bist auch ohne Haare wunderschön, und sie werden wieder wachsen«, flüsterte er und legte seine Stirn an ihre. »Ich weiß, dass du Angst hast, Kirsten, die habe ich auch. Aber meine Angst, dich zu verlieren, ist größer als die vor dem, was in der nächsten Zeit auf uns zukommt.«

»Ich bin nur Ballast.«

Sein Zeigefinger legte sich sanft auf ihren Mund.

»Hör auf, so etwas zu sagen. Ich will nicht, dass du so über dich selbst denkst.« Tief durchatmend richtete er sich ein Stück auf und sah ihr in die Augen. »Begreifst du denn immer noch nicht, wie wichtig du mir bist? Ich kann dich nicht einfach aufgeben.«

Sie lachte bitter auf, mehr und mehr Tränen liefen ihr über das Gesicht.

»Ja, ich weiß – du schätzt und bewunderst mich.«

Er nickte. »Das tue ich.«

Sie entwand sich ihm, drehte sich auf die Seite und vergrub das Gesicht halb im Kissen. Seine Hand blieb auf ihrer Hüfte liegen.

»Ich will mehr als das.«

Ihr entging nicht, wie er schwer um Atem rang.

»Du willst, dass ich dir diese drei Worte sage, auf die jede Frau wartet.«

Resigniert zuckte sie mit den Schultern und registrierte enttäuscht, wie das Gewicht seiner Hand sich entfernte. Ein Zittern überlief sie.

»Ich kann deinen Wunsch verstehen«, begann er leise, »aber ich kann ihn dir nicht erfüllen. Es tut mir leid.«

Sie grub die Zähne in die Unterlippe und kämpfte einen Augenblick gegen Schmerz und Enttäuschung, die in ihr tobten. Nur mühsam bekam sie ihre Stimme unter Kontrolle.

»Geh nach Hause, Jeff. Ich möchte jetzt schlafen.«

»Mr. MacAllister?«

Er nickte der älteren Frau zu und kramte hektisch in seinen Erinnerungen nach ihrem Namen … verdammt, wie hieß sie noch? Er wusste nur, dass sie das Kinderheim in der Chestnut Road leitete und neben Mrs. Pinkett die Verfügungsgewalt über Jacobs Aufenthalt hatte.

Es war acht Uhr an diesem Montagmorgen, und statt wie geplant ins Büro zu fahren, hatte er auf dem Parkplatz des Kinderheims feststellen müssen, dass es ihn in die entgegengesetzte Richtung getrieben hatte.

Hannigan! Sie hieß Hannigan.

»Entschuldigen Sie die frühe Störung, Mrs. Hannigan. Eigentlich war ich auf dem Weg zur Arbeit, aber dann habe ich mich plötzlich hier wiedergefunden.«

Sie nickte ihm mit dünnem Lächeln zu.

»Was führt Sie her, Mr. MacAllister?«, wollte Mrs. Hannigan wissen.

»Meine Frau ist krank geworden«, begann er, »und kann in den nächsten Tagen leider nicht selbst kommen, um Jacob zu besuchen.«

»Da wird Jacob sehr enttäuscht sein, er hatte sich das ganze Wochenende darauf gefreut, Ihre Frau heute wiederzusehen. Ich hoffe, es ist nichts Ernstes?«

»Ein verschleppter Infekt vermutlich«, entgegnete Jeff ausweichend. Er fühlte sich nicht sehr wohl dabei, die Heimleiterin anzulügen, aber ihr zu sagen, dass Kirsten an Krebs erkrankt war, kam in diesem Moment nicht infrage.

»Dann senden Sie ihr bitte unsere besten Wünsche zur Genesung«, bat die Heimleiterin. Er nickte, und sie musterte ihn einen Augenblick lang nachdenklich. »Soll ich Jacob etwas ausrichten?«

Fahrig nestelte er an den Manschetten seines Jacketts herum. »Wenn es möglich ist, würde ich ihm die Nachricht gern selbst erzählen und ihn fragen, ob ich ihn künftig besuchen darf. In der letzten Zeit hatte ich leider viel um die Ohren und bin nicht dazu gekommen.«

»Dagegen ist sicher nichts einzuwenden, Mr. MacAllister. Im Augenblick befindet sich Jacob mit den anderen Kindern beim Frühstück. Sicher ist es möglich, ihn kurz zu Ihnen zu bringen, bevor der Unterricht beginnt.«

»Dann würde ich gern warten, wenn ich darf.«

Mrs. Hannigan nickte. »Selbstverständlich. Sie wissen ja, wo der Gemeinschaftsraum ist.«

Die Zeit zog wie zäher Kaugummi dahin.

Während er in dem großen, gemeinschaftlichen Spielzimmer darauf wartete, dass die Kinder mit ihrer morgendlichen Routine fertig wurden, war Jeff nervös auf und ab gelaufen. Irgendwann hatte er sich an dem kleinen Tisch wiedergefunden, an dem er Jacob bei seinem ersten Besuch hier beobachtet hatte. Ein halbfertiges Puzzle lag darauf.

Kein einfaches, kindgerechtes Motiv, sondern ein Gemälde mit sonnendurchfluteter Landschaft und geflügelten Gestalten, bei dem sogar ein Erwachsener ins Straucheln kam. Jeff blinzelte, schloss die Augen und sah noch einmal hin, dann stand er auf und betrachtete das Werk von oben.

Das war doch unmöglich!

Nach kurzem Suchen fand er den dazugehörigen Pappkarton und starrte einen Moment lang auf den Motiv-Titel: *Kirsten MacAllisters ›Welt der Feen‹*. Tatsächlich war es eines der Bilder, die sie für eine Puzzle-Kampagne zur Verfügung gestellt hatte … Damit konnte doch unmöglich Jacob beschäftigt sein, oder? Er beäugte erneut die Verpackung in seinen Fingern. Fünftausend Teile, ab elf Jahre. Bestimmt hatte sich eine der Heimmitarbeiterinnen hier die Zeit vertrieben.

Unruhig packte er den Karton wieder beiseite und nahm abermals seine Wanderung zwischen Fenster und Tür auf. Er war sich nicht sicher, was ihn gleich erwartete. Jacob war ihm gegenüber an ihrem ersten Tag relativ ruhig gewesen, erst beim Abendessen und in Maggies Gegenwart, die ein Händchen für Kinder hatte, war er ein wenig aufgetaut.

Heute wäre es das erste Mal, dass sie allein aufeinandertrafen. Keine Maggie, keine Kirsten und dazu noch die schlechten Nachrichten. Er gab es nur ungern zu, aber er fühlte sich alles andere als wohl in seiner Haut. Hätte er die Wahl gehabt, er hätte lieber in einem Saal voller Menschen einen Vortrag gehalten.

»Mr. MacAllister?«

Hektisch machte er auf dem Absatz kehrt und sah eine der Mitarbeiterinnen von Mrs. Hannigan in der Tür stehen. Jacob stand halb hinter ihr und beobachtete Jeff misstrauisch. Als sie den Jungen beherzt in den Raum schob, ließ er sie zwar gewähren, aber in seinem Gesicht zeichnete sich das Unbehagen gegenüber Jeff umso deutlicher ab.

»Sie haben zwanzig Minuten, dann muss Jacob zum Vorschulunterricht«, verkündete die junge Dame und ließ die beiden allein.

Sich räuspernd, öffnete Jeff den Knopf seines Jacketts und nahm auf dem Stuhl Platz, auf den Kirsten sich an ihrem ersten Tag hier gesetzt hatte. Wie lang war das her? Drei Wochen?

Er lächelte dem Jungen zu.

»Ich muss dir etwas erzählen, Jacob, und es wäre schön, wenn du dich zu mir setzt«, bat er.

Zögernd kam der Junge näher, machte es sich auf dem Stuhl bequem, der am weitesten von Jeff entfernt war, und musterte ihn stumm. Jeff atmete tief durch. Er war ein wenig aus der Übung, was den Umgang mit kleinen Kindern betraf.

»Ich glaube, Kirsten hatte dir versprochen, dich heute zu besuchen, oder?« Die hellen Augenbrauen schoben sich ein wenig zusammen, während er den Mann vor sich weiterhin wortlos betrachtete. Es dauerte eine gefühlte Ewigkeit, bis Jacob schließlich langsam nickte. »Leider kann sie nicht kommen und deshalb ihr Versprechen nicht halten.«

Die braunen Augen in dem schmalen Gesicht weiteten sich unsicher. Jacobs Unterlippe zuckte. »Was ist mit ihr?«

»Sie ist am Wochenende sehr krank geworden und seit gestern im Krankenhaus.«

Jacob betrachtete ihn aus großen Augen. »Wird sie wieder gesund?«

»Das hoffe ich doch«, gab Jeff zurück.

Jacob holte tief Luft. »Wann kommt sie?«

Jeff schluckte und sah zu Boden. Es war eine Sache, die Heimleiterin anzulügen, allerdings wollte er die fragile Beziehung zu Jacob unter keinen Umständen mit Unwahrheiten beginnen. Er sah dem Jungen in die Augen.

»Ich weiß es nicht«, antwortete er ehrlich.

»Kommt sie morgen?«, fragte Jacob. Jeff schüttelte den Kopf.

»Nicht morgen und nicht an den nächsten Tagen. Ich weiß nicht, wann sie wieder da ist, Jacob. Kirsten geht es wirklich schlecht. Aber ich weiß, wie traurig sie ist, weil sie nicht selbst herkommen kann.«

In Jacobs Gesicht arbeitete es, dann senkte er das Kinn auf die Brust.

»Stirbt sie?«

Überrascht musterte Jeff Jacobs blonden Scheitel.

Was war das für eine Frage? Noch dazu von einem Vierjährigen?

Und was sollte er antworten? Er hatte keine Ahnung, was passieren würde. Zum ersten Mal sickerte die Erkenntnis in sein Bewusstsein, dass Jacobs Frage berechtigt war – daran änderte sich auch nichts, wenn er sich weigerte, über diese Möglichkeit nachzudenken.

»Ich weiß es nicht«, flüsterte er vor sich hin.

Was war, wenn der Krebs siegte und Kirsten tatsächlich starb?

Sie selbst hatte sich mit dieser Eventualität offenbar schon abgefunden. Jeff holte tief Luft und starrte auf das Puzzle, ohne etwas zu sehen. Seine Gedanken verselbstständigten sich.

Wie würde es sein, plötzlich ohne sie zu leben? Keine Kirsten mehr, die morgens über ihn krabbelte und kichernd nach seinen Händen griff, um sie zu küssen. Keine Kirsten, die singend in ihrem Atelier herumtanzte, während sie an einem ihrer Bilder malte. Keine Stiefmutter mehr, über die Grace sich aufregen konnte … Keine Ehefrau, die sein Leben wärmer und lebendiger machte.

Er schloss die Augen und schluckte. Sein Leben würde kalt und grau ohne Kirsten. Sie war das Licht, das seinen Alltag in bunte Farben tauchte, und sie war das Lachen, das die Wärme in sein Herz zurückgebracht hatte.

Er wünschte sich nichts mehr, als dass sie wieder gesund würde. Der Gedanke, sie zu verlieren, war unerträglich und bohrte sich wie ein glühendes Messer in seine Brust. Jeff wurde das Atmen schwer. Die Ellenbogen auf die Knie gestützt, bettete er das Gesicht in seine Hände. Ohne Kirsten würde alles anders.

Eine Berührung an seinen Fingern ließ ihn die Augen öffnen, und er sah Jacob vor sich stehen, der ihn mit diesem ernsten, nachdenklichen Blick betrachtete.

»Nicht traurig sein«, wisperte Jacob.

Vielleicht war er durch das Leid, das er so früh erlebt hatte, besonders sensibel und empfänglich für die Gefühle anderer. Jeff verstand nun, warum Kirsten sich dem Jungen von Beginn an so nah gefühlt hatte. Es fühlte sich seltsam an, von einem Vierjährigen getröstet zu werden.

»Okay, ich will's versuchen«, erwiderte er leise. »Darf ich dir einen Vorschlag machen?«

Jacob nickte langsam.

»Jetzt, da Kirsten nicht kommen kann, würde ich dich gern besuchen – wenn du magst –, damit wir uns ein bisschen besser kennenlernen. Und vielleicht erlauben Mrs. Hannigan und Mrs. Pinkett in ein paar Tagen, dass du erneut zu uns kommst … Dann könnten wir gemeinsam zu Kirsten fahren. Sie würde sich bestimmt sehr freuen, dich zu sehen.«

Mit ausdrucksloser Miene sah Jacob ihn an.

»Okay.«

Das Klingeln des Telefons unterbrach ihn in seinen Grübeleien. Jeff sah auf und erkannte den Namen seiner Sekretärin im Display. Er drückte den Lautsprecherknopf.

»Ich wollte nicht gestört werden, Lynne!«

»Ich weiß, Mr. MacAllister, aber Carolyne Gregory ist hier und besteht darauf, Sie zu sprechen.«

Zerstreut fuhr er sich mit einer Hand durch das Haar und drückte den Hinterkopf gegen die Rückenlehne seines Sessels. Das fehlte ihm gerade noch. Er hatte gehofft, um eine Aussprache herumzukommen, aber den Gefallen tat Carolyne ihm ganz offensichtlich nicht.

»Gut, schicken Sie Ms Gregory herein.«

Im Aufstehen schloss er den Knopf seines Jacketts, rückte die Krawatte zurecht und trat neben seinen Schreibtisch. Keine fünf Sekunden später öffnete sich die Tür zum Vorzimmer, und eine junge Frau mit weißblondem Haar und herzförmigem Gesicht schritt über den dicken, weichen Teppich auf ihn zu.

»Hallo Jeff.«

Ihr Lächeln war zaghaft.

»Carolyne.« Er nickte ihr höflich zu. »Was treibt dich zu mir?«

Einige Schritte von ihm entfernt blieb sie stehen. In dem teuren Kostüm und den hochhackigen Schuhen sah sie elegant und modisch aus wie immer. Allerdings bewies die Handtasche, die sie krampfhaft in den Fingern hielt und vor sich hertrug, dass sie keineswegs so entspannt war, wie sie auf den ersten Blick wirkte.

Jeff musterte sie aufmerksam.

Ohne Zweifel war Carolyne eine hübsche und sehr aparte junge Frau. Aber abgesehen von diesem kurzen Moment, in dem er nach einem harten Tag und etwas Cognac die Kontrolle verloren hatte, fühlte er sich keineswegs von ihr angezogen … und das lag nicht nur daran, dass sie immer noch Stuarts Verlobte und er selbst mit Kirsten verheiratet war.

Was zur Hölle hatte er sich dabei gedacht, sie zu küssen und ihr an die Wäsche zu gehen? Er mochte Carolyne sehr, aber das, was er getan hatte, war eine deutliche Grenzüberschreitung gewesen. Wenn sie sich nun Hoffnungen auf mehr machte, würde er sie enttäuschen müssen.

»Ich habe gehört, was mit deiner Frau passiert ist.« Sie trat von einem Fuß auf den anderen. »Es tut mir sehr leid.«

»Danke für dein Mitgefühl.« Das mulmige Kribbeln in seinem Magen verstärkte sich, während er auf den Besucherstuhl vor seinem Schreibtisch deutete. »Möchtest du dich setzen?«

»Sehr gerne.« Sie hatte bereits Platz genommen, ehe sie den Satz beendet hatte. Während sie nervös an ihrer Handtasche hantierte, sah sie ihn an. »Weißt du, eigentlich bin ich hier, um mit dir zu reden … wegen letzter Woche.«

Unruhig ging Jeff um den Schreibtisch herum, nahm in seinem Sessel Platz und war froh, ausreichend Abstand zwischen Carolyne und sich gebracht zu haben. Er steckte einen Finger zwischen Hemdkragen und Hals und kämpfte gegen das irrationale Gefühl an, von seiner eigenen Krawatte erwürgt zu werden.

»Das ahnte ich bereits.«

Sie nickte, senkte den Blick auf ihre Hände und drehte einen weiteren endlosen Moment die Handtasche zwischen ihren Fingern hin und her. Die Stille, die sich zwischen ihnen bildete, wurde zunehmend unangenehmer. Jeff räusperte sich umständlich und setzte an, etwas zu sagen.

»Es war ein Fehler.« Ihre Stimme war nur ein Flüstern, und sie klang so unglücklich, dass es ihm den Hals zuschnürte. Dennoch bekam er kein Wort heraus und starrte sie nur an. Carolyne hob den Kopf. Sie war blass und ihre Lippen zu einem schmalen Strich zusammengepresst. »Ich muss mich entschuldigen, Jeff. Du bist in den Wochen, seit ich hergekommen bin, zu einem echten Freund geworden«, sie lächelte bedrückt, »und ich habe nicht viele Freunde … Ich kenne hier ja so gut wie niemanden. Ich war einsam – aber ich wollte unsere Freundschaft nie aufs Spiel setzen, nur weil ich seit meiner Verlobung mit Stuart in einem Gefühlschaos lebe und jemanden brauchte, der mich einfach in den Arm nimmt, statt mich immer nur tadelnd anzusehen.«

Er runzelte die Stirn.

»Ich habe genauso viel Anteil an diesem Vorfall wie du«, gab er zurück.

Sie nickte zerstreut.

»Nachdem Stuart gestern Morgen mit Ray telefoniert und mir anschließend erzählt hat, dass Kirsten auf der Party ohnmächtig geworden sei, dachte ich, es läge an dem, was ich getan habe.« Kopfschüttelnd versetzte sie ihre Handtasche in erneute Rotation. »Er hat mir Freitag von seinem Treffen mit ihr berichtet und dass sie Bescheid wisse über dich und mich. Ich wünschte, ich könnte das ungeschehen machen … Ich wollte nie eure Ehe gefährden. Als ich zu Stuart gesagt habe, ihr würdet euch trennen, wollte ich eigentlich *ihn* wachrütteln. Ich habe nicht bedacht, dass er einen von euch darauf ansprechen würde, wenn er euch sieht.«

Irritiert lehnte Jeff sich in seinem Sessel zurück.

»Wieso wolltest du ihn wachrütteln?«

»Weil er immer so kalt und gefühllos ist.«

»Das ist nicht der Stuart, den ich kenne.«

Nervös knetete sie das Leder zwischen ihren Fingern.

»Versteh mich nicht falsch, er ist gütig und ein warmherziger Mensch, das weiß ich … Aber jeder Versuch, den ich in den letzten Wochen gestartet habe, um ihm näherzukommen, wurde von ihm schon im Keim erstickt. Er gibt mir keine Chance, ihm zu zeigen, dass ich ihn mag, und ich fühle mich zunehmend unwohl in seiner Nähe, weil ich das Gefühl habe, ihm zuwider zu sein.« Sie hob die linke Hand und betrachtete nachdenklich den Diamantring, der an ihrem Finger steckte. »Bevor wir verlobt waren, hat er mich noch umworben und mir zumindest das Gefühl gegeben, er würde sich für mich interessieren, aber seit ich diesen Ring trage, behandelt er mich wie seine Geschäftspartner. Höflich, sachlich und mit der gerade noch möglichen freundlichen Distanz, um nicht abweisend zu wirken.« Unglücklich sah sie Jeff an, ihre blauen Augen waren mit Tränen gefüllt. »So sollte keine Braut sich fühlen.«

»Habt ihr darüber geredet?«

Carolyne gab ein bitteres Lachen von sich.

»Keine Chance. Als ich ihn um ein Gespräch bat, meinte Stuart, er werde mir zu gegebener Zeit alles erklären … die Umstände, warum meine totgeglaubte Großmutter im Hintergrund irgendwelche Fäden zieht, warum er sich auf diese fadenscheinige Verlobung eingelassen hat und wieso er sich verhält, wie er sich verhält. Ich steuere auf eine Zweckgemeinschaft mit einem Mann zu, den ich überhaupt nicht kenne und der mir gegenüber *nichts* empfindet … und ich habe mich dummerweise in finanzielle Abhängigkeit zu ihm gebracht und bin nicht in der Lage, mich auf eigene Beine zu stellen. Ich wünschte, er würde wenigstens mit mir ins Bett wollen, dann hätte ich das Gefühl, er würde etwas an mir schätzen.«

Jeff biss sich auf die Unterlippe. Auf geradezu unangenehme Weise fühlte er sich an den Beginn seiner eigenen Ehe mit Kirsten erinnert … Für ihn war diese Verbindung auch nichts anderes gewesen als eine logische Schlussfolgerung.

Er brauchte keine Liebe. Zu welchem Fiasko Gefühle führten, hatte er in seiner Beziehung mit Shannon erlebt. Er wollte eine Vernunftehe mit einer Frau, die ihn auch sexuell anzog – und Kirsten war die perfekte Kandidatin gewesen. Dass sie ihm später den Kopf verdreht hatte, hatte er ihr gegenüber nie zugegeben … und sie hatte in dieser Hinsicht nie Ansprüche gestellt.

Also hatte er vorausgesetzt, dass sie mit dieser Beziehung ebenso zufrieden wäre wie er. Dass sie es nicht war, war ihm bei ihrem gemeinsamen Abendessen am Samstag klar geworden, als sie ihm vorgeworfen hatte, er habe ihr das Herz aus der Brust gerissen.

Nervös rutschte er auf seinem Stuhl hin und her.

Es war nicht seine Art, sich in Stuarts Leben einzumischen, und sie hatten diese Umstände als Freunde immer gegenseitig respektiert. Doch Carolyne führte ihm gerade ziemlich deutlich vor Augen, dass sein bester Freund ihr nicht so gleichgültig war, wie Jeff bislang geglaubt hatte.

»Liebst du ihn?«

Fast erschrocken sah sie ihn an, und für den Bruchteil eines Augenblicks war Jeff überzeugt, sie würde vehement den Kopf schütteln. Dann liefen ihr die ersten Tränen über das Gesicht, und sie nickte bekümmert.

Er atmete tief durch. Wenn er Carolyne half, Stuarts Kopf geradezurücken, würde Kirsten vielleicht auch wieder an ihre eigene Ehe mit Jeff glauben und damit beginnen zu kämpfen.

9

Sie fühlte sich elend.

Seit einer Stunde schon schleppte sie sich immer wieder zur Toilette hinüber. Das Frühstück vom Morgen hatte ihren Körper längst wieder verlassen, und sie fürchtete, die wenigen Mahlzeiten, die sie am Vortag eingenommen hatte, waren auch im Nirwana der Kanalisation verschwunden. Übelkeit stieg in ihr hoch und ließ sie augenblicklich die Beine aus dem Bett schwingen, um sprungbereit zu sein und ins Badezimmer zu hetzen, wenn es nötig sein würde.

Einen Moment lang schloss Kirsten die Augen.

Auf der einen Seite war sie froh, dass Jeff sie so nicht sehen musste … Auf der anderen Seite fühlte sie sich im Moment ziemlich einsam und allein. Die Erinnerungen an die Nebenwirkungen der Chemotherapie waren nicht ansatzweise so schlimm gewesen wie die Realität.

Zwar hatte das Pflegepersonal ihr etwas gegen Übelkeit und Erbrechen gegeben, aber in ihrem Körper hielten sich offenbar nicht mal die Medikamente. Stattdessen fühlte sie sich, als hätte sie eine schwere Sommergrippe … mit allem, was dazugehörte: Unwohlsein, Müdigkeit, Kopfschmerzen und diesem Gefühl, zu nichts nütze zu sein.

Hinzu kam, dass dieser Montag langsam aber sicher wirklich heiß wurde. Draußen brannte die Sonne vom Himmel, und im Fernsehen meldeten die Nachrichtendienste voraussichtliche Temperaturen in London von fast dreißig Grad. Natürlich spürte sie die Hitze auf ihrer Haut, trotzdem lag sie mit einer Infusionsnadel im Arm in ihrem Zimmer und fror. Die drückende Luft machte ihr zusätzlich das Atmen schwer.

Resigniert verzog sie die Lippen zu einem schiefen Lächeln. Vor Tagen hatte sie sich noch das regnerische Wetter fortgewünscht und auf Sonnenschein gehofft, nun, da er kam, wollte sie nichts mehr davon sehen. Ihre eigene Welt wurde zunehmend grau.

Kirsten wurde schlecht.

Langsam stemmte sie sich von dem Bett hoch, griff nach dem Infusionsständer und schlurfte in das angrenzende Badezimmer hinüber.

Nachdem sie sich den Mund mit Wasser ausgewaschen und die Zähne geputzt hatte, schleppte sie sich wieder zurück in das Krankenzimmer, kroch in ihr Bett und sank in die Kissen. Erschöpft schloss sie die Augen und bemühte sich, den Schwindel zu ignorieren, der sie erfasste. Sie hatte gehofft, dass die Medikamente ihr wenigstens ein bisschen Linderung verschafften, aber im Augenblick hatte sie eher das Gefühl, es wurde alles noch schlimmer statt besser.

Sie atmete in kurzen Schüben und versuchte sich tiefer in das Kopfkissen zu kuscheln, während sie die Decke um sich zog. Ihr war so fürchterlich kalt, und dennoch fühlte ihr Körper sich an, als würde sie von innen heraus verbrennen. Die Augen einen Spaltbreit geöffnet, starrte sie den Himmel an, der sich vor dem Fenster zeigte.

Fühlte sich so sterben an?

Nicht mehr richtig atmen zu können? Vollgepumpt mit Medikamenten und doch gepeinigt von Schmerzen? Vielleicht sollte sie diesen roten Knopf drücken, mit dem sie die Schwester rufen konnte … aber ihr war so schwindelig, und der Himmel war so unglaublich blau.

Dreißig Grad im Schatten … die Leute würden die Schwimmbäder bevölkern. Vielleicht konnte sie am Wochenende mit Jeff und Jacob ebenfalls ein Schwimmbad besuchen … oder sie würden an die See fahren.

Jeff besaß immer noch dieses kleine Cottage in Cornwall, das er von seinem Großvater mütterlicherseits geerbt hatte, direkt oben an den Klippen zur Küste. Gute Seeluft, raues Meer – sie hatte es geliebt, mit ihm dort zu sein. Da war er nur er selbst gewesen. Kein Firmenboss, kein Flugzeugingenieur und kein Mann, der anderen Frauen hinterherstieg.

Sie könnten Grace mitnehmen, und die Kleine würde mit Jacob zusammen im Sand spielen. So wie damals bei ihrem ersten gemeinsamen Urlaub. Es wäre so schön mit den beiden Kindern … Vielleicht würde Grace sie endlich mögen. Wie sollte das sonst werden, wenn sie erst erwachsen würde? Kirsten wollte nicht, dass das Mädchen sie hasste.

Morgen würde sie ihn fragen … morgen – wenn sie wieder wach war …

Vielleicht könnten sie sich einen Hund anschaffen. Kirsten wollte immer schon einen Hund.

»Ich verstehe das nicht. Heute sollte doch nur mit der Chemotherapie begonnen werden. Wie kann es sein, dass sie nach diesem Medikamentencocktail plötzlich auf der Intensivstation im künstlichen Koma liegt?«

»Wir bevorzugen die Begriffe ›Sedierung‹ oder ›Langzeit-Narkose‹, und das sind durchweg übliche Maßnahmen, Mr. MacAllister«, entgegnete Dr. Philipps. Jeff musterte den zweiten Oberarzt der Onkologie-Station missmutig. Dieser Mediziner war zwar doppelt so alt wie Dr. Carter, aber für Jeffs Empfinden auch doppelt so arrogant. »Leider kann es bei einem von hundert Fällen zu einer

Infektion kommen und den Körper der Patienten zusätzlich schwächen. Wir tun alles, damit es Ihrer Frau schnell wieder besser geht, Mr. MacAllister, doch alles braucht seine Zeit.«

»Kann ich zu ihr?«, wollte Jeff wissen.

Der Arzt nickte und deutete in die entsprechende Richtung. »Melden Sie sich auf der Intensivstation bei Oberschwester Dorothy. Sie wird die nötigen Vorkehrungen mit Ihnen treffen, damit Sie Ihre Frau besuchen können.«

Grußlos wandte Jeff sich ab und hastete den Korridor entlang. Eigentlich war es nur so ein Gefühl gewesen, das ihn hergetrieben hatte.

Nach seinem ziemlich langen Besuch bei Jacob und dem späteren Gespräch mit Carolyne hatte er am frühen Nachmittag sein Handy überprüft und festgestellt, dass der Akku offenbar den Geist aufgegeben hatte. Da er wusste, dass Kirsten am Vormittag ihre erste Chemotherapie bekommen hatte, wollte er sie anrufen und sich erkundigen, wie es ihr ging. Sein Versuch, sie von seinem Büroanschluss aus auf ihrem Zimmer zu erreichen, war erfolglos gewesen, und irgendetwas hatte ihn gedrängt, sich ins Auto zu setzen und persönlich herzukommen.

Er hatte gerade die Station betreten, als Dr. Philipps ihn angesprochen und darüber aufgeklärt hatte, dass Kirsten vor einer knappen Stunde mit Fieberschüben und Schüttelfrost in ihrem Zimmer aufgefunden worden sei. Man habe einen schweren Virusinfekt diagnostiziert. Um ihrem geschwächten Körper Zeit zu geben, sich zu erholen und gegen den Infekt und die Nebenwirkungen der Chemotherapie zu kämpfen, hatte man sie in Tiefschlaf versetzt und ihr Schmerz- und Beruhigungsmittel verabreicht.

Das waren die letzten Nachrichten, die er nun hatte hören wollen, und er fühlte sich furchtbar, weil er nicht bei ihr gewesen war.

Während er durch die Gänge hetzte und immer wieder anderen Besuchern und Patienten auswich, arbeitete es in seinem Kopf auf Hochtouren. Würde dieser Infekt sie zusätzlich schwächen und ihr den Kampf gegen den Krebs noch erschweren?

Nachdem er sie gestern Nacht so enttäuscht zurückgelassen hatte, war es ihm unmöglich gewesen, ein Auge zuzumachen. Stattdessen hatte er Stunden vor seinem Computer damit zugebracht, über Leukämie zu recherchieren und sich nach den Überlebenschancen der Patienten zu erkundigen.

Es gab unzählige Seiten für Betroffene und Angehörige, mit und ohne kompetente Unterstützung durch Fachärzte ... und die Flut an Informationen war schier unendlich. Teilweise gespickt mit grauenvollen Bildern und erzählt von Menschen, deren Leben sich von heute auf morgen vollkommen verändert hatte.

Von glücklichen Erfolgen mit Happy End bis hin zu markerschütternden Lebensgeschichten, bei denen selbst ihm die Tränen in die Augen schossen, war alles dabei gewesen. Er hatte vom Vater einer Angehörigen gelesen, der mit schwerer Lungenentzündung ins Koma versetzt worden war und es mit seinen fast siebzig Jahren geschafft hatte, den Krebs zu besiegen ... und auch von dem jungen Mann, der diesen Kampf trotz Stammzellentransplantation verlor und eine junge Mutter mit zwei kleinen Kindern zurückließ.

Es hatte ihm Hoffnung gemacht und sie ihm gleichzeitig wieder geraubt. Doch Jeff war nicht bereit einfach aufzugeben. Er wollte, dass Kirsten lebte, dass sie kämpfte und alles dafür tat, wieder gesund zu werden.

Und nun konnte er ihr nicht einmal Mut zusprechen, weil sie in ein künstliches Koma gelegt worden und genau das eingetreten war, wovor er seit letzter Nacht solche Angst hatte.

Nichts wollte er weniger, als die Kontrolle zu verlieren.

Sie bot einen erschreckenden Anblick.

Mit Mundschutz vor dem Gesicht und in steriler Kleidung trat er in das Krankenzimmer und betrachtete die schmale Gestalt in dem viel zu großen Bett. Kabel und Schläuche von Monitoren, Infusionen und Überwachungsgeräten verschwanden irgendwo unter ihrer Kleidung und waren auf unterschiedliche Weise mit ihrem

Körper verbunden. Unter ihrer Nase lag ein Schlauch mit Sonde, der sie mit dem nötigen Sauerstoff versorgte.

Ihr Brustkorb hob und senkte sich in monotonem Rhythmus, und Kirstens Haut besaß einen ungesunden, grauen Farbton, der ihrem sichtlich angeschlagenen Äußeren ein noch kränklicheres Auftreten verlieh. Sie sah nicht einfach nur ungesund aus, sie sah aus, als läge sie im Sterben. Jeff schluckte.

Das konnte es doch nicht gewesen sein!

Mit wildem Herzklopfen zog er sich einen Stuhl an das Bett. Er griff nach Kirstens Hand, ehe er sich zu ihr setzte und ihr eine Haarsträhne aus dem Gesicht strich. Ihre Augenlider bewegten sich unruhig.

Was jetzt?

Schwester Dorothy hatte ihm erklärt, dass es Kirsten schon ein wenig besser ging. Das Fieber würde sinken und die Medikamente gut anschlagen. Sie hatte ihn außerdem darauf hingewiesen, wie wichtig es sei, dass er sich gegenüber seiner Frau auch weiterhin ganz normal gab.

Er solle mit ihr reden, ihr von seinem Tag erzählen und sich benehmen, als würde sie ihm gesund und munter gegenübersitzen. Selbst im Koma registrierten die scheinbar schlafenden Patienten sehr viel mehr von dem, was um sie herum vor sich ging, als man vermuten konnte.

»Ich war heute bei Jacob«, begann er.

Einen Augenblick fühlte er sich einfach nur dämlich und wünschte sich nichts mehr, als die Zeit zurückdrehen zu können. Sie sollte ihre schönen, grauen Augen öffnen, die ihn immer an den Novemberhimmel in Cornwall erinnerten, und ihn anlächeln. Die Kehle wurde ihm plötzlich eng.

»Ich habe ihm versprochen, dass ich ihn nun öfter besuchen werde. Sobald ich ihn mitnehmen darf, bringe ich ihn mit hierher … und ich hoffe, dass du bald wieder aufwachst, damit ich das nicht verbocke.« Jeffs Knie zitterten, als er sich auf die Bettkante zog und ihr einen Kuss auf die Stirn drückte. Seine Wange lag an ihrer, und seine Lippen berührten fast ihr Ohr, als er leise weitersprach: »Ich weiß, ich bin kein großer Redner, was Gefühle angeht, Kirsten, und ich weiß, ich habe dir sehr wehgetan mit dem, was ich gesagt oder auch nicht gesagt habe. Aber du musst mir glauben, dass du mir wichtig bist und am Herzen liegst. Ich kann dich nicht einfach so gehen lassen, ohne das alles wiedergutzumachen.«

Er hob den Kopf und legte seine Stirn an ihre. Sanft drückte er seine Nasenspitze gegen ihre und betrachtete ihr schlafendes Gesicht.

»Du musst mir den Gefallen tun und wieder gesund werden, Kirsten«, flüsterte er. »Hörst du mich? Ich verspreche, ich erfülle dir jeden Wunsch, wenn du nur kämpfst. Gib nicht auf … Gib uns nicht auf und auch nicht dein Leben. Du bist nicht allein, ich bin hier … Ich bin bei dir. Wir werden das gemeinsam schaffen, und wir werden Jacob adoptieren, und du wirst ihn aufwachsen sehen … Wir werden zusammen alt und grau, so wie du es dir gewünscht hast. Wir könnten in das Haus nach Cornwall ziehen, und du kannst dort malen. Die Luft ist viel besser – und ich kann ein bisschen kürzertreten.«

Vorsichtig berührte er ihre Lippen mit seinen.

»Kämpfe, Kirsten, kämpfe und komm zu mir zurück.«

»Du bist traurig.«

Es war eine klare Feststellung, die Jacob tätigte, während er Jeff gegenübersaß. Er hob müde den Kopf und begegnete dem Blick des Jungen. Kein Kind in diesem Alter sollte so ernste, traurige Augen haben. Sich zu einem Lächeln zwingend, zuckte Jeff mit den Schultern.

»Ja, bin ich«, gab er zu.

»Ist es wegen Kirsten?«, wollte Jacob wissen. Sein Gesicht blieb aufmerksam und interessiert, während er ihn musterte. In Jeffs Magen schienen Tonnen von Steinen hin- und herzurollen. Je mehr Zeit er mit dem Jungen verbrachte, desto öfter hatte er das Gefühl, einem Vierzehnjährigen gegenüberzusitzen und keinem Vierjährigen. Es war erschreckend, wie erwachsen Jacob wirkte und wie feinsinnig er war. Er spürte genau, was in den Menschen um ihn herum vor sich ging.

Ehrlichkeit! Das hatte er Jacob im Stillen versprochen, als er sich entschlossen hatte, nun an Kirstens Stelle herzukommen und sich um den Jungen zu bemühen. Dieses Kind hatte neben der Liebe, die es brauchte, auch Aufrichtigkeit verdient – ihm konnte er offenbar ohnehin nichts vormachen.

»Es geht ihr nicht gut, und sie schläft so fest, dass ich sie im Moment nicht wach bekomme.«

»So wie ich, als ich bei euch war?«

Für eine Sekunde war Jeff geradezu erschrocken. Tatsächlich war der Zustand fast ähnlich – mit dem Unterschied, dass Kirsten aus diesem Schlaf nur aufwachte, wenn die Ärzte die Medikamente entsprechend absetzten. Aber erst einmal musste sie den Infekt überstehen, der sie zusätzlich schwächte.

Mit den Fingern fuhr er sich über das Gesicht und schloss einen Moment die Augen. Er hatte seine Sekretärin am Montagnachmittag noch vom Krankenhaus angerufen und sie angewiesen, sie solle alle Termine für diese Woche streichen und entsprechend umplanen. Dieses Mal war seine Familie wichtiger, und die Firma würde in den paar Tagen ohne ihn nicht gleich bankrottgehen.

Im Anschluss daran, und weil er im Krankenhaus nicht mehr viel ausrichten konnte, war er nach Hause gefahren und hatte erneut versucht, mit Grace zu reden, die sich weiterhin schmollend in ihrem Zimmer aufhielt.

Erst zum Abendessen war sie schließlich mit verquollenen Augen aufgetaucht. Er hatte sich bei ihr entschuldigt, aber sie hatte nicht einmal genickt, während sie in ihrem Essen herumgestochert hatte. Um keinen weiteren Streit vom Zaun zu brechen, hatte er seine Mahlzeit schweigend beendet, ihr eine gute Nacht gewünscht und war in sein Schlafzimmer gegangen.

Nach dem Schock vom Vortag hatte er nun zum ersten Mal bewusst wahrgenommen, wie leer das Zimmer ohne Kirsten wirkte. Sie hatte nicht, wie sonst üblich, in der Tür zum Bad gestanden und sich die Hände eingecremt … und er hatte sie auch nicht durch die halb offenstehende Tür dabei beobachten können, wie sie ihr Haar vor dem Spiegel föhnte.

Kälte und Stille schlichen sich in sein Leben und hatten die Nacht mit solcher Schwärze erfüllt, dass er kaum ein Auge zugemacht hatte. Er war froh gewesen, als der Dienstag kam und er sich zu dieser morgendlichen halben Stunde zwischen halb neun und neun Uhr zu Jacob retten konnte, bevor dieser zum Unterricht seiner Vorschulgruppe erscheinen musste.

»Du hast recht«, antwortete er auf die Frage des Jungen. »Es ist ähnlich wie bei dir, als du krank geworden bist.«

Der Junge schien zu überlegen, dann warf er Jeff einen sehr nachdenklichen Blick zu.

»Ist es meine Schuld?«

Einen Moment lang fühlte Jeff sich wie vor den Kopf gestoßen. Manchmal war für ihn nicht nachvollziehbar, was für Rückschlüsse dieser kleine Kerl zog. Was redete Jacob da?

»Natürlich nicht«, erwiderte er, »wie kommst du darauf?«

»Ich war doch auch krank in der letzten Woche«, entgegnete Jacob. »Vielleicht habe ich sie angesteckt.«

Heftig schüttelte Jeff den Kopf.

»Nein, Jacob. Das, was Kirsten hat, hat nichts mit dir zu tun – und auch dafür, dass es ihr im Moment noch ein bisschen schlechter geht, bist du nicht verantwortlich. Wir werden alle mal krank, und wir können uns gegenseitig anstecken, aber niemand ist deshalb schuldig, okay?«

»Okay.«

Sichtbar bedrückt wandte Jacob den Blick ab und widmete sich wieder dem Puzzle, von dem Jeff beim letzten Mal noch geglaubt hatte, es wäre eine der Schwestern, die damit beschäftigt war. Tatsächlich betrachtete Jacob die Puzzlestückchen in seiner Hand stets sehr sorgfältig, ehe er sie an die richtige Stelle setzte oder für später beiseitelegte. Es war erstaunlich, wie enorm seine Auffassungsgabe war.

»Meine Mom war auch krank«, stellte Jacob plötzlich fest.

Seine Augen waren immer noch auf das Puzzlestück geheftet, aber an der Art, wie er es in seinen Fingern hin- und herdrehte, erkannte Jeff, dass er mit seinen Gedanken woanders weilte.

»Was war mit ihr?«, wollte er wissen.

»Meine Grandma hat gesagt, sie hatte Probleme mit ihrem Kopf – deshalb hat Mom mir auch so oft wehgetan.«

Jeff verkniff sich ein wütendes Schnauben. Das war eine *nette* Umschreibung für die Alkohol- und Drogenexzesse, in die Jacobs leibliche Mutter sich oft gestürzt hatte, um ihn im Anschluss daran mit Schlägen, Tritten und glühenden Zigaretten zu malträtieren. Auf der anderen Seite hätte er selbst vielleicht auch nicht besser gewusst, wie er gegenüber einem kleinen Kind erklären und entschuldigen konnte, was seine Mutter ihm angetan hatte.

Wer wusste schon, wofür es gut war, dass sie in einer dieser maßlosen Drogennächte zu viel Rauschgift und Alkohol konsumiert hatte. Ihre eigene Mutter hatte ihre Leiche im Badezimmer der kleinen Wohnung gefunden, die sie mit Jacob bewohnt hatte. Neben ihr hatte eine halbvolle Wodkaflasche gestanden, und zwischen ihren Fingern hatte noch die Spritze mit dem letzten Rest Heroin geklemmt.

Aus dem, was Mrs. Pinkett sonst noch von Jacobs Familie erzählt hatte, war klar hervorgegangen, dass seine Großmutter ihn gern selbst aufgenommen hätte. Aber sie war gesundheitlich schwer angeschlagen und besaß auch nicht die finanziellen Mittel, um einem Vierjährigen ein passendes Zuhause zu geben. Auf Kirstens Frage, ob seine Großmutter denn den Kontakt zu ihm aufrechterhalten wolle, hatte die Sozialarbeiterin ihnen erklärt, dass sie das gewiss gern getan hätte, aber Anfang Januar verstorben sei.

Jacob war ganz allein auf dieser Welt, und abgesehen von dem Personal im Kinderheim, das sich wirklich liebevoll um die ihnen anvertrauten Schützlinge kümmerte, gab es niemanden, der Ansprüche auf ihn stellte. Zumindest war das so gewesen, bis sie kamen.

Jeff lächelte leise, als er daran dachte, wie aufgeregt Kirsten ausgesehen hatte, als sie Jacob das erste Mal hier besucht hatten. In ihren Augen hatte dieser ganz besondere Ausdruck gelegen, wie damals bei ihrem ersten Familienurlaub in Cornwall. Kirsten war glücklich gewesen.

Nachdenklich betrachtete er Jacob. Wie ging er um mit diesen Verlusten, die er schon so früh erlitten hatte? Wie verarbeitete ein Kind in diesem Alter solche Schicksalsschläge?

»Vermisst du deine Mom?« Die Frage kam laut über seine Lippen, obwohl er sie gar nicht hatte aussprechen wollen. Jacob hob den Kopf, sah Jeff in die Augen und legte dann das Puzzlestückchen an die passende Stelle.

Gruselig.

»Nein«, gab Jacob leise zurück. Die Hände im Schoß ineinandergelegt, lehnte er sich in dem kleinen Stuhl zurück. Sein Gesicht war ausdruckslos, als er den Blick erneut auf Jeff richtete. »Aber ich vermisse meine Grandma … und ich vermisse Kirsten.«

Die Tränen schossen Jeff so unerwartet in die Augen, dass er einen Moment lang Mühe hatte, sich zu sammeln. Dann nickte er.

»Ich vermisse Kirsten auch«, flüsterte er. Jacobs kleine Hand legte sich auf seine Finger.

»Nicht traurig sein. Meine Grandma ist jetzt im Himmel und passt auf uns alle auf.« Nickend und mit sehr ernstem Gesicht sah er Jeff in die Augen. »Grandma wird dafür sorgen, dass Kirsten noch nicht zu ihr und Mom kommen kann. Sie hat mir versprochen, dass ich eine neue Familie finde, in der man mich lieb hat.« Der Hauch eines Lächelns huschte über das sonst so ernste Gesicht. »Grandma hat ihre Versprechen immer gehalten.«

»Stammzellentransplantation?« Ray wirkte geradezu schockiert, während er seinen großen Bruder betrachtete. Eine ganz ähnliche Situation hatte es auch schon am Sonntag vor drei Tagen gegeben, als Jeff seine Familie zum ersten Mal wegen Kirsten zusammengerufen hatte.

Diesmal informierte er die Anwesenden aber nicht über ihre

Krankheit, sondern bat alle, sich typisieren zu lassen. Kirstens Bruder Morten saß neben Charlize und Willbur auf dem Sofa in der Bibliothek, während Grace in der äußeren Ecke stand und in Gedanken versunken schien.

Sein Bruder Ray hatte neben dem Kamin Aufstellung genommen, der seltsam kahl wirkte ohne das überdimensionale Gemälde von Shannon, das jahrelang darüber gehangen hatte.

Hinter ihm stand Sören mit verschränkten Armen, kehrte der kleinen Gesellschaft den Rücken zu und starrte schweigend aus dem Fenster. In wenigen Tagen würden sowohl er als auch Morten zurück zu ihren Familien reisen. Etwas, das sie bislang aufgeschoben hatten, um in der Nähe von Kirsten zu sein, auch wenn diese an den vergangenen beiden Tagen vermutlich nicht viel von ihren Besuchen registriert hatte.

»Es ist nur ein wenig Blut, das jeder abgeben muss«, erklärte Jeff leise. »Ich habe mich heute selbst schon testen lassen, aber ich komme leider nicht als Spender infrage.« Er zuckte mit den Schultern. »Keiner von euch soll sich gezwungen fühlen, das zu machen, und ich werde niemandem, der sich weigert, deshalb Vorwürfe machen. Ich kann nur wiedergeben, was Dr. Carter mir heute gesagt hat: Es geht Kirsten zunehmend schlechter, und ohne eine Stammzellentherapie sinken ihre Überlebenschancen auf ein Minimum.«

»Mach dir keine Sorgen, Jeff«, bemerkte Charlize. Sie sah zu Grace hinüber, die immer noch grübelnd am anderen Ende des Zimmers stand. »Ich denke, ich kann für uns alle sprechen, wenn ich sage, dass du auf uns zählen kannst.« Ihre Enkelin hob den Kopf, sah Charlize kurz an und nickte dann wortlos. Jeff unterdrückte ein erleichtertes Aufatmen. Wenn er ehrlich war, hatte er schon befürchtet, Grace bekäme wieder einen ihrer berüchtigten Ausraster.

Allerdings schien sie im Augenblick doch sehr in sich gekehrt und nachdenklich. Vielleicht kam sie endlich zur Vernunft. Da er sein angespanntes Verhältnis zu ihr nicht weiter überstrapazieren wollte, verhielt er sich seiner Tochter gegenüber so neutral und parteilos wie möglich – und auch jetzt hätte er nichts von ihr verlangt, was sie nicht wollte.

Mit einer Hand fuhr er sich über das Gesicht und unterdrückte ein Gähnen. Er fühlte sich ausgelaugt und müde. Nachdem er Jacob am Dienstag zum Unterricht geschickt hatte, war er wieder zu Kirsten gefahren, hatte an ihrem Bett gesessen und ihr von all den kleinen und großen Alltäglichkeiten seines Lebens ohne sie berichtet.

Je öfter er das tat, desto normaler fühlte es sich an, mit ihr zu reden, obwohl sie doch eigentlich schlief. Dennoch wollte er nichts mehr, als ihr dabei wieder in die Augen sehen zu können. Nachmittags war er erneut zu Jacob gefahren, sie hatten geredet, zusammen gespielt, und irgendwann war der Zeitpunkt gekommen, sich erneut zu verabschieden.

Es fühlte sich zunehmend falsch an, ihn in dem Kinderheim zurückzulassen, und langsam konnte er nachvollziehen, warum es Kirsten jedes Mal mehr Überwindung gekostet hatte, ohne Jacob nach Hause zu fahren. Ständig musste er daran denken, mit welcher Selbstverständlichkeit der Kleine gemeint hatte, seine Grandma habe ihm versprochen, er bekäme die Familie, die ihn liebte.

Er musste zugeben, dass er sich jeden Tag ein wenig mehr mit ihm verbunden fühlte. Seine Vorurteile gegenüber dem Jungen verblassten mit jeder Stunde, die er in dessen Nähe verbrachte. Natürlich würde es später sicher die einen oder anderen Schwierigkeiten geben, aber Kirsten hatte es schon richtig erkannt. Hätten sie ein leibliches Kind miteinander gehabt, hätten sie auch nicht hundertprozentig steuern können, wie es sich entwickelte.

Schwierigkeiten hatte er auch schon ausreichend mit Grace – und die war nicht adoptiert. Jacob hatte diese Chance mehr als verdient, und Jeff war bereit, auch die letzten Schritte zu gehen.

»Was ist mit dem Rest der Familie?«, wollte Sören plötzlich wissen. »Sechs von uns sind bereits abgereist und können nicht mal eben zum Blutspenden vorbeikommen.«

Den Kopf angehoben, musterte Jeff seinen Schwager. Kirstens zweitältester Bruder wirkte genauso angeschlagen, wie er selbst sich fühlte. Ihm war bewusst, dass Sören meistens die Nächte bei Kirsten verbrachte. Genau wie seine Schwester war er ein ausgesprochen kreativer Mensch, und seine Arbeit als Schriftsteller sorgte dafür, dass sein täglicher Lebensrhythmus ein wenig anders verlief als der anderer Menschen.

»Dr. Carter hat gesagt, sie bekommen alle Post vom Krankenhaus. Deine Brüder können sich bei ihrem jeweiligen Hausarzt Blut abnehmen lassen. Das wird dann in den entsprechend ausgewiesenen Labors getestet und die Ergebnisse an Dr. Carter weitergeleitet. Wir werden informiert, sobald ihm sämtliche Resultate vorliegen. Trotzdem wird es ein paar Tage dauern, bis wir wissen, ob jemand infrage kommt – so lange heißt es weiterhin bangen und hoffen.«

Kirstens Bruder nickte nachdenklich.

»Wie geht es weiter, wenn einer von uns als passender Knochenmarkspender infrage kommt?«, fuhr er fort. »Du weißt, meine Brüder und ich sind zu allem bereit, um Kirsten zu helfen … aber ich wohne nun nicht gerade um die Ecke – und ich bin nicht der Einzige. Reicht die Zeit, wenn ich mich erst wieder auf den Weg machen muss?«

»Das hat der Onkologe berücksichtigt«, gab Jeff zurück. »Natürlich zählt jeder Tag, aber selbstverständlich wird man die Zeit überbrücken können, bis einer von euch als passender Spender bei uns wäre.«

»Gut.« Die Hände in den Hosentaschen versenkt, trat Sören näher. »Wann soll es losgehen?«

Jeff lächelte ihm erschöpft zu.

»Morgen früh um halb zehn erwartet Dr. Carter uns alle zur Blutabnahme im Krankenhaus.«

»Okay.« Sören zwang sich sichtlich zu einem Lächeln. »Wenn ihr nichts dagegen habt, mache ich mich dann auf den Weg in mein Hotel, um an diesem Mittwoch noch ein wenig Schlaf zu bekommen. Ich bin ja nicht so der Tag-Mensch.«

Jeffs Mutter erhob sich vom Sofa und zog ihren Mann mit sich.

»Dem schließen wir uns an.« Sie trat zu Jeff, der nun auch aufgestanden war, drückte ihn an sich und gab ihm einen Kuss auf die Wange. »Du solltest versuchen, ein bisschen Schlaf zu bekommen, Schatz. Du siehst erschöpft aus. Kirsten wird dich ausgeruht brauchen, wenn sie wieder wach wird.«

Schläfrig setzte er sich in dem Stuhl zurecht und sah sich einen Moment lang irritiert im Dämmerlicht des abgedunkelten Raumes um. Sein Blick wanderte zu dem Bett und den leise piepsenden Monitoren hinüber, die immer noch Kirstens Vitalwerte kontrollierten. Er hatte keine Ahnung, was ihn geweckt hatte, aber ein Blick auf die Uhr zeigte ihm, dass es fünf Uhr in der Früh war. Als er den Vorhang vor den Fenstern einen Spaltbreit öffnete, dämmerte draußen bereits der Himmel.

Freitag, der Dreizehnte.

Vor sechs Tagen hatte er um diese Uhrzeit ebenfalls an Kirstens Bett gesessen und wenige Stunden zuvor erfahren, woran sie erkrankt war. Er schloss die Augen, legte den Kopf in den Nacken und rieb mit beiden Händen über sein Gesicht. Sechs Tage erst … Konnte dieser Albtraum nicht einfach ein Ende haben und ihre Welt wieder heil sein?

Seine Familie sowie Morten und Sören hatten sich am Donnerstagmorgen im Krankenhaus gemeinsam eingefunden, um sich testen zu lassen. Sowohl Ray als auch Kirstens Brüder hatten mit ihren frechen Sprüchen und Anekdoten aus früheren Zeiten die halbe Onkologie-Station unterhalten, und selbst Grace hatte zwischen ihnen gesessen und gelacht.

Es belastete Jeff, dass ihr Verhältnis zueinander so angespannt war. Leider hatte sie jedes Mal in den letzten Tagen abgeblockt, wenn er mit ihr darüber hatte sprechen wollen, und er war langsam mit seinem Latein am Ende. Das war nicht mehr die Tochter, die er kannte. Selbst ihr sonst übliches Gezicke fehlte ihm. Stattdessen war sie ständig in sich gekehrt und abwesend. Umso angenehmer war es, einfach mal wieder gemeinsam lachen zu können.

Allerdings war es ihm regelrecht im Halse stecken geblieben, als Dr. Carter zu ihm getreten war. Der Oberarzt hatte ihn darüber unterrichtet, dass Kirstens Vitalwerte sich wesentlich verbessert hätten und der Infekt ausgestanden sei. Sie bliebe zur Überwachung vorsorglich noch vierundzwanzig Stunden auf der Intensivstation, aber man würde nun die Beruhigungs- und Schlafmittel absetzen, um sie langsam wieder aufwachen zu lassen.

Jeff hatte den ganzen Tag darauf gehofft, dass sie – wie nach einer Narkose – wieder wach wurde, eben weil es laut dem Oberarzt eine kontrollierte Sedierung war und kein ungeregelter Bewusstseinsverlust. Doch Kirsten hatte lediglich mit ein wenig Blinzeln und unartikulierten Lauten auf Ansprache reagiert.

Weil er die Nacht daheim nicht hatte schlafen können und das Bett sich immer noch so schrecklich leer ohne sie anfühlte, war er schließlich um drei Uhr morgens wieder auf der Intensivstation eingetroffen. Da er hier mittlerweile bekannt und Besuche zu ungewöhnlichen Uhrzeiten bei Patienten wie Kirsten keine Seltenheit waren, hatte die zuständige Schwester ihn mit einem wortlosen Lächeln hereingebeten. Hier hatte er zwar relativ unbequem auf dem Stuhl neben Kirstens Bett geschlafen, aber immerhin war er zur Ruhe gekommen.

»Jeff?«

Der leise, kratzige Laut war kaum zu verstehen, dennoch war er in der nächsten Sekunde hellwach und starrte zu Kirsten hinüber, die ihn unter halbgeöffneten Lidern ansah. Blass und schmal lag sie in dem Kissen, mit all den Schläuchen und Elektroden an ihrem Körper und schien völlig desorientiert.

»Hey Schatz!« Rasch erhob er sich von dem Stuhl, eilte an ihr Bett und ließ sich neben ihr auf der Matratze nieder. Halb über sie gebeugt, strich er ihr das Haar aus der Stirn. »Willst du was trinken?« Sie nickte schwach. Rasch griff er nach der Flasche Wasser, die er bereitgestellt hatte, und half ihr, sich ein wenig aufzusetzen.

»Was ist passiert?«, flüsterte sie heiser, als sie genug hatte. »Bin ich schon wieder ohnmächtig geworden?« Er lächelte mild.

»Nein, du hast dir einen Virusinfekt eingefangen«, gab er zurück. »Da du aber ohnehin schon so angeschlagen bist von der Leukämie und die Chemo dich zusätzlich geschwächt hat, machte dein Körper am Montag einfach schlapp. Sie haben dich in ein künstliches Koma gelegt, damit die Medikamente wirken und du dich erholen konntest.«

Sie betrachtete ihn wortlos, legte die Stirn in Falten und schluckte trocken. Er reichte ihr erneut das Wasser, und sie trank in langsamen, kleinen Schlucken, bis sie genug hatte.

»Was für ein Tag ist heute?«, wollte sie wissen. Ihre Stimme klang belegt.

»Freitag.« Er lächelte auf sie hinab und fühlte sich von purer Euphorie erfüllt. Sie war wieder wach! »Freitag, der Dreizehnte, um genau zu sein.«

»Morgen oder Abend?«

»Es ist fünf Uhr früh«, erwiderte Jeff. Sie lehnte sich erschöpft in die Kissen zurück. Der Blick, mit dem sie ihn musterte, war nachdenklich.

»Wie lang bist du schon hier?«

»Seit zwei Stunden etwa. Zu Hause konnte ich nicht schlafen, also habe ich es mir hier gemütlich gemacht.« Ihre Augenbrauen hoben sich skeptisch, als sie zu dem Stuhl hinübersah, auf dem er eben noch gesessen hatte. »Ich gebe zu, bequem ist anders, aber er erfüllt seinen Zweck.«

»Du solltest deine Zeit nicht hier verschwenden«, murmelte sie. Sein Zeigefinger legte sich wie von selbst auf ihre Lippen.

»Ich verschwende meine Zeit nicht«, gab er zurück. »Ich habe mir freigenommen, und wenn ich nicht hier war, war ich bei Jacob.«

Für einen Moment sah sie geradezu fassungslos aus.

»Du warst bei Jacob?«

Jeff schenkte ihr ein Grinsen.

»Na ja, du hast gesagt, ich solle dem Junge eine Chance geben und ihn kennenlernen – und da ich hier nicht wirklich effektiv etwas tun konnte, habe ich deinen Ratschlag umgesetzt.« Er schob ihr eine Locke aus dem Gesicht und streichelte gedankenverloren ihre Wange. »Du bist zum perfekten Zeitpunkt wach geworden, Schatz. Jacob wird sich riesig freuen, wenn er dich heute Nachmittag mit mir besuchen kommt.«

Ein zaghaftes Lächeln erhellte ihre Züge. »Wirklich?«

»Wenn du nichts dagegen hast«, bemerkte er lapidar.

Wie erwartet schüttelte sie den Kopf. »Natürlich nicht. Ich freue mich so sehr, Jeff.«

»Was wiederum mich freut, weil ich dadurch die Hoffnung habe, dass du nun doch nicht einfach aufgibst und dem Krebs den Kampf ansagst.«

Mit einem leisen Seufzer hob sie ihre Hand und legte sie auf seine.

»Ich kann dir nichts versprechen, aber ich werde es versuchen.«

»Dann verspreche ich dir, dass du das alles nicht allein durchstehen musst.« Er schüttelte den Kopf, als sie etwas sagen wollte. »Vergiss es … Ich will keine Ausreden hören, die du für mich suchst, okay? Wir sind verheiratet, schon vergessen? In guten wie in schlechten Zeiten, hat der Standesbeamte gesagt, und wir haben beide zugestimmt.«

Belustigt schüttelte sie den Kopf.

»Also gut.«

»Ist das ein Ja?«

Kirsten schenkte ihm ein mattes Lächeln.

»Das ist ein Ja.«

Es war schön gewesen zu sehen, wie die Farbe in Kirstens Wangen zurückkehrte und ihre Lebensgeister zu erwachen schienen, während Jacob bei ihr auf dem Bett saß und gut gelaunt davon erzählte, was in der Woche seit ihrem letzten Zusammensein passiert war.

Sie hatten lange geredet, und Jacob hatte sich sehr ausgiebig nach Kirsten erkundigt und wissen wollen, wie krank sie war. Es war unverkennbar, dass er sich seine Gedanken gemacht hatte. Viel zu schwermütig für einen Vierjährigen. Erst als Jeff merkte, dass es Kirsten zunehmend schwerer fiel, die Augen aufzuhalten, hatte er schließlich darauf bestanden, dass Jacob und er zum Abendessen nach Hause fuhren.

Die Trennung war beiden sichtlich schwergefallen, aber sie trösteten sich mit dem Gedanken, dass Jacob am nächsten Tag noch einmal mit Jeff zu ihr kommen würde. Mit einer letzten Umarmung hatte der Junge sich von Kirsten verabschiedet, und sie hatten sich auf den Heimweg gemacht.

Schon im Wagen war Jacob erneut in Aufregung verfallen, weil sie nun wieder in das *große Haus im Park* fuhren, wie er die alte Stadtvilla nannte. Der letzte Aufenthalt hier war gerade eine Woche her, und es war ein seltsames Gefühl, Jacob die Tür zu öffnen und dabei zuzusehen, wie der Junge sich mit der für Kinder so typischen Selbstverständlichkeit direkt in Richtung Küche bewegte, wo er auf die Haushälterin traf.

»Hallo Maggie.«

»Jacob!«

Jeff lachte leise, während er den Autoschlüssel auf der Kommode ablegte. Es war schön zu erleben, wie normal der Junge sich hier verhielt und mit welcher Leichtigkeit er sich in diesen Haushalt integrierte. Er hörte die beiden in der Küche scherzen, und noch während er Jacobs Tasche für die kommende Nacht an der Garderobe platzierte, sah er Grace die Treppe herunterkommen.

Sie verharrte mitten im Schritt.

»Ich habe euch kommen hören und dachte, ich sollte mich mal sehen lassen«, stellte sie fest. Sie wich seinem Blick aus und sah zu der offenstehenden Küchentür hinüber. Die Arme schützend vor der Brust verschränkt, ließ sie die letzten Stufen hinter sich und blieb unschlüssig stehen, wo sie war.

»Du kannst gern hineingehen«, bemerkte Jeff leise. Grace zuckte mit den Schultern.

»Ja, klar.« Auf ihrer Unterlippe kauend, sah sie ihren Vater an. »Wie geht's Kirsten?«

»Sie ist aufgewacht«, gab er zurück. Für den Bruchteil einer Sekunde hätte er schwören können, dass ein erleichtertes Lächeln über Graces Gesicht huschte, doch der Moment war genauso rasch vorbei, wie er gekommen war.

»Cool.« Sie schob die Hände in die Hosentaschen ihrer kurzen Jeans und wippte unruhig auf den Fersen vor und zurück. Nervös strich sie sich eine lange, blonde Strähne aus der Stirn. »Ich wollte mich entschuldigen, Daddy. Das mit Kirsten und dem Krebs hätte ich nicht sagen sollen.«

Er betrachtete sie prüfend.

»Stimmt, das war nicht fair.«

»Es tut mir leid.«

Tief durchatmend nickte er langsam.

»Ich weiß – mir tut es auch leid, dass ich dich geschlagen habe.«

Grace zuckte mit den Schultern.

»Ich weiß«, wiederholte sie seine Worte, »aber die Ohrfeige hab' ich mir verdient.« Mit dem Kinn deutete sie auf die Küche. »Kommst du mit rein?«

»Geh nur vor, ich komm' gleich nach.«

Das Abendessen war in lockerer, entspannter Atmosphäre verlaufen. Maggie hatte, wie üblich, nicht nur eine sehr leckere Mahlzeit zubereitet, sie tat auch ihr Bestes, um keine peinlichen Schweigemomente aufkommen zu lassen, und Jacob half ihr nach Leibeskräften, die Unterhaltung am Tisch nicht einschlafen zu lassen.

Dieser kleine, schüchterne Junge, an den kaum ein Herankommen war, wurde in Maggies Gegenwart zu genau dem, was er sein sollte. Einem aufgeschlossenen, neugierigen Vierjährigen, der immer noch viel von der Welt zu entdecken wusste. Er war nach wie vor viel zu ernst und lächelte zu selten, aber ihm war anzumerken, wie wohl er sich hier fühlte.

Obwohl seine Tochter sich Jacob gegenüber freundlich benahm, blieb sie doch bei Tisch relativ schweigsam. Allerdings waren Jeff keineswegs die Blicke entgangen, mit denen sie den Jungen immer wieder heimlich bedacht hatte.

Wer konnte es ihr verübeln, wenn man ein kleines Kind mit T-Shirt und vernarbten Armen neben sich sitzen hatte? Jeff hatte es bislang nicht über sich gebracht, der restlichen Familie zu erklären, worin Jacobs traumatische Vergangenheit begründet war. Grace schien es allerdings allmählich zu dämmern.

Nach dem Abendessen war Jacob in sein Zimmer hinaufgewandert, wo er sich umzog und mit seinen Legosteinen hantierte, während er darauf wartete, dass Jeff kam, um ihm eine Gutenachtgeschichte vorzulesen. Es hatte nicht lang gedauert, bis er eingeschlafen war und Jeff leise die Tür hinter sich zugezogen hatte.

»Woher stammen die Narben auf seinen Armen?«

Er zuckte erschrocken zusammen und starrte zu Grace hinüber, die mitten im Korridor stand. Mit einladender Geste deutete er auf die Tür seines eigenen Schlafzimmers.

»Komm mit rein, ich erklär's dir.«

Sie folgte ihm ohne Zögern, krabbelte wie selbstverständlich auf das Fußende des Bettes und sah ihn abwartend an. Jeff fühlte sich für einen Moment in die Vergangenheit zurückversetzt.

Vor ihm saß nicht die achtzehnjährige Grace mit modisch akkuratem Haarschnitt und perfekt manikürten Fingernägeln. Vor ihm saß eine hübsche Dreizehnjährige mit dünnen Zöpfen, abgekauten Nägeln und großen, blauen Kulleraugen.

Es hatte da diesen Familienurlaub vor fünf Jahren gegeben.

Kirsten, Grace und er, Ray und seine damalige Flamme, Jeffs Eltern und sein bester Kumpel Stuart waren alle gemeinsam nach Cornwall gefahren, um dort eine Woche Ferien an der See zu machen.

Es war wunderschön gewesen, und Grace hatte für kurze Zeit sogar ihre feindselige Haltung gegenüber Kirsten völlig abgelegt.

Sie hatten dort draußen alle ihre Alltagssorgen eine Weile vergessen, und jeden Abend war seine Tochter zu ihnen aufs Bett gekrabbelt gekommen, hatte sich zwischen Kirsten und ihn gekuschelt, um sich vorlesen lassen.

Sie waren eine richtige kleine Familie gewesen.

Das war nicht diese Geste des sich Dazwischendrängens, wie sie es oft daheim machte. Sie hatte sich wirklich an beide Erwachsene geschmiegt, und er hatte ganz vergessen, wie glücklich Kirsten damals gewesen war. Die Idylle hatte allerdings an jenem Tag ein jähes Ende gefunden, als Bernadett unangemeldet aufgetaucht war, um Jeff aufzufordern, seiner Arbeit wieder nachzukommen.

Drei Tage nach ihrer Heimkehr war Grace an Masern erkrankt, und Kirsten hatte fast vierundzwanzig Stunden ständig an ihrem Bett gesessen, weil sie diese Krankheit als Kind schon gehabt hatte. Ihm selbst war es von Dr. Treston verboten worden, sich seiner kleinen Tochter zu nähern, weil die Möglichkeit, dass er sich anstecken und selbst daran erkranken könnte, mit erheblichen Risiken verbunden war.

Seine Großmutter hatte sich darüber echauffiert, dass er es seiner Frau überließ, sich um sein krankes Kind zu kümmern. Rückblickend musste er zugeben, dass er sich von ihr zu oft und zu viel hatte in sein Leben pfuschen lassen. Vielleicht wäre manches anders gekommen, wenn er ihr nicht solch großen Einfluss auf Grace gewährt hätte.

Einen Einfluss, den sie leider heute immer noch allzu oft und ausgiebig ausnutzte. Er war bislang überzeugt gewesen, dass Grace mittlerweile erwachsen genug wäre, sich selbst ein Bild zu machen.

DENNOCH WURDE JEFF DAS GEFÜHL NICHT LOS, DASS BERNADETT im Hintergrund weiterhin an den Fäden zog und ihr Gift gegen Kirsten verspritzte. Es wäre schön, wenn Grace wenigstens Jacob unvoreingenommen eine Chance geben würde.

Er nahm auf der Bettkante Platz und betrachtete seine Tochter einen Moment lang nachdenklich. Irgendetwas an ihr war anders, aber er konnte es sich nicht erklären … Vielleicht lag es einfach daran, dass sie nun wirklich erwachsen wurde. Manchmal fragte er sich ernsthaft, wo die Zeit geblieben war. Es schien doch noch gar nicht so lang her zu sein, dass er ihr die Windeln gewechselt hatte.

»Ich weiß nur, was uns die Sozialarbeiterin erzählt hat«, bemerkte er. Sie nickte. »Die Narben auf seinen Armen – und an seinem restlichen Oberkörper – stammen von glühenden Zigaretten. Er ist etwa drei gewesen, als seine Mutter einen Mann kennenlernte, mit dem sie in einen Alkohol- und Drogenrausch rutschte. Jacobs einst behütete Kindheit verwandelte sich in etwas, das Kinder nicht erleben sollten. Seine eigene Mutter machte ihn plötzlich für alle Probleme in ihrem Leben verantwortlich. Sie begann ihn zu schlagen, zu treten und mit Zigaretten zu malträtieren. Niemand kann auch nur ahnen, was noch alles geschehen wäre, wenn sie sich nicht versehentlich eine Überdosis Heroin gespritzt hätte.« Jeff betrachtete die Tagesdecke, die auf dem Bett lag, und wurde sich einmal mehr bewusst darüber, in welcher heilen Welt er selbst lebte. »Jacobs Großmutter hat ihre Tochter tot im Badezimmer aufgefunden, und wenn es ihr möglich gewesen wäre, hätte sie den Jungen selbst aufgenommen. Da sie aber schwer herz- und lungenkrank war, hat sie ihn in die Obhut des Jugendamtes übergeben und darum gebeten, dass man ihm die passenden Adoptiveltern suchen möge. Ein halbes Jahr später ist sie gestorben.«

»Also hat sie gar nicht mehr erlebt, dass ihr euch um Jacob beworben habt?«

»Nein … und eigentlich haben wir uns nicht um ihn beworben. Mrs. Pinkett, die Sozialarbeiterin, meinte, es könnte passen. Wobei ich zugeben muss, dass ich mich gegen Jacob entschieden hätte, wenn Kirsten nicht gewesen wäre.«

Grace runzelte die Stirn.

»Warum? Er ist nett.«

»Ist er, keine Frage. Aber ich hatte meine Zweifel an Kirsten, und ich war nicht überzeugt, dass wir ein so traumatisiertes Kind wirklich gut betreuen können.«

»Versteh' ich nicht, Daddy. Er kann doch nichts für das, was ihm angetan wurde, und bei einem eigenen Kind hättet ihr ja auch nicht die Garantie gehabt, dass alles glatt gelaufen wäre.«

Ein Lächeln breitete sich auf seinen Lippen aus. »Du klingst genau wie Kirsten.«

Seine Tochter zuckte unbehaglich mit den Schultern. »Na ja, sie liegt ja nicht immer falsch – und in dem Fall stimme ich ihr wirklich zu.« Das Kinn auf die Brust gedrückt, zeichnete sie mit einem Finger das Muster auf der Tagesdecke nach. »Du hast recht gehabt, als du meintest, ich hätte ihr nie wirklich eine Chance gegeben. Ich glaube, nach fünf Jahren ist es doch ziemlich albern, dass ich immer noch sauer bin, weil ihr mich damals vor eurer Heirat nicht eingeweiht habt.«

»Das war mein Fehler, nicht Kirstens«, erwiderte er leise. »Ich wollte eigentlich alles richtig machen und hab' doch nur alles versaut.«

Grace lächelte schief und sah ihn an. In ihren Augen war eine ganz neue Traurigkeit.

»Ja, das könnt ihr Männer ganz gut.«

10

Eine Woche schon.

Kirstens Blick huschte erneut zu der Uhr, die über der Tür ihres Zimmers hing. Wenn sie wenigstens eine Bettnachbarin gehabt hätte, mit der sie sich austauschen und unterhalten könnte. Stattdessen lag sie wieder in ihrem Einzelzimmer. Auf der anderen Seite hätte Jeff sie am Vortag wohl kaum mit Jacob besuchen können, wenn man sie nicht erneut auf die Onkologie-Station verlegt hätte.

Wo blieben die beiden nur?

Das Frühstück war längst abgeräumt, und an diesem Samstag quälte sie die Langeweile mehr denn je. Sie hatte hier nichts, was ihr wirklich die Zeit vertrieb, und es lag ihr nicht, den ganzen Tag dumpf in die Glotze zu starren. Ein paar Bücher oder wenigstens ihr Skizzenblock und ein Bleistift wären schön gewesen. Allerdings hatte daran niemand gedacht, weil sie drei Tage in künstlichem Tiefschlaf gelegen hatte … keine sehr angenehme Erfahrung, wenn einem so viele Stunden fehlten.

Dennoch fühlte sie sich endlich wieder einigermaßen gestärkt, und nun ging sie fast die Wände hoch, weil ihr die Decke auf den Kopf fiel. Wenn sich an diesem Zustand in den nächsten Tagen nichts änderte, würde sie darauf bestehen, nach Hause zu gehen. Die Chemotherapie konnte sie letztlich auch ambulant durchführen.

Unruhig erhob sie sich vom Bett, wanderte zum Fenster und schließlich ins Bad hinüber, wo sie unschlüssig vor dem Spiegel stehen blieb. Prüfend musterte sie sich selbst, rückte näher an das Waschbecken heran und strich sich vorsichtig mit den Fingern über den Haaransatz. Spätestens in der kommenden Woche würden die nächsten Nebenwirkungen einsetzen.

Vielleicht sollte sie sich neben ein paar Kopftüchern auch eine hübsche Perücke zulegen. Heutzutage sahen die Dinger längst nicht mehr so scheußlich aus wie früher, oder?

Sie seufzte genervt. Nicht mal ihr Handy hatte sie dabei, um damit im Internet zu surfen oder irgendjemanden mit ein paar Nachrichten zu bombardieren.

Sie hätte Kimberley anrufen können, um zu fragen, ob sie fündig geworden sei wegen eines Restaurators. Vielleicht wäre die auf einen Kaffee vorbeigekommen.

Kirsten seufzte. Wenn der Krebs sie nicht vorher dahinraffte, würde sie sich ohne weitere Beschäftigung in jedem Fall zu Tode langweilen.

Als ein Klopfen an der Zimmertür erklang, zuckte sie leicht zusammen und kehrte in den Raum zurück, in dem sie sich von der sterilen Atmosphäre zunehmend erdrückt fühlte. Ehe sie etwas sagen konnte, öffnete sich die Tür, und gleich darauf kam ein kleiner, blonder Junge hereingestürmt, der für eine Sekunde im Schritt verharrte, als er das leere Bett sah. Kirstens Herz machte einen aufgeregten Hüpfer.

»Ich bin hier«, sagte sie. Jacob wandte den Kopf, und auf seinem Gesicht erschien ein kaum wahrnehmbares Lächeln. Dann kam er zu ihr gehastet, und Kirsten ging in die Knie, um ihn in die Arme zu schließen. Glücklich drückte sie ihn einen Augenblick an sich. So hatte sie es sich gewünscht, und es fühlte sich vollkommen richtig an.

Jacob war *ihr* kleiner Junge.

Selbst wenn es nichts anderes geben mochte, wofür es sich zu kämpfen lohnte … allein für das Gefühl, ihn zu halten und zu wissen, er freute sich auf seine ganz eigene Art, sie zu sehen, war sie bereit, jede Strapaze auf sich zu nehmen. Ob nun leibliches Kind oder adoptiert, ihm gehörte ihr Herz.

Sie blinzelte, als sie spürte, wie ihr die Tränen den Blick verschleierten. Verstohlen wischte sie sich mit einer Hand über die Augen. Sie wollte Jacob nicht verschrecken, indem sie heulend vor ihm hockte. Ihr Nervenkostüm war doch deutlich angeschlagener als gedacht.

Jeff schloss die Tür hinter sich und sah zu ihnen herüber.

»Ich habe euch schon sehnsüchtig erwartet«, stellte Kirsten fest und löste sich widerstrebend von dem kleinen Jungen. Jacobs zaghaftes Lächeln wurde einen Hauch stärker, dann ging er zu dem Bett hinüber und krabbelte hinauf.

Als Jeff zu ihr trat, fiel Kirsten auch ihm um den Hals. Für eine Sekunde schien er überrascht, dann schlossen sich seine Arme um ihre Gestalt und drückten sie fest an seine breite Brust. Sie atmete tief den vertrauten Geruch ein.

Gott, wie sie das vermisste. Morgens neben ihm aufzuwachen und die Nase an seine Haut zu drücken, während er noch schlief.

»Ich will nach Hause«, entfuhr es ihr. Erschrocken über sich selbst hob sie den Kopf und begegnete seinem warmen Blick.

»Ich würde mir auch wünschen, du würdest wieder daheim schlafen«, gab er leise zurück. Seine Finger strichen zärtlich über ihre Wange und legten sich in ihren Nacken. »Du fehlst mir.« Sanft küsste er ihre Lippen, und Kirsten schmiegte sich enger an ihn. Für einen kleinen Moment rückte die Welt um sie herum in weite Ferne, und sie fühlte sich geborgen in diesem weichen, warmen Kokon, der sie einzuhüllen schien. Dann war es vorbei, und zu ihrer Enttäuschung lösten sich Jeffs Lippen von ihrem Mund. »Ich versuche, später mit einem der Oberärzte zu reden und zu klären, wann die Chance besteht, dass du wieder nach Hause kannst.«

»Okay.« Sie zeichnete mit den Fingern die Linie seines Kinns nach und lächelte ihn an. »Ich fühle mich heute auf jeden Fall schon besser als gestern.«

»Das freut mich zu hören«, gab er zurück, »und wenn ich ehrlich bin, siehst du auch deutlich besser aus als gestern.«

»Der Infekt ist überstanden. Ab jetzt muss ich nur noch gegen den Krebs und die Nebenwirkungen der Chemo kämpfen«, bemerkte sie leichthin. Seine Hand legte sich auf ihre Wange.

»Du bist dabei nicht allein, ich bin bei dir – wenn du willst.«

Stirnrunzelnd musterte sie ihn. Warum erschienen ihr diese Worte so vertraut, als hätte er das schon mal zu ihr gesagt? Sie zuckte unmerklich mit den Schultern. Vermutlich war sie immer noch nicht ganz klar im Kopf, und die Langeweile, die sie in den Stunden ohne ihre Familie quälte, tat wahrscheinlich ihr Übriges.

»Danke.« Rasch küsste sie ihn noch einmal, ehe sie sich zu Jacob umdrehte. Der Junge saß im Bett und musterte die beiden mit deutlich sichtbarem Widerwillen. Die typische Reaktion eines Kindes auf küssende Erwachsene. Kirsten lächelte ihm belustigt zu. »Erzähl, was habt ihr gestern noch getrieben«, forderte sie ihn auf.

»Möchtest du noch etwas trinken?«

Jacob schüttelte den Kopf. Er hockte neben Kirsten auf dem Bett und sah ihr interessiert dabei zu, wie sie sich selbst ein Glas Apfelsaft einschenkte. Vor wenigen Minuten war Jeff zu seinem Gespräch mit Dr. Carter aufgebrochen und hatte die Tür zum Korridor offenstehen lassen, damit die stickige Luft abziehen konnte.

Die Temperaturen wurden langsam unangenehm, und auch das geöffnete Fenster hatte nur wenig Abkühlung gebracht, während sie in ihrem Zimmer gesessen und alle miteinander geredet und gespielt hatten. Mit einem Seufzer lehnte Kirsten sich in die Kissen zurück und betrachtete den Jungen, der es sich neben ihr gemütlich machte und sie ansah.

»Was geht dir durch den Kopf?«, wollte sie wissen.

»Du und Jeff seid ganz oft traurig«, stellte Jacob fest.

Irritiert musterte sie ihn. »Sind wir das?«

»Ja! Ihr werdet dann ganz still und schaut durch mich durch, als würdet ihr etwas ganz anderes sehen. Ich kann fühlen, dass ihr traurig seid, aber ich weiß nicht, wie ich helfen soll.«

»Oh Jacob.« Sie schüttelte den Kopf und strich ihm mit den Fingern über die Wange. »Das darfst du dir nicht zu Herzen nehmen. Wir Erwachsenen sind einfach ein bisschen seltsam. Weißt du, in unseren Köpfen sind ganz viele Informationen, über die wir ständig grübeln, und manche davon machen uns schon mal ein bisschen traurig.«

»So wie Grace?«

Einen Moment lang fühlte Kirsten sich geradezu ertappt. Sie schluckte.

»Wie kommst du darauf?«

»Als wir gestern beim Abendessen zusammensaßen, war sie auch da. Aber sie spricht nie von dir, und wenn doch, dann nennt sie dich nur Kirsten, nie Mom.«

»Das kommt, weil ich nicht ihre Mom bin«, erklärte sie erleichtert. »Jeff und ich sind erst seit fünf Jahren verheiratet. Grace hat er zusammen mit seiner ersten Frau Shannon bekommen, aber die ist leider vor achtzehn Jahren bei einem Autounfall gestorben.«

Jacob verzog nachdenklich den Mund und nickte. Es dauerte eine Weile, bis er wieder sprach.

»Aber eigentlich ist es gut, dass sie gestorben ist. Sonst hätte Jeff dich nicht heiraten können.«

Zerstreut strich sie ihm eine blonde Strähne aus der Stirn.

»Weißt du, ich denke, für Grace wäre es sehr schön und auch wichtig gewesen, wenn sie ihre Mom noch richtig kennengelernt hätte – und Jeff sagt immer, dass er und Shannon sich vermutlich irgendwann hätten scheiden lassen. Dann hätte ich ihn trotzdem heiraten können.«

Jacob pustete sich den blonden Pony aus der Stirn.

»Erwachsensein ist kompliziert«, stellte er mit todernster Miene fest. Kirsten presste die Lippen aufeinander, um nicht zu lachen.

»Ja, dem kann ich nicht widersprechen.«

»Mag sie dich nicht?«

Ihr war klar, wen er meinte, und sie dachte tatsächlich einen Moment über das nach, was zwischen Grace und ihr war. Es hatte einige wenige Tage in ihrem gemeinsamen Leben gegeben, an denen Kirsten sicher gewesen war, alles könnte sich ändern. Aber mittlerweile hatte sie ihre Hoffnungen auf eine Aussöhnung mit ihrer Stieftochter längst begraben.

»Ich weiß es nicht«, erwiderte sie ehrlich. »Ganz zu Anfang, als wir uns kennenlernten, war sie wirklich wütend auf mich.«

»Warum?«

»Nun, ihr Dad und ich haben geheiratet, ohne es ihr vorher zu sagen. Das hat sie sehr verletzt und enttäuscht.«

Jacob nickte verständig.

»Das war nicht nett«, stellte er fest.

»Stimmt, das war es nicht … gar nicht nett. Erwachsene sind manchmal ziemlich blöd.«

Er nickte erneut.

»Aber ihr seid doch schon lange verheiratet. Ist sie immer noch wütend deshalb?«

»Ich glaube nicht, dass es allein daran liegt … aber ich denke, so wirklich verziehen hat sie es uns auch nicht. Grace und ich sind uns nie so wirklich nahegekommen – jedenfalls nicht für längere Zeit.« Seufzend kramte sie ihre Erinnerungen hervor. »Vor gut viereinhalb Jahren haben wir mal alle gemeinsam Urlaub gemacht. Die ganze Familie … wir drei, Jeffs Bruder und seine Eltern, sogar sein bester Freund. Wir sind alle nach Cornwall gefahren und wollten Ferien am Meer machen. Das war wirklich schön. Grace und ich sind uns in diesen Tagen viel näher gekommen. Wir haben zusammen Sandburgen gebaut, gemeinsam gemalt, und abends habe ich ihr vorgelesen, bis sie eingeschlafen ist. Es war wunderbar … aber nach dem Urlaub war das vergessen und sie wieder wütend auf mich.« Mit einem Achselzucken konzentrierte sie ihren Blick auf Jacob. »Ich konnte sie ja nicht zwingen, mich gernzuhaben.«

»Warum war sie wütend?«

»Keine Ahnung, manchmal denke ich, sie hasst mich … und dann wieder nicht. Es wäre vielleicht gut gewesen, wenn wir irgendwann mal über alles geredet hätten, aber sie hat das nie gewollt. Tja, und nun habe ich in den letzten Wochen Mist gebaut und etwas kaputtgemacht, das ihr sehr wichtig war.«

»Kannst du es nicht reparieren?«

»Das will ich versuchen.«

Jacob setzte sich auf, sah auf Kirsten hinab und machte erneut ein sehr ernstes Gesicht.

»Du musst es reparieren und dich entschuldigen.«

Sie lächelte schief. Wie sollte sie ihm auch klarmachen, dass alles viel komplizierter war? Trotz seines Verständnisses und seiner Intelligenz war er ein kleines Kind – eines, das nach einfachen Lösungen suchte.

»Das werde ich tun«, versprach Kirsten. Ein wenig verblüfft ließ sie zu, dass er ihre Hand nahm und zwischen seinen festhielt.

»Magst du sie?«, wollte er wissen.

In Kirstens Kehle bildete sich plötzlich ein klebriger Kloß, und das Bild vor ihren Augen wurde verschwommen. Ein Teil von ihr fürchtete Grace und war froh, wenn ihre Stieftochter sich im College aufhielt – aber der weit größere Teil, dem sie nur selten erlaubte, sich zu melden, vermisste das kleine dreizehnjährige Mädchen, das damals mit ihnen in Cornwall gewesen war.

Ihr ganzes Leben lang hatte sie sich gewünscht, irgendwann eine Tochter zu haben. Sie wusste, dass sie niemals eigene Kinder haben würde, und sie war geradezu euphorisch in ihrer Aufregung gewesen, als sie Jeffs Tochter zum ersten Mal gegenübergetreten war. Es wäre so schön gewesen, wenn Grace ihr eine Chance gegeben hätte, ihr zu zeigen, dass sie ihr nichts hatte wegnehmen wollen.

Als sie nach ihrem Urlaub in Cornwall plötzlich an Masern erkrankt war, war es Kirsten gewesen, die an ihrem Bett gesessen hatte, und sie hatte es gern getan. Sie hatte sich gesorgt und war überglücklich gewesen, als Grace endlich wieder gesund wurde … Und sie war maßlos enttäuscht gewesen, als danach alles wieder beim Alten war und ihre Stieftochter sich von ihr abwandte.

Mit jedem Jahr, das verging, war die Hoffnung in Kirsten geschrumpft, jemals eine Beziehung zu Grace aufbauen zu können.

»Sie ist meine Tochter«, erwiderte Kirsten leise. »Auch wenn ich sie nicht geboren habe und sie mich vermutlich nicht mal leiden kann … Ja, ich mag sie – sehr sogar. Viel mehr, als sie ahnt. Als ich selbst noch ein junges Mädchen war, habe ich mir immer eine kleine Familie gewünscht, wenn ich erwachsen wäre. Ich wollte eine Tochter und einen Sohn, und ich wollte ihnen alles weitergeben, was sie für das Leben benötigen … ihnen immer ein offenes Ohr schenken, wenn sie mit Problemen zu mir kämen. So wie ich es bei meinen eigenen Eltern erlebt habe. Es wäre schön gewesen, wenn Grace in mir nicht die böse Stiefmutter gesehen hätte, die man aus Märchen kennt. Ich habe mir oft gewünscht, die Zeit zurückdrehen zu können, und wir wären wieder in Cornwall.« Bedrückt zuckte sie mit den Schultern. »Aber manchmal soll es eben einfach nicht sein.«

»Vielleicht verzeiht sie dir, und alles wird gut«, bemerkte Jacob. Kirsten lächelte ihn an und legte eine Hand an seine kleine Wange.

»Das wäre schön«, gab sie zurück.

Er legte seine Hand auf ihre und musterte sie sehr lang und sehr prüfend. Sie wollte schon fragen, ob etwas nicht stimme, als er schließlich wieder sprach.

»Wirst du sterben?«

Sie schluckte. Wie viel hatte Jeff ihm erzählt? Und wie viel konnte sie selbst ihm zumuten?

Ehrlich zu sein und dabei eine kindgerechte Erklärung zu liefern, gestaltete sich manchmal schwieriger als gedacht. In diesen Momenten spürte sie ihre fehlende Erfahrung – und sie konnte lediglich ihren Instinkten vertrauen und sich fragen, wie ihre Antwort lauten würde, wenn er ihr leiblicher Sohn wäre.

»Nun ja, irgendwann werde ich sicherlich sterben. Aber ich

hoffe, dass es erst passiert, wenn ich alt und runzelig bin und lauter graue Haare habe.«

»Du bist krank.«

»Ja, Jacob, und ich kann dir nicht sagen, ob ich deshalb sterben werde. Ich will versuchen, dagegen zu kämpfen und wieder gesund zu werden … Wenn wir Glück haben, wird mir irgendwo auf der Welt jemand dabei helfen, und dann können wir vier noch mal von vorn anfangen. Als richtige Familie.«

»*Ich* werde dir helfen«, verkündete er übermütig.

Kirsten lachte, schlang ihm einen Arm um den schlaksigen Leib und zog ihn neben sich aufs Bett. Er gab ein leises Glucksen von sich, das man mit viel Glück als zaghaftes Kichern deuten konnte.

Kirsten sah ihm in die Augen.

»Das tust du doch schon die ganze Zeit, du kleiner Held!«

In Gedanken versunken lief Jeff den Korridor entlang.

Nachdem er eine halbe Stunde hatte warten müssen, hatte Dr. Carter ihn endlich in sein Büro gebeten, und sie hatten ein ausgesprochen ehrliches und offenes Gespräch miteinander geführt.

Dr. Carter war sehr schonungslos gewesen, und der junge Oberarzt hatte Jeff deutlich vor Augen geführt, dass die nächsten Wochen und Monate kein Zuckerschlecken würden. Kirsten benötigte unter allen Umständen einen Stammzellenspender.

Obwohl sie sich gerade etwas besser fühlte, lag ihre Lebenserwartung zum gegenwärtigen Zeitpunkt bei gerade einmal dreißig Prozent. Und sie würde weiter sinken, wenn es niemanden gab, der ihr passendes, gesundes Knochenmark zur Verfügung stellen konnte.

Sosehr es Dr. Carter nach eigener Aussage auch missfiel, musste er Jeff auf die Möglichkeit hinweisen, dass Kirsten sterben würde … und zwar nicht erst in ein paar Jahren, sondern innerhalb der nächsten sechs Monate. Vielleicht würde sie nicht einmal Graces neunzehnten Geburtstag erleben.

Wie dramatisch es tatsächlich um sie stand, war ihm bis zu diesem Zeitpunkt nicht klar gewesen, und Jeff hatte sich einen Moment lang unfähig gefühlt, in irgendeiner Form darauf zu reagieren.

Nach Aussage des Oberarztes sprach grundsätzlich nichts dagegen, dass Kirsten die Therapie von daheim weiterführte – solange sie einige Regeln einhielt. Zudem solle man sich darüber klar sein, dass sie bei einer minimalen Verschlechterung ihres Gesundheitszustandes augenblicklich ins Krankenhaus zurückkehren müsste. Selbst ein Schnupfen könnte ihr Todesurteil sein, solange sie sich in diesem Stadium befand – ein Risiko würde ihr Aufenthalt zu Hause in jedem Fall bedeuten.

Im Anschluss an das Gespräch hatte Jeff sich sehr ernüchtert auf den Rückweg zu Kirsten gemacht und schlenderte nun, mit den Händen in den Hosentaschen, durch den Gang.

Es würde Kirsten nicht gefallen, wenn er ihr vorschlug, noch ein paar weitere Tage hierzubleiben. Sie hatte darauf gehofft, heimzukehren und die Chemotherapie dort durchzustehen. Er war allerdings nicht mehr sicher, ob diese Idee so gut war. Was, wenn ihr irgendetwas passierte? Er bezweifelte, dass Dr. Carter übertrieben hatte, als er meinte, eine harmlose Erkältung könne ihr Ende bedeuten.

Mitten auf dem Korridor blieb er stehen und zögerte weiterzugehen. Zehn Meter bis zu dem Querkorridor, der nach links zum Ausgang und nach rechts zu Kirstens Zimmer führte.

Er wäre am liebsten davongelaufen.

Wie sollte er ihr mit diesem Wissen gegenübertreten? Sie würde sofort merken, dass etwas nicht stimmte, und er brachte es nicht über sich, ihr diese Nachrichten zu überbringen. Nicht jetzt, da sie gerade versprochen hatte, sie wolle versuchen zu kämpfen.

Das war einfach nicht fair!

Verzweifelt strich er sich mit einer Hand über das Gesicht und schüttelte den Kopf. Es musste eine Lösung geben. Verdammt, er betete wirklich, dass einer ihrer Brüder als passender Spender infrage kam.

Er war nicht bereit, aufzugeben und sie einfach kampflos einer Krankheit zu überlassen, die er nicht einmal sehen konnte. Er konnte nicht …

Shannon zu verlieren, hatte ihn traurig gemacht. Natürlich hatten sie sich längst auseinandergelebt, und es hatte viel Streit und Zank zwischen ihnen gegeben, aber ein solches Ende hatte er ihr nicht gewünscht. Umso dankbarer war er gewesen, wenigstens seine Tochter gesund und unverletzt in die Arme schließen zu dürfen.

Aber Kirsten zu verlieren … das ertrug er nicht. Sein Leben würde ohne sie nicht mehr das gleiche sein, und bei dem Gedanken bohrte sich ein namenloser Schmerz in seine Brust, der ihm das Atmen schwer machte.

Er konnte nicht ohne sie existieren.

Als er den Blick hob, vermeinte er für eine Sekunde seine Tochter zu sehen, die den Flur entlanglief und Richtung Ausgang verschwand. Jeff blinzelte irritiert, aber da war die junge Frau bereits um die nächste Ecke gebogen. Großartig, jetzt gaukelte seine Fantasie ihm schon vor, Menschen zu sehen, mit denen er hier ganz sicher nicht rechnen konnte.

Heute Morgen war Grace nicht mal zum Frühstück erschienen, sondern hatte sich damit entschuldigt, dass sie keinen Appetit habe. Er hatte nach dem Frühstück bei ihr geklopft und gefragt, ob es ihr gutgehe. Sie hatte durch die Tür gerufen, er solle sich keine Sorgen machen, sie würde noch lernen und deshalb später frühstücken.

Selbstverständlich war ihm klar, dass die letzten drei Ferienwochen vor ihr lagen und sie langsam begann, sich auf das nächste Semester vorzubereiten. Dass sie dafür allerdings auf ihr Frühstück verzichtete, war neu – und er war ein bisschen enttäuscht, weil er gehofft hatte, vorsichtig anfragen zu können, ob sie mitkommen würde zu Kirsten.

Vielleicht hätte er sie gestern Nacht schon fragen sollen, als sie sich unterhalten hatten. Aber nach Graces letzter Bemerkung war seine Tochter vom Bett gerutscht, hatte ihm eilig eine gute Nacht gewünscht und war verschwunden.

Also hatte er heute Morgen vorsorglich darauf verzichtet, eine

Frage zu stellen, mit der er eventuell wieder breitbeinig im nächsten Fettnapf gelandet wäre. Er wollte keine weiteren Streitereien mit Grace, und er machte sich zunehmend Sorgen, weil sie in letzter Zeit so still und nachdenklich war.

Mit einem Seufzer setzte er sich wieder in Bewegung. Nach einer Zeit, in der er überaus gedankenlos sein Leben gelebt hatte, fühlte er sich im Augenblick doch ganz schön von dem überrollt, was auf ihn einstürmte.

Er musste versuchen, sich nichts anmerken zu lassen und Kirsten eine Ausrede aufzutischen, damit sie noch hierblieb. Zunächst für eine Woche – weil sie gerade erst den Infekt überstanden hatte – und dann würden sie weitersehen.

Für den Bruchteil einer Sekunde war er nicht sicher, was er machen sollte. Als Jacob und er vor einer guten halben Stunde bei Kirsten aufgebrochen waren, schien der Junge relativ gefasst zu sein. Doch als sie das Kinderheim betreten hatten und Jeff sich von ihm verabschieden wollte, krallte der Vierjährige sich plötzlich in sein Hemd, und Jeff konnte die Nässe auf seiner Brust spüren, die Jacobs Tränen auf seinem Hemd hinterließ.

»Hey, ich bin nächste Woche doch schon wieder da«, murmelte er geduldig und strich dem Jungen über das blonde Haar. »Du weißt, wir müssen jetzt beide tapfer sein.«

Jacob nickte, schluchzte leise und holte im nächsten Augenblick schnaufend Luft. Jeff drückte das Kinn in die weichen Haare und schlang dem Kind die Arme um den schmalen Körper. Ein Zittern überlief Jacob, und er presste sein Gesicht noch fester gegen Jeff.

Er konnte spüren, wie sein Hemd langsam durchweichte, und es war ihm gleichgültig. Mit einem Seufzer stand er vom Boden auf, hob Jacob auf die Arme und drückte ihn an sich.

Es tat ihm in der Seele weh, den Junge hierher zurückzubringen, und wäre es nach ihm gegangen, hätte er Jacob noch heute mit heimgenommen und ihn nie wieder gehen lassen.

Diese Woche hatte ihn verändert. Jacob hatte ihn verändert. Es war Zeit, dass seitens der Sozialarbeiterin eine Entscheidung getroffen wurde. Auf Dauer war dieses Hin und Her kein Zustand – und auch Jacob hatte endlich Beständigkeit verdient.

»Ich weiß, wie schwer es Ihnen fällt, sich voneinander zu verabschieden, Mr. MacAllister, aber ich muss Sie jetzt wirklich bitten, Jacob auf Wiedersehen zu sagen.«

Missmutig betrachtete er die junge Angestellte des Kinderheims und nickte. Natürlich hatte sie recht. Noch waren keine Adoptionspapiere unterschrieben und Jacob weiterhin in der Obhut des Staates. Er musste sich an Regeln halten.

Vorsichtig hob er den Kopf des Jungen ein Stück an und sah ihm in die Augen.

»Es tut mir leid, Jacob. Du hast gehört, was sie gesagt hat.«

Das Gesicht nass von Tränen, biss Jacob sich auf die Unterlippe und nickte. Jeff schnürte es die Kehle zu, als er den Kleinen ein letztes Mal fest an sich drückte und ihn schließlich zu Boden setzte. Ein letzter sehnsüchtiger Blick traf Jeff, während Jacob sich widerwillig von der Betreuerin an die Hand nehmen und den Flur entlangführen ließ.

Einen Moment lang rang Jeff um Fassung.

Tatsächlich hatte er nicht damit gerechnet, dass es ihn so plötzlich erwischen würde. Die wenigen Stunden mit Jacob waren intensiv gewesen, und natürlich hatten sie unter der Woche viel Zeit miteinander verbracht. Trotzdem war ihm nicht klar gewesen, wie sehr ihm dieses Kind bereits ans Herz gewachsen war, bis der Moment gekommen war, ihn hier einfach abzugeben.

Er fühlte sich furchtbar.

Furchtbar und wie ein Verräter.

»Mr. MacAllister?«

Überrascht wandte er sich um und sah Mrs. Pinkett vor sich stehen. Die kam ihm gerade recht!

»Gut dass Sie da sind, ich muss mit Ihnen reden«, begann er ohne Umschweife. Sie nickte, ohne eine Miene zu verziehen.

»Ich muss auch mit Ihnen reden, Mr. MacAllister. Kommen Sie doch bitte mit mir in Mrs. Hannigans Büro.«

Fast schon ungeduldig folgte er ihr den Korridor entlang. Als sie die Tür zum Büro der Heimleiterin öffnete, saß diese hinter ihrem Schreibtisch und warf Jeff einen verblüfften Blick zu. Erst im nächsten Moment bemerkte sie Mrs. Pinkett, die hinter ihm den Raum betrat.

Die beiden Frauen nickten einander wortlos zu, und im gleichen Augenblick schien die Temperatur im Raum um mehrere Grad zu sinken. Mrs. Pinkett schloss die Tür und bat Jeff, auf dem Besucherstuhl Platz zu nehmen.

»Ihre Frau ist also krank, Mr. MacAllister?«, wollte sie wissen. Ihm schwante, worauf sie hinauswollte, denn er hatte am Morgen auch die Schlagzeilen auf dem Titelblatt seiner Tageszeitung gelesen. Allerdings würde er den Teufel tun und seine Lüge von Montag zugeben, er war nicht deshalb so erfolgreich in seinem Job, weil er immer nur ehrlich und nett zu allen war. Manchmal musste man seine Karten auf kreative Weise ausspielen, und genau das würde er auch jetzt tun. Angriff war da immer noch die beste Verteidigung.

»Ja, das ist der Grund, warum ich mit Ihnen reden wollte«, log er ungeniert. »Kirsten befindet sich im Krankenhaus. Wir haben anfangs noch geglaubt, es handele sich nur um einen verschleppten Virusinfekt, aber leider hat sich herausgestellt, dass es schlimmer ist.«

»Wie viel schlimmer, Mr. MacAllister?«, fragte die Heimleiterin. Sie wirkte angespannt, und auch Jeff fühlte sich nicht besonders wohl – wenn auch aus anderen Gründen. Das war das erste Mal, dass er es außerhalb seiner Familie und dem medizinischen Personal aussprach. Damit gab er dieser Krankheit endgültig den Raum, den er ihr nicht hatte zugestehen wollen.

Dass er ihr nun nichts davon erzählen konnte, es sei nur ein harmloser Infekt, verstand sich von selbst. In der Zeitung hatte für jeden lesbar gestanden, dass Kirsten im *Royal Marsden Hospital* lag, und die Fachklinik für Krebspatienten war nicht nur in London bekannt.

»Meine Frau hat Leukämie, Mrs. Hannigan.« Er hob entschuldigend die Hände und entschied sich, von dieser Sekunde an bei der Wahrheit zu bleiben. Hier war kein Platz für weitere Lügen und Ausflüchte. »Eine akute Leukämie, die uns vollkommen überrascht hat. Ihr war in den letzten Wochen ständig schlecht, und sie hatte keinen Appetit, aber mit so etwas hat keiner von uns gerechnet.«

»Es tut mir sehr leid, Mr. MacAllister.« Die Sozialarbeiterin nahm auf dem Stuhl neben ihm Platz und musterte ihn eindringlich. »Ich schätze Ihre Frau sehr und bedaure zutiefst, dass sie so krank geworden ist. Haben Sie schon Informationen, wie es weitergeht und wie groß ihre Überlebenschancen sind?«

Es war nur fair gegenüber Jacob, wenn er die beiden Damen tatsächlich über das informierte, was los war. Letztlich würde der Junge vermutlich seinen Betreuerinnen von dem erzählen, was er von gestern auf heute erlebt hatte.

Mit weiteren Lügen war hier nichts zu gewinnen, und aus der unangenehmen Situation hatte er sich zumindest hinausgewunden.

»Wir hoffen, dass wir einen Stammzellenspender finden. Meine Frau hat glücklicherweise eine große Familie, und ihre acht Brüder werden sich alle typisieren lassen, um diese Möglichkeiten auszuschöpfen.« Jeff holte tief Luft und sah Mrs. Pinkett geradewegs in die Augen. »Aber ich möchte ehrlich zu Ihnen sein – wenn es keinen Spender gibt, stehen die Überlebenschancen für meine Frau eher schlecht.«

Die dunkelhäutige Frau nickte verständnisvoll.

»Ich weiß, dass Ihnen vielleicht im Augenblick gar nicht der Sinn danach steht, aber ich muss Sie das trotzdem fragen –«

Er fiel ihr ins Wort: »Wir möchten Jacob auch weiterhin adoptieren.«

Tatsächlich wirkte sie verblüfft. Den Kopf schiefgelegt, lehnte sie sich in ihrem Stuhl zurück.

»Nun, ich bin natürlich froh, das zu hören, Mr. MacAllister. Aber sind Sie sich dessen völlig sicher?«

Jeff sah durch sie hindurch und dachte zurück an den Moment, als er Jacob abgesetzt hatte und dieser zögernd der Betreuerin gefolgt war. Es hatte sich angefühlt, als würde er seinen eigenen Sohn einer wildfremden Frau anvertrauen, ohne zu wissen, was aus ihm würde.

Nein, er war sich nicht sicher – er *wusste* einfach, dass Jacob zu ihrer Familie gehörte … und Jacob würde Kirsten die Kraft geben, auch dann zu kämpfen, wenn sich kein Stammzellenspender finden würde. Irgendwie würden sie das alles überstehen, ganz gleich, wie lang es dauerte.

»Ja, wir sind uns sicher«, erwiderte er leise. Das Reden fiel ihm plötzlich schwer, und es war ihm ausgesprochen unangenehm, dass sein Blick verschwamm und er Mrs. Pinkett nicht in die Augen sehen konnte. »Mir ist klar, dass unsere Chancen unter diesen Umständen vermutlich rapide sinken, und ich weiß, dass Jacob eine Familie verdient hat, die auch in den nächsten Jahren intakt ist und funktioniert. Ich kann nicht sagen, ob meine Frau überlebt und den Krebs besiegen kann – ich weiß nur, dass Jacob ihr die Kraft gibt zu kämpfen und dass sie ihn jetzt schon liebt wie ein eigenes Kind.«

»Was ist mit Ihnen, Mr. MacAllister?«

»Er ist *mein* Junge.« Wie sollte er sonst sagen, was er für diesen kleinen Kerl empfand? Er war nicht einmal in der Lage, der Frau, die er liebte, zu sagen, *dass* er sie liebte. Seine Augen brannten, und Jeff heftete seinen Blick auf den Boden vor sich. Es sich selbst einzugestehen, schnürte ihm bereits die Luft ab. Er hatte keine Ahnung, ob er das Kirsten jemals würde gestehen können.

»Ich danke Ihnen für Ihre Offenheit, Mr. MacAllister.« Mrs. Pinketts Hand legte sich auf seine, und er hob widerstrebend den Blick. »Sie verstehen sicherlich, dass wir diese Informationen nun auch erst einmal verarbeiten müssen. Geben Sie uns bitte ein paar Tage Bedenkzeit, um zu entscheiden, wie es mit Jacob weitergeht. Unabhängig davon, dass auch mich das Schicksal Ihrer Frau sehr berührt, muss ich mit meinen Kolleginnen gemeinsam beraten, welchen Weg Jacob für seine Zukunft einschlagen soll.«

Jeff schluckte.

Das waren genau die Worte, die er natürlich nicht hatte hören wollen. Doch die beiden Frauen anzulügen, nachdem die Zeitungen sich bereits in wilden Spekulationen ergangen hatten, war nicht infrage gekommen.

Wenn man ihnen den Umgang mit Jacob künftig untersagen würde, um ihn an eine andere Familie zu vermitteln, würde es Kirsten das Herz brechen … und er wusste mit Bestimmtheit, dass sie sich selbst spätestens in dem Moment aufgeben würde, wenn sie die Wahrheit bezüglich ihrer Überlebenschancen erfuhr.

»Ja, ich verstehe«, entgegnete er leise, »aber vergessen Sie bitte nicht, auch Jacob zu fragen, was er sich wünscht.«

»Keine Sorge, Mr. MacAllister, das werden wir.«

Die Sonne brannte unbarmherzig vom Himmel, und die Menschen, die sie draußen auf den Straßen erkennen konnte, schienen sich deutlich langsamer als sonst zu bewegen. Ihr Mittagessen stand immer noch unberührt neben dem Bett, weil sie keinen Bissen herunterbekam.

Nachdem Jeff und Jacob gegangen waren, hatte sie sich begeistert mit dem Skizzenblock, den Jeff ihr mitgebracht hatte, ins Bett gesetzt und begonnen, ein paar Zeichnungen anzufertigen. Der restliche Vormittag war nur von der Schwester unterbrochen worden, die ihre Infusion und ihre Werte überprüft hatte, und dem Besuch von Dr. Carter, der ihr einige aufmunternde Worte geschenkt und das Versprechen abgenommen hatte, dass sie auch künftig tapfer bleiben solle.

Sein Auftritt war ein wenig befremdlich gewesen, aber sie hatte ihn rasch wieder vergessen und sich weiter ihren Zeichnungen gewidmet. Jacobs Gesicht floss wie von selbst durch den Bleistift auf das Blatt Papier, dazu Jeff, der lachte und einen gelösten Jacob auf seinen Knien wippen ließ. Sie wollte nichts mehr, als diese kleine Idylle auf ewig einfangen.

Je mehr sie ihren Mann porträtierte, desto größer wurde die Sehnsucht, und irgendwann hatte sie festgestellt, dass sie Jeff und sich selbst gemalt hatte. Einander zugewandt, seine Hand an ihrem

Hals, sich nähernd zu einem Kuss – es war die Skizze eines alten Fotos. Ein Schnappschuss, den Ray damals in Cornwall am Strand von ihnen gemacht hatte und der ihr vor Wochen in die Finger gefallen war. Kirsten seufzte … Sie vermisste Jeff schmerzlich und wollte nichts mehr, als endlich heimzukommen.

Er hatte recht, sie konnten das alles gemeinsam überstehen.

Sie hatte den Block beiseitegelegt und war ins Bad gegangen, um sich frischzumachen – Minuten bevor das Mittagessen gebracht wurde –, und während sie sich die Haare bürstete, spürte sie die ersten dünnen Strähnen zwischen ihren Fingern, die ins Waschbecken fielen.

Als die Schwester das Essen hereinbrachte, hatte Kirsten sich zu einem Lächeln gezwungen und der gutgelaunten jungen Frau zugenickt. Allerdings war ihr Appetit wie weggeblasen. Sie hatte frühestens in der nächsten Woche damit gerechnet, dass ihr die Haare ausfallen würden.

An Essen war so wenig zu denken wie daran, mit ihren Zeichnungen weiterzumachen. Die Gedanken schwirrten in ihrem Kopf, und sie war mitsamt ihrem Infusionsständer zu dem Fenster hinübergewandert, hatte sich einen Stuhl herangezogen und darauf zusammengekauert. Für den Moment wünschte sie sich nichts mehr, als dass in ihrem Kopf endlich Ruhe herrschte und sie nicht ständig das Gefühl hatte, ihr Schädel würde jeden Moment platzen.

War es nicht schon genug, dass sie noch eine weitere Woche hierbleiben musste? Mussten ihr jetzt schon die Haare ausgehen? Sie hatte so sehr gehofft, noch ein wenig Zeit zu haben … nur ein paar Tage. Das war nicht fair.

»Kirsten?«

Erschrocken zuckte sie zusammen, als sie die Stimme ihres Mannes hinter sich hörte.

Er war schon zurück?

»Ich bin hier«, murmelte sie. Seine Anwesenheit hüllte sie ein, als er neben sie trat und sich zu ihr herunterbeugte, um sie auf den Scheitel zu küssen. Im gleichen Moment kamen ihr die Tränen.

»Hey, was ist denn los, Schatz?« Jeff zog sich einen zweiten Stuhl heran, nahm neben ihr Platz und griff nach ihren Händen. Als sie das Kinn auf die Brust drückte, schob er seine Finger darunter und hob ihren Kopf ein Stück an. »Rede mit mir, Kirsten.«

»Mir fallen die ersten Haare aus.«

»Damit haben wir doch gerechnet«, entgegnete er ruhig.

»Aber erst nächste Woche«, flüsterte sie. Ihre Stimme zitterte. »Es sind gerade mal fünf Tage vergangen seit der ersten Chemotherapie, und die habe ich noch nicht mal bewusst erlebt, weil ich die meiste Zeit geschlafen habe. Das ist so unfair.«

»Ach Kirsten.« Er stand auf, zog sie von ihrem Stuhl hoch und schloss sie in die Arme. Schluchzend drückte sie sich an ihn und presste das Gesicht in sein Hemd. »Schatz, ich weiß, dass es nicht fair ist, aber wir können nichts am Verlauf der Dinge ändern. Manches müssen wir einfach akzeptieren.« Als sie den Kopf hob, sah er ihr mit einem Lächeln ins Gesicht. »So wie ich akzeptieren muss, dass mir mein Hemd heute zum zweiten Mal vollgeheult wird.«

»Wieso …«

»Jacob hat geweint, als ich ihn ins Kinderheim zurückgebracht habe.«

»Oh nein.« Ihr kamen noch mehr Tränen, und sie wollte von ihm abrücken, um sein Hemd nicht auch zu ruinieren, aber er küsste sie auf die Stirn und drückte sie wieder an sich.

»Hey, es ist okay. Ihr dürft mich vollheulen, so viel ihr wollt, alle beide. Für mich hat es sich auch nicht gut angefühlt, ihn dort zu lassen.«

»Du magst ihn«, stellte sie fest und betrachtete seine Kinnpartie. Jeffs Lächeln wurde noch ein bisschen breiter … und seltsam traurig.

»Ja, ich mag ihn. Du hattest recht, ich konnte nur gewinnen.« Erleichtert legte sie die Wange an seine Brust und lauschte einen Moment lang seinem wummernden Herzschlag. Ihre eigenen

Probleme schienen plötzlich wesentlich kleiner, da sie wusste, dass er endlich bereit war, Jacob als Teil ihrer Familie zu akzeptieren. Damit erfüllte sich ihr ein großer Wunsch. »Aber ich muss dir etwas beichten, worüber ich nicht sehr glücklich bin … und ich weiß nicht, ob es unsere Chancen minimiert, Jacob zu uns zu nehmen.«

Irritiert sah sie ihn an. »Was meinst du?«

Er schob sie auf den Stuhl zurück und nahm ihr gegenüber Platz. Seine Miene war bedrückt, als er ihre Hände in seine nahm.

»Dein Name war heute Morgen in etlichen Zeitungen auf dem Titelblatt – irgendjemand hat darüber geplaudert, dass du hier im Krankenhaus liegst. Ich hatte ein Gespräch mit Mrs. Pinkett und Mrs. Hannigan und musste sie darüber aufklären, wie krank du wirklich bist. Sie baten um Bedenkzeit wegen der Adoption.«

Kirsten schloss die Augen und atmete tief ein.

Es war unabwendbar. Irgendwann wäre es ohnehin herausgekommen, und vielleicht war es besser so, dass sie es jetzt erfuhren und nicht zu einem späteren Zeitpunkt. Es fiel ihr schwer, die Leere zu ignorieren, die sich in ihr breitmachte.

Sie wusste nur zu gut, was Jeffs Worte bedeuteten. Die Chancen, dass Jacob Teil ihrer Familie wurde, sanken damit rapide. Aus dem Augenblick Glück, den sie Sekunden zuvor noch empfunden hatte, wurde plötzlich etwas, das in ihren Augen brannte und ihr schwere Steine in den Magen legte.

»Es tut mir leid.«

Sie hob den Blick und sah ihn an.

»Entschuldige dich nicht. Das ist nicht deine Schuld«, gab sie zurück. »Wenn wir mal ehrlich sind, hätten sie es doch irgendwann erfahren, und vielleicht ist es besser so.«

»Ich wünsche mir auch, dass wir Jacob zu uns nehmen können«, beteuerte er. »Nach dieser Woche habe ich endlich verstanden, was du fühlst.«

Sich vorbeugend, legte sie ihm beide Hände um das Gesicht und sah ihm in die Augen.

»Das ist viel mehr, als ich erwartet habe«, flüsterte sie. »Ich bin so froh, dass du ihn ins Herz geschlossen hast.« Mit einem Seufzer küsste sie ihn auf die Lippen. Ihre Stimme zitterte, als sie wieder sprach: »Tust du mir einen Gefallen?«

»Welchen?«

Tief durchatmend kämpfte sie gegen die Tränen, die erneut in ihr emporstiegen.

»Würdest du mir den Kopf rasieren?« Für einen kurzen Moment starrte er sie fassungslos an. »Ich weiß, das ist viel verlangt, aber … ich möchte nicht, dass es jemand Fremdes tut.«

Jeff schluckte sichtlich, und sein Blick glitt zwangsläufig über ihre roten Locken.

»Bist du wirklich sicher, dass du das willst?«, fragte er.

Kirsten lachte erstickt auf. »Nein, aber ich will nicht warten, bis ich nur noch hier und da ein paar Haare auf dem Kopf habe und aussehe wie ein zerrupftes Huhn.«

Er fuhr sich mit einer Hand über das Kinn, ehe er nickte.

»Also gut, dann muss ich eine Schere besorgen.«

»Musst du nicht. Wir sind hier schließlich in einer Fachklinik.« Mit einem bitteren Lächeln auf den Lippen stand sie auf und ging zu dem Wandschrank hinüber, aus dem sie eine Box fischte. »Das ist der Vorteil, wenn man Privatpatient ist – man bekommt die Extras inklusive.« Als sie das Päckchen öffnete, kamen Scheren, Kämme und ein Haarschneidegerät zum Vorschein.

Jeff hob den Kopf und musterte Kirsten einen Moment lang.

»Okay, Lady, dann auf in den Kampf … Möchtest du, dass ich dir ein Muster in deine neue Frisur rasiere?«

Kirsten gab ein leises Lachen von sich, setzte sich auf seinen Schoß und drückte ihm einen Kuss auf die Lippen.

»Ich nehme alles, was dir auch gefällt.«

DER ERSTE SCHNITT WAR IHM UNENDLICH SCHWERGEFALLEN.

Sie hatten Kirstens erdbeerblonde Haare zu einem Zopf im Nacken gebunden, den er schließlich abgeschnitten hatte. Zurück blieb ein wilder, unsymmetrischer, kurzer Lockenkopf, der ihm erstaunlich gut gefallen hatte.

Dennoch hatte sie darauf bestanden, dass er auch diesen Rest abrasierte, und hatte sich dafür rittlings auf einen Stuhl gesetzt. Also hatte er mit dem Haarschneidegerät und wildem Herzklopfen hinter ihr Aufstellung genommen und schließlich Bahn für Bahn die Locken von ihrem Kopf rasiert, bis nichts mehr da war außer einer letzten Schicht kurzer Stoppeln.

Ein sehr ungewohnter Anblick, sie so *nackt* zu sehen.

Trotz allem war sie wunderschön, als sie aufstand, um in den Spiegel zu sehen. Zum ersten Mal lenkte nichts mehr von ihrem hübschen, herzförmigen Gesicht mit den vollen Lippen und den großen, grauen Augen ab. Mit der Schneidemaschine in der Hand blieb er stehen, wo er war, und starrte sie an, als sähe er sie zum ersten Mal.

Während sie mit dem Rücken zu ihm stand und ihr Spiegelbild betrachtete, konnte er sehen, wie sie ein Zittern überlief. Keine Sekunde danach schlug sie die Hände vors Gesicht und schluchzte haltlos.

Jeff legte die Maschine auf dem Stuhl ab, ging zu Kirsten hinüber und zog sie schweigend an sich. Ihre Arme schlangen sich um seinen Körper, und sie drückte ihr Gesicht an seine Brust. Er lächelte still in sich hinein. Das wäre dann heute das dritte Mal, dass ihm das Hemd vollgeheult wurde.

Geduldig ließ er sie weinen und wartete, bis die Schluchzer leiser wurden. Dann schob er sie ein Stück von sich fort, nahm ihr Gesicht zwischen seine Hände und sah ihr in die rotgeränderten Augen.

»Du bist immer noch wunderschön«, stellte er fest. Er hatte die Worte kaum ausgesprochen, als ihr schon wieder die Tränen über das Gesicht liefen. Vehement schüttelte sie den Kopf.

»Nein … nein, bin ich nicht«, erwiderte sie verschnupft. »Sieh mich doch an. Ich sehe scheußlich aus, und das liegt nicht allein an den Haaren, die jetzt weg sind. Überall schauen irgendwelche Knochen raus, und ich sehe aus wie ein Skelett.«

»Kirsten …«

»Nichts an mir ist noch weiblich und sexy, du wirst mich nie wieder anfassen wollen.«

»Kirsten!«

Als sie zum nächsten Redeschwall ansetzen wollte, zog er sie an sich und verschloss ihr den Mund mit seinen Lippen. Nach kurzem Zögern schlang sie ihm die Arme um den Hals und erwiderte den Kuss mit unbestreitbarer Erregung.

Er hatte fast ein wenig Probleme, sich von ihr loszumachen.

Atemlos lächelte er sie an und bemerkte zufrieden, dass ihre Wangen sich tiefrosa färbten. Fast verlegen begegnete sie seinem Blick.

»Du willst mich nicht?«, fragte sie. Mit einem Seufzer schüttelte er den Kopf und griff nach ihrer Hand. Sanft schob er ihre Finger zu seinem Schritt hinunter, wo sich eine deutliche Wölbung abzeichnete.

»Fühlt sich das an, als würde ich dich nicht wollen?«, fragte er zurück.

Ihre Gesichtsfarbe intensivierte sich, aber ihre Finger blieben, wo sie waren. Interessiert musterte er sie und strich mit einer Hand über ihre kurzen Stoppeln.

»Du siehst sehr ungewohnt aus«, gab er zu, »aber für mich bist du immer noch wunderschön, begehrenswert und sexy.« Er hauchte ihr einen Kuss auf die Nase. »Du ahnst nicht, wie gern ich dich berühren und deine Haut küssen möchte. Du fehlst mir, und ich vermisse den Sex mit dir, aber ich will nichts überstürzen.« Zärtlich griff er nach ihrer Hand, die nicht ohne Erfolg versuchte, ihn weiter zu stimulieren. Rasch zog er ihre Hände an seine Lippen und küsste ihre Fingerknöchel. »Wir werden uns noch ein bisschen in Geduld üben müssen, damit du wieder zu Kräften kommst.«

»Wir könnten es langsam machen«, schlug sie vor.

Jeff lachte rau. »Das werden wir, und wir lassen uns viel Zeit«, versprach er. »Aber erst, wenn du wieder ein bisschen stärker und gesünder bist.«

»Was ist, wenn ich nächste Woche schon sterbe?«, scherzte sie.

Er spürte einen tiefen Stich in seiner Brust und zwang sich zu einem Lächeln, als er sie erneut an sich zog.

»Dann werden wir die letzten vierundzwanzig Stunden nur im Bett verbringen«, erwiderte er. Mit funkelnden Augen zog sie seinen Kopf zu sich heran und küsste ihn erneut.

11

»Nur damit du es weißt, ich bin immer noch dagegen!«

»Das habe ich auch schon die letzten fünf Mal verstanden.«

Verärgert legte Jeff den ersten Gang ein, manövrierte den Lexus aus der Parklücke und warf Kirsten, die auf dem Beifahrersitz saß, einen genervten Blick zu.

Dieses dickköpfige Weib!

Erst letzte Woche Samstag hatte er ihr den Kopf rasiert, und heute hatte sie sich auf eigene Faust aus dem Krankenhaus entlassen. Er war aus allen Wolken gefallen, als sie ihn an diesem Sonntagmorgen angerufen und gebeten hatte, sie nach Hause zu holen.

Auf dem Weg zu ihr war ihm Dr. Philipps im Krankenhauskorridor begegnet, und Jeff hatte aufgeregt von ihm erfahren wollen, warum sie eine todkranke Patientin entließen. Der Oberarzt hatte ihm mit säuerlicher Miene erklärt, dass diese Entscheidung letztlich bei dem Patienten liege. Er habe Kirsten erklärt, welches Risiko sie einginge – aber sie war der Ansicht, zwei Wochen im Krankenhaus seien genug.

Also habe sie darauf bestanden, die Chemotherapie ambulant von zu Hause weiterzuführen und in gewohnter Umgebung zu leben – oder zu sterben. Niemand könnte sie letztlich zwingen, im Krankenhaus zu verbleiben, es sei denn, Jeff würde sie als ihr Ehemann entmündigen und entsprechend zwangseinweisen lassen.

Wenn er ehrlich war, hatte dieser Gedanke durchaus verlockend geklungen. Auf der anderen Seite war die Woche schon hart genug gewesen für sie.

Nach der zweiten Chemotherapie am Montag war es ihr erneut schlecht gegangen, und er sah, wie schwer es ihr fiel tapfer zu bleiben. Er hatte sie noch nie so viel weinen sehen, und dass man ihm am Montag den Besuch bei Jacob verweigert hatte, tat sein Übriges. Die Sozialarbeiterin hatte ihm am Telefon erklärt, dass man sich noch berate und eine Entscheidung im Laufe der kommenden Woche fallen werde.

Kirsten hatte ihre Hoffnungen längst begraben, den Jungen wiederzusehen, und schien seither mehr und mehr abzubauen.

Als er ihr Zimmer betreten hatte, wartete sie bereits in Jogginganzug und Turnschuhen darauf, dass er sie mitnahm. Noch bevor sie die Onkologie-Station hinter sich gelassen hatten, begannen sie bereits darüber zu streiten, ob Kirstens Dickkopf in diesem Fall angebracht war. Im Wagen war die Diskussion weitergegangen, aber Kirsten blieb stur wie ein Panzer und bestand darauf, nach Hause zu fahren.

Ihm war keine andere Wahl geblieben, als sich schließlich hinter das Steuer zu setzen und loszufahren.

»Ich hätte dich gestern auf dem Krankenbett flachlegen sollen, dann hättest du heute nicht solche Flausen im Kopf«, bemerkte er grimmig.

Sie schenkte ihm ein bezauberndes Lächeln.

»Das kannst du heute gerne zu Hause nachholen«, erwiderte sie. Restlos frustriert fädelte er sich in den Verkehr ein und ignorierte sie auf den nächsten Metern. Sex gab es schon seit drei Wochen nicht mehr, und obwohl es ihm wirklich fehlte, war der Gedanke daran befremdlich.

Verdammt, sie war todkrank, und er wollte sie vögeln?

Das passte einfach nicht zusammen.

»Warum willst du mich nicht zu Hause haben?«, wollte sie nach einer Weile wissen. Er warf ihr einen bösen Seitenblick zu, ehe er wieder geradeaus starrte.

»Verdreh mir nicht die Worte im Munde, du weißt, dass ich dich zu Hause haben will. Aber nicht so … Es liegt doch auf der Hand, dass du noch gar nicht wirklich in der Lage bist, auf eigene Faust Entscheidungen dieser Art zu treffen. Du hast nicht einfach nur eine Grippe überstanden, Kirsten. Du bist schwer krank.«

»Ja, ich weiß … und vielleicht habe ich nur noch ein paar Monate – davon will ich nicht die Hälfte in einem sterilen Krankenzimmer verbringen.«

Fast hätte er mitten im fließenden Verkehr eine Vollbremsung hingelegt. Stattdessen lenkte er geistesgegenwärtig den Wagen an die linke Seite und sah sie fassungslos an.

»Du weißt es?«, wollte er wissen.

Kirsten lächelte ihm müde zu.

»Natürlich. Ich bin ja nicht blöd – ich habe einen Blick in meine Krankenakte werfen können, als ich gestern in Dr. Philipps' Büro auf ihn gewartet habe.«

»Du warst an seinem Computer?«

Achselzuckend schnitt sie eine Grimasse. »Nur am Monitor. Meine Akte befand sich bereits geöffnet auf dem Bildschirm, das war geradezu eine Einladung. Ich wollte wissen, was los ist – sonst erzählt mir ja niemand was, weil alle meinen, mich schonen zu müssen.«

»Wenn ich mich recht erinnere, warst du vor nicht allzu langer Zeit nicht mal bereit zu kämpfen.«

Ihr Lächeln erlosch. »Ich weiß, Jeff, aber zu dem Zeitpunkt war ich mir auch nicht klar darüber, dass mein Kampf nur kurz werden würde.«

Er spürte, wie ihm die Gesichtszüge entgleisten.

»Was soll das heißen?«

»Es bedeutet, dass ich bereit bin, mich durch die Therapie zu quälen, wenn es einen Stammzellenspender geben sollte. Aber es bedeutet auch: Wenn es keinen gibt – will ich diese Zeit so intensiv wie möglich nutzen und nicht mehr damit verschwenden, gegen etwas zu kämpfen, das unausweichlich ist.«

Verzweifelt umklammerte er das Lenkrad mit beiden Händen. Der Schmerz in seiner Brust verwandelte sich in tobendes Feuer. Den Blick auf die Armaturen gerichtet, ohne etwas zu sehen, schüttelte er den Kopf.

»Tu mir das nicht an, Kirsten«, flüsterte er. Er spürte, wie sie sich ihm zuwandte.

»Was meinst du?«

»Als du im Koma gelegen hast, habe ich dir versprochen, dass ich mit dir kämpfen werde. Ich bin bereit, alles auf mich zu nehmen, wenn du nur nicht aufgibst … Aber tu mir das nicht an und nimm es einfach hin, ohne dich dagegen zu wehren.«

»Du hast neulich selbst gesagt, dass wir manche Dinge einfach akzeptieren müssen und an ihrem Verlauf nichts ändern können.«

»Dabei ging es um deine Haare, Kirsten, nicht um dein Leben.«

Sich vorbeugend legte sie ihm eine Hand auf den Arm.

»Manchmal gewinnt man, manchmal verliert man, Jeff.«

Sein Blick war verschleiert, als er den Kopf hob und sie ansah.

»Ich kann das nicht akzeptieren … Ich *will* es nicht akzeptieren. Verstehst du denn immer noch nicht, dass ich nicht ohne dich leben kann?«

»Jeff …«

»Begreif doch endlich, dass mir völlig egal ist, ob du mit deinen schönen Locken oder einer Glatze durchs Leben läufst. Für mich bist du nicht nur im Abendkleid eine wunderschöne, begehrenswerte Frau. Ich bete dich auch an, wenn du mit vom Weinen verquollenen Augen und in einem alten Jogginganzug auf dem Sofa sitzt. Du bist mein Leben, Kirsten.«

»Was redest du denn da?«, fragte sie kleinlaut.

Er drehte den Autoschlüssel um, wandte sich ihr im Sitz zu und legte eine Hand in ihren Nacken, um ihr in die Augen zu sehen.

»Ich habe mir vor achtzehn Jahren geschworen, meine Gefühle nie wieder vor jemandem zu offenbaren. Als wir uns kennenlernten, dachte ich, eine Zweckgemeinschaft in Verbindung mit Sympathie und gutem Sex wäre die ideale Voraussetzung für eine Ehe … Aber ich habe mich geirrt. Ich habe mich geirrt und erst jetzt begriffen, was ich dadurch alles verloren habe, was *wir* verloren haben.« Ihre Unterlippe zitterte verdächtig, während er sie musterte und in seiner Rede fortfuhr. »Ich habe dir niemals gesagt, dass ich … dass ich dich liebe – und dass mir diese Gefühle genauso Angst machen wie der Gedanke daran, nicht mehr jeden Morgen neben dir aufwachen zu dürfen. Wenn ich dich anflehen muss, werde ich es tun – doch ich bitte dich inständig: Kämpfe, Kirsten, kämpfe … Ich tu alles, damit es dir besser geht – aber gib nicht einfach auf.«

»Du liebst mich?«

Ihre Stimme war nur ein leises Piepsen. Er holte tief Luft.

»Mehr als alles andere auf dieser Welt.«

Sie schluchzte auf, schlang ihm die Arme um den Hals, und er spürte ihre kalten Lippen an seiner Wange. Er verzog den Mund.

»Ich hatte gehofft, es würde dich froh stimmen und nicht zum Weinen bringen«, bemerkte er unbehaglich. Sie löste sich ein Stück von ihm, strich mit den Fingern über sein Gesicht und betrachtete ihn, als wäre er das achte Weltwunder.

»Ich *bin* froh«, beteuerte sie unter Tränen, »ich bin froh! Und du machst mich gerade zur glücklichsten Frau auf dieser Welt, weil ich dir nach all der Zeit endlich sagen kann, dass ich dich auch liebe.«

Gelöst zog er sie näher. »Dann war es das Risiko wert, es dir zu sagen.«

»Oh Jeff, ich habe so lang darauf gehofft und doch nicht gewagt, daran zu glauben.« Aufschluchzend senkte sie den Blick. »Als du gesagt hast, du hättest Carolyne geküsst, dachte ich, ich hätte nun alles verloren.«

Seufzend ließ er sie los, entfernte seinen Sicherheitsgurt und stieg aus dem Wagen. Mit wenigen Schritten umrundete er den Lexus, öffnete die Beifahrertür, befreite Kirsten von ihrem eigenen Sicherheitsgurt und zog sie aus ihrem Sitz, um sie in die Arme zu schließen und an sich zu drücken.

»Ich wünschte, es hätte diesen Moment der Schwäche nie gegeben«, raunte er an ihrem Hals. »Du hast nichts verloren, Kirsten.

Alles, was ich habe, alles, was ich bin, gehört nur dir.« Er sah sie an. »Versprich mir, es nicht einfach kampflos hinzunehmen.«

»Vielleicht wird der Kampf vergebens sein«, warf sie ein.

»Vielleicht … aber ich bin nicht der Mann, der ich bin, um einfach vorher schon aufzugeben. Ich muss fünf Jahre nachholen, in denen ich dir täglich hätte sagen sollen, wie sehr ich dich liebe.«

Die Tränen liefen ihr erneut über das Gesicht, trotzdem lächelte sie ihn an.

»Okay, ich verspreche es dir.«

Eine Hand hochgehoben, hielt er ihr den kleinen Finger hin.

»Schwörst du es?«

Kirsten lachte glücklich, verschränkte ihren kleinen Finger mit seinem und sah ihm in die Augen.

»Großes Indianerehrenwort!«

»Wie fühlst du dich?«

»Ganz okay«, erwiderte sie. Schläfrig schloss sie die Augen und ließ ihre Gedanken schweifen.

Der Sonntag war ruhig verlaufen, und Kirsten hatte zum ersten Mal wieder mit Appetit und großem Hunger Maggies wunderbares Essen genossen. Von Grace hatte sie nichts gesehen, da diese den ganzen Tag mit einer Freundin unterwegs gewesen und erst irgendwann in der Nacht heimgekommen war.

Um diese Zeit hatten Jeff und sie im Bett gelegen und geredet … endlos geredet. Es war schön gewesen, aber wenn sie ehrlich war, hätte sie sich in der Nacht, in der sie endlich wieder zu Hause war, mehr gewünscht.

Insbesondere, nachdem er ihr gesagt hatte, dass er sie liebe.

Sie lächelte still in sich hinein. Das machte plötzlich so vieles leichter und ihr Leben wieder wirklich. Nachdem sie am Samstag in diesem verdammten Computer gelesen hatte, dass ihre Überlebenschance bei gerade dreißig Prozent lag und man ohne Stammzellentherapie damit rechnete, dass sie innerhalb der nächsten zwei Quartale versterben würde, war sie in ein Loch gefallen.

Sie hatte sich die halbe Nacht die Augen aus dem Kopf geweint. Doch irgendwann war dann die Frage in ihr aufgekeimt, ob sie sich die nächsten Wochen tatsächlich in ihrem Selbstmitleid vergraben wollte.

War dies das Ende, das sie sich wünschte?

Nein.

Also hatte sie den Entschluss gefasst, dass sie die Zeit, die ihr blieb, nutzen und ihr Leben noch genießen wollte. Wäre es nach ihr gegangen, hätten sie die letzte Nacht nicht nur redend miteinander verbracht.

Sie war aufgeregt und voller Sehnsucht. Und sie war neugierig darauf, ob es anders sein würde, nun da sie wusste, was er empfand.

Allerdings machte Jeff ihr ziemlich deutlich klar, dass er gerade jetzt davor zurückschreckte, auf ihre Annäherungsversuche einzugehen. Mehr als sie in die Arme zu nehmen und festzuhalten, brachte er zu diesem Zeitpunkt noch nicht über sich. Krebs und Sex waren etwas, das für ihn nicht wirklich zusammenpasste – er hatte schlichtweg die Befürchtung, ihr damit noch mehr zu schaden.

Dass er sie nun allerdings übervorsichtig behandelte, nervte Kirsten bereits nach den ersten vierundzwanzig Stunden.

Also hatte sie versucht, sich in Geduld zu üben und es zu genießen, einfach nur neben ihm zu liegen. Sie spürte seinen Atem, der ihr Ohr streifte, seine Arme, die sie festhielten, und seinen großen, warmen Körper, der sich an ihre komplette Rückseite schmiegte. Es war wunderbar gewesen, geborgen in seiner Nähe einzuschlafen.

Endlich wieder daheim.

Als sie heute Morgen gespürt hatte, dass sein Körper nicht so leidenschaftslos auf sie reagierte, wie Jeff gern vorgab, hatte sie Hoffnung geschöpft, dass er sich nicht mehr lange sträuben würde. Tatsächlich hatte sie sogar darüber gegrübelt, ihre letzten Hemmungen über Bord zu werfen und ihn zu verführen, während er noch schlief.

Leider war er im nächsten Moment wach geworden und geradezu erschrocken vor ihr zurückgewichen, um gleich darauf ins Bad zu stürmen und kalt zu duschen. Ziemlich frustriert war sie im Bett liegen geblieben und schwor sich, beim nächsten Mal nicht zu warten, sondern einfach zu handeln.

Nach dem Frühstück, das sie mit Genuss zu sich genommen hatte, waren sie ins Krankenhaus gefahren, wo Kirsten die dritte Chemobehandlung bekam. Während sie mit dem Infusionsständer neben sich auf dem Behandlungsstuhl hockte und der Medikamentencocktail über einen Schlauch in ihre Vene sickerte, spürte sie die Müdigkeit, weil ihr der Schlaf der letzten Nacht fehlte.

Als sie die Lider öffnete, begegnete sie Jeffs Blick. Obwohl sie dagegen gewesen war, hatte er darauf bestanden, sie heute zu begleiten. Sein Gesichtsausdruck war besorgt.

»Hör auf, die Stirn so kraus zu ziehen«, murmelte sie. »Es geht mir gut. Ich bin nur müde, weil wir letzte Nacht so lang geredet haben.«

»Dann sollten wir heute früher ins Bett gehen.«

»Vermutlich bin ich dann wieder wach und kann nicht schlafen.«

»Okay … was willst du? Heiße Milch vorm Zubettgehen?«, fragte er.

Kirsten grinste ihm zu und senkte ihre Stimme. »Ich finde, Sex ist die perfekte Einschlafhilfe.«

Jeff fuhr sich sichtbar nervös mit einer Hand durch das Haar und schüttelte den Kopf.

»Ich halte das für keine gute Idee, Kirsten.«

»Warum?«

»Du bist krebskrank, schon vergessen?«

Genervt starrte sie an die Decke und rollte mit den Augen. »Ich bin noch nicht tot, Jeff!«

»Das sagt ja auch niemand, aber … ich will dir nicht wehtun.«

Sie musterte ihn nachdenklich.

»Der Krebs ist in meinem Blut, nicht in irgendwelchen Körperteilen, die in Mitleidenschaft gezogen werden könnten. Ich fühle mich wirklich zunehmend besser. In der letzten Woche habe ich sogar zwei Kilo zugenommen.«

»Der Krebs ist überall in dir«, gab er zurück. »Ich denke dennoch, es wäre zu früh.«

»Findest du mich nicht attraktiv?«, wollte sie wissen.

Er hob das Kinn und sah ihr in die Augen. Seine Miene war verstimmt. »Die Frage stellst du mir nicht ernsthaft?«

»Na ja, ich wäre nicht sauer, wenn es so wäre«, entgegnete sie mit einem Achselzucken. »Obwohl ich mittlerweile finde, der Haarausfall hat auch seine guten Seiten … Immerhin muss ich mich jetzt nicht mal mehr rasieren.«

Irritiert hob er die Hände und senkte die Stimme zu einem Flüstern.

»Was hat das damit zu tun, dass du unbedingt Sex willst?«

Sie gab ihm ein Zeichen, näher zu rücken, dem er geradezu widerstrebend nachkam.

»Das bedeutet, dass ich jetzt komplett haarlos bin«, murmelte sie. Einen Moment starrte er sie durchdringend an, dann setzte er sich umständlich zurück auf seinen Stuhl.

»Das ist nicht fair«, beschwerte er sich. Frech grinste sie ihn an und stellte zufrieden fest, dass er unruhig mit einem Bein wippte.

»Willst du's sehen?«

Seine Augen weiteten sich merklich. »Kirsten!«

»Was denn? Wir sind hier in einem abgetrennten Bereich.«

Tatsächlich waren es nur ein paar Vorhänge, die ihre Behandlungsliege von den anderen Patienten trennten, denen ebenfalls ihre Chemotherapie verabreicht wurde. Obwohl ihr im Moment nicht gerade nach dem war, was sie heute Morgen hatte haben wollen, reizte sie gerade das Verbotene an diesem Augenblick.

»Schluss jetzt«, murmelte Jeff. Kirsten unterdrückte ein Kichern. Sie hatte sich selten so gut gefühlt wie heute, und sie wollte diesen Moment auskosten – das war aufregend … und es lenkte sie von dieser verdammten Chemo ab.

»Gib mir deine Hand«, bat sie leise. Den Kopf schiefgelegt, musterte er sie sekundenlang. Seine Nasenlöcher blähten sich, und er schien genau zu wissen, worauf sie hinauswollte. Kirsten schenkte ihm einen bittenden Blick. Als er ihr die rechte Hand reichte, zitterten seine Finger.

Mit einem Lächeln griff sie danach, legte seine Hand auf ihrem T-Shirt ab und führte sie langsam tiefer. Als seine Finger den Bund ihrer Jogginghose berührten, hob sie diesen ein wenig an und warf Jeff einen erregten Blick zu. Seine Pupillen weiteten sich merklich, während seine Hand fast wie von selbst über ihren nackten Bauch glitt.

Das warme Gefühl zwischen ihren Schenkeln wurde zu einem sanften Ziehen, als seine Finger ihren haarlosen Venushügel berührten. Zitternd holte sie Luft und sah ihn an. Dass er seine Hand nicht wegzog, sondern unter ihrer eigenen liegen ließ, wertete sie als gutes Zeichen.

»Es fühlt sich gut an, oder?« Nervös biss sie sich auf die Unterlippe. Sein Gesicht war leicht gerötet, während er nickte.

»Ja, sehr gut«, gab Jeff spröde zurück.

Im nächsten Augenblick zog er die Hand weg, als hätte er sich verbrannt, und Kirsten ließ enttäuscht die Schultern sinken. Offenbar waren seine Skrupel immer noch größer als sein Verlangen. Sie schloss die Augen und versuchte, das Gefühlschaos in den Griff zu bekommen, das in ihr tobte.

War es denn wirklich so unnormal, dass sie nach wochenlanger Abstinenz Lust auf Sex hatte? Nur weil sie krebskrank war?

In seinem Kopf schrillten sämtliche Alarmglocken.

Bist du des Wahnsinns?, schoss es ihm durch den Kopf. Sie ist todkrank, und du würdest sie jetzt am liebsten auf dieser verdammten Liege durchvögeln!?

Unruhig lehnte er sich in seinem Stuhl zurück und betrachtete Kirsten, die mit geschlossenen Augen und angewinkelten Beinen dalag und völlig entspannt wirkte.

Verdammt, sie war die pure Versuchung, und es fiel ihm unendlich schwer, dieser Verführerin nicht nachzugeben – aber er musste stark bleiben.

In der letzten Woche hatte er sich so viele Informationen einverleibt und Stunden lesend in diversen Krebsforen zugebracht. Er hatte von fürchterlichen Dingen gelesen, die ihn erschreckt hatten. Ganz gleich, was sie glaubte zu wollen, sie musste jetzt erst einmal gesund werden und sich schonen.

Aber – verflucht – sie machte es ihm wirklich schwer.

Natürlich hatte er gewusst, was sie tun würde, als sie ihn bat, ihr die Hand zu reichen, und er hatte innerlich zitternd danach gelechzt, sie zu berühren. Doch das war schlimmer als Folter gewesen. Mit den Fingerspitzen über ihre glatte, weiche Haut zu streichen und zu wissen, dass er nicht mehr machen dürfte … Nein, das konnte er nicht durchziehen.

Dass sie nun so entspannt dalag und völlig unbeteiligt zu sein schien, war nicht fair.

Als der Vorhang am Fußende zur Seite geschoben wurde und Dr. Carter erschien, verspürte Jeff maßlose Erleichterung, weil er nicht mit seiner Hand in Kirstens Hose vor ihm saß.

»Guten Morgen, Mrs. MacAllister, Mr. MacAllister.« Er nickte den beiden mit einem Lächeln zu. »Wie fühlen Sie sich, Mrs. MacAllister?«

»Erstaunlich gut«, erwiderte sie lächelnd.

»Das freut mich zu hören.« Er kam um das Bett herum, setzte sich auf die Bettkante und griff nach ihrem rechten Handgelenk, um den Puls zu fühlen. »Insbesondere, nachdem Sie sich doch ein wenig überstürzt selbst entlassen haben.« Sein Blick war tadelnd, aber mit einem Lächeln und einem Zwinkern verbunden.

Kirsten grinste.

»Ich weiß, das hat nicht allen gefallen«, erwiderte sie leichthin. Der junge Arzt schüttelte belustigt den Kopf, zog eine winzige Stablampe aus der Tasche seines Kittels und leuchtete Kirsten damit in die Augen.

»Nein, das hat nicht allen gefallen. Aber Sie haben es ja gestern auch schon zu Dr. Philipps gesagt: Es ist Ihre Entscheidung. Was machen die Kopfschmerzen und der Schwindel?« Die Lampe verschwand wieder in der Tasche, und der Arzt betrachtete sie prüfend, während er ihre Lymphknoten abtastete.

»Sind völlig weg«, entgegnete Kirsten.

»Haben Sie noch immer mit Magenschmerzen und Durchfall zu kämpfen?« Dr. Carter stellte sich auf, schob ihr T-Shirt ein paar Zentimeter nach oben und legte die Hände auf ihren Bauch, um diesen abzutasten. Jeff schluckte schwer, als er daran dachte, dass seine eigene Hand vor wenigen Augenblicken noch über diese Stelle nach unten gewandert war.

»Nein, mir ist manchmal noch ein bisschen übel – meistens ein paar Stunden nach der Chemo – aber sonst fühle ich mich hervorragend.«

Er zog das T-Shirt wieder an die alte Stelle und schaute mit einem Lächeln auf Kirsten hinab. »Das freut mich sehr«, stellte er fest. »Wie sieht es aus mit dem Appetit? Schmeckt das Essen wieder?«

»Ich esse wieder bei der besten Köchin der Welt«, erwiderte sie. »Gestern habe ich mir sogar einen Nachschlag gegönnt.«

Leise lachend nickte er.

»Das begeistert mich jetzt wirklich«, gab Dr. Carter zurück. »Wenn der Appetit wiederkommt, ist das ein gutes Zeichen – dann bin ich auch damit einverstanden, dass Sie die Chemotherapie von zu Hause weiterführen. Denken Sie trotzdem an die Vorsichtsmaßnahmen.«

»Was ist, wenn ihr Zustand sich verschlechtert?«, warf Jeff ein. Ihm gefiel es gar nicht, dass dieser Jüngling Kirsten jetzt auch noch darin bestärkte, dass ihre Entscheidung richtig gewesen war. Er selbst war immer noch der Meinung, dass sie sich zu früh dazu entschlossen hatte.

»Dann würde ich Sie selbstverständlich bitten, Ihre Frau umgehend herzubringen oder von uns abholen zu lassen«, entgegnete der Arzt gelassen. »Aber im Großen und Ganzen weiß ich aus meiner Erfahrung in diesem Beruf, dass viele meiner Patienten durchaus aufblühen, wenn sie sich in gewohnter Umgebung befinden.« Er zwinkerte Kirsten zu. »Sie sollten es natürlich nicht übertreiben. Stundenlange Gartenarbeit und exzessive Überanstrengung müssen vermieden werden.«

Kirsten setzte sich im Bett auf und schien über seine Worte nachzudenken.

»Aber gegen so ein bisschen Anstrengung ist doch nichts einzuwenden, oder?«

Jeff unterdrückte ein Stöhnen. Er ahnte, worauf sie hinauswollte, und lehnte sich unangenehm berührt in seinem Stuhl zurück.

»Solange Sie sich nicht verausgaben, ist alles erlaubt«, erwiderte Dr. Carter.

»Auch Sex?«

Die Augenbrauen des Oberarztes rutschten verblüfft nach oben, dann grinste er schief, und Jeff fühlte sich von einem belustigten Blick gestreift. Dr. Carter nickte Kirsten zu.

»Ja, natürlich, auch Sex ist erlaubt. Die meisten meiner Patienten sagen sogar, dass gerade die körperliche Nähe als förderlich und heilsam empfunden wird. Genau wie bei einem gesunden Menschen sind sexuelle Wünsche völlig normal, und aus medizinischer Sicht spricht absolut nichts dagegen – vorausgesetzt, Sie fühlen sich stark und fit genug.«

»Ich habe mich in den ganzen letzten Wochen nicht so gut gefühlt wie im Augenblick«, erwiderte Kirsten mit unübersehbarer Erleichterung. »Wenn ich es nicht besser wüsste, würde ich gar nicht vermuten, dass ich in ein paar Monaten tot sein könnte.«

Jeff traf ein kurzer und überaus strafender Blick des jungen Arztes. Er schüttelte wortlos den Kopf, *den* Schuh zog er sich nicht an.

»Ihr Mann hat Sie über die Fakten aufgeklärt?«, mutmaßte Dr. Carter.

Kirsten schenkte ihm ein Grinsen.

»Nein, das war Ihr Kollege – wenn auch eher unfreiwillig und ohne es zu wissen. Meine Akte lag offen auf dem Bildschirm, und weil es mein Name war, der oben in der Ecke stand, habe ich selbst gelesen, was darin stand, während ich auf Dr. Philipps gewartet habe.«

»Dann wundert mich natürlich gar nichts mehr«, murmelte Dr. Carter. Die Lippen kurz aufeinandergepresst, musterte er Kirsten einen Moment nachdenklich. »Nun, ich bin sehr froh zu erleben, dass sie trotz dieser Information offenbar positiv nach vorne sehen. Außerdem gibt es durchaus Anlass zur Hoffnung, denn die Blutuntersuchungen von heute Morgen haben ergeben, dass Ihre Werte sich stabilisieren. Sie sprechen hervorragend auf die Therapie an. Wir müssen uns natürlich dennoch darüber klar sein, dass eine Stammzellentherapie notwendig bleibt.«

»Und wenn wir keinen Spender finden, bin ich bald tot«, warf sie ein.

Dr. Carter atmete tief durch.

»Nun, Ihre Lebenszeit verlängert sich, wenn Sie weiterhin so gut auf die Therapie ansprechen … Aber es ist natürlich unabdingbar, dass der passende Spender einwilligt, einen Teil seiner Stammzellen zur Verfügung zu stellen. Denn wir wollen diese Lebenszeit ja nicht nur um ein paar Monate, sondern um viele Jahre erweitern.« Warm lächelte er sie an. »Ich denke aber, die Chancen stehen ganz gut, denn ich habe heute Morgen nicht nur *Ihre* Blutergebnisse bekommen, sondern auch die Ergebnisse unserer Freiwilligen. Und es gibt gute Nachrichten: Wir haben eine Person dabei, die eine geeignete Übereinstimmung aufweist.«

Jeff, der an Kirstens linker Seite gesessen hatte, spürte, wie sein Herz einmal kurz aussetzte, um dann mit doppelter Geschwindigkeit gegen seine Rippen zu hämmern.

Aufgeregt erhob er sich von seinem Stuhl und trat näher an das Bett. Als er nach Kirstens linker Hand griff, begegneten sich ihre Blicke, und im Gesicht seiner Frau lag solche Freude, dass es ihm die Luft nahm. Er konnte kaum fassen, was der Oberarzt da gesagt hatte.

»Wir haben einen Spender?«

Das war fast zu schön, um wahr zu sein. Welcher Bruder war

es? Dr. Carter lächelte ihm zu und wirkte plötzlich um Jahre älter und weiser, als sein jugendliches Aussehen vermuten ließ.

»Ja, tatsächlich ist das auch für uns ein unerwarteter Erfolg. Eine Spenderin verfügt über die passenden HLA-Merkmale, das heißt, ihre Gewebemerkmalkombination stimmt mit der Ihrer Frau weitestgehend überein.«

Spenderin? Was für eine Spenderin? Also war es niemand aus Kirstens Familie, sondern eine Spenderin, die schon länger registriert war.

»Weitestgehend?«

»Nun, es gibt nur sehr selten eine einhundertprozentige Übereinstimmung. Das ist sehr kompliziert bis fast unmöglich – wie die sprichwörtliche Suche nach der Nadel im Heuhaufen. Aber die Übereinstimmung ist groß genug, dass wir eine Stammzellentransplantation unbedingt befürworten.«

Nervös holte Jeff Luft.

Das war mehr, als er zu hoffen gewagt hatte – viel mehr.

Seine Frau bekam die Chance, die sie verdiente … Nun bestand durchaus die Hoffnung, dass sie doch noch gemeinsam alt und grau würden … und vielleicht würden sich auch die anderen kleinen Katastrophen in ihrem Leben abwenden lassen.

»Wer ist es?«, wollte Kirsten wissen. Ihr Gesicht glühte regelrecht, und Jeff drückte glücklich ihre Finger. Das war eindeutig die beste Nachricht des Tages.

»Grace MacAllister. Wenn mich nicht alles täuscht, ist das Ihre Tochter, oder?«

Ihre Gesichtszüge entgleisten, und das Gefühl völligen Glücks löste sich in Bruchteilen von Sekunden in Nichts auf. Zurück blieben nur Leere und dumpfes Bedauern.

Das Loch, von dem sie Samstag noch geglaubt hatte, es hinter sich gelassen zu haben, klaffte in gähnender Schwärze unter ihr auf und drohte damit, sie zu verschlingen.

Nein.

Nicht Grace!

Warum musste es ausgerechnet ihre Stieftochter sein?

Warum war es nicht einer ihrer Brüder?

Oder Charlize?

Es hätte auch jemand Wildfremdes sein können …

Kirsten schloss die Lider und versuchte, ihren stolpernden Pulsschlag zu beruhigen. Die Chance, die sich ihr vor einem Augenblick noch aufgetan hatte, fiel in sich zusammen wie ein Kartenhaus. Neben ihr räusperte sich Jeff.

Als sie ihn ansah, wirkte er unangenehm überrascht.

»Das ist mal ein Ding«, bemerkte er und schnitt eine Grimasse. »Da wird sicher auch unsere Tochter staunen.«

Fast hätte sie laut aufgelacht.

Ja, staunen würde Grace sicherlich, allerdings bezweifelte Kirsten, dass sie diese Neuigkeit besonders positiv aufnehmen würde.

»Können wir das einen Moment sacken lassen?«, wollte Jeff wissen.

Dr. Carter lächelte ihnen unsicher zu und nickte. »Natürlich. Ich würde Sie bitten, noch einmal zu mir zu kommen, bevor Sie nach Hause fahren, dann können wir die Details besprechen.«

»Selbstverständlich.«

Der Arzt tätschelte Kirstens Schulter und zwinkerte ihr zu. »Es wird sich schon alles fügen, Mrs. MacAllister. Seien Sie zuversichtlich.«

Sie gab ein freudloses Kichern von sich und nickte wortlos.

Zuversicht … die war ihr gerade gänzlich abhandengekommen. Einen anderen Stammzellenspender zu finden, war schlichtweg unmöglich. Grace war ihre einzige Hoffnung – und die war immer noch sauer auf Kirsten.

Die Frage war nur, ob sie wirklich so weit gehen und ihr die Chance auf ein gesundes Leben verweigern würde?

Zwingen konnte sie ihre Stieftochter nicht zu einer Spende.

Allerdings würde sich nun wohl zeigen, wie groß Graces Abneigung gegenüber Kirsten wirklich war.

»Ich werde nachher in Ruhe mit ihr reden«, bemerkte Jeff. Kirsten wandte den Kopf und sah ihn an.

»Frag sie einfach nur, okay? Ich will nicht, dass du sie unter Druck setzt, ihr drohst oder sonst was tust – frag sie, und wenn sie Nein sagt, dann akzeptieren wir das. Ist das klar?«

Er sah sie an, als hätte sie ihn geschlagen.

»Du tust, als wäre ich ein Unmensch«, beschwerte er sich.

»Bist du nicht«, gab sie zurück, »aber ich will nicht, dass du eure Beziehung wegen mir noch weiter strapazierst.«

»Kirsten, es geht hier um dein Leben.«

»Das weiß ich, aber ich will nicht, dass sie sich zu irgendwas gezwungen fühlt – und wenn sie Nein sagt, möchte ich bloß, dass du ruhig bleibst und dich nicht von deinen Gefühlen leiten lässt. Sie mag mich ohnehin nicht, dass ausgerechnet *sie* jetzt als Spenderin passt, wird ihr nicht gefallen … so wenig wie mir.«

Mitsamt seinem Stuhl rutschte Jeff direkt neben das Bett und ergriff Kirstens Hand. Spielten ihre Augen ihr einen Streich oder sah er wirklich blass aus?

»Ich verspreche, dass ich ihr die Frage ganz ruhig stelle – und ich werde auch nicht ausflippen. Aber es ist mir schon erlaubt, ihr meine Meinung ruhig darzulegen, oder?«

»Jeff …«

»Ich spreche nicht von irgendwelchen Vorwürfen oder einem Streit, den ich vom Zaun breche. Unser Verhältnis ist im Augenblick ein bisschen angespannt, aber nicht hoffnungslos zerstritten. Ich werde ganz in Ruhe mit ihr reden.«

Die Tränen schossen ihr so unerwartet in die Augen, dass Kirsten selbst davon überrascht wurde.

»Okay«, flüsterte sie. Als er sich mit traurigem Blick über sie beugte, um sie in die Arme zu schließen, schluchzte sie auf und drückte sich an ihn.

»Wir bekommen das schon hin«, versprach er leise. »So herzlos ist Grace nicht, dass sie dir diese Chance verweigert.«

»Ich hoffe es«, hauchte Kirsten. Ihre Blicke begegneten sich, als er den Kopf hob und ihr über die Wange strich. Sie zog die Nase hoch und hielt seine Hand fest. »Ich will nicht sterben, Jeff.«

Er gab einen erstickten Laut von sich, und seine Lippen drückten sich auf ihren Mund. Sie schmeckte salzige Tränen, die nicht ihre eigenen waren.

»Das wirst du nicht …«, versicherte er flüsternd, »das wirst du nicht, das verspreche ich dir.«

12

Unruhig schlich Kirsten auf dem Korridor hin und her.

Vor einer halben Stunde war Jeff endlich ins Büro gefahren, nachdem sie ihn regelrecht dazu hatte drängen müssen. Bereits in den letzten beiden Wochen hatte er seine Arbeit schleifen lassen und die meiste Zeit bei ihr verbracht.

In der ersten Woche war er außerdem ständig zwischen Kinderheim und Krankenhaus hin- und hergependelt, während sie im Koma gelegen hatte. Auch wenn die Firma ihm gehörte, hielt sie es doch für besser, dass er zwischendurch auch dort wieder präsent war.

Abgesehen davon, dass er ihr zunehmend auf den Geist ging, weil er seit der letzten Chemo ständig fragte, ob sie etwas brauche oder Wünsche habe. Natürlich hatte sie die – aber Jacob war außerhalb seiner Befugnisse, und sie mussten sich weiterhin in Geduld üben, bis Mrs. Pinkett ihre Rückmeldung gab.

Den Wunsch, der noch übrig blieb, war Jeff nach wie vor nicht bereit zu erfüllen … trotz der Beteuerung von Dr. Carter, dass Sex überhaupt kein Problem sei. Ihre Verführungsversuche vom Vorabend hatte er so uncharmant abgeblockt, dass sie ernsthaft überlegt hatte, in ihr Atelier umzuziehen und allein zu schlafen.

Sie war frustriert und ziemlich enttäuscht.

Als ob es nicht schon genug gewesen wäre zu erfahren, dass Grace die passende Spenderin war.

Nach dem Abendessen hatte er Grace in ihrem Zimmer aufgesucht und ihr erzählt, was Dr. Carter gesagt hatte. Allerdings war seine Tochter wohl relativ zerstreut gewesen und hatte sich Bedenkzeit erbeten. Kirsten hielt es immerhin für ein gutes Zeichen, dass sie überhaupt darüber nachdenken wollte und nicht direkt ablehnte. Das war mehr, als sie überhaupt erwartet hatte.

Kirstens Versuche, Jeff auf ihre eigene Weise von dem Gespräch abzulenken, waren allerdings im Sande verlaufen, und auch die Diskussion, bei der sie die Argumente des Oberarztes anführte, war fruchtlos geblieben.

Er verweigerte ihr tatsächlich den Beischlaf – und alles nur, weil er in irgendwelchen Internetforen recherchiert hatte und wildfremde Menschen eine andere Meinung vertraten als ihr promovierter Onkologe.

Sie war genervt gewesen, und kaum hatte Jeff das Haus verlassen, war sie in ihr Schlafzimmer gestürmt und hatte die Box mit dem Liebesspielzeug inspiziert. Sie war fest entschlossen gewesen, wenn er es ihr nicht besorgte, dann würde sie sich eben selbst darum kümmern.

Bis zu dem Zeitpunkt, als sie ein Weinen vernahm.

Ihre Libido hatte sich in der gleichen Sekunde verabschiedet, in der sich ihre mütterlichen Instinkte meldeten. Auf der Suche nach dem Ursprung war sie irgendwann vor Graces Zimmertür gelandet und schlich seither unruhig auf und ab – unschlüssig, ob sie es tatsächlich wagen sollte, ihre Stieftochter in einem solch intimen Moment zu stören.

Das Weinen, das allerdings immer wieder anschwoll und leiser wurde, war so erbärmlich, dass Kirsten es nicht über sich brachte, einfach wieder in ihr Schlafzimmer zu verschwinden und das zu Ende zu bringen, was sie sich vorgenommen hatte.

Nervös biss sie sich auf die Unterlippe, blieb vor der Tür stehen und lauschte. Ihr Weinen war wieder leiser geworden, aber Graces gelegentliche Schluchzer hörten einfach nicht auf.

Verflucht!

Wenn Maggie wenigstens da gewesen wäre, aber es war Dienstag und die Haushälterin schon ganz früh zu ihrer wöchentlichen Einkaufstour auf dem Markt aufgebrochen.

Mit wild klopfendem Herzen hob sie die Hand, schluckte ein paarmal hektisch und schlug kurz mit den Fingerknöcheln gegen das Holz. Sie konnte hören, wie Grace sich erschrocken verschluckte und dann erneut anfing zu weinen.

Kirsten atmete tief durch. Auch wenn ihre Stieftochter sie vermutlich anschreien würde, aber sie hielt es keine Sekunde länger aus, hier zu stehen und nichts tun zu können.

Entschlossen legte sie die Hand auf den Knauf und konnte zu ihrer Verwunderung die Tür tatsächlich öffnen. Als sie vorsichtig den Kopf durch den Spalt steckte, sah sie Grace auf dem großen, breiten Bett liegen. In Fötushaltung zusammengerollt, presste sie ihr Kissen an die Brust und war in Tränen aufgelöst. Es schnürte Kirsten den Hals zu, sie so zu sehen.

Zögernd trat sie ein, ging zu ihr hinüber und blieb einen Moment unschlüssig neben dem Bett stehen. Dann gab sie sich einen Ruck, setzte sich zu ihr und legte Grace eine Hand auf die Schulter. Das Mädchen zuckte zusammen, riss die Augen auf und starrte Kirsten für den Bruchteil einer Sekunde geradezu entgeistert an.

Kirsten schluckte trocken und nahm all ihren Mut zusammen.

»Ich weiß, ich bin wahrscheinlich die Letzte, die du gerade sehen möchtest, aber … wenn du jemanden zum Reden brauchst, bin ich gerne für dich da, Grace.«

Ihre Stieftochter lag nur da, sah sie an und kaute auf ihrer Unterlippe herum. In der nächsten Sekunde flossen ihr wieder die Tränen über die Wangen, und sie verbarg das Gesicht in dem Kissen.

»Es tut mir so leid.« Ihre Worte waren nur mit Mühe zu verstehen, und Kirsten war sich ziemlich sicher, sich verhört zu haben. Grace schob das Kissen beiseite und sah sie aus rotgeweinten Augen an. »Es tut mir leid«, schluchzte sie erneut. »Ich hab' nicht

… Es ist so lang her und … oh Gott, ich weiß nicht, was ich tun soll.«

Das Gesicht wieder in das Kissen gedrückt, heulte sie laut auf, nur gedämpft von Federn und Stoff. Kirsten griff nach ihrer Schulter. Irgendetwas stimmte hier nicht, und sie wurde das Gefühl nicht los, dass sie selbst nur bedingt damit zu tun hatte.

»Grace, was ist los?«

Sie schüttelte schluchzend den Kopf, drückte das Gesicht noch tiefer in das Kissen, und ihr ganzer Körper wurde von Heulkrämpfen geradezu geschüttelt. Langsam machte es Kirsten wirklich nervös, und sie überlegte ernsthaft, Jeff anzurufen.

Natürlich hatte es auch früher schon Momente gegeben, in denen sie Grace hatte weinen sehen. In erster Linie dann, wenn sie sich das Knie aufgeschlagen hatte – aber das hier war nicht die Grace, die Kirsten kannte. Sie war völlig aufgelöst.

So hatte sie ihre Stieftochter noch nie gesehen.

Das Haar hing ihr strähnig ins Gesicht und war sicher schon seit drei Tagen nicht mehr gewaschen worden. Kirsten wusste aus Jeffs Erzählungen, dass Grace sich in den letzten Tagen das Essen hatte vor die Tür stellen lassen, weil sie angeblich für das neue Semester vorarbeitete. Aber das hier war völlig untypisch für Grace, die sonst penibel auf ihr Äußeres achtete und schon die Krise bekam, wenn ihre Haare nicht lagen, wie sie sollten.

»Grace.« Sie strich ihr über das Haar und streichelte ihre Schulter. »Bitte, Schatz, sprich mit mir. Nichts kann so schlimm sein, dass wir nicht darüber reden und eine Lösung finden können. Du machst mir Angst, wenn du so bist.«

Ein Zittern überlief den schmalen Rücken. Die Nase hochziehend, wandte das Mädchen den Kopf und sah Kirsten in die Augen.

»Warum hasst du mich nicht?«, wollte sie wissen. Kirsten stutzte irritiert.

»Was? Wieso …«

Grace fuhr sich mit einer Hand über das Gesicht und atmete zitternd ein.

»Ich bin die letzten Jahre fast immer nur eklig zu dir gewesen, und trotzdem willst du mich jetzt trösten. Warum? Ich versteh's nicht.«

»Warum sollte ich es nicht tun?«, fragte Kirsten zurück. »Du hattest deine Gründe, wütend auf mich zu sein.«

Sich aufsetzend, drückte Grace das Kissen weiterhin an sich und musterte Kirsten aufgewühlt.

»Ich war im Krankenhaus«, bemerkte Grace. Mit dem Handrücken fuhr sie sich über das Gesicht, und Kirsten wühlte in den Taschen ihrer Jogginghose nach dem Päckchen Taschentücher, das sie immer bei sich hatte. Sie reichte es ihrer Stieftochter, die es mit einem Nicken entgegennahm. »An dem Samstag, als Jacob zum letzten Mal da war.«

»Hab ich geschlafen?«, wollte Kirsten wissen.

Grace schüttelte den Kopf und putzte sich geräuschvoll die Nase. Erleichtert bemerkte Kirsten, dass die Tränen langsam weniger zu wurden.

»Nein, ich stand auf dem Korridor, während du dich mit Jacob unterhalten hast.« Sie stopfte das Taschentuch unter ihr Kopfkissen und trocknete sich mit einem zweiten das Gesicht ab. »Du hast ihm von unserem Urlaub in Cornwall erzählt … als die ganze Familie ans Meer gefahren ist.«

Kirsten lächelte. »Ja, das war eine schöne Zeit.«

»Ich hab's vergessen!«, rief Grace, und der nächste Schluchzer erklang. »Ich habe vergessen, dass wir diesen Urlaub gemacht haben und eine richtige Familie waren. Als wir nach Hause gekommen sind, wurde ich krank, und danach war ich wieder jeden Tag nach der Schule bei Grandma Bernadett und …«

Kopfschüttelnd brach sie ab, und im gleichen Augenblick dämmerte Kirsten, warum Grace nach dem Urlaub und den überstandenen Masern plötzlich wieder so kratzbürstig geworden war. Ihr Herz wurde schwer.

»Was war bei Bernadett?«, wollte sie wissen.

Als ihre Stieftochter das Gesicht in ihr Taschentuch drückte und erneut zu weinen begann, rutschte Kirsten kurzerhand zu ihr herüber und tat, was sie nicht hatte tun wollen. Sie nahm Grace in den Arm und drückte sie an sich.

Für eine Sekunde schien das Mädchen sich zu versteifen, dann spürte Kirsten, wie sie ihr Gesicht an ihre Schulter legte, die Arme um ihre Taille schlang und plötzlich alle Dämme in ihr brachen. Haltlos weinend presste Grace sich an sie, und Kirstens T-Shirt weichte langsam durch.

Mit geschlossenen Augen legte sie ihre Wange an Graces und strich der jungen Frau über das Haar. Es war ihr unmöglich, nicht mitzuheulen. Sie hatte sich über Jahre gewünscht, ihrer Stieftochter nahe zu sein, aber sie hätte sich einen anderen Weg erhofft als den, Grace so unglücklich zu sehen.

»Es tut mir leid, dass ich so ein furchtbarer Mensch bin«, flüsterte Grace. »Ich hätte nicht auf das hören sollen, was sie gesagt hat, aber ich war so dämlich.«

»Willst du es mir erzählen?«

»Bernadett hat mir immer wieder gesagt, dass du es nicht ernst meinst mit Daddy und nur hinter seinem Geld her wärest. Sie sagte, du würdest dich aushalten lassen und deine Bilder nur malen, um eine Beschäftigung zu haben – und irgendwie … ich wollte ihr glauben.« Das Gesicht an Kirstens Schulter verborgen, war sie nur noch undeutlich zu verstehen. »Sie meinte, dass diese Ehe nur aus Zweckgründen geschlossen worden wäre und ihr euch nicht lieben würdet … und ich habe nie gehört, dass einer von euch von Liebe gesprochen hat, und ich fand es so unfair, weil ich doch glaubte, meine Mom und Daddy hätten sich geliebt, und sie wäre gestorben.«

»Na ja, im Grunde hatte Bernadett anfangs nicht ganz unrecht. Für Jeff war es erst eine Ehe aus Vernunftgründen, weil er wieder eine Mutter für dich haben wollte. Er wollte sichergehen, dass du versorgt und behütet bist, wenn er auf Geschäftsreisen geht oder bis spät in die Nacht arbeitet.«

Grace hob den Kopf und begegnete Kirstens Blick. Ihr Kinn bebte.

»Also war es nur eine Zweckgemeinschaft?«, fragte sie. Enttäuschung klang in ihrer Stimme mit.

»In gewisser Weise schon«, erwiderte Kirsten, »und ich habe mich darauf eingelassen, weil ich mich Hals über Kopf in ihn verliebt hatte und nicht ohne ihn sein wollte. Aber ich habe mich nicht getraut, es ihm damals zu sagen.«

Zitternd holte Grace Luft und drückte das Taschentuch auf ihre Augen.

»Liebst du ihn immer noch?«, wollte sie wissen.

Kirsten strich ihr eine blonde Strähne hinter das Ohr. »Ja, und heute weiß er es – und ich weiß, dass er mich liebt – für mich ist das wichtiger als irgendein Vermögen. Ich wäre lieber bettelarm, als auf meine Familie zu verzichten.«

Wenig damenhaft zog Grace die Nase hoch.

»Sie hat gesagt, sie liebt mich nicht mehr, wenn ich mich mit dir anfreunde«, flüsterte sie.

Kirsten schluckte. Sie hatte geahnt, dass Bernadett immer wieder hinter ihrem Rücken hetzte, aber Grace auf diese Weise unter Druck zu setzen und einem Teenager das Leben auf solche Art schwer zu machen, war für sie unverzeihlich. Bisher waren ihr Bernadetts Besuche und ihre ständigen Sticheleien einfach nur auf den Nerv gegangen, sie hatte versucht, es zu ignorieren – aber damit war nun Schluss.

»Ich hab' gehört, was du zu Jacob gesagt hast.«

»Was meinst du?«, wollte Kirsten wissen.

Grace zögerte einen Moment, dann holte sie zitternd Luft.

»Als du ihm gesagt hast, dass ich deine Tochter bin – auch wenn du mich nicht geboren hättest.« Sie wischte sich energisch über die Augen. »Du hast gesagt, dass du mich viel mehr magst, als ich es mir vorstellen könne, und dass du dir immer eine Tochter gewünscht hast.«

Lächelnd zuckte Kirsten mit den Schultern, sie fühlte sich fast ein bisschen ertappt, so belauscht worden zu sein.

»So ist es«, erwiderte sie ruhig. »An dem Tag, als ich dieses Haus zum ersten Mal betreten habe, freute ich mich darauf, dir endlich zu begegnen. Ich wusste ja, dass ich selbst keine Kinder bekommen kann, und ich wollte nichts mehr, als dir Zöpfe flechten und dich durch deine erste große Liebe zu begleiten.«

Graces Gesicht verzog sich abermals zu einer Grimasse, und wieder sprudelten die Tränen über ihre Wangen.

»Grace, du musst aufhören zu weinen«, bat Kirsten und tupfte mit einem Taschentuch das Gesicht des Mädchens trocken. »Eigentlich ist es doch ein gutes Zeichen, dass wir beide jetzt hier sitzen und miteinander reden, oder?«

Aufheulend ließ Grace sie los und setzte sich ein Stück zurück. Ihre Augen waren rot vom Weinen.

»Ich bin schwanger!«

Schluchzend zog Grace die Beine an, verschränkte die Arme über den Knien und verbarg den Kopf dazwischen. Kirsten fühlte sich paralysiert.

Schwanger?

Sie hatte nicht mal gewusst, dass Grace einen Freund hatte.

Lieber Himmel!

Warum hatte Jeff ihr nichts gesagt?

Die Antwort gab sie sich im gleichen Moment selbst: Er wusste nichts davon. Das war der Grund, warum Grace sich seit Tagen zurückzog und sich selbst vernachlässigte. Sie versuchte ihre Probleme allein zu lösen und ihren Vater nicht noch zusätzlich damit zu belästigen, weil dieser gerade genug mit seiner kranken Ehefrau und einer vermutlich gescheiterten Adoption zu tun hatte.

Über all dem Elend, das über sie hinwegzog, hatten sie völlig vergessen, dass es auch noch andere Mitglieder in dieser Familie gab, denen es ebenfalls schlecht ging.

»Ach, Grace.« Mit einem Seufzer setzte sie sich neben ihre Stieftochter, legte ihr den Arm um die Schulter, und Grace lehnte sich leise weinend an sie. »Du hast es Daddy noch nicht gesagt, oder?«

Grace schüttelte vehement den Kopf.

»Ich kann nicht«, flüsterte sie erstickt. »Nächste Woche fängt das neue Semester an, ich bin mitten im Studium … Ich kann doch nicht mit Kind … Ich weiß nicht, was ich tun soll.«

»Wie weit bist du?«, wollte Kirsten wissen.

»Keine Ahnung, sechste Woche oder so.«

»Warst du beim Arzt?«

»Nein, da will ich nächste Woche hin … Aber meine Tage sind überfällig, seit fünf Wochen und … er wollte kein Gummi benutzen.«

Tief durchatmend griff Kirsten nach Graces zitternden Händen und hielt sie fest.

»Was für ein Idiot!«, stellte sie klar. »Und du bist sicher, dass du schwanger bist?«

»Ja, ich habe einen Test gemacht, und der war positiv. Dazu die ständige Übelkeit und die Bauchschmerzen.«

»Lass es trotzdem bei deinem Frauenarzt abklären.«

»Mach ich, aber … ich weiß nicht, was ich tun soll.«

»Willst du es behalten?«

Aufschluchzend senkte ihre Stieftochter das Kinn auf die Brust.

»Ich weiß es nicht.«

Verständnisvoll nickte Kirsten und strich mit den Daumen über Graces Handrücken.

»Gut, ich kann verstehen, dass du im Moment ganz schön durcheinander bist deshalb. Aber du weißt, dass dein Dad dir dafür nicht den Kopf abreißt.« Grace nickte. »Dann sei dir bitte auch klar, dass wir dich in jeder Entscheidung, die du triffst, unterstützen werden. Wenn du jetzt und zu diesem Zeitpunkt nicht mit einem Kind klarkommst, hast du noch ein paar wenige Wochen die Möglichkeit, die Schwangerschaft abzubrechen.«

Als Grace Luft holte, um etwas zu sagen, strich Kirsten ihr sanft über das Gesicht.

»Warte, Schatz – ich weiß, das ist kein schöner Gedanke, aber du musst alle Eventualitäten abwägen. Solltest du dich für einen Abbruch entscheiden, stehen wir hinter dir, okay? Es ist dein Körper und deine Zukunft, nur du allein hast das Recht, darüber zu bestimmen. Solltest du dich aber für das Kind entscheiden und es austragen, werden wir dich auf die gleiche Weise unterstützen. Wir sind hier, wir sind deine Eltern und für dich da, und wenn du das Baby bekommen solltest, helfe ich dir gerne bei allem, was nötig ist – füttern, wickeln, volle Windeln entsorgen.« Graces schöne blaue Augen schwammen in Tränen, als sie den Kopf hob. »Wir finden eine Lösung, mach dir das Herz nicht schwerer als unbedingt nötig.«

»Okay … ich … ich muss drüber nachdenken.« Fast ängstlich sah sie Kirsten an. »Du sagst Daddy doch nichts davon, oder?«

»Nein, aber du solltest mit ihm reden, bald schon. Er liebt dich, und er wird verstehen, dass du Angst hast.«

Schläfrig hob Kirsten den Kopf und sah, wie Jeff zur Tür hereinkam.

Nach ihrem langen Gespräch mit Grace hatte sie sich irgendwann in ihr Atelier zurückgezogen und zu malen begonnen. Allerdings spürte sie, dass sie nicht mehr so kräftig war wie früher. Sie musste sich immer wieder setzen und Pausen einlegen.

Zudem kehrten die Kopfschmerzen zurück, auf die Dr. Carter sie am Vortag noch angesprochen hatte, und ihr kam der Verdacht, dass diese vielleicht mit dem Lösungsmittel zusammenhingen, in dem sie immer ihre Pinsel auswusch. Also hatte sie die Pinsel ausgewaschen, die Gläser geleert und ihre Kohlestifte hervorgeholt. Es gab schließlich noch andere Alternativen, um zu malen.

Das Bild, das sie bereits im Krankenhaus von Jeff und sich selbst auf ihrem Block begonnen hatte, war nun in Teilen auf eine Leinwand übertragen – flüchtig skizziert und ohne Farben. Aber sie war so müde geworden, dass sie sich schließlich auf dem Sofa hingelegt hatte, um ein wenig die Augen zu schließen und sich auszuruhen.

Dass sie den halben Tag offenbar verschlafen hatte, bemerkte sie nun, da Jeffs Erscheinen sie weckte, und ein Blick aus den Fenstern zeigte, wie tief die Sonne am Horizont stand.

»Wie spät ist es?«, wollte sie wissen.

»Halb sieben«, gab er lächelnd zurück. »Ich wollte dich eigentlich zum Abendessen herunterholen.«

Sich aufsetzend, wollte sie sich durch das Haar streichen und spürte im nächsten Moment den kahlen Kopf unter ihren Fingern. Nach mehr als einer Woche hatte sie sich immer noch nicht so richtig an ihre neue Frisur gewöhnt.

Jeff durchquerte mit langsamen Schritten den Raum, blieb vor ihr stehen und ging in die Hocke. Die Hände auf ihren Knien abgelegt, musterte er sie prüfend.

»Geht es dir gut?«, wollte er wissen.

Kirsten nickte und lächelte ihn an.

»Ja, ich war nur müde«, erwiderte sie. »Was gibt es zum Essen?«

»Neben einem hervorragenden Steak mit Salat und frischen Kartoffeln von Maggie habe ich noch weitere gute Nachrichten«, gab er zurück.

Überrascht musterte sie ihn.

»Bekomme ich die vor oder nach dem Essen?«

»Sie sind so gut, dass ich unmöglich warten kann.« Jeff grinste über das ganze Gesicht, als er ihre Hände nahm und ihre Fingerspitzen küsste. Kirsten beobachtete ihn belustigt.

»Nun red schon«, forderte sie.

»Wir bekommen Jacob«, platzte es aus ihm heraus.

»Was?«

Mit einem warmen Lachen zog Jeff sie an sich. Ungläubig schüttelte sie den Kopf, stemmte die Hände gegen seine Brust und starrte ihn an. Ihr Herz hämmerte mit doppelter Geschwindigkeit gegen ihre Rippen, und sie weigerte sich zu glauben, was er gerade gesagt hatte.

»Mrs. Pinkett hat mich vor einer halben Stunde im Büro angerufen«, erklärte Jeff freudestrahlend. »Sie sagte, dass sie sich so lange Zeit gelassen haben, hatte in erster Linie den Zweck, um zu testen, ob wir nach über einer Woche immer noch den Jungen bei uns haben wollen.«

Wortlos sah sie ihn nur an und wartete auf das, was er als Nächstes von sich gab. War das wirklich wahr? Sie würden Jacob bekommen? Das war ein Traum – ein wunderbarer Traum, aus dem sie nicht aufwachen wollte.

»Mrs. Pinkett meinte, sie hätten sich ausgiebig beraten und auch Jacob befragt. Dass er bei uns bleiben wolle, sei ihr eigentlich schon an dem Freitag klar gewesen, als *du* Jacob – nach seinem Besuch bei uns – ins Kinderheim zurückgebracht hast. Nach seinem zweiten Aufenthalt hier sei er sehr in sich gekehrt gewesen und habe immer wieder gesagt, er wolle nach Hause.«

»Oh mein Gott.« Kirsten schossen die Tränen in die Augen. Beschwichtigend hob er eine Hand.

»Schon okay, Schatz, nicht aufregen. Jacob geht es gut. Jedenfalls erwartet Mrs. Pinkett uns morgen früh vor acht Uhr, damit wir die Formalitäten erledigen und unseren Jungen abholen können. Ab morgen sind wir ganz offiziell Jacobs Adoptiveltern.«

»Ich kann's nicht glauben!« Aufschluchzend schlang sie ihm die Arme um den Hals und küsste ihn auf den Mund.

Jeff lachte und zog sie mit sich vom Sofa hoch. »Ich wusste, du freust dich.«

»Ich bin so erleichtert«, gab sie zu. »Aber ich habe jetzt auch ein bisschen Angst.«

Zerstreut sah er ihr in die Augen.

»Wovor?«

»Ich habe diesen Tag so herbeigesehnt, und ich liebe Jacob – aber ich habe Angst, dass ich ihm wegen dem Krebs nicht gerecht werden kann.«

»Kirsten, Liebling … wir bekommen das hin. Ich bin sicher, Grace wird sich zur Stammzellenspende bereit erklären.«

Sie biss sich auf die Lippen.

Tatsächlich hatte Grace ihr Einverständnis gegeben, doch solange sie schwanger war, war keine Spende möglich.

»Was ist, wenn die Zeit nicht reicht? Was ist, wenn wir ihn adoptieren und ich euch im Stich lasse, weil ich in ein paar Wochen plötzlich einfach nicht mehr da bin?«

Er furchte die Stirn. »Hör auf, das zu sagen!«

»Du kannst die Augen nicht vor dem verschließen, was du nicht sehen willst, Jeff. Wir müssen auch die schlimmsten Möglichkeiten in Betracht ziehen und darüber reden, was du tun willst, wenn es doch so weit kommt.«

»Lass es doch einfach auf dich zukommen, Kirsten«, bat er.

Sie legte ihm beide Hände um das Gesicht und hielt seinen Blick mit ihren Augen fest. »Das tue ich, aber ich will sicher sein, dass meine Familie hier klarkommt, falls es mich vielleicht doch nicht mehr geben sollte.«

Er schluckte.

»Wir kommen klar, irgendwie«, gab er zurück. »Aber ich möchte mir darüber jetzt nicht den Kopf zerbrechen, weil ich daran glauben will, dass das Schicksal uns diese Chance einräumt.« Er zog sie näher und strich mit den Fingern über ihren kahlen Kopf. »Ich liebe dich, Kirsten, und ich verspreche dir bei meiner Seele, dass ich alles tun werde, um Jacob ein guter Vater zu sein. Aber ich will jetzt nicht darüber reden, was sein könnte, wenn du stirbst … okay?«

Lächelnd wischte sie sich die Tränen vom Gesicht und nickte.

»Einverstanden.«

Zum ersten Mal seit Tagen war Grace an diesem Abend wieder bei Tisch erschienen. Frisch geduscht, das Haar noch feucht, saß sie mit blassem Gesicht auf ihrem Platz und stocherte in ihrem Essen herum.

»Schmeckt es dir nicht?«, wollte Jeff wissen.

»Ich bin nicht besonders hungrig«, erwiderte sie leise. Als sie aufsah, schenkte Kirsten ihr ein aufmunterndes Lächeln. Man merkte Grace an, wie viel Kraft es sie kostete, ihren Mut zusammenzunehmen, um die Gabel wegzulegen und Jeff anzublicken.

»Ich muss dir was erzählen, Daddy«, begann sie. Jeff grinste breit.

»Ich habe auch Neuigkeiten«, gab er zurück.

Graces Schultern sackten nach unten, und sie schien in ihrem Stuhl zusammenzusinken. Alarmiert legte Kirsten ihre Serviette fort. Ihr war klar, wenn er Grace jetzt nicht den Vortritt ließ, wäre die Chance vertan, und ihre Stieftochter würde sich erneut in ihren Kummer vergraben.

»Vielleicht lässt du –«

»Wir adoptieren Jacob!«

»… Grace erst einmal ausreden.« Sie warf ihm einen ärgerlichen Blick zu. Seine Tochter hatte er früher ständig ermahnt, sie solle anderen nicht ins Wort fallen, und nun tat er es selbst. Ganz zu schweigen davon, wie unhöflich es war, als Erster seine Neuigkeit zu verkünden, obwohl Grace den Anfang gemacht hatte.

»Das ist … toll«, erwiderte Grace leise. »Ich freu' mich für euch.«

»Vielleicht willst du morgen mitkommen?«, fragte Jeff. Überrascht sah Kirsten ihn an. Mit dem Vorschlag hatte nicht mal *sie* gerechnet.

Grace gab ein unbestimmtes Achselzucken zum Besten. »Ich weiß noch nicht.«

Er deutete mit einer Hand auf sie. »Entschuldige, eigentlich wärest du zuerst dran gewesen zu erzählen – aber ich konnte nicht warten. Was wolltest du sagen?«

Auf ihrer Unterlippe kauend, schob sie das Salatblatt auf ihrem Teller hin und her.

»Schon okay, war nicht so wichtig. Ich komm' ganz gut mit dem Lehrmaterial voran.«

Stirnrunzelnd nickte er und schien nicht zu wissen, was er von dieser Aussage halten sollte. Kirsten stöhnte innerlich auf.

»Okay … das freut mich zu hören.«

Nach einem Moment des Schweigens legte Grace die Gabel beiseite.

»Darf ich auf mein Zimmer gehen? Ich bin wirklich müde.«

Deutlich irritiert zog Jeff die Augenbrauen hoch und zuckte mit den Achseln.

»Ja, natürlich darfst du …«

Mit einem knappen »Danke!« stand sie auf, brachte ihren Teller zur Spüle und war keine zehn Sekunden später aus der Küche verschwunden. Verwirrt sah Jeff zu Kirsten hinüber.

»Irgendwie habe ich das Gefühl, ich hätte gerade den Anschluss verpasst«, bemerkte er. Sie seufzte leise.

»Vielleicht solltest du Grace künftig zuerst sprechen lassen, wenn sie dir etwas zu sagen hat«, schlug sie vor.

»Wegen ihrer Lernfortschritte? Das war doch nun wirklich nicht so wichtig«, gab er zurück.

»Ach, Jeff … als ob sie deshalb darauf hingewiesen hätte, dass sie dir etwas erzählen möchte. Du bist doch sonst nicht so begriffsstutzig.« Sie nickte mit dem Kinn zur Tür. »Vielleicht solltest du ihr hinterhergehen und das Gespräch suchen.«

Einen Augenblick musterte er Kirsten nachdenklich.

»Wieso werde ich das Gefühl nicht los, dass *du* weißt, worum es geht!?«

»Auch wenn es so wäre, so ist es doch Grace, die mit dir reden will.«

»Dann weißt du tatsächlich etwas?« Er sah geradezu fassungslos aus. Kirsten zuckte mit den Schultern.

»Vielleicht«, erwiderte sie ausweichend, »aber es gibt Dinge, über die muss sie mit dir selbst sprechen.«

Er stöhnte leise auf, ließ das Besteck auf seinen Teller sinken und legte die Serviette beiseite.

»Auch auf die Gefahr hin, dass ich mich unbeliebt mache … Aber wie kommt es, dass ihr euch plötzlich so nahe steht?«

»Wir haben geredet – richtig geredet«, gab Kirsten zurück und schenkte ihm ein Lächeln. »Es war schön.«

Seine Augenbrauen zuckten nach oben, während er sich vom Tisch erhob. »Es geschehen noch Zeichen und Wunder.«

JEFF WAR MEHR ALS UNZUFRIEDEN MIT SICH, ALS ER GRACES Zimmer verließ. Tatsächlich hatte sie ihm erklärt, alles sei okay und sie habe nur über die Schule reden wollen. Als er nachhakte, ob es ihr gutgehe, war sie einen Moment still geworden und hatte schließlich gemeint, er solle sich keine Sorgen machen. Danach hatte sie ihm einen langen Blick zugeworfen und ihn gebeten zu gehen, weil sie noch lernen müsse.

Das passte nicht zu der Aussage, sie sei wirklich müde – und ihre Beteuerungen, es ginge ihr gut, passten auch nicht zu ihrem Äußeren. Obwohl sie sich endlich geduscht und die Haare gewaschen hatte, schien sie doch zunehmend weniger Wert auf ihr Aussehen zu legen.

Nicht, dass er es gern sah, wenn sie sich mit Make-up zukleisterte, aber so nachlässig wie in den letzten Tagen hatte er seine Tochter noch nie erlebt. Allerdings besaß sie den gleichen Sturkopf wie Shannon, und wenn sie nicht über das reden wollte, was sie beschäftigte, dann tat sie es auch nicht.

Er seufzte.

Immerhin hatten sie sich nicht wieder gestritten. Allerdings interessierte es ihn nun doch brennend, was sie und Kirsten beredet hatten. Wie kam es plötzlich, dass sie sich zusammensetzten und unterhielten? Genau darum hatte er Grace so oft gebeten in den letzten Jahren, aber sie war nie wirklich bereit gewesen, ein Gespräch mit Kirsten zu führen.

Woher dieser Sinneswandel?

Als er die Küche betrat, war seine Frau nirgends zu sehen, und nur sein Teller mit dem kalt gewordenen Essen stand noch auf dem Tisch. Er beförderte die Reste in den Mülleimer, befüllte die Spülmaschine und machte sich auf die Suche nach Kirsten.

Die untere Etage war leer, und da Maggie sich bei ihrem wöchentlichen Bridge-Abend befand, verriegelte er die Haustür, löschte die Lichter und begab sich in die obere Etage des Hauses.

Da er Kirsten auch nicht in ihrem Atelier fand, blieb nur noch ein Raum. Er löschte die Lichter im Korridor, überprüfte die letzten Fenster und öffnete die Tür zu ihrem gemeinsamen Schlafzimmer.

Im Türrahmen blieb er wie angewurzelt stehen und sah zu Kirsten hinüber, die nackt auf dem Bett lag und sich in verführerischer Pose vor ihm räkelte. Ihr Blick war eindeutig, und während sie ihre Hände lasziv über ihre nackte Haut wandern ließ, spürte er, dass ihr Anblick die von ihr beabsichtigte Wirkung nicht verfehlte.

So ein Biest!

»Willst du nicht reinkommen und die Tür zumachen?«, fragte sie leise. Fahrig kam er ihrer Aufforderung nach und blieb, mit dem Rücken an die Tür gedrückt, im Halbdunkel stehen. Atemlos sah Jeff dabei zu, wie sie ihre Brüste streichelte und die erregten Nippel zwischen Daumen und Zeigefinger nach oben zog.

»Du solltest dich anziehen«, bemerkte er heiser. Die Erektion in seiner Hose drückte heftig gegen den Reißverschluss.

Verflucht, er hatte standhaft bleiben wollen.

Aber sie sah so unglaublich sexy aus. Tatsächlich hatte sie seit der letzten Woche ein paar Pfund zugelegt und war nicht mehr ganz so knochig und dünn. Der kahle Kopf verlieh ihr etwas seltsam Exotisches, und sie sah mit halbgeöffneten Lippen zu ihm hinüber.

»Ich finde, du solltest dich ausziehen«, flüsterte Kirsten. Sie griff neben sich, holte einen pinkfarbenen Vibrator hervor und hob ihn an ihre Lippen. Als sie die Spitze dazwischenschob und ihre Zunge sich um den glänzenden Kunststoff wand, war sein Kopf wie leergefegt.

Wie hypnotisiert ging er zu dem Bett hinüber, blieb daneben stehen und starrte auf Kirsten hinab. Ein Lächeln lag auf ihren Lippen, als sie den Plastikstab an ihrem Hals entlang nach unten führte und ihre harten Brustwarzen damit berührte.

Sie seufzte leise.

Jeff schluckte trocken.

Seine Hand legte sich auf ihr rechtes Knie und drückte es gegen seine harte Erektion. Mit den Fingern tastete er über die Innenseite ihres Schenkels. Ihre Blicke trafen sich.

»Mach weiter«, flüsterte er.

Ihr Atem ging schneller, während sie den Vibrator einschaltete und das leise Summen seinen Weg zu ihrem Bauchnabel begleitete. Sie führte ihn tiefer, strich damit über den kahlen Venushügel und an der Innenseite ihrer Schenkel entlang.

Ihre Beine spreizten sich noch weiter, und Jeff betrachtete ihre nackte Weiblichkeit, die sie ihm so unbefangen im Licht der Nachttischlampen präsentierte.

»Findest du mich sexy?«

Ihre heisere Stimme verstärkte das Pulsieren zwischen seinen Beinen. Wortlos öffnete er seine Hose, befreite sein steifes Glied aus der Enge und schloss seine Finger darum. Kurz blickte er Kirsten in die Augen, ehe er sich wieder auf den Punkt zwischen ihren Beinen konzentrierte und begann, sich selbst zu befriedigen.

»Mach weiter«, wiederholte er seine Aufforderung. Er spürte das Zittern, das sie überlief, als sie mit der Spitze des Vibrators über ihren erregt angeschwollenen Kitzler strich. Sie stöhnte wohlig, stemmte die Fersen in die Matratze und drückte ihren Hintern ein Stück nach oben.

Jeff bewegte sich zu ihren Füßen, wo er Platz nahm und seinen Blick ungehindert auf ihren Schoß richtete. Der Druck, der sich in ihm aufbaute, wurde geradezu unangenehm.

Wie lang war es her, dass sie Sex gehabt hatten?

Drei Wochen? Vier?

Er hatte es vergessen – er wusste nur, dass er es vermisste, sie zu riechen und zu schmecken, und er genoss diese intensive Intimität, mit der sie sich ihm in diesem Moment auslieferte.

Begierig sah er ihr dabei zu, wie sie sich mit dem vibrierenden Spielzeug stimulierte. Ihre Schamlippen glänzten vor Nässe, und er blähte die Nasenflügel, um das Aroma ihrer Lust in sich aufzunehmen.

Schließlich hielt er es nicht länger aus, untätig zu bleiben, lehnte sich gegen die Bettkante und legte Kirsten eine Hand auf den Schenkel. Zitternd vor Lust, hob sie fragend den Kopf, als er sie zu sich zog. Mit einem Lächeln drückte er seine pochende Eichel zwischen ihre weichen Lippen und schob sich in die warme Feuchtigkeit ihres Körpers.

Keuchend spreizte sie die Beine, und Jeff versenkte sich vollständig in ihr. Heftig atmend verharrte er einen Moment über ihr. Er spürte die zunehmenden Kontraktionen in ihrem Inneren.

»Beweg dich nicht«, bat er.

»Ich kann nicht«, sie schnaufte aufgeregt, »ich bin so ausgehungert, dass ich es kaum aushalte, dich nur in mir zu spüren.«

Er grinste. Sie sprach das aus, was er auch fühlte, und es erregte ihn, wie sie ihn dabei ansah.

»Ich tu' dir nicht weh?«, fragte er mit einem letzten Anflug von schlechtem Gewissen. Ihn traf ein strenger Blick.

»Nein, tust du nicht. Aber wenn du jetzt nicht weitermachst, muss ich mich wohl selbst vögeln.«

Kopfschüttelnd zog er sich langsam aus ihr zurück, um erneut in sie hineinzustoßen. Kirsten wimmerte.

»Ich frage mich, wo du solche Ausdrücke herhast«, witzelte er. Ihre Finger gruben sich unsanft in seine Haare, und ihre Beine schlangen sich im nächsten Moment um seine Hüften.

»Hör endlich auf zu reden und besorg's mir!«

Mit einem heiseren Lachen kam er ihrer Aufforderung nach, drückte ihre Beine nach oben und begann, sich schneller werdend in sie hinein- und herauszubewegen. Sie gab ihm keinen Raum für eine Pause, und er ließ sich von der Leidenschaft mitreißen, mit der sie sich seinen Stößen entgegenbewegte.

Nur Augenblicke später umklammerte sie ihn bebend, warf den Kopf in den Nacken und schrie seinen Namen. Berauscht gab er dem Druck in seinem Körper nach und sackte mit den letzten konvulsivischen Stößen erschöpft über ihr zusammen.

Gemächlich schlug er die Augen auf, hob den Kopf und betrachtete die Frau, die mit glückseligem Lächeln unter ihm lag.

»Jetzt hast du also doch noch deinen Willen bekommen«, stellte er leise fest. Ihre Lider hoben sich flatternd, und das zufriedene Grinsen in ihrem Gesicht brachte ihn erneut zum Lachen.

»Das war viel besser, als ich gedacht habe«, gab sie zurück. Jeff schmunzelte.

»Wie fühlst du dich?«, wollte er wissen. Sich auf einem Arm aufstützend, legte er die Hand auf ihre linke Brust und strich über die immer noch harte Knospe. Kirsten zuckte leicht zusammen.

»Viel besser, als du vermutlich denkst.« Sie hielt seine Finger fest. »Tu das nicht, ich bin immer noch auf hundertachtzig.«

Seine Augenbrauen hoben sich spöttisch, während er sanft die Fingerspitze um ihre Brustwarze kreisen ließ. Sie erschauerte unter ihm.

»So?«

»Das kommt davon, dass du mich so lang hast warten lassen«, bemerkte sie vorwurfsvoll. »Da hat sich eine Menge angestaut.« Er lachte leise.

»Ja, ich gebe zu, ich hatte meine Skrupel.« Er ließ seine Hand über ihre Brust wandern, streichelte ihren Bauch entlang und schob sie zwischen ihre verschlungenen Körper, um den nackten Venushügel zu liebkosen. »Aber du musst zugeben, dass es sich gelohnt hat zu warten.« Vorsichtig zog er sich ein Stück aus ihr zurück und drückte sein immer noch steifes Glied erneut in die klebrige Nässe.

Kirsten holte bebend Luft, und ein Schauer überlief sie.

»Wow, ich dachte, ich bilde mir nur ein, dass du immer noch in mir bist.«

Er verteilte kleine Küsse auf ihrem Kinn und ihrer Kehle.

»Du bist nicht die Einzige, bei der sich eine Menge angestaut hat«, gab er zurück. Sie kicherte heiser und kratzte mit den Fingernägeln über seinen Rücken. Sanft kreiste er mit den Hüften. »Sag mir, ob dir das gefällt.«

»Oh Gott! Ja! Wenn du so weitermachst, sag' ich dir alles, was du hören willst«, flüsterte sie. Jeff lachte erneut.

Sanft massierte er mit dem Daumen ihre Klitoris, und Kirsten bog leise stöhnend den Oberkörper durch.

»Du hast recht«, hauchte sie, »es hat sich gelohnt zu warten.«

»Gut.« Er legte eine Hand an ihr Kinn, hielt es fest und sah ihr in die Augen. »Ab heute werde ich dir jeden Tag aufs Neue zeigen, wie sehr ich dich liebe.«

Das glückliche Lächeln in ihrem Gesicht verursachte eine wahre Hitzewelle in ihm.

»Dann hoffe ich, dass wir uralt werden.«

13

Hektisch lief Kirsten in dem Korridor auf und ab.

»Setz dich wieder hin«, bat Jeff. Sie warf ihm einen flüchtigen Blick zu und schüttelte den Kopf.

»Ich kann nicht«, gab sie zurück. »Ich hab' das Gefühl, ich dreh' gleich durch.«

»Es wird nicht besser, indem du eine Rille in den Boden läufst«, bemerkte er. Mit den Augen rollend ließ sie es zu, dass er sie neben sich auf die Bank zog und ihre Hand festhielt. »Hey, du kannst dem Tag heute ganz entspannt entgegensehen. Wir haben die Zusage doch schließlich.«

»Ja, ich weiß, trotzdem bin ich aufgeregt.«

Wenn sie ehrlich war, war das die Untertreibung des Jahrhunderts. Seit sie heute Morgen die Augen aufgeschlagen hatte und wusste, dass der große Tag gekommen war, an dem sie Jacob abholen würden, wusste sie kaum, wohin mit sich selbst. Auch Jeffs zärtliche Verführungskünste hatten sie nur kurzweilig ablenken können.

Sie wandte den Kopf und betrachtete sein Profil.

Seit gestern Nacht fühlte sie sich wieder als richtige Frau, und sie war sehr froh, dass sie ihn mit ihrer Offensive überrumpelt hatte.

Bei dem Gedanken daran, dass er genauso unersättlich gewesen war wie sie, lächelte sie still vor sich hin.

Es *war* anders gewesen – und das hatte rein gar nichts mit dem Krebs zu tun. Seit sie wusste, was er für sie empfand, war sie selbst viel entspannter und gelöster. Vor ein paar Wochen hätte sie sich nicht vorzustellen gewagt, ihn auf diese Art im Schlafzimmer zu empfangen. Doch sie fühlte sich plötzlich von einer ganz neuen Kraft erfüllt und auf eine Weise sexy, die sie vorher nicht gekannt hatte.

Nervös nestelte sie an dem Tuch herum, das sie sich heute Morgen um den Kopf gewickelt hatte. Es war ungewohnt, sich auf diese Weise zu bedecken, aber es hielt ein wenig die neugierigen und teilweise mitleidigen Blicke der Menschen ab. Ihr einziger Wermutstropfen war, dass Grace es abgelehnt hatte, sie zu diesem Termin zu begleiten. Kirsten hoffte nur, dass es ihre Beziehung nicht erneut zum Negativen veränderte.

»Mr. und Mrs. MacAllister?«

Sie sahen beide gleichzeitig zu der Sozialarbeiterin hinüber, die in der Tür zu Mrs. Hannigans Büro stand. Ihr Lächeln war herzlich.

»Schön, dass Sie da sind«, begrüßte sie die beiden, und Kirsten stand gemeinsam mit Jeff auf, um der resoluten Frau die Hand zu schütteln. Mrs. Pinkett musterte sie prüfend. »Wie geht es Ihnen, Mrs. MacAllister?«

»Ich bin ziemlich aufgeregt, aber ansonsten geht es mir gut.«

»Das ist schön zu hören … Na, dann kommen Sie doch zu uns herein, damit wir die Formalitäten erledigen können. Richter Peters wird ebenfalls gleich eintreffen.« Mit einer einladenden Geste in das Büro trat sie beiseite und ließ ihnen den Vortritt.

Mrs. Hannigan stand von ihrem Stuhl auf, begrüßte die beiden mit der gleichen Herzlichkeit und erkundigte sich im selben Atemzug nach Kirstens Gesundheitszustand. Nach ein wenig Smalltalk und den besten Genesungswünschen der gesamten Belegschaft erschien schließlich Richter Peters, und der langersehnte Zeitpunkt war gekommen … Papiere wurden ausgefüllt, der Adoptionsvertrag verlesen und unterschrieben, und schließlich stand Mrs. Pinkett ihnen breit lächelnd gegenüber und beglückwünschte sie zu ihrem künftigen Elterndasein.

»Jacob wartet schon sehnsüchtig auf seinen gepackten Koffern«, beteuerte sie.

Aufgeregt nahm Kirsten die Gratulationen entgegen und folgte Jeff auf zitternden Beinen den endlos scheinenden Korridor entlang, um hinter den beiden Damen das letzte Stück Weg zu bewältigen, das sie noch von ihrem Sohn trennte.

Ihr Sohn!

Wie das klang.

Das Herz klopfte ihr aufgeregt in der Kehle, während jeder Schritt sich endlos zu dehnen schien. Sie hoffte, die lange Zeit der Trennung hätte sie in ihrer Beziehung zu Jacob nicht allzu sehr zurückgeworfen. Sie wusste, sie würde erneut um das wenige Vertrauen kämpfen müssen, das sie sich vor einer gefühlten Ewigkeit erarbeitet hatte.

Die letzte Woche ohne ein Lebenszeichen von ihm war hart gewesen, und es hatte sie große Überwindung gekostet, nicht jeden Tag bei Mrs. Pinkett anzurufen, um diese zu nerven. Nun brachte sie die ersten Meter ihres Lebens als Mutter hinter sich.

Kirsten schluckte an den Tränen, die ihr plötzlich im Hals hinaufkrochen. Sie hatte diesem neuen Kapitel ihres Lebens ewig entgegengefiebert, und nun begleiteten sie so viele Ängste und Zweifel, über die sie sich zuvor nie Gedanken gemacht hatte.

Würde Jacob sie als Mutter annehmen?

Würde sie alle Probleme bewältigen können?

Was war, wenn sie den Kampf gegen den Krebs verlor?

Jeff hatte nicht darüber reden wollen und versprochen, er würde sich im Fall der Fälle kümmern … aber eine befriedigende Lösung war das für Kirsten nicht. Sie wollte die Gewissheit haben, dass ihre Familie trotz aller Widrigkeiten zusammenstand und nichts sie auseinanderreißen konnte.

Die letzten Tage und Stunden hatten so viele Überraschungen für Kirsten bereitgehalten: Jeffs Geständnis, dass er sie liebte, die Aussprache mit Grace, das Okay der Adoptionsbehörde … Da, wo vorher Furcht vor einer ungewissen Zukunft und die Enttäuschung über die geplatzten Träume gewurzelt hatten, loderte nun wieder das Licht der Hoffnung. Sie wollte daran glauben, dass alles gut würde – aber es fiel ihr immer noch ein wenig schwer, all die negative Last einfach abzustreifen.

Tief durchatmend griff sie nach Jeffs Hand und drückte seine Finger. Als er sich zu ihr umwandte, sah sie ihm in die Augen und lächelte ihn an.

»Heute ist der erste Tag vom Rest unseres Lebens«, stellte sie fest. Stirnrunzelnd blieb er stehen und musterte sie nachdenklich.

»Ich fürchte, ich kann dir gerade nicht ganz folgen«, bemerkte er.

Kirstens Lächeln vertiefte sich. »Das macht nichts, versprich mir einfach, dass wir füreinander da sein werden – ganz gleich was in der Zukunft auf uns wartet.«

»Ich verspreche es«, gab er zurück. Den Kopf schiefgelegt, nickte er zu den beiden Frauen, die ebenfalls stehen geblieben waren und zu ihnen hinübersahen. »Bist du bereit, dein freies, ungebundenes Leben gegen die Verantwortung für ein Kind einzutauschen?«

»Nein«, erwiderte sie leise. Als seine Augenbrauen sich überrascht nach oben bogen, griff sie nach seiner anderen Hand und hielt sie ebenfalls fest. »Aber ich bin bereit, dieses Geschenk anzunehmen und zu lernen, damit umzugehen.«

Jeff grinste, drückte sie an sich und küsste sie kurz auf die Lippen.

»Dann auf zu Jacob … Mommy!«

Hätte das Radio sie nicht in einem fort mit Musik beschallt, wäre der Wagen von geradezu unangenehmer Stille erfüllt gewesen. Kirsten fing einen Blick von Jeff auf, der im Rückspiegel zu ihr hinübersah. Sie lächelte schief und betrachtete zum wiederholten Male den Jungen, der neben ihr im Kindersitz saß.

»Wie fühlst du dich?«, wollte sie wissen.

Jacob hob kaum den Kopf und zuckte nur mit den Schultern.

»Okay«, war die leise Antwort.

Sie unterdrückte einen enttäuschten Seufzer.

Ein bisschen hatte sie wohl gehofft, er würde sich mehr freuen, sie wiederzusehen – oder es wenigstens offener zeigen, falls er es doch tat.

Tatsächlich fühlte sie sich eher so wie in den Stunden der ersten drei Tage, die sie bei ihm im Kinderheim verbracht hatte. Jacob war still und in sich gekehrt.

Als sie ihn in dem Schlafsaal aufgesucht hatten, hatte er tatsächlich im wahrsten Sinne des Wortes auf seinen gepackten Koffern gesessen. Allerdings wirkte er nicht wie das fröhliche Kind, mit dem sie vor einer gefühlten Ewigkeit in ihrem Krankenhausbett herumgeblödelt hatte.

Stattdessen hatte er ihnen artig guten Tag gesagt und die Hand gereicht wie ein perfekt geschulter Roboter. Er war höflich und wortkarg … und Kirsten wurde das Gefühl nicht los, dass sie selbst an dieser Situation schuld waren.

Zweimal hatten sie ihn wieder in das Kinderheim zurückgebracht und ihm dabei versprochen, ihn schon kurz darauf wieder zu besuchen – und beide Male hatten sie ihre Versprechen gebrochen. Auch wenn keine böswillige Absicht dahinter war, sein Vertrauen hatte schwer darunter gelitten.

»Es tut mir leid, Jacob«, flüsterte Kirsten. Er wandte zögernd den Kopf und sah ihr in die Augen. »Es tut mir leid, dass wir unsere Versprechen nicht gehalten haben. Erst war ich es, die nicht wiederkommen konnte, und dann Jeff. Aber ich schwöre dir, du kommst mit uns nach Hause und musst nie wieder gehen – wir lassen dich jetzt nicht mehr allein.«

Einen Moment lang sah er sie nur wortlos an.

»Du wirst nicht sterben?«, wollte er wissen. Kirsten spürte, wie ihr die Frage einen Stich versetzte. Ein Kind in diesem Alter sollte sich über solche Dinge keine Gedanken machen. Tief durchatmend griff sie nach seiner kleinen Hand und war froh, dass er sie ihr nicht wieder entzog.

»Irgendwann sterben wir alle einmal, Jacob. Das ist der Lauf des Lebens – wir werden geboren, aus Kindern werden Erwachsene, wir leben mit etwas Glück viele gute Jahre, und wenn wir alt sind, ist es Zeit für uns einzuschlafen und nicht wieder aufzuwachen.«

»Bist du schon so alt, dass du sterben musst?«

»Eigentlich nicht, Schatz, aber manchmal werden wir krank – und es kann vorkommen, dass wir nicht das Glück haben, alt zu werden und graue Haare zu kriegen, sondern dass wir schon früher sterben. Natürlich ist das nicht schön, und wir alle sind traurig … aber weißt du … wir können trotzdem das Beste aus der Zeit machen, die uns gemeinsam bleibt. Wir können sie viel intensiver genießen, weil wir uns bewusst sind, wie wichtig es ist, zusammen zu sein und einander gernzuhaben.«

Jacob nickte verständig, betrachtete seine Hände und warf Kirsten einen weiteren langen Blick zu.

»Dann wirst du mich allein lassen, weil du es musst, nicht, weil du es willst«, stellte er fest.

Sie starrte ihn an, und in ihr machte sich ein Hauch von Entsetzen breit. Worüber dachte dieses Kind nur nach? Langsam begriff sie, dass seine wortkarge Art offenbar nichts anderes war als Selbstschutz. Bislang hatte er immer nur erlebt, dass Menschen, die ihm wichtig waren, ihm auf die eine oder andere Art wehtaten – entweder, indem sie ihm körperliche Schmerzen zufügten, oder aber, weil sie plötzlich einfach fort waren und ihn einsam und alleine zurückließen. Beides hatte tiefe Wunden in seiner kleinen Seele hinterlassen.

Mit einem Gefühl von Bedauern griff sie unter sein Kinn und hob es ein wenig an. Sein Blick war traurig, als sie ihm in die Augen sah.

»Ich kann dir nicht versprechen, dass ich bleiben werde, bis du selbst alt und grau bist, Jacob. Aber ich kann dir versprechen, dass ich alles dafür tun werde, um vielleicht wieder gesund zu werden und so viel Zeit wie möglich für dich zu haben. Du sollst erleben, wie es ist, Teil einer richtigen Familie zu sein … wenn du das möchtest!?«

Die Zähne in die Unterlippe gegraben, nickte er langsam.

»Ja, schon.«

Das stumme Aber, das hinter diesem kurzen Satz hing, war unmöglich zu ignorieren.

»Denkst du, dass es nicht funktioniert?«, wollte Kirsten wissen. Jacob zuckte mit den Schultern, entzog sich ihrer Hand und betrachtete wieder konzentriert seine Finger.

»Ich weiß nicht«, flüsterte er leise.

Tief durchatmend lehnte sie sich gegen den Sitz und musterte ihn prüfend.

»Wir haben dich sehr enttäuscht, Jacob. Das tut mir leid.« Sie warf einen Blick zu Jeff, der zwar konzentriert den Wagen durch den Verkehr lenkte, aber dessen Interesse ebenso aufmerksam seinen beiden Passagieren galt. »Es tut uns beiden leid«, stellte Kirsten fest und sah wieder Jacob an. »Glaubst du, du kannst uns irgendwann verzeihen?«

Er warf ihr nur einen flüchtigen Blick unter halbgesenkten Lidern zu, ehe er sich wieder in seine Ecke der Rückbank kauerte und eine Mischung aus Kopfnicken und Achselzucken zeigte. Kirsten unterdrückte einen Seufzer. Im Augenblick war das vermutlich das Beste, was sie bekommen konnte.

»Willst du noch lange malen?«, wollte Jeff wissen.

Sie zuckte leicht zusammen, als er hinter sie trat und sie sanft an seine Brust zog. Kirsten schloss einen Moment lang die Augen, lehnte sich mit dem Rücken gegen ihn und genoss die Wärme seiner Umarmung.

Nach dem Abendessen hatte sie sich in ihr Atelier zurückgezogen, um sich abzulenken. Ihr schwirrte der Kopf, und sie wollte ihre Gedanken sortieren.

Jacob war den ganzen Tag in seinem Zimmer geblieben. Auf

ihre Vorschläge, gemeinsam etwas zu unternehmen, hatte er ablehnend reagiert, stattdessen hatte er die meiste Zeit malend oder puzzelnd an seinem Schreibtisch gesessen, wenn Kirsten sporadisch bei ihm vorbeigeschaut hatte.

Als sie ihn schließlich zum gemeinsamen Abendessen abholte, war zu ihrer Verwunderung ausgerechnet Grace bei ihm gewesen, und die beiden hatten die Köpfe zusammengesteckt. Ganz gleich, was ihre Anwesenheit zu bedeuten hatte, Jacob war bei Tisch deutlich zufriedener und gelöster gewesen als auf der Fahrt hierher.

Langsam schien er anzukommen, und auch Grace nahm endlich wieder an einer gemeinsamen Mahlzeit mit der Familie teil. Es war ein wirklich sehr schönes Zusammensein gewesen. Sie hatten sich entspannt über Alltäglichkeiten unterhalten und das gemütliche Miteinander genossen. Als Kirsten Grace später beiseitenahm und sie leise bat, das Gespräch mit Jeff noch einmal zu suchen, hatte diese versprochen, es erneut zu versuchen, wenn sie den Termin bei ihrem Arzt hinter sich gebracht habe.

Der Mittwochabend war sehr viel angenehmer ausgeklungen, als der Morgen es hatte vermuten lassen.

»Sprichst du noch mit mir?«

Blinzelnd wandte sie sich in Jeffs Armen um und sah ihn an. Sie war so in Gedanken versunken gewesen, dass sie seine Frage tatsächlich ausgeblendet hatte. Sanft berührte sie mit den Fingern seine Wange. Als er nach ihrer Hand griff, um einen Kuss auf ihre Handinnenfläche zu senken, überlief sie ein Schauer.

»Entschuldige, mir geht im Augenblick so viel durch den Kopf«, erwiderte sie leise. »Ich glaube, für heute kann ich Schluss machen.«

Über ihren Kopf hinweg betrachtete er die Leinwand, an der sie arbeitete.

»Eigentlich finde ich deine alten Bilder schöner«, stellte er nachdenklich fest, »aber dieser neue Stil fühlt sich irgendwie vertrauter an.« Er sah ihr in die Augen. »Als wärest das mehr du.«

Mit einem Lächeln nickte sie.

»Ja, für mich fühlt es sich auch an, als wäre ich endlich dort angekommen, wo ich immer hinwollte«, gab sie zurück. »Es fügt sich alles ineinander.« Den Kopf schiefgelegt, sah sie ihn an. »Hast du es auch schon mal versucht?«

»Was versucht?«, fragte er zurück.

»Zu malen.«

Jeff lachte leise auf und hob abwehrend die Hände.

»Nein, ich bin völlig unbegabt – das überlasse ich lieber Profis wie dir.«

»Woher willst du wissen, wie begabt oder unbegabt du bist, wenn du es noch nie versucht hast?« Sie zog ihn hinter sich her zu der zweiten Staffelei, auf der eine noch unberührte Leinwand stand. »Ich finde, heute ist der perfekte Abend, um es auszuprobieren.«

»Du bist verrückt«, stellte er fest. Ihm zuzwinkernd, grinste Kirsten.

»Ein bisschen vielleicht«, gab sie zurück. Er schüttelte belustigt den Kopf, als sie ihm einen Pinsel in die Hand drückte.

»Du willst dir das Elend ernsthaft ansehen?«, fragte er.

»Versuch es«, ermutigte sie ihn und deutete auf die Palette, die sie zur Hand nahm und auf die sie nun einen Klecks dunkles Grau gab. »Du hast nichts zu verlieren, und vielleicht macht es dir sogar Spaß.«

»Okay … aber für's Protokoll: Ich tu das nur, weil du mich dazu nötigst.« Er tauchte vorsichtig den Pinsel in die Farbe und wandte sich mit sichtbarem Unbehagen der Leinwand zu, die vor ihm stand. Kirsten legte ihm eine Hand auf den Arm.

»Warte, wir beginnen gemeinsam«, bemerkte sie. Sie trat halb hinter ihn, legte ihre Finger auf sein Handgelenk und lenkte ihn schließlich mit vorsichtigen Pinselstrichen über die vorbereitete Fläche. Die anfängliche Anspannung, die ihn ergriffen hatte, wurde langsam weniger, und sie spürte, wie er zunehmend sicherer wurde.

Als er den Arm schließlich sinken ließ, blickte ihnen das schattenhafte Porträt eines Mannes entgegen. Kirsten gab einen begeisterten Laut von sich.

»Du hast doch Talent«, stellte sie fest.

Jeff ließ den Pinsel in das Glas mit Lösungsmittel fallen und betrachtete sein Werk skeptisch. »Du hast meine Hand geführt.«

Kirsten umarmte ihn von hinten, schmiegte sich an seinen Rücken und legte die Wange an seinen warmen Körper.

»Sie lag nur auf deinem Handgelenk, gemalt hast du selbst«, gab sie zurück. Tief atmete sie seinen Duft ein und fühlte sich für einen Augenblick gefangen in einer Blase aus purem Glück. Trotz des Schicksalsschlags, der sie getroffen hatte, waren die letzten Wochen eindeutig die besten ihres Lebens gewesen, mit all ihren Höhen und Tiefen. Sie wollte dieses Gefühl unbedingt teilen. »Ich liebe dich.«

Er wandte sich zu ihr um und schloss die Arme um sie.

»Ich liebe dich«, erwiderte er leise. Zwei Finger unter ihr Kinn gelegt, hob er ihr Gesicht an und berührte zart ihre Lippen mit seinen. Kirsten seufzte leise.

»Bist du glücklich?«

Er wirkte überrascht, als er sie musterte.

»Glücklich?«, wiederholte er irritiert.

»Ja, jetzt in diesem Moment … bist du glücklich?«

Jeff zog sie noch ein wenig näher, die Lippen nur Zentimeter von ihrem Mund entfernt, und sah ihr in die Augen.

»Ich *bin* glücklich«, erwiderte er leise. »Du bist bei mir, jetzt und hier.«

»Gut.«

Seine Augenbrauen hoben sich amüsiert.

»Was ist mit dir?«, wollte er wissen. Kirstens Lächeln wurde breiter.

»Ich bin nicht nur glücklich«, flüsterte sie und stellte sich auf die Zehenspitzen. Sein Atem strich über ihre Lippen. »Ich bin gesegnet – mit zwei wunderbaren Kindern und einem Mann, der mich liebt.«

Jeff grinste. »Du weißt schon, dass du mit mindestens einem dieser wunderbaren Kinder auch weiterhin die eine oder andere Kollision haben wirst?«

Ein Lachen unterdrückend, nickte Kirsten. »Ja, vielleicht sogar mit beiden, aber ich habe keine Angst mehr davor – ich freue mich darauf.«

»Eine sehr positive Einstellung«, stellte er fest.

Seine Lippen berührten ihre eigenen. Zärtlich, fast fragend, und Kirsten gab ihm die Antwort, indem sie eine Hand in seinen Nacken legte und ihn näher zog. Als seine Zunge sich sanft einen Weg zwischen ihre Lippen bahnte, hieß sie ihn sehnsüchtig willkommen. Sie umkreisten einander wie im Tanz, während Jeff sie eng an sich drückte und Kirsten deutlich seine beginnende Erregung spürte.

Sich von seinen Lippen lösend, griff sie nach seiner Hand und führte ihn hinter sich her. Sie löschte das Licht im Atelier, zog Jeff mit sich ins Schlafzimmer und drückte die Tür ins Schloss.

Der Raum blieb dunkel, nur erhellt vom schwachen Licht des zunehmenden Mondes. Atemlos drängte sie sich an ihn und suchte seinen Mund mit ihren Lippen. Sein Kuss war hungrig und warm, seine Zunge strich suchend über ihre eigene, und Kirsten rieb sich an seiner wachsenden Erektion.

Sie spürte sein Lächeln mehr, als dass sie es sah, und war umso erstaunter, als er nach ihren Fingern griff und sie von seinem Nacken löste.

»Einen Moment.« Irritiert runzelte sie die Stirn und versuchte, in der Dunkelheit sein Gesicht zu erkennen. »Warte hier«, flüsterte er in die Stille hinein.

Jeff bewegte sich vor ihr durch das Zimmer, und sie sah, wie er zum Bett hinüberging, wo der Mond einen bleichen Streifen Licht durch das Fenster hineinwarf. Das Gesicht ihr zugewandt, knöpfte er langsam sein Hemd auf. Kirsten starrte ihn wie hypnotisiert an, während ihre Augen den Bewegungen seiner Finger folgten, und sie spürte, wie das Blut schneller durch ihre Adern pulsierte.

Als er das Hemd von den Schultern streifte, betrachtete sie sehnsüchtig seine breite Brust mit den dunklen Haaren darauf. Es fiel ihr schwer zu bleiben, wo sie war, aber sie ahnte, dass er genau darauf hoffte. Er wollte, dass sie ihm zusah.

Ihr Mund wurde trocken, als er den Hosenknopf löste und den

Reißverschluss herunterzog. Ihre Finger zitterten leicht. Kirsten konnte fühlen, wie es zwischen ihren Schenkeln lustvoll kribbelte.

Gebannt sah sie dabei zu, wie er seine Hose samt Slip auszog und schließlich nackt vor ihr stand. Es erregte sie maßlos, wie zwanglos er sich ihr präsentierte und wie keck sich ihr der Beweis seiner Erregung entgegenreckte. Ihr Atem ging schneller, und sie spürte, wie ihre Säfte überflossen.

Selbstkontrolle gehörte nicht gerade zu ihren herausragenden Eigenschaften, und es fiel ihr schwer, an der Tür zu verharren und ihn nur ansehen zu dürfen.

»Willst du mich anfassen?«, wollte er wissen. Sie schluckte.

»Ja«, hauchte sie. Ein schmales Lächeln lag auf seinen Lippen.

»Noch nicht«, bemerkte er. Kirsten unterdrückte ein Stöhnen. »Zieh deine Bluse aus und wirf sie herüber.«

Ihre Finger zitterten und erschwerten es ihr zusätzlich, die Knöpfe so schnell zu öffnen, wie sie es sich gewünscht hätte. Schließlich war sie beim letzten angekommen, ließ den Stoff von den Schultern gleiten und warf Jeff ihre Bluse zu.

Er versenkte sein Gesicht darin und atmete tief ein.

»Gut, jetzt deine Hose.« Sein Ton war sanft, aber bestimmt. Sie öffnete die Bermudas, streifte sie von den Hüften und warf sie ihm zu. Wie bei der Bluse versenkte er auch diesmal sein Gesicht in dem Stoff, atmete tief ein und legte ihn schließlich beiseite.

»Gib mir deinen BH.«

Ihr Herzschlag raste, als sie die zarte Seide abstreifte, und sie seufzte leise, als der weiche Stoff über ihre empfindsamen, harten Brustwarzen strich. In der Dunkelheit, die in ihrem Teil des Zimmers herrschte, konnte sie selbst kaum ihren eigenen Körper erkennen, und trotzdem war sie sich nur allzu bewusst, wie schwer ihre Brüste sich plötzlich anfühlten und dass die Feuchtigkeit zwischen ihren Schenkeln gewiss nicht von der Junihitze herrührte.

Sie warf Jeff den BH zu und schob eine Hand über ihren Venushügel nach unten, als er auch in diesem Kleidungsstück seine Nase versenkte, um ihren Duft einzuatmen. Er gab ein wohliges Stöhnen von sich, und Kirsten entging keineswegs, dass sein hartes Glied leicht zuckte und die Spitze verdächtig glänzte.

Ihre Finger berührten die harte, erregte Knospe zwischen ihren Schenkeln und liebkosten sie sanft. Diese Situation war seltsam, drei Meter von Jeff entfernt stand sie ihrem nackten Mann in der Dunkelheit gegenüber und befriedigte sich selbst, weil er sie – allein durch den Anblick, den er bot – verrückt machte.

»Ich will dein Höschen«, flüsterte Jeff rau. Kirsten erschauerte, zog den dünnen Stoff über ihre Schenkel nach unten und stieg hinaus. Es war nass, wo es ihren Schritt bedeckt hatte, und der unverkennbare Duft ihrer eigenen Lust stieg ihr in die Nase. Sie war gleichzeitig beschämt wie erregt, als sie es ihm zuwarf.

Er hielt es vor sein Gesicht, schloss die Augen und atmete tief ein. Langsam und gleichmäßig hob sich sein Brustkorb. Sie sah, wie seine Hände leicht zitterten und seine Hüften sacht nach vorn zuckten. Kirsten biss sich auf die Lippe.

Er würde sie doch jetzt nicht noch länger warten lassen, oder? Sie sehnte sich danach, ihn endlich zu berühren und das Gleiche zu tun, was er tat … Sie wollte ihn riechen und schmecken, sie wollte ihm nahe sein.

»Komm zu mir – ganz langsam.« Er sprach so leise, dass sie ihn kaum noch verstand, aber sie gehorchte sofort. Sich zur Ruhe zwingend, ging sie bedächtig vorwärts und trat nach wenigen Augenblicken in den hellen Lichtkegel des Mondes.

»Bleib stehen.«

Sie tat, was er sagte. Als sein Blick ihren nackten Körper abtastete, erreichte das Pulsieren zwischen ihren Schenkeln eine fast schon unangenehme Intensität. Kirsten atmete flacher und starrte ihn an. Zentimeter entfernt von dem Mann, dessen erregter Körper ihr die ersehnte Erfüllung versprach, verharrte sie nervös.

Sein Blick glitt geradezu liebkosend über sie und glich einer kaum wahrnehmbaren Berührung. Sie spürte, wie etwas feucht an der Innenseite ihres Schenkels hinunterlief. Ihre Wangen brannten, und ihr Körper lechzte nach Jeffs Berührung, doch er stand nur wortlos da und sah sie an.

»Was nun?«, wollte sie wissen. Er lächelte und näherte sich ihr um wenige Zentimeter. Gerade nah genug, dass er seine rechte Hand auf ihre linke Brust legen und sein Zeigefinger einen Kreis um den erregt aufgerichteten Nippel malen konnte.

Kirsten stöhnte gequält auf.

Sie fühlte sich, als stünde sie in Flammen. Ihr Körper brannte lichterloh, und die pulsierende Leere zwischen ihren Schenkeln ließ sie fast in den Knien einknicken.

»Bitte, Jeff.«

Es war nur ein Wispern, das über ihre Lippen kam, und doch ließ es ihn die letzte Distanz zu ihr überbrücken, und sein fester, heißer Körper drückte sich an ihren. Seine Lippen verschlossen ihren Mund, und seine Finger waren plötzlich überall.

Streichelnd auf ihrem Rücken, wanderten sie kurz hinauf zu ihrem kahlen Kopf und hielten ihr Gesicht zärtlich umfangen, während er sanfte, warme Küsse auf ihren Lippen platzierte. Als seine Zunge sich über ihre schob und sein Kuss fordernd und drängend wurde, schlang sie ihm die Arme um den Nacken.

Seine Hände strichen erneut über ihren Rücken, diesmal hinab zu ihrem Po, wo er die Backen spreizte und mit dem Daumen durch die weiche Spalte strich. Sie spürte, wie sein Penis sich feucht und hart gegen ihr Schambein drückte.

Er hob sie hoch, und sie schlang ihm die Beine um die Hüften. Sofort spürte sie seine pochende Eichel an ihrem Eingang, während er sich widerstrebend von ihren Lippen löste.

Seine Hand tastete sich über ihren Oberschenkel zu ihrem Schoß, und zwei Finger schoben sich zwischen ihre Schamlippen. Kirsten atmete nur noch in kurzen Stößen, während er sie auseinanderzog und sanft ihre Klitoris rieb. Feuer walzte durch ihre Adern, und sie begann zu zittern.

»Als ich dein nasses Höschen in den Fingern hielt, dachte ich schon, dass du erregt bist«, bemerkte er heiser. Sein Daumen löste den Finger ab und stimulierte weiter die überaus empfindliche Perle.

Kirsten keuchte laut, krallte eine Hand in Jeffs Haare und hätte vor Erleichterung fast aufgeheult, als er zwei Finger in ihr versenkte. Sie schob ihr Becken vor und zurück, um ihn tiefer zu spüren. Doch er gewährte ihr nur einen kurzen Moment auf dem Weg zum Höhepunkt, ehe er seine Finger wieder aus ihr gleiten ließ und seine Hand zwischen ihren Gesichtern nach oben führte.

Er steckte sich den nass glänzenden Mittelfinger in den Mund und lutschte ihn genüsslich ab, während Kirsten zitternd und zunehmend unbequem an ihm hing und die Frustration sich in ihr breitmachte. Ihr Schoß verlangte zuckend danach, wieder gefüllt zu werden.

Jeff sah ihr in die Augen und hielt ihr den Zeigefinger hin. Gehorsam öffnete sie den Mund und leckte ihre eigenen Säfte von seiner Haut. Die Begierde in ihr wuchs ins Unermessliche, während sie genießerisch seinen Finger lutschte und ihm dabei in die Augen sah.

»Sag mir, was du schmeckst?«, bat er rau. Sie leckte sich die Lippen.

»Mich selbst«, gab sie zurück.

Jeff lächelte, und erneut legten sich seine Hände auf ihren Hintern. »Willst du mehr davon?«

»Ich glaube, du weißt, was ich jetzt will«, erwiderte sie atemlos und küsste ihn. Jeff löste sich von ihren Lippen, legte den Kopf schief und betrachtete sie zufrieden, ehe er nach ihren Hüften griff und Kirsten anhob.

»Nun, ich bin mir ziemlich sicher, dass ich weiß, was du jetzt *brauchst.*«

Als er sie auf den Boden stellte, erreichte die Frustration einen neuen Höhepunkt, und sie war nur noch einen Bruchteil davon entfernt, sich auf ihn zu stürzen. Diese Verzögerung gefiel ihr gerade gar nicht. Ihr Körper lechzte nach Erlösung, und sie wollte nichts mehr, als ihn endlich ganz und gar zu spüren.

Stattdessen führte er sie nun in die Dunkelheit ihres Schlafzimmers zurück und in das angrenzende Bad, wo bereits die Jalousien die Fenster verdunkelten und tiefe Schwärze sie umfing.

»Ich kann nichts sehen«, flüsterte sie.

Jeff zog sie näher und drehte sich einmal mit ihr im Kreis. Kirsten verlor die Orientierung.

»Du sollst nicht sehen, du sollst fühlen«, erwiderte er tonlos. Sie spürte ihn hinter sich, sein warmer Körper, der sich an ihren drängte, sein Atem, der über ihre Haut strich, und dieser pochende, heiße Penis, der sich gegen ihren Po drückte.

Seine Hände glitten über ihre Schultern, an ihren Armen entlang und zu ihren Händen hinab, dann beugte er ihren Oberkörper nach vorn, und Kirsten spürte das Waschbecken unter ihren Fingern.

Flüssige Hitze, wie geschmolzenes Glas, pulsierte durch ihre Adern und ließ sie erzittern. Die lustvolle Nässe zwischen ihren Beinen lief ihr die Schenkel hinab. Nichts konnte sie sehen, selbst der Umriss der Tür zum Schlafzimmer war nur noch ein kaum wahrnehmbarer Schatten.

Aber sie konnte fühlen.

Und sie spürte Jeffs Hände, die sich einen Weg zu ihren Brüsten suchten. Seine Finger, die ihre empfindsamen Brustwarzen leicht drückten und lang zogen. Sie atmete schnell und flach, während sie ihm breitbeinig den Hintern gegen die Leisten drückte und sich auffordernd an seinem harten Glied rieb, das er ihr immer wieder entzog.

Er trat einen kleinen Schritt beiseite, und sie spürte das Gewicht seiner Erektion an ihrer Hüfte. Frustriert ließ sie den Kopf nach vorn sinken und verfluchte ihn für eine Sekunde. Doch schon im nächsten Moment fuhr er ihr mit einer Hand über ihren Rücken, streichelte über ihren Po und drang unvermutet mit zwei Fingern in sie ein.

Sie stöhnte.

»Das gefällt dir, oder?«, wollte er wissen. Sie gab einen unartikulierten Laut von sich, der nur entfernt nach einer Zustimmung klang. Er lachte leise. »Bleib genau so stehen und beweg dich nicht.«

Erneute Leere in ihr, und plötzlich war er fort.

»Jeff?«

»Pst.«

Er war immer noch irgendwo in diesem Raum, aber eben nicht mehr in unmittelbarer Nähe. Das Herz klopfte ihr vor Aufregung im Hals. Nichts zu sehen, gab diesem Spiel einen völlig neuen Anreiz.

Sie hörte, wie das Wasser in der Dusche aufgedreht wurde.

Was sollte das?

Warme, feuchte Luft machte sich breit, aber sie konnte nicht erkennen, ob Jeff tatsächlich duschen gegangen war. Im nächsten Augenblick spürte sie ihn hinter sich und etwas Glattes, Kühles, das in sie eindrang. Der Vibrator!

Die Muskeln in ihrem Inneren zogen sich zusammen, und für einen Moment befürchtete sie, die Beine würden unter ihr nachgeben. Ihr Seufzen und Stöhnen, während er das Liebesspielzeug langsam in sie hineinschob und wieder herauszog, ging im Rauschen der Dusche unter. Kurz bevor sie sich endgültig ihrem Höhepunkt ergeben konnte, hörte er auf.

Sie fluchte laut, und er antwortete mit einem leisen Lachen. In der nächsten Sekunde riss Kirsten überrascht die Augen auf, als sie den glitschigen Vibrator an ihrem Hintereingang spürte. Sie hatten nur selten versucht, was Jeff da nun tat, und es nie zu Ende gebracht. Trotz der überschäumenden Erregung, in der sie sich befand, blieb noch ein kleiner Rest Skrupel.

Allerdings blieb ihr jeder Protest im Hals stecken, als Jeff begann, erneut ihre Klitoris zu stimulieren, und der Vibrator sich um Millimeter tiefer schob. Lieber Himmel, sie hatte sich all die Jahre vor dem gefürchtet, was dieses Gefühl in ihr anrichten würde, und nun war es … einfach nur geil!

Eine Winzigkeit schmerzhaft erfüllte es sie mit einer merkwürdigen Mischung aus schwindender Scham und purer Gier. Sie griff mit einer Hand nach hinten, drückte ihre Finger in die Hinterbacke und versuchte, Jeff mehr Platz zu machen. Ihre Beine zitterten, und der Höhepunkt baute sich erneut in ihr auf.

Die Haare auf seinen Oberschenkeln kitzelten an ihren Hinterbacken, als er näher rückte. Sie spürte kaum noch, wie sein Gewicht sie gegen das Waschbecken drückte, während der Vibrator sich langsam in ihr bewegte und sie genussvoll dehnte.

Dann war er da. Seine pralle Eichel teilte ihre Schamlippen und versenkte sich warm und schwer in der engen Nässe ihres Körpers. Sie spürte jede einzelne Ader, die pochend den harten Schaft schmückte, und die Reibung seines pulsierenden Gliedes in ihrem Inneren ließ Kirsten endgültig abheben.

Mit lautem Stöhnen ließ sie sich auf den Wellen ihrer Ekstase davontragen. Jedem Stoß warf sie sich entgegen, und nie zuvor hatte sie sich so vollkommen ausgefüllt gefühlt. Hitze walzte durch ihre Adern. Gänsehaut überzog ihren Körper, und in ihrem Unterleib zogen sich endlos viele Muskeln zusammen, die den fordernd stoßenden Penis in ihr zu halten versuchten.

Sie bäumte sich auf, als Jeff sich synchron mit dem Vibrator bewegte und seine andere Hand ihre Klitoris massierte. Unfähig, sich noch länger auf den Beinen zu halten, drängte sie sich ihm hilflos zuckend entgegen und verlor sich in ihrem Höhepunkt. Bunte Lichter tanzten vor ihren Augen, und sie wurde durchflutet von einem endlos scheinenden Beben.

14

Ihr war schlecht – unglaublich schlecht.

Blinzelnd öffnete sie die Lider und hob einen Arm an, um ihre Augen gegen die Helligkeit zu schützen, die ungehindert durch das Fenster ins Zimmer drang. Gestern hatte sie sich noch gefühlt, als könnte sie fliegen, und heute wurde sie wach mit Magenschmerzen und Übelkeit.

Sie atmete flach und versuchte sich auf etwas anderes zu konzentrieren. Den Kopf drehend, sah sie zu dem Radiowecker hinüber, der neben dem Bett stand. Kurz vor halb sieben am Donnerstagmorgen. Jeff saß sicher schon gemeinsam mit Jacob und Grace beim Frühstück, während sie immer noch faul hier herumlag.

Mit einem Seufzer drehte sie sich auf die Seite und richtete sich auf. Einen Moment blieb sie zögernd auf der Bettkante sitzen. Ein Teil von ihr wollte die Augen schließen und sich die Decke über den Kopf ziehen, um weiterzuschlafen. Doch die penetrantere Hälfte machte ihr mit zunehmendem Druck klar, dass an Schlaf heute nicht mehr zu denken war.

Sie fühlte sich wie gerädert.

Was wohl in erster Linie daran lag, dass Jeff und sie Stunden damit zugebracht hatten, sich zu lieben, und erst weit nach Mitternacht zur Ruhe gekommen waren. Sie war eben keine fünfundzwanzig mehr, und manchmal hatte sie das Gefühl, Jeff verfügte über weitaus mehr Kondition als sie, obwohl er fast vierzig war.

Es war nicht fair, dass die Krankheit ihr so viel Kraft raubte. Gähnend streckte sie die Arme über den Kopf und reckte sich sachte. Sie fühlte sich ein wenig wund nach der letzten Nacht, trotzdem konnte sie nicht verhindern, dass sich ein zufriedenes Lächeln auf ihren Lippen breitmachte.

Es war schön gewesen, und seine Verführungsnummer hatte ihr ausgesprochen gut gefallen, ganz zu schweigen von dem, was danach gekommen war. Sie ließ die Arme sinken, schloss einen Moment die Augen und atmete tief durch. So nah wie in den letzten Tagen waren sie sich noch nie gewesen, und es schenkte ihr den Mut und die Kraft, einfach weiterzumachen. Sie war bereit, daran zu glauben, was Jeff immer sagte – irgendwie würden sie das alles hinbekommen.

Enthusiastisch klatschte sie in die Hände.

In der nächsten Sekunde sprang sie auf die Füße, rannte in das Bad hinüber und schaffte es gerade noch, die Toilettenbrille hochzuklappen, ehe sie sich übergab.

Sie hatte kaum die Küche betreten, als Jeff ihr bereits einen besorgten Blick zuwarf.

»Ist alles in Ordnung?«, wollte er wissen. Kirsten verzog die Lippen zu einem kläglichen Lächeln und nickte.

»Ja, mir ist heute Morgen nur ein bisschen schlecht, aber es geht schon«, wiegelte sie ab. Sie wollte nicht, dass er sich noch mehr Sorgen machte, als er es ohnehin schon tat. Mit einem aufmunternden Zwinkern trat sie neben Jacob, strich ihm über den Kopf und fragte, wie er geschlafen habe.

»Gut«, gab er zurück. Sein Misstrauen vom Vortag schien langsam zu weichen, denn noch während er in seinen Toast mit Marmelade biss, wollte er wissen, was sie heute machten.

Kirstens Lächeln wurde noch ein bisschen breiter, während sie neben ihm Platz nahm und ihren Teller beiseiteschob.

»Na ja, geplant hatten wir noch nichts, oder?« Jeff schüttelte den Kopf, als sie ihm einen fragenden Blick zuwarf. Achselzuckend deutete sie auf Jacob. »Das heißt, du darfst im Grunde selbst entscheiden, was du tun möchtest.«

Er wirkte einen Moment lang überfordert, presste die Lippen aufeinander und blies die Wangen auf.

»Darüber muss ich nachdenken«, bemerkte er schließlich.

»Wir haben Zeit genug«, gab sie zurück. Sie zog ihre Tasse näher zu sich und goss sich einen Tee ein.

»Hast du keinen Hunger?«

Sie fing Jeffs durchdringenden Blick auf, als sie den Kopf hob, und unterdrückte einen Seufzer. Natürlich war er direkt wieder alarmiert, wenn sie das Frühstück verweigerte. Aber nachdem ihr Magen sich eben auf links gedreht hatte, war ihr nun wirklich nicht danach, ihn mit irgendwelchen Nahrungsmitteln zu befüllen.

»Nein, ich musste mich vorhin übergeben. Mir ist gerade nicht so nach Essen«, erwiderte sie. »Ein Tee reicht für den Moment.«

Zwischen seinen dunklen Augenbrauen bildeten sich zwei senkrechte Falten.

»Du hast dich übergeben?«, wiederholte er bestürzt. »Kommt das von der Chemo?«

»Keine Ahnung«, erwiderte sie, »ich kann es mir nicht vorstellen. Eigentlich treten die Nebenwirkungen spätestens am nächsten Tag auf, nicht *drei Tage* danach.« Sie warf einen Blick auf den leeren Stuhl, der ihr gegenüberstand. »Ist Grace noch nicht wach?«

»Nein, sie war gestern noch spät unterwegs und wird vermutlich erst gegen Mittag aus dem Bett kriechen«, gab er zurück. »Immerhin sind das die letzten Tage, bevor das Studium nächste Woche wieder beginnt.« Sein Blick war immer noch durchdringend. »Ich verstehe nicht, warum dir schlecht ist … Liegt es an der letzten Nacht?«

»Natürlich nicht«, erwiderte sie.

Das fehlte ihr noch, dass er wieder den Sex verweigerte, weil er glaubte, das wäre die Ursache. Allerdings fragte sie sich trotzdem, warum sie schon wieder mit der Übelkeit kämpfte. Das

Essen der letzten Tage hatte sie gut vertragen, sie war spazieren gegangen, und sie war jetzt im Augenblick durchaus zufrieden, wie es lief – selbst die Malerei ging ihr wieder locker von der Hand.

Kirsten stutzte.

Sie hatte die Acrylfarben gegen Kohlestifte und Aquarellfarben eingetauscht, aber gerade gestern hatte sie ihre alten Acrylfarben wieder hervorgekramt, weil sie einfach viel kräftiger waren als die Farben auf Wasserbasis.

Vielleicht war es das?

Ihre Malutensilien kamen zum Teil aus uralten Beständen, die sie auf dem Flohmarkt erworben hatte – Farben, die manchmal noch in den Achtzigern hergestellt oder in erster Linie billige Sonderangebote gewesen waren.

Als Studentin hatte sie nicht viel Geld gehabt, und als jüngste Tochter einer ausgesprochen kinderreichen Familie war sie zur Sparsamkeit erzogen worden. Sie hatte ihre alten Farben immer erst dann gegen neue und weit bessere eingetauscht, wenn sie diese aufgebraucht hatte, ganz gleich wie gut gefüllt ihr Bankkonto gewesen war.

Hinzu kam der Gebrauch der Lösungsmittel.

Sie versuchte stets, diese in Maßen zu nutzen, aber die Dämpfe, die dabei entstanden, waren trotzdem nicht zu unterschätzen, und die letzten Jahre hatten sie sorglos werden lassen. Ein Fehler, der ihr nun langsam bewusst wurde.

»Was hast du?«, wollte Jeff wissen. Als sie das Kinn hob, begegnete sie seinem fürsorglichen Blick.

»Na ja, vielleicht weiß ich, woran es liegt«, erwiderte sie leise. »Es könnten die alten Acrylfarben und das Lösungsmittel sein.«

»Was meinst du?« Er schüttelte verwirrt den Kopf.

Kirsten zuckte mit den Schultern. »Die Dämpfe können Allergien auslösen und Übelkeit verursachen, wenn man sie falsch zusammenmischt. Eine Art Chemiecocktail, weißt du? Farbe ist Farbe …«

Das Klingeln der Haustür brachte sie für einen Moment aus dem

Konzept, und im nächsten hörte sie Maggie in der Eingangshalle rufen, die zur Tür lief, um den Besucher zu empfangen.

»Denkst du, davon kommt auch die Leukämie?«

Kirsten schluckte und versuchte, seinem Blick standzuhalten.

»Ich weiß es nicht«, gab sie ehrlich zurück. »Wenn es so ist, bin ich selbst schuld, weil ich immer wieder die Warnungen meiner Professoren verdrängt habe, dass auch bei der Malerei gewisse Sicherheitsvorkehrungen zu treffen sind.« Sie zuckte mit den Schultern. »Allerdings war nie die Rede von Krebs, nur von möglichen allergischen Reaktionen. Ich würde das jetzt nicht so dramatisieren.«

»Wir sollten das testen lassen«, bemerkte Jeff.

»Ja, ist sicher nicht verkehrt. Ich frage Dr. Carter, ob er uns jemanden empfehlen kann und …« Jedes weitere Wort blieb ihr im Halse stecken, als Bernadett in der Küchentür auftauchte. Ein abfälliger Blick traf Kirsten und streifte Jacob, bevor Jeffs Großmutter sich ungefragt auf Graces Platz setzte und ihren Enkelsohn mit vorwurfsvollem Gesichtsausdruck betrachtete.

»Ich wollte mich selbst davon überzeugen, dass du noch unter den Lebenden weilst«, verkündete sie. »Du meldest dich nicht, du gehst nicht zur Arbeit, und niemand weiß, warum du überhaupt deine Zeit unnütz daheim vergeudest.«

»Guten Morgen, Großmutter«, erwiderte Jeff mit stoischer Gelassenheit.

Kirsten senkte den Blick auf ihr Platzdeckchen und schloss einen Moment die Augen. Sie konnte seine Selbstbeherrschung nur bewundern. Sie selbst fühlte sich sofort wie unter Strom gesetzt, kaum dass Bernadett das Zimmer betreten hatte … und das lag keineswegs nur daran, dass Bernadett ihr seit Jahren mit Antipathie und Feindseligkeit begegnete.

Das neue Wissen um ihre intriganten Machenschaften in Bezug auf Grace nagte an Kirsten, und sie war nicht länger gewillt, es kommentarlos hinzunehmen, wie Jeffs Großmutter sich benahm. Wenn er ihr nicht endlich Paroli bot, würde sie es tun.

Sie hatte die Nase voll von diesem hinterhältigen Miststück.

»Möchtest du mit uns frühstücken?«, wollte Jeff ungerührt wissen.

Kirsten warf ihm einen erzürnten Blick zu.

Das war doch wohl nicht sein Ernst, oder?

»Nein, danke. Wer weiß, was du hier vorgesetzt bekommst … Vermutlich ist es mit irgendwelchen Drogen aus der Künstlerszene versetzt, die dich vergessen lassen, wo du hingehörst.« Bernadett schüttelte sich theatralisch. Ohne Kirsten oder Jacob zu beachten, griff sie nach Jeffs Kaffeetasse und roch daran.

»Wie du siehst, geht es mir gut«, erwiderte er ruhig. »Wenn du hier nur dein Gift verspritzen möchtest, kannst du wieder gehen.«

Seine Großmutter gab ein abfälliges Schnauben von sich.

»Sicher nicht, ohne hier ein paar Dinge klarzustellen«, entgegnete sie. »Ich will wissen, ob du auch noch andere Verpflichtungen kennst als die, deiner Frau den Arsch abzuwischen. Du solltest dich um deine Firma kümmern und nicht um irgendwelche belanglosen Wehwehchen.«

Die Serviette auf dem Tisch mit einer Hand zerknüllend, wünschte Kirsten sich nichts sehnlicher, als ihre Finger in Bernadetts kurze, graue Haare zu krallen und sie daran zum Zimmer hinauszuschleifen. Mit Vergnügen wäre ihr in diesem Moment danach, sie mit dem Kopf vorwärts ins Gästeklo zu stopfen. Es waren nur Jeffs Blick und sein kaum wahrnehmbares Kopfschütteln, die sie davon abhielten, ihre Gedanken in die Tat umzusetzen.

»Meine Leute sind kompetent und verlässlich«, erwiderte er kühl. »Ich sehe keine Probleme darin, sie ein paar Tage allein und mich für eine Weile vertreten zu lassen. Aus genau diesem Grund habe ich einen stellvertretenden Geschäftsführer. Meine Familie hat nun Priorität.«

»Priorität«, wiederholte Bernadett verächtlich. »Du setzt deine Existenz aufs Spie!« Den Blick nach unten gerichtet, zeichnete sie nachdenklich das Muster der Tischdecke nach. »Ist überhaupt klar, woher diese Krankheit kommt?«

Jeff unterdrückte einen Seufzer. Endlich schien sie ihre Giftzähne langsam wieder einzufahren. Er warf einen flüchtigen Blick zu Kirsten, die angespannt und mit mahlenden Kiefern Bernadett gegenübersaß und seine Großmutter anstarrte. Wenn Blicke hätten töten können, wäre die jeden Moment leblos vom Stuhl gesunken.

»Nichts Genaues«, gab er einlenkend zurück, »wir haben den Verdacht, dass es vielleicht an den Farben und Lösungsmitteln liegen könnte, die Kirsten über die letzten Jahre genutzt hat.«

Bernadett machte eine wegwerfende Bewegung mit der Hand.

»Dann weg damit. Es ist doch ohnehin nur ein überbewertetes Hobby gewesen, das sie auf deine Kosten betreibt.«

»Wie kommt es eigentlich, dass du darauf immer wieder herumhacken musst?«, wollte Kirsten wissen. Ein Blick in ihr Gesicht machte Jeff klar, dass Bernadett den Bogen endgültig überspannt hatte. Seine Frau war schon längst nicht mehr einfach nur sauer, sie kochte vor Wut. »Findest du in deinem verbitterten Leben so wenig Erfüllung, dass du nicht anders kennst, als dich ständig in die Angelegenheiten anderer einzumischen?«

Seine Augenbrauen hoben sich erstaunt. Das waren ja ganz neue Töne von Kirsten.

»Jeff! Sag deiner Frau, dass sie so nicht mit mir zu reden hat«, erboste Bernadett sich. Er verkniff sich ein Grinsen.

Den Teufel würde er tun!

Nach all den Jahren setzte Kirsten sich heute zum ersten Mal wirklich zur Wehr. Selbst wenn seine Großmutter ihn deshalb enterben würde – sie hatte Kirsten vor langer Zeit den Fehdehandschuh hingeworfen, und seine Frau war endlich bereit, diesen Kampf endgültig auszufechten.

Ihn traf ein bitterböser Blick seiner Großmutter, als er sich mit vor der Brust verschränkten Armen in seinem Stuhl zurücksetzte, dem verblüfften Jacob erheitert zuzwinkerte und seiner Frau freie Bahn gewährte.

Bernadett wandte den Kopf und starrte Kirsten geradezu hasserfüllt an.

»Mein Leben ist keineswegs verbittert, und ich habe es nicht nötig, mich ständig in die Angelegenheiten anderer einzumischen, wie du behauptest«, fauchte sie. »Aber es passt zu einer Frau wie dir, dass du Lügen verbreitest.«

Kirsten erhob sich von ihrem Stuhl, stützte sich mit den Fäusten auf dem Tisch ab und erdolchte Bernadett regelrecht mit ihren Blicken.

»Tu ich das?«, fragte sie zurück. »Ich bin es nicht gewesen, die Grace in den letzten Jahren ständig erzählt hat, dass ihr Vater mit einer Frau verheiratet sei, die bloß hinter seinem Geld her wäre. Ich war auch nicht diejenige, die einem kleinen dreizehnjährigen Mädchen sagte, dass sie sie nicht mehr liebe, wenn sie sich mit Daddys neuer Frau anfreundet.«

Entgeistert setzte Jeff sich auf und starrte seine Großmutter an. Das konnte doch unmöglich wahr sein – das hatte Bernadett Grace nicht angetan! Als er ihr ins Gesicht sah, bildeten sich hektische Flecken auf ihren Wangen, und sie funkelte Kirsten zornig an.

»Hast du das wirklich zu Grace gesagt?«, wollte er wissen. Sie sah ihn nicht an.

»Selbstverständlich nicht«, knurrte Bernadett. »Deine Frau saugt sich irgendwelche Lügen aus den Fingern.«

»Das habe ich nicht nötig«, erwiderte Kirsten mit emotionsloser Stimme. »Die erste Intrigantin am Platz bist und bleibst du, daran wird sich auch nichts ändern, wenn du hundert Jahre alt wirst. Aber du wirst mich von nun an nicht mehr treffen, Bernadett, denn eigentlich kannst du mir nur leidtun.«

Seine Großmutter erhob sich mit vorgerecktem Kinn und musterte Kirsten, die in dieser Position zu ihr aufsehen musste. Doch auf dem Gesicht seiner Frau lag nur ein verächtliches Lächeln, während sie Bernadett von oben bis unten musterte.

»Ja, du tust mir einfach nur leid«, wiederholte Kirsten. »Du mit deinen teuren Kleidern und deinem stets perfekten Auftritt. Dein ganzes Leben hast du keinen Finger krumm gemacht, um etwas zu erschaffen oder dein eigenes Geld zu verdienen. Du wirfst mir vor, ich hätte es nur auf Jeffs Bankkonto abgesehen, dabei bist du es selbst, die sich auf dem Vermögen ihrer beiden verstorbenen Ehemänner ausgeruht und die Frau von Welt gespielt hat.«

»Ich habe *vier* Kinder zur Welt gebracht!«, fauchte Bernadett zornig. »Du bist ja nicht mal in der Lage, *ein* Kind zu bekommen. Du bist *unfähig*!« Mit einer Hand deutete sie auf Jacob. »Stattdessen hängst du Jeff nun diesen Wechselbalg ans Bein.«

Kirsten richtete sich zu ihrer vollen Größe auf, trat zu Jacob und musterte Bernadett mit solcher Kälte, dass Jeff einen Moment lang das Gefühl hatte, die Temperatur im Raum würde innerhalb von Sekunden auf den Nullpunkt sinken.

»Ja, Kinder hast du bekommen«, erwiderte sie, »und darauf hast du dich in all den Jahren auch reduziert. Du hast die betrauert, die du verloren hast, und dich in deiner Verbitterung gesuhlt, statt jene Menschen als Geschenk anzunehmen, die du dazugewonnen hast. Charlize, als deine Schwiegertochter, war eine erfolgreiche Anwältin – sie hat dir zwei wunderbare Enkelsöhne geschenkt und nebenher noch Karriere gemacht. Aber statt auf sie stolz zu sein und sie als eine Tochter anzunehmen, warst du von Neid zerfressen und hast gegen sie deine Intrigen und Hinterhältigkeiten genauso gesponnen wie gegen mich. Du bist nichts anderes als ein armseliger, dummer, bornierter Mensch, und du hast nichts in deinem Leben geschaffen, das wirklich bleibend ist. Niemand wird sich anders an dich erinnern als an eine herrschsüchtige, ungerechte und verbitterte alte Frau, die mit ihrem Leben unzufrieden war. Auf eine solche Urgroßmutter kann mein Sohn verzichten.« Sie legte dem Jungen eine Hand auf die Schulter. »Komm, Jacob, du musst dich nicht länger als nötig mit schlechten Menschen umgeben.«

Während Kirsten den Jungen an die Hand nahm und mit ihm das Zimmer verließ, rang Bernadett sichtlich um Fassung. Tief durchatmend legte Jeff seine Serviette beiseite, stand auf und musterte seine Großmutter eindringlich.

Sie wandte den Kopf und sah ihn an. Die Lippen gekräuselt und zu einer schmalen Linie aufeinandergepresst, starrte sie ihn einen Moment lang empört an.

»Du stehst nur da und lässt zu, dass sie so mit mir spricht?«, wollte sie mit sich überschlagender Stimme wissen. »Keinen Ton hast du gesagt.«

»Ich wüsste nicht, was es noch zu sagen gibt«, erwiderte er gelassen. Ihr linkes Augenlid zuckte, als sie ihn fassungslos fixierte.

»Das sind also Lohn und Dank dafür, dass ich mich all die Jahre um euch gesorgt habe«, stellte sie fest. »Deine Frau darf mich beschimpfen, und du fällst mir auch noch in den Rücken, indem du sie darin bestärkst.«

»Das, was Kirsten dir heute gesagt hat, hast nur du selbst zu verantworten«, entgegnete Jeff. »Und wenn ich ehrlich bin, hat sie mir mit jedem Wort aus der Seele gesprochen. Ich kenne dich fast vierzig Jahre lang, aber auch ich kenne dich nicht anders als verbittert zurückblickend auf eine unabänderliche Vergangenheit und voller Neid gegenüber anderen, die in deinen Augen das bekamen, was du verdient hättest.«

Empört schnappte sie nach Luft.

»Du gibst dieser Erbschleicherin auch noch recht und sagst mir so etwas ins Gesicht?«

»Ich habe lang genug den Mund gehalten und dich reden lassen.« Er zuckte mit den Schultern. »Im Übrigen hat Kirsten es gar nicht nötig, mir nach meinem Vermögen zu trachten, immerhin hat sie mit ihrem *Hobby* gut genug verdient, um davon die nächsten fünfzig bis achtzig Jahre sorglos leben zu können. Sollte meine Firma also plötzlich und unerwartet pleitegehen und ich mit ihr, kann ich mich immer noch auf dem Geld meiner Frau ausruhen, zusammen mit Grace und Jacob.«

Bernadetts Augen wurden zu schmalen Schlitzen.

»Du willst es nicht anders, also muss ich dich vor die Wahl stellen. Als Teilhaberin deines Unternehmens verlange ich eine Entscheidung von dir: Entweder du trennst dich von deiner Frau mit ihrem Adoptivbastard, oder aber du verabschiedest dich von deiner

Firma. Ich werde dafür sorgen, dass der Aufsichtsrat dich als Firmenvorsitzenden und Geschäftsführer absetzt.«

Verblüfft betrachtete er sie einen Moment lang. Für den Augenblick konnte er sich nicht einmal über sie ärgern, weil er einfach völlig überrascht war von den Methoden, mit denen sie versuchte, ihren Willen durchzusetzen.

Dann begann er schallend zu lachen.

»Du irrst dich gewaltig, Bernadett«, stellte er fest. »Deine Anteile an meinem Unternehmen mögen dir ein gewisses Mitspracherecht einräumen, aber deine Macht ist nicht ansatzweise so groß, wie du dir bislang eingeredet hast.«

»Genug!«, herrschte sie ihn an. »Du wirst schon sehen, dass ich dazu in der Lage bin.«

Als sie an ihm vorbeistürmen wollte, griff er ihren Arm und hielt sie fest. Es war ihr unmöglich, sich von ihm loszumachen. Ruhig sah er ihr in die Augen. Die Frau, die vor ihm stand, war ihm schon viel zu lange fremd, und heute war ihm mehr denn je bewusst geworden, dass der Graben zwischen ihnen längst unüberbrückbar geworden war.

»Du hast weder die Macht über meine Firma, noch die Macht über meine Familie«, bemerkte er gelassen. »Ich habe dir lang genug deine Intrigen durchgehen lassen, weil ich glaubte, du wärest wichtig als Urgroßmutter für meine Tochter – doch ich habe mich geirrt.« Er ließ ihren Arm los und betrachtete sie ohne ein Gefühl von Bedauern. »Verlass mein Haus. Du bist nicht länger Teil meiner Familie, und ich verbiete dir künftig jeglichen Kontakt zu Grace.«

Seine Großmutter gab ein hysterisches Lachen von sich.

»Du verbietest mir den Kontakt zu meiner Urenkelin? So weit ist es also gekommen … Spielst dich als das große Familienoberhaupt auf.« Sie musterte ihn mit schadenfrohem Lächeln. »Dabei weißt du doch nicht einmal, was in deinem Haus passiert und dass deine Tochter sich ein Kind hat machen lassen. Einen Bastard wird sie bekommen – unehelich, von irgend so einem dahergelaufenen Kerl. Die gleiche Hure wie ihre Mutter es war.«

Jeff fühlte sich, als hätte sie ihm einen Schlag in den Magen verpasst.

»Ich bin deine Lügen und Intrigen leid, verschwinde aus meinem Haus«, brüllte er. Sie zuckte zusammen und wollte offenbar etwas sagen, doch plötzlich zog sich ihr linker Mundwinkel nach unten, und sie sackte in sich zusammen wie ein Sack Kartoffeln. Jeff konnte nur noch geistesgegenwärtig nach vorn springen und sie auffangen, als sie bewusstlos wurde.

Sein Puls raste, und in seinem Kopf herrschte das pure Chaos. Für einen Moment wusste er nicht, was er hier tat und was geschehen war. Dann griff er nach seinem Handy und wählte die Notrufnummer.

Er fühlte sich immer noch wie paralysiert, als die Sanitäter und der Notarzt mit seiner Großmutter im Krankenwagen davonfuhren. Natürlich war dieser Streit schon lange fällig gewesen, und es überraschte ihn nicht, dass er entsprechend eskaliert war, aber er hatte nicht der Grund dafür sein wollen, dass Bernadett einen Schlaganfall erlitt.

Unruhig schloss er die Haustür und wandte sich der Eingangshalle zu. Seine Eltern waren unterwegs nach Cornwall, und er hatte sie telefonisch nicht erreichen können, nur Ray war informiert und bereits auf dem Weg ins Krankenhaus. Jeffs Blick fiel auf die Treppe ins Obergeschoss.

Er hatte keine Ahnung, ob Grace, Kirsten und Jacob irgendetwas von dem mitbekommen hatten, was hier unten vorgegangen war. Allerdings war er ziemlich sicher, dass zumindest Kirsten im Fall der Fälle den lauten Streit bewusst ignoriert hatte, weil ihre Wut noch längst nicht verraucht war.

Durch die offenstehende Küchentür sah er Maggie blass und bedrückt auf einem der Stühle sitzen. Sie hatte weitaus mehr von dem gehört, was zwischen Bernadett und ihm vorgefallen war, als er wollte. Über so viele Jahre war sie schon die gute Seele dieses

Hauses, aber Zeugin dieser hässlichen Szene zu werden, hätte er ihr nicht gewünscht.

Er ging langsam zu ihr und blieb im Türrahmen stehen.

»Es tut mir leid.«

Sie hob den Kopf und sah ihn überrascht an.

»Was?«, wollte sie wissen.

Jeff machte eine alles umfassende Geste.

»Dieser Streit, die ganze Situation … es hätte nicht so eskalieren dürfen, und ich … ich wünschte, Sie hätten das nicht miterleben müssen.«

Maggie räusperte sich umständlich und stand auf.

»Mr. MacAllister, darf ich offen zu Ihnen sein?«

Alarmiert runzelte er die Stirn. »Sicher. Sie arbeiten seit weit mehr als zehn Jahren für mich, Maggie. Wenn Sie mir nicht Ihre Meinung sagen dürfen, wer dann?«

Sie atmete tief durch und sah ihm in die Augen.

»Ich schätze Ihre Großmutter als weltgewandten Menschen, und sie war mir gegenüber stets höflich«, bemerkte die Haushälterin. »Aber ich muss Ihnen ehrlich sagen, dass ich heute sehr stolz auf Sie war, Mr. MacAllister. In den letzten zehn Jahren habe ich mir oft angesehen und angehört, wie abfällig Ms. Bernadett sich über ihre Schwiegertochter geäußert hat, und es hat mir nicht gefallen, weil ich Ms. Charlize als warmherzigen, liebevollen und sehr anständigen Menschen mit großem Gerechtigkeitssinn kennengelernt habe.« Betrübt schüttelte sie den Kopf. »Als Ihre Frau hier einzog, hoffte ich, es würde sich etwas ändern, aber leider benahm Ihre Großmutter sich ihr gegenüber ebenso unfair – und auch ihre ständigen Bemerkungen in Gegenwart von Grace waren nicht fein. Ich habe mir oft gewünscht, ihr einmal die Meinung zu sagen, doch das stand mir nicht zu.«

Traurig legte sie Jeff eine Hand auf den Arm.

»Was heute geschehen ist, ist gewiss nicht schön, Mr. MacAllister. Aber Sie trifft keine Schuld. Ms. Bernadett hat alle und jeden stets mit Bosheit bedacht. Die schlechten Dinge, die man anderen antut und wünscht, fallen irgendwann auf einen selbst zurück … Heute hat das Schicksal ihr die Rechnung dargeboten.«

Er legte seine Hand auf ihre und schenkte Maggie ein Lächeln.

»Im Augenblick fühle ich mich trotzdem ziemlich mies«, bemerkte er. »Aber danke für Ihre Worte, Maggie, und auch für Ihre Offenheit. Es beruhigt mich ein wenig, dass selbst Sie als *Außenstehende* unsere Ansichten teilen.« Er sah erneut zu der Treppe hinüber, die ins Obergeschoss führte. »Ich denke, es wird Zeit, dass ich ein Gespräch mit meiner Tochter suche.«

Sie drückte kurz seine Finger und nickte ihm aufmunternd zu. Aufgewühlt machte er sich auf den Weg zu Grace.

Schon auf der Treppe ging ihm ständig die Frage durch den Kopf, ob es *das* war, was Grace ihm gestern hatte erzählen wollen. Und ob Kirsten davon wusste. Wenn es wirklich stimmte, was Bernadett behauptete, hätte Kirsten es ihm erzählen müssen.

Eine Schwangerschaft war keine Lappalie, und er musste wissen, was nun passieren sollte. Wenn diese Behauptung tatsächlich der Wahrheit entsprach, wollte er Namen und Adresse des Kerls, der seiner Tochter das angetan hatte. Diesen Typ würde er in Grund und Boden stampfen.

Als er an Graces Zimmertür klopfte, vernahm er im gleichen Moment ihr leises »Herein« – als hätte sie nur darauf gewartet, dass er zu ihr kam.

Jeff öffnete die Tür und trat in das Reich seiner Tochter. Bislang hatte er ihr Zimmer immer betreten und nichts anderes gesehen als ein kleines, blondes Mädchen mit himmelblauen Augen, das wusste, wie sie ihren Daddy um den Finger wickeln konnte.

Doch die zartrosa Tapeten und weißen Möbel hatten plötzlich einen grauen Schleier bekommen. Er bemerkte Kleidung, die auf dem Boden lag, und ein zerwühltes Bett, eine Kommode, auf der sich Wäsche und Kosmetikartikel stapelten, und einen Schreibtisch, auf dem das reinste Chaos herrschte.

Nichts hier war mehr so wie in seinen Erinnerungen. Keine Puppen, die auf dem Bett lagen, dafür Poster irgendwelcher ihm unbekannten Bands an den Wänden. Dazu eine Tochter, die weder

Rüschenkleid noch Lackschuhe trug, sondern eine achtzehnjährige junge Frau mit unordentlich zerzaustem Haar und einem zerknitterten Schlafanzug, die offenbar eben aus dem Bad gekommen war.

Sie sah ihn fragend an, und ihre blauen Augen wirkten riesig in dem schmalen Gesicht. Für einen Moment wusste er nicht, wie er anfangen sollte.

Was, wenn Bernadett gelogen hatte?

Vielleicht hätte er zuerst Kirsten fragen sollen.

»Was willst du?« Graces Stimme klang ablehnend.

Er streckte den Rücken durch.

»Hast du es nicht gehört?«, fragte er zurück.

»Was gehört?« Die Stirn gefurcht, zuckte sie mit den Schultern und deutete auf das aufgeschlagene Bett. Sie wirkte zunehmend genervter. »Ich hab' geschlafen, Daddy. Was ist? Hast du Stress mit Kirsten?«

Ihre rotzige Art gefiel ihm gar nicht und schürte den Ärger, der immer noch wegen Bernadett in ihm tobte.

»Ich weiß von deiner Schwangerschaft«, erklärte er. Die Hoffnung, sie würde ihn als Spinner bezeichnen und aus dem Zimmer werfen, kippte im gleichen Moment, als ihr Gesicht alle Farbe verlor und Grace ihn entgeistert anstarrte.

»Sie hat es dir gesagt?«, wisperte sie.

»Es stimmt also tatsächlich?« Seine Stimme überschlug sich fast, und er kam kaum an gegen die Wut und Enttäuschung, die über ihn hinwegschwappten. »Wie kannst du mir so etwas verheimlichen? Es hat Zeiten gegeben, in denen du mit jedem Problem zu mir gekommen bist – aber ausgerechnet mit einer solchen Nachricht vertraust du dich mir nicht an. Warum?«

Grace ballte die Hände zu Fäusten und warf ihm einen zornigen Blick zu.

»Du hattest doch nichts anderes mehr im Kopf als das Thema Leukämie und die Adoption von Jacob. Als ob *meine* Probleme dich da noch interessieren würden«, rief sie. »Verdammt, ich habe gewusst, dass ich ihr nichts würde erzählen können, ohne dass sie es dir brühwarm weitererzählt.«

Jeff machte eine wegwischende Handbewegung. Es fiel ihm schwer, sie nicht anzubrüllen.

»Du hast mir nie offiziell einen Freund vorgestellt, Grace. Wer ist dieser Kerl?«

»Das geht dich überhaupt nichts an«, gab sie wütend zurück. »Dich interessiert doch bloß noch dein eigenes Leben.«

»Was redest du da? Du bist immer noch meine Tochter«, rief er.

»Den Großteil des Jahres lebe ich nicht mal mehr mit dir unter einem Dach«, schrie sie zurück, »du hast mich ja erfolgreich in dieses Internat abgeschoben –«

»Auf das *du* unbedingt gehen wolltest«, unterbrach er sie aufgebracht. »Ich fahre jetzt ins Krankenhaus. Wenn ich wiederkomme, will ich eine genaue Erklärung von dir haben: Wie weit du bist und wer dafür verantwortlich ist.«

»Du willst was? Du hast sie doch nicht mehr alle.«

»Sprich nicht so mit mir«, brüllte er sie an und machte einen weiteren Schritt in das Zimmer hinein. Ihr Blick wurde eisig.

»Was sonst?«, höhnte sie. »Schlägst du mich? Oder jagst du mich aus dem Haus, so wie meine Mom?«

Jeff zuckte zurück, als hätte sie ihn geprügelt.

»Ich habe sie nicht aus dem Haus gejagt«, erwiderte er tonlos.

»Stimmt, du hast sie nur einfach nicht mehr geliebt«, fauchte Grace hysterisch. »Weißt du was? Mach mit deinem Leben, was du willst, jetzt hast du ja die Familie, die du immer wolltest – eine Frau, einen Sohn – mich brauchst du nicht mehr. Ich geh' zu Granny!«

»Was redest du da?«

Zornig wedelte sie mit den Händen vor ihm herum und schüttelte den Kopf.

»Ich zieh' aus! Ich hab' die Schnauze voll – endgültig! Ich ruf' jetzt Granny an und frag', ob sie mich abholt.«

»Sie ist auf dem Weg ins Krankenhaus«, informierte er sie.

Geschockt musterte sie Jeff.

»Was? Warum?«

»Hast du uns nicht gehört?«, fragte er müde. »Sie kam her, um ihr Gift zu verspritzen. Erst hatte sie Streit mit Kirsten, dann mit mir – sie hat sich so aufgeregt, dass sie einen Schlaganfall hatte.«

Sekundenlang starrte sie ihn wortlos an.

»Daran seid ihr schuld!«, stellte Grace fest. »Damit das klar ist, ihr könnt euch einen anderen Stammzellenspender für Kirsten suchen … Mit mir braucht ihr nicht zu rechnen. Ich bin niemandem irgendwas schuldig!« Kalt erwiderte sie seinen fassungslosen Blick. »Genieß die Zeit, die du noch mit ihr hast – meinetwegen kann sie verrecken. Granny hatte recht … Sie hat dich immer nur vorgeführt, und vielleicht schnallst du das irgendwann auch mal.«

Jeff spürte, wie ihn alle Wärme verließ. Niemals hätte er damit gerechnet, dass sie ihn so vor den Kopf stoßen würde.

Wie konnte sie Kirsten das antun?

Wie konnte sie *ihm* das antun?

Wie konnte sie all diese Dinge sagen?

»Warum tust du das?«, flüsterte er erschüttert.

»Weil es immer nur um euch geht und nie um jemand anderen«, schrie sie. Die Tränen schossen ihr in die Augen. »Kirsten hier, Jacob da, ich kann es nicht mehr hören. Werd doch einfach glücklich mit deiner neuen Familie. Ich brauch' dich nicht!«

Er fühlte sich wie gelähmt.

Eine unglaubliche Leere machte sich in ihm breit. Jede Zuversicht, die er in den letzten Stunden und Tagen gehegt hatte, zerplatzte wie eine Seifenblase. So einfach zerstörte sie alles, was ihm wichtig war – seine Hoffnungen, seine Träume, ihre gemeinsame Familie.

Das sollte es gewesen sein?

»Glaubst du, Kirsten würde so handeln, wenn die Situation umgekehrt wäre?«, wollte er wissen.

Es war ein letzter Appell an ihre Vernunft.

Wenn sie ihnen diese Chance tatsächlich verwehrte, wäre Kirstens Todesurteil besiegelt. Einen zweiten Stammzellenspender mit den passenden Gewebemerkmalen in der notwendigen Zeit zu finden, wäre schwierig bis unmöglich, hatte Dr. Carter gesagt.

Graces Unterlippe zitterte, während sie ihn wütend ansah.

»Es ist mir egal, was Kirsten tun würde«, erwiderte sie mit bebender Stimme.

Jeff betrachtete sie traurig.

Er wusste nicht mehr, wer diese junge Frau vor ihm war … Wann war der Moment gekommen, in dem er die süße, kleine Grace verloren hatte und ein von Bernadett geschaffenes Monster an ihre Stelle getreten war?

»Wie du meinst«, meinte er leise und wandte sich ab, an der Tür blieb er stehen. Den Kopf halb zur Seite gedreht, sah er zu Boden, wohl wissend, dass Graces Blick sich in seinen Rücken bohrte. »Weißt du, Eltern machen nicht immer alles richtig. Wir sind auch nur Menschen und machen viele, viele Fehler – aber die meisten von uns bemühen sich dennoch, sich der Verantwortung bewusst zu sein, die wir übernommen haben, als ihr diese Welt betreten habt … mit allen Konsequenzen. Es wäre schön, wenn du dir darüber klar wirst, dass ein Kind Verantwortung bedeutet und man diese nicht einfach abstreift wie einen alten Handschuh … *Familie* bedeutet, dass *alle* wichtig sind und nicht nur einer.« Enttäuscht schüttelte er den Kopf. »Vielleicht begreifst du eines Tages, wie blind man manchmal für das Offensichtliche ist.«

Er verließ das Zimmer, ohne die Tür zu schließen. Er musste hier raus – jetzt sofort! Er brauchte einen klaren Kopf, ehe er Kirsten mit diesen Neuigkeiten unter die Augen trat.

Sie zog die Tür zu Jacobs Zimmer hinter sich zu und hörte nur entfernt, wie die Haustür ins Schloss fiel.

War Bernadett endlich gegangen?

Kirsten hatte zwar registriert, dass es im Erdgeschoss laut geworden war, aber sich geweigert, weiter darauf zu achten. Sie hatte endgültig die Nase voll und würde von diesem Tag an kein Wort mehr mit Bernadett wechseln. Genug war genug.

Statt sich um den Tumult zu kümmern, der sich unter ihnen zutrug, hatten Jacob und sie miteinander gemalt und schließlich sogar das Radio eingeschaltet. Es fiel ihr schwer, ihm zu erklären, warum die alte Dame so gemein zu allen war.

Sie wollte nicht, dass die Erinnerungen an seine eigene lieblose Mutter in ihm hochkrochen, weil eine böse, alte Frau mindestens genauso menschenverachtend und Teil dieser Familie war. Also hatte sie sich entschlossen, mit Jeff zu reden.

Es musste eine Entscheidung gefällt werden. Kirsten würde nicht zulassen, dass Bernadett auch bei Jacob irgendwann versuchen würde, ihren schlechten Einfluss geltend zu machen. Sie wollte Bernadett nicht mehr in diesem Haus haben.

»Wieso hast du das getan?«

Kirsten fühlte sich aus ihren Grübeleien gerissen, als die feindselige Frage sie im Schritt verharren ließ. Überrascht hob sie den Kopf und sah sich Grace gegenüberstehen, die sie mit loderndem Hass im Blick anstarrte.

Was war hier los?

»Wieso habe ich *was* getan?«, fragte sie zurück.

Ihre Stieftochter deutete Richtung Erdgeschoss.

»Daddy! Du hast ihm gesagt, dass ich schwanger bin!«

Verblüfft riss Kirsten die Augen auf. »Wie bitte?«

»Bist du schwerhörig oder was?«, fauchte Grace.

Langsam wurde es Kirsten zu bunt. Drehten denn heute alle durch?

»Nein, bin ich nicht«, erwiderte sie ruhig, »allerdings habe ich Jeff gegenüber kein Wort erwähnt. Also hör auf, hier irgendwelche Behauptungen in den Raum zu werfen, Grace.«

»Woher weiß er es dann?« Zornig trat das Mädchen einen Schritt näher. »Ich habe es nur dir und Granny erzählt – und sie würde mich *niemals* in die Pfanne hauen.«

Kirsten presste die Lippen aufeinander.

Wie sehr Grace sich doch irrte … Das war also der Grund für den lauten Streit im Erdgeschoss gewesen.

Armer Jeff.

»Bist du dir da tatsächlich so sicher?«, wollte sie wissen. Das wütende Funkeln in Graces Augen war im Grunde schon Antwort genug. Enttäuscht schüttelte Kirsten den Kopf. Es war dumm gewesen zu glauben, dass ihre Stieftochter endlich aufgewacht war.

»Sie hatte recht«, flüsterte Grace. »Sie hatte mit allem recht. Du hast mir meinen Vater weggenommen, und dann drängst du ihn zu einem Kind, das er nie hat haben wollen. Wegen dir verliert er alles, was ihm mal wichtig war. Du bist so ein verlogenes Miststück!«

Im letzten Moment ballte Kirsten die Hand zur Faust und hinderte sich auf diese Weise selbst daran, Grace eine Ohrfeige zu verpassen. Die Hoffnung, dass sich zwischen ihnen doch noch alles einrenken würde, nachdem sie ein so ehrliches Gespräch miteinander geführt hatten, verlor sich wie Sand, der durch die Finger rann.

Alles, was sie jetzt noch sagte oder tat, würde die Sache nicht besser machen. Grace glaubte ihr kein Wort und war so eingehüllt von den Intrigen ihrer Großmutter, dass sie Wahrheit und Lüge nicht mehr voneinander unterscheiden konnte.

Es hatte keinen Zweck mehr, gegen diese Mauer aus Ignoranz und Ablehnung anzurennen. Ihr fehlte die Kraft, sich in weitere Streitereien mit Grace zu begeben, und sie war es leid, immer und immer wieder den Kampf gegen Bernadetts Hinterhältigkeiten aufzunehmen.

»Du bist schuld, dass Granny im Krankenhaus liegt, du bist schuld!« Graces Stimme überschlug sich vor Aufregung und Zorn, im gleichen Moment brach sie in Tränen aus. »Ich hasse dich, und ich wünschte, du wärest tot!«

Ohne Kirsten noch einen weiteren Blick zu gönnen, machte sie auf dem Absatz kehrt, stürmte in ihr Schlafzimmer und warf die Tür hinter sich ins Schloss.

Stumm blieb Kirsten stehen, wo sie war.

Sie verstand nicht, was hier passierte … Bis gestern Abend war ihr Leben wieder einigermaßen im Lot gewesen, und nun brach ihre ganze Welt zusammen.

Bernadett war im Krankenhaus?

Warum? Was war passiert?

15

Die Sonne stand tief am Horizont, als sie den Wagen vor dem Haus parkte und den Motor ausstellte. Ein Blick in den Rückspiegel verriet ihr, dass Jacob in seinem Kindersitz hockte und tief und fest schlief. Kirsten seufzte lautlos.

Nach fast sechs Stunden hatten sie endlich das Cottage in Pendeen erreicht, und zum ersten Mal hatte Kirsten das Gefühl, wieder ein wenig freier atmen zu können.

Der Tag war grauenhaft gewesen. Während sie darauf wartete, dass Jeff sich melden würde, hatte sie Jacob gegenüber versucht, sich so normal wie möglich zu benehmen. Doch dieses Kind war eindeutig zu sensibel, um zu ignorieren, dass etwas nicht in Ordnung war. Es fiel ihr schwer, ihm zumindest einen Teil der schlechten Stimmung zu erläutern.

Irgendwann gegen Mittag hatte ihr Mann sich schließlich gemeldet und in kurzen, knappen Sätzen erklärt, dass Bernadett den Folgen eines schweren Schlaganfalls erlegen und gestorben sei. Er hatte erklärt, es würde noch dauern, bis er nach Hause käme, da er einige Formalitäten zu erledigen habe und in die Firma müsse.

Die Aufgabe, ausgerechnet *diese* Nachricht an Grace weiterzugeben, war auf Kirsten gefallen. Sie hatte auch vor diesem Moment gewusst, dass an dem Verhältnis zu ihrer Stieftochter nun nichts mehr zu retten war – aber das, was Grace ihr im Anschluss alles an den Kopf geworfen hatte, war einfach zu viel gewesen.

Sie war es leid.

Kirsten hatte ihre und Jacobs Tasche gepackt, einen kurzen Brief an Jeff verfasst und war mit dem Jungen schließlich nach Cornwall aufgebrochen. Sie hielt es keine Sekunde länger aus in Graces Gegenwart.

Das Wissen, dass diese sie für den Tod ihrer Urgroßmutter und den Bruch mit Jeff verantwortlich machte, lastete schwer auf ihr. Ganz zu schweigen davon, was Graces Zornausbruch und ihre wütenden Worte bezüglich der Stammzellenspende in ihr ausgelöst hatten.

Ihre Hoffnungen, wieder gesund zu werden, waren endgültig dahin, und nach einem Moment der vollkommenen Enttäuschung hatte sie sich einen Ruck gegeben. Sie war entschlossen, aus der Zeit, die ihr blieb, das Beste zu machen. Sie würde sich nicht länger mit Menschen umgeben, die sie nicht in ihrer Nähe wollten.

Also hatte sie sich entschieden, London zu verlassen, um dort zur Ruhe zu kommen, wo sie vor einer gefühlten Ewigkeit glücklich gewesen war.

CORNWALLS KÜSTE BEGRÜẞTE SIE MIT RAUER SEELUFT UND GRÜNEN Hügeln, so weit das Auge reichte. Entschlossen stieg Kirsten aus dem Wagen, atmete tief durch und hielt einen Moment das Gesicht in den Wind. Es roch nach Meer, Gras und warmer Erde. Ein Teil der dumpfen Traurigkeit, die sie hierher begleitet hatte, begann sich aufzulösen.

Wenn sie ehrlich war, fühlte sie sich hier mehr zu Hause als in der teuren Stadtvilla in London, obwohl ihr Weg sie in all den Jahren nur ein einziges Mal hergeführt hatte. Dieses verwunschene Cottage, das eingebettet in einen moosdurchwirkten Garten über den Steilküsten prangte und Wind und Wetter trotzte, erinnerte sie stets an ihr einstiges Elternhaus.

Mit neun Kindern waren ihren Eltern keine großen Sprünge

möglich gewesen, aber sie hatten Kirsten und ihren Brüdern andere Werte vermittelt. Materielle Dinge ersetzten niemals die Zuneigung und Wärme einer intakten Familie.

Nichts auf dieser Welt konnte das Gefühl von Liebe ersetzen.

Aber genau das verabschiedete sich im Augenblick aus Kirstens Leben, und sie fühlte sich erstickt von der Kälte, die ihr plötzlich in ihrem eigenen Heim entgegenschlug. Sie hatte nur noch fortgewollt aus London und war deshalb mit Jacob hier herausgefahren.

Alles, was sie hier erwartete, waren Ruhe und frische Luft.

Entschlossen wandte sie sich um, ging zum Kofferraum des Hyundai und zog Jacobs und ihr eigenes Gepäck heraus. Als sie den Kofferraumdeckel schloss, bemerkte sie eine Bewegung am Haus und erblickte zu ihrer Überraschung ihre Schwiegermutter Charlize, die in der Haustür erschien.

Verdammt!

Sie hatte nicht geahnt, dass die beiden ebenfalls hier waren, sonst wäre sie nicht den Weg hier herausgekommen. Ausgerechnet jetzt Schwiegervater Willbur zu begegnen, machte die ganze Angelegenheit noch schwieriger, und sie hatte keine Ahnung, ob die beiden schon darüber informiert waren, was geschehen war.

Die Antwort bekam sie wortlos, als Charlize sich dem Wagen näherte und ihre Blicke sich begegneten. Plötzlich brach die Belastung der vergangenen Stunden über Kirsten herein, die sie bislang erfolgreich verdrängt hatte. Ohne sich noch länger dagegen wehren zu können, sank sie gegen den Wagen und brach in Tränen aus.

»Mein Mädchen, nicht weinen.«

Charlize ging neben ihr in die Hocke, zog sie in ihre Arme, und ihr zartes Parfüm, das Kirsten schon früher immer an ihre eigene Mutter erinnert hatte, hüllte sie einen Moment lang ein. Schluchzend schlang sie ihrer Schwiegermutter die Arme um die Taille, drückte ihr Gesicht an Charlizes Schulter und gewährte dem Kummer zum ersten Mal den Platz, den er brauchte.

»Es tut mir so leid«, flüsterte Kirsten. »Es tut mir so schrecklich leid. Das ist alles meine Schuld!«

»Kirsten, hör auf, so einen Unsinn zu reden«, bat Charlize leise und strich ihr über das bunt gewebte Kopftuch. »Du hast überhaupt nichts damit zu tun, dass sie den Schlaganfall hatte. Seit Jahren hat sie sich den Risiken ausgesetzt. Ihre Diabetes, der hohe Blutdruck, die Herzkrankheit … der Arzt hat ihr immer wieder gesagt, sie solle kürzertreten, sich ein ruhiges Hobby suchen und ihre Laster ablegen, aber sie hat es immer besser gewusst. Willbur hat ihr so oft gesagt, sie solle aufhören, sich ständig in die Leben anderer Menschen einzumischen, weil das irgendwann ihr Tod sein würde – doch sie hat auf niemanden hören wollen. Sie hatte immer ihren eigenen Dickschädel.« Mit einem Seufzen drückte sie Kirsten an sich. »Liebling, du kannst nichts dafür. Wir haben alle gewusst, dass es irgendwann so kommen würde – und wenn wir mal ehrlich sind, hätte sie sich keinen anderen Abgang gewünscht. Sie war nicht der Typ von Frau, der sich ins Bett legte und still einschlief, um allein zu sterben.«

Das Gesicht nass vor Tränen hob Kirsten den Kopf und sah Charlize in die Augen.

»Ich hätte ihr all' die Dinge nicht sagen sollen, die ich gesagt habe«, wisperte sie.

Ein bitteres Lächeln legte sich auf Charlizes Züge, und sie streichelte Kirstens Wange. »Jeff hat uns am Telefon davon erzählt, und sowohl sein Vater als auch ich sind der Meinung, dass es dein Recht war, das zu tun. Niemand hier wird dir deshalb Vorwürfe machen.«

»Grace tut es.«

Ihre Schwiegermutter nickte.

»Ich weiß, aber Grace ist im Augenblick auch nicht ganz zurechnungsfähig …« Sie seufzte erneut. »Hör zu, Schatz. Es war gut, dass du Bernadett die Meinung gesagt hast – sie hat es nicht anders verdient. Ich bedaure zutiefst, dass ich es nicht mehr tun kann. Aber der Schlaganfall hat sie erst später getroffen, als sie sich mit Jeff gestritten und er ihr den Kontakt zu Grace verboten hat.«

Kirsten betrachtete sie fassungslos.

»Er hat was?«

Achselzuckend legte Charlize den Kopf schief.

»Er war außer sich vor Zorn, weil sie ihn zu erpressen versuchte und ihm damit drohte, wenn er sich nicht von dir trenne, ihn als Geschäftsführer absetzen zu lassen … in seinem eigenen Unternehmen. Ich habe ja immer schon gewusst, dass sie zu einem gewissen Größenwahn neigte, aber *das* hat wirklich alles übertroffen.« Sie erhob sich und zog Kirsten mit sich vom Boden hoch. »Steh auf, Mädchen. Du holst dir sonst noch eine Erkältung.«

»Das hätte er nicht tun müssen.«

»Hat er auch nicht – abgesehen davon ist Jeff ein erwachsener Mann von fast vierzig, Kirsten. Er weiß, was er will.«

Kirsten schlug die Hände vor das Gesicht.

»Das werde ich niemals wiedergutmachen können.«

»Jetzt ist aber Schluss!« Charlizes Finger legten sich um Kirstens Hände und zogen sie beiseite. »Du hast dir nichts vorzuwerfen, Mädchen. Jeff trifft keine Entscheidung, ohne dahinterzustehen, und er lässt sich nicht einfach vorschreiben, was er zu tun hat. Erst recht nicht von Bernadett.«

»Aber ich verstehe nicht …«

»Sie hat versucht, ihm die Pistole auf die Brust zu setzen, und er hat sie umgedreht. Er lässt sich weder vorschreiben, wen er liebt, noch, was mit seiner Firma passiert. Bernadett hat sich einfach in ihren Wahn hineingesteigert, sonst wäre das alles gar nicht passiert.« Kirsten einen Arm um die Schulter gelegt, verzog Charlize die Lippen zu einem schiefen Lächeln. »Ganz ehrlich, in meinen Augen ist sie an ihrer eigenen Gehässigkeit erstickt … und wenn ich ehrlich bin, weine ich ihr keine Träne hinterher.« Sie beugte sich zum hinteren Fenster des Autos und betrachtete den schlafenden Jacob. »Jetzt möchte ich aber erst mal meinen frischgebackenen Enkel kennenlernen.«

Er fühlte sich erschöpft und ausgelaugt. Was für ein grauenvoller Freitag!

Erst der Streit mit Bernadett und ihr Schlaganfall, dann das Debakel mit Grace und schließlich die unumstößliche Tatsache, dass seine Großmutter ihrem langjährigen Herzleiden endgültig erlegen war.

Sie war offenbar noch kurz wach geworden, als Ray bei ihr am Bett gesessen hatte. Jeffs jüngerer Bruder hatte allerdings gemeint, sie habe nicht mehr allzu viel gesagt, außer dass sie nichts bereue und sie alle sich zum Teufel scheren sollten.

Als hätte sie darauf gewartet, hatte sie ein letztes Mal die Augen aufgeschlagen, als Jeff bei ihr gewesen war, und er fragte sich mittlerweile ernsthaft, wer gerade auf direktem Weg den Express-Lift nach unten nahm. Kopfschüttelnd legte er den Brief beiseite, den Kirsten ihm geschrieben hatte, ließ sich nach hinten auf das Bett fallen und starrte an die Decke.

Sein Leben entwickelte sich zur reinsten Achterbahnfahrt.

Er hasste Komplikationen.

Entmutigt schloss er die Augen. Er musste mit Grace reden, aber ein Teil von ihm fürchtete sich vor diesem Gespräch.

Als er aus dem Krankenhaus zurückgekommen war, hatte ihm der Kopf geschwirrt. Er hatte Unmengen an Papieren ausgefüllt und Entscheidungen treffen müssen, die ihm nicht gefielen. Da sein Vater allerdings nicht zugegen war, blieb ihm keine andere Wahl, als diese Dinge selbst in die Hand zu nehmen.

Kaum hatte er das Haus betreten, war ihm Maggie entgegengekommen – gerade auf dem Weg zu einem Spaziergang. Sie hatte ihm erzählt, dass Kirsten und seine Tochter zweimal Streit gehabt hatten und es dabei sehr laut geworden war. Dass Kirsten ihr schließlich auch die Nachricht vom Tod ihrer Urgroßmutter überbracht hatte, machte die ganze Sache vermutlich nicht besser.

Dann war Maggie gegangen und hatte gemeint, sie brauche einen freien Abend, im Augenblick sei das hier das reinste Irrenhaus.

Er konnte es ihr nicht verdenken.

Seine Finger tasteten nach dem eng beschriebenen Blatt Papier. Kirsten hatte sich entschuldigt, dass sie Abstand brauche und frische Luft, um den Kopf freizubekommen. Sie fühlte sich schuldig an Dingen, für die sie keinerlei Verantwortung trug, und es machte ihn noch nachträglich wütend, dass sie sich selbst Vorwürfe machte, obwohl seine Großmutter das eigentliche Problem gewesen war.

Sie bat ihn, mit Grace zu reden und ihre Differenzen beizulegen und dass sie selbst sich zurückziehen würde, wenn nötig, damit das Verhältnis von Vater und Tochter durch sie nicht noch weiter belastet würde. Als er gelesen hatte, dass sie sich mit Jacob nach Cornwall flüchtete, hatte er seine Eltern angerufen und ihnen erklärt, was passiert war.

Das war vor einer halben Stunde gewesen.

Seither zögerte er den Moment hinaus, Grace aufzusuchen, um ein weiteres Gespräch mit ihr zu führen. Er war immer noch zutiefst enttäuscht und ernüchtert über ihr Verhalten und all die Dinge, die sie gesagt hatte.

Tief durchatmend gab er sich selbst einen Ruck, richtete sich auf und erhob sich vom Bett. Je länger er es hinausschob, umso unangenehmer wurde es vermutlich. Besser, er brachte es hinter sich, statt weiter darauf zu hoffen, die Zeit zurückdrehen zu können.

Als er entschlossen auf den Korridor trat, um zu Graces Zimmer hinüberzugehen, bemerkte er ein Weinen, das aus der unteren Etage zu kommen schien. Oh bitte, jetzt keine heulende Haushälterin, die ihm verkündete, dass sie nach mehr als zehn Jahren die Nase vollhabe von den ganzen Bekloppten, mit denen sie sich hier jeden Tag herumplagen musste.

Denn zumindest im Augenblick hätte er eine solche Entscheidung durchaus nachvollziehen können und keine Gegenargumente gehabt.

Neugierig stieg er die Treppe hinab und folgte dem Geräusch, das aus der Bibliothek zu kommen schien. Er ging weiter, drückte die Doppeltür ein Stück weit auf und blieb geradezu erstarrt im Türrahmen stehen.

Seine Tochter hockte inmitten von einem Wust braunem Papier neben dem Sofa und heulte sich lauthals die Augen aus dem Kopf. Vor ihr, an den Couchtisch gelehnt, stand das Bild von Shannon –

perfekt restauriert. Nichts erinnerte mehr an die Messerschnitte, mit denen Kirsten es in ihrer Wut zerstört hatte. Stattdessen leuchtete es in wunderschönen, frischen Farben, und Shannon sah so lebendig aus wie nie.

Jeff seufzte. Er hatte nicht mitbekommen, dass jemand das Bild zurückgebracht hatte, und wenn er ehrlich war, hatte er es schon längst vergessen. Aber für seine Tochter hatte das Gemälde ihrer Mutter eine völlig andere Bedeutung – und einmal mehr wurde er sich der Tatsache bewusst, wie viel sie mit Shannons Tod wirklich verloren hatte.

Dass heute auch noch ihre Urgroßmutter gestorben war, musste Grace besonders hart treffen.

Plötzlich übermannte ihn das Mitgefühl.

Verdammt, sie war ein achtzehnjähriges Mädchen. Er konnte nicht erwarten, dass sie in allen Dingen selbstbeherrscht und kalkuliert blieb. Zumal die Schwangerschaftshormone ihre Gefühle vermutlich ohnehin in Aufruhr versetzten.

Dennoch war es falsch, ihr mit Zorn gegenüberzutreten.

Ihm mochte gerade so einiges nicht in den Kram passen, und gerade das Wissen, dass seine Tochter sich zu einer sexuell aktiven jungen Frau entwickelt hatte, behagte ihm nicht im Geringsten, aber sie war immer noch seine Tochter.

Er betrat die Bibliothek und ging zu Grace.

»Schatz?«

Sie wandte sich ihm mit erschrockenem Blick zu, brach erneut in Tränen aus und fiel ihm um den Hals, als er neben ihr in die Hocke ging.

»Daddy, es tut mir so leid.«

Er schloss die Augen und drückte sie an sich.

»Mir tut es auch leid, Grace. Ich hätte nicht mit dir streiten sollen.«

»Nein, du hattest recht – in allem, was du gesagt hast. Du hättest mir besser noch eine Ohrfeige verpasst, damit ich endlich wach werde.«

»Ich gebe zu, ich war einen Moment lang versucht. Aber damit hätte ich letztlich alles nur noch schlimmer gemacht«, warf er ein. »Hör auf zu weinen, Schatz.«

»Ich kann nicht, ich hab' alles zerstört«, schluchzte sie, »aber ich war so wütend, weil Kirsten mich verraten hat.«

Verblüfft rückte er ein Stück von ihr ab.

»Was meinst du?«

Grace zog aufgeregt die Nase hoch.

»Na, weil sie es dir erzählt hat«, gab sie zurück.

Jeff runzelte die Stirn. »Was hat sie mir erzählt?«

»Von meiner Schwangerschaft.«

Bedrückt schüttelte er den Kopf.

»Nicht *sie* hat mir davon erzählt«, gab er leise zurück. »Granny hat es mir gesagt. Wir haben uns so furchtbar gestritten, und da hat sie mir vorgeworfen, dass ich nicht einmal über deine Probleme Bescheid wisse … und wie wir wissen, hatte sie leider recht, was das betrifft.«

»Granny?«, wiederholte Grace. Sie sah so fassungslos aus, dass es ihm regelrecht das Herz zerriss.

»Es tut mir leid, Schatz. Sie war wohl nicht mehr ganz bei sich, als wir gestritten haben.«

Mit zitternder Unterlippe senkte seine Tochter das Kinn auf die Brust und schüttelte den Kopf. Ihre Schultern sackten resigniert nach unten.

»Nein! Nein … das passt zu allem anderen … und ich habe so viele schlimme Dinge zu Kirsten gesagt.« Schluchzend barg sie das Gesicht in den Händen. Mit einem Seufzer legte er ihr einen Arm um die Schultern und drückte sie an sich.

»Sie wird es dir verzeihen«, murmelte er in ihr Haar. Er erntete erneutes Kopfschütteln, heftiger noch als zuvor.

»Nein, ich habe alles ruiniert.« Die Nase hochziehend, wischte sie sich mit dem Ärmel über das Gesicht und sah ihren Vater an. »Ich hab's geöffnet.«

»Was hast du geöffnet?« Irritiert betrachtete er ihr verweintes Gesicht.

»Das Paket, das Kimberley heute vorbeibringen wollte. Sie ist mir auf dem Weg nach Hause begegnet, als ich von meinem Arzttermin kam.« Sie deutete mit dem Kopf auf Shannons Gemälde. »Der Typ, der Moms Bild restauriert hat – er ist fertig.«

»Er ist gut«, stellte Jeff anerkennend fest und musterte die Leinwand. »Man sieht nichts mehr.« Er warf einen fragenden Blick auf seine Tochter. »Aber eigentlich solltest du dich doch darüber freuen.«

»Tu ich … aber er hat nicht nur Moms Bild geschickt.«

»Was meinst du?«

Sie zog den Haufen Packpapier näher und reichte ihm ein Foto.

Er kannte dieses Bild.

Es war eine Aufnahme, die Ray damals während ihres Familienurlaubs gemacht hatte. Es war kurz vor Graces vierzehntem Geburtstag gewesen, und sie, Jeff und Kirsten waren am Strand unterhalb ihres Cottages spazieren gegangen … barfuß und mit hochgekrempelten Hosen.

»Das ist ein Foto von Onkel Ray«, stellte er fest.

»Ich weiß«, flüsterte Grace. »Kirsten hat es dem Künstler geschickt, zusammen mit einem Brief, in dem sie ihn bat, von diesem Foto ein Gemälde anzufertigen.«

»Was ist daran so schlimm?«

Grace schälte eine zweite Leinwand aus dem Packpapier-Chaos, etwas kleiner als Shannons Gemälde.

Jeff betrachtete es prüfend.

Drei Menschen waren darauf abgebildet, ein Mann, eine Frau und ein junges Mädchen – sie gingen Arm in Arm an einem Strand in Cornwall spazieren, während ihnen die keltische See um die Füße spülte und der Wind ihre Haare zerzauste.

Das war nicht irgendeine Gruppe, das waren sie … ihr Cornwall, ihr Meer, ihr Familienurlaub.

Viereinhalb Jahre zuvor.

Grace lief zwischen ihnen – jeder von ihnen hatte ihr einen Arm um die Schulter gelegt, und seine Tochter lachte glücklich in die Kamera, ebenso wie er … nur Kirsten nicht.

Sie sah Grace an, und der Künstler hatte nichts anderes getan, als das zu vergrößern, was das Foto kaum zu zeigen vermochte. In Kirstens Gesicht war nichts anderes zu lesen als reine, unverfälschte Liebe, wie nur eine Mutter sie für ihr Kind empfand.

Zum ersten Mal schien Grace wirklich begriffen zu haben, was Kirsten in all den Jahren von ihr gewollt hatte.

»Ich war so verbohrt und verstockt und hab' immer nur auf das gehört, was Granny gesagt hat.« Die Tränen liefen seiner Tochter unaufhaltsam über das Gesicht, und obwohl Jeff das, was nun kam, lieber nicht gehört hätte, spürte er einfach, dass sie es loswerden musste. »Ich hab' Granny all die Lügen über Kirsten glauben wollen. Ihr Gerede davon, dass Kirsten nur hinter deinem Geld her wäre und dich nicht liebe. Eine Erbschleicherin nannte sie sie, und als ich nach dem Urlaub wieder zurück war und davon geschwärmt habe, wie schön es in Cornwall war, hat sie mir gesagt, wenn ich Kirsten als Mutter akzeptieren würde, hätte sie mich nicht mehr lieb. Ich wusste nicht, was ich machen sollte, immerhin war sie doch meine Granny, und ich wollte sie nicht verlieren. Aber ich war so blind, und ich hab' mich wie ein dämliches Schaf von ihr vorführen lassen, statt Kirsten eine Chance zu geben … und dann vertrau' ich mich ihr einmal an, und im nächsten Moment ist es wieder Granny, die genau dieses Vertrauen aufs Neue zerstört, ohne es zu wissen.«

Kopfschüttelnd wischte sie sich über das Gesicht.

»Ich hätte die ganzen letzten Jahre eine echte Mom haben können, eine Freundin, mit der ich hätte quatschen können und die mir vielleicht zugehört hätte, wenn ich ihr vor zwei Monaten von diesem Typ erzählt hätte … und ich hab's versaut … Ich hab' alles verbockt. Und nun sitz' ich hier und weiß nicht, was ich machen soll – du bist sauer auf mich, und Kirsten hasst mich, und Jacob wird wahrscheinlich nie wieder ein Wort mit mir wechseln.«

»Darf ich dir einen Vorschlag machen?«

Geräuschvoll zog sie die Nase hoch und starrte ihn aus roten Augen an.

»Welchen?«

Jeff strich ihr das Haar aus dem Gesicht und küsste sie auf die Stirn.

»Erkläre ihr genau das, was du mir erklärt hast, Schatz. Kirsten ist der letzte Mensch auf dieser Erde, der dich deshalb verurteilen und ablehnen wird – sie liebt dich.«

Grace schluchzte erneut.

»Ich weiß … ich weiß … aber ich muss dir dringend noch was erzählen.«

Sie fröstelte leicht und zog die Jacke enger um ihren Körper. Es war kalt an diesem Samstag. Die Temperaturen an der Küste waren weit niedriger als im Inland, und die kühle Brise, die vom Meer her wehte, sorgte dafür, dass die Wärme sie langsam aber sicher verließ.

Kirsten fühlte sich müde.

Das lag zum einen an der guten Seeluft, aber auch an der Tatsache, dass sie in der letzten Nacht kaum ein Auge zugemacht hatte. Jacob hatte wieder einen seiner Albträume gehabt, diesmal glücklicherweise ohne Fieberschübe. Es war der Streit mit Bernadett gewesen, der auch an ihm nicht völlig spurlos vorübergegangen war.

Sie hatte ihn vorsichtig geweckt, und anschließend hatten sie lange im Dunkeln zusammengelegen und geredet. Während er irgendwann eingeschlafen war, hatte sie selbst grübelnd bis zum Morgengrauen neben ihm geruht und sich ihre Gedanken gemacht. Entsprechend gerädert war sie heute.

Mit schlechtem Gewissen musste sie sich eingestehen, dass sie dankbar war, dass seine neuen Großeltern ihn heute mit in den nächsten Ort zum Einkaufen genommen hatten und ihr so ein paar wenige Stunden Zeit blieben, um den Versuch zu starten, sich zu erholen.

Aber es war schwierig.

Im Haus fand sie keine Ruhe, sich hinzulegen. Tausend Erinnerungen stürmten auf sie ein und vereinten sich mit den aktuellen

Vorkommnissen, die immer noch auf ihr lasteten. Zu schlafen war schlichtweg unmöglich, weil sie vor lauter Nervosität immer nur hin und her lief. Schließlich hatte sie sich den alten Regenparka ihrer Schwiegermutter angezogen und sich mitsamt ihrem Skizzenblock auf den Weg zum Strand gemacht.

Sie hatte im Sand gesessen, ein wenig gezeichnet und war zwischendurch, gegen einen großen Felsen gelehnt, weggenickt. Hier draußen war nichts anderes zu hören als das Rauschen des Meeres und des Windes, das sich mit dem Geschrei der Möwen vermischte. Es gab kein beruhigenderes Geräusch als dieses, wie Kirsten fand.

Allerdings wurde die Kälte nun doch langsam unangenehm, und es wurde Zeit, zum Haus zurückzukehren. Ein leidiger Aufstieg von mehreren hundert Metern lag vor ihr, bis sie das Cottage an der Küstenstraße erreicht hatte.

Kirsten seufzte. In diesen Momenten spürte sie deutlich, wie sehr der Krebs ihr mittlerweile zusetzte und wie viel Kraft er ihr raubte, auch wenn sie gegenüber Jeff und den anderen versuchte, sich nichts anmerken zu lassen.

Abgesehen von der physischen Schwäche war es aber auch ihr Unterbewusstsein, das nun gegen sie zu arbeiten schien. Obwohl sie bemüht war, sich nicht davon beeinflussen zu lassen, konnte sie es nicht völlig verhindern, dass das Wissen um die fehlende Stammzellenspende sie zusätzlich schwächte. So sehr sie versuchte, positiv zu denken und Jacob zuliebe tapfer zu sein, so bitter war die Enttäuschung über Graces Entscheidung.

Es war eine Sache gewesen, dass ihre Stieftochter sich aufgrund der Schwangerschaft nicht sofort dazu hatte bereit erklären können. Da ging es nur um ein paar Monate, die Kirsten hätte überbrücken müssen … Doch nun hatte sich alles geändert.

Einen weiteren passenden Stammzellenspender würde es nicht so schnell geben, und ihre Brüder kamen nicht infrage. Es war einfach nicht fair. Gerade jetzt.

Wenn sie die Umstände wenigstens selbst verschuldet hätte, wenn sie *tatsächlich* die Schuld daran getragen hätte, dass Grace ihr den Rücken kehrte, hätte sie es akzeptieren können. Aber dass es auf Bernadetts Mist gewachsen war, ärgerte sie maßlos.

Diese Frau schaffte es selbst vom Grab aus noch, einen Keil zwischen Kirsten und ihre Stieftochter zu treiben. Dabei war sie so glücklich gewesen, endlich einen Weg zu Grace gefunden zu haben.

Seufzend lehnte sie sich wieder gegen den Felsen und schloss die Augen. Es hätte vielleicht alles so anders sein können, wenn sie von Anfang an auf ihr ungutes Gefühl bezüglich Bernadett gehört hätte. Schon nach ihrer Heirat mit Jeff hatte sie geahnt, dass seine Großmutter nicht mit offenen Karten spielte … Aber was hätte sie tun sollen?

Grace hätte nicht mit sich reden lassen und alles abgestritten. Jeff hätte ihr niemals geglaubt, damals hatte er noch große Stücke auf seine Großmutter gehalten.

Zu diesem Zeitpunkt waren seine Mutter und Bernadett die Hauptbezugspersonen für Grace gewesen, und auch wenn Charlize immer auf Kirstens Seite gewesen war, so hatte Bernadett ihre Urenkelin doch geschickt zu manipulieren gewusst.

Das Ergebnis ihres Treibens war nicht allein, dass Kirsten nun ohne Chance auf Heilung dastand. Das Schlimmste war, dass sie einem jungen Mädchen, und noch dazu ihrer eigenen Urenkelin, aus purer Gehässigkeit gegenüber einer Fremden die Möglichkeit auf eine intakte Familie genommen hatte.

Darüber ärgerte Kirsten sich am meisten, und trotz der Schuldgefühle, die sie deshalb empfand, musste sie sich Charlizes Meinung anschließen: Sie weinte Bernadett keine Träne hinterher.

Mit einer Hand fuhr sie sich über das Kopftuch, das ihre Glatze bedeckte. Morgen Nachmittag musste sie sich notgedrungen auf den Rückweg machen, damit sie am Montag pünktlich zur Chemo erscheinen konnte. Doch wenn sie ehrlich war, hatte sie gar keine Lust mehr, die Therapie fortzuführen.

Wozu auch?

Sie kämpfte gegen etwas an, das nicht zu bekämpfen war, und sie fühlte sich zum ersten Mal geradezu fehl am Platz. Die wenige Zeit, die ihr noch blieb, wollte sie mit ihrer Familie genießen und nicht gezeichnet von der Chemotherapie darauf warten, dass der Tod sie ohnehin einholte.

Verdammt, sie war so wütend.

Kirsten hob den Kopf, als über ihr eine Möwe schreiend entlangflog. Das hätte sie jetzt auch gern getan – ihre Flügel ausgebreitet und sich vom Wind treiben lassen. Einfach davonzufliegen und nicht zu wissen, wo es sie hintrug. Nicht zu wissen, was sie in der Zukunft erwartete. Sich nicht der Vergänglichkeit ihres eigenen Lebens so bewusst zu werden.

»Kirsten?«

Überrascht wandte sie den Kopf und sah Jeff hinter sich stehen. Ihr Herz machte einen Sprung.

»Jeff! Was …« Als sie aufstehen wollte, kam er die letzten zwei Meter zu ihr geeilt und ließ sich neben ihr in den Sand fallen. Seine Hände schlossen sich warm um ihr kaltes Gesicht, und seine Lippen drückten sich auf ihren Mund.

»Ich habe es nicht mehr ausgehalten ohne dich«, murmelte er an ihren Lippen. »Du hast mir gefehlt.«

Sie verbot sich die Tränen, die ihr die Luft abschnüren wollten. Endlich war zwischen Jeff und ihr alles richtig und gut, und dann schlug das Schicksal einfach mit einem Paukenschlag dazwischen – es war so unfair!

»Du hast mir auch gefehlt«, erwiderte sie leise und schlang die Arme um ihn. Die Leere, die sich in ihr ausgebreitet hatte, wurde kaum weniger. »Ich hatte nicht damit gerechnet, dass du herkommst.«

Leise lachend legte er seine Stirn an ihre und sah ihr in die Augen.

»Was soll ich in London herumsitzen, wenn sich zwei Drittel meiner Familie in Cornwall befinden?« Er küsste sie erneut. »Wir sind ganz früh heute Morgen losgefahren. Wo ist Jacob?«

»Mit deinen Eltern einkaufen«, erwiderte sie. »Wer ist wir?«

»Grace und ich.«

Kirsten hielt die Luft an und betrachtete Jeff verunsichert.

»Sie ist hier?«

»Ja, und ich glaube, sie möchte mit dir reden.«

Die Stirn in Falten gelegt, rückte sie ein Stück von ihm ab.

»Ich verstehe nicht …«

Sein Zeigefinger legte sich auf ihre Lippen und hinderte sie daran weiterzusprechen.

»Tu mir den Gefallen und frag mich nicht. Sie soll es dir selbst erzählen.«

Kirsten war mehr als mulmig zumute.

Sie wollte keine weitere Auseinandersetzung mit Grace, sie hatte einfach nicht die Kraft, noch einen weiteren Streit durchzustehen. Dennoch nickte sie und zuckte mit den Schultern.

»Okay«, entgegnete sie leise.

Sie beäugte Jeff unruhig.

Erst gestern war seine Großmutter gestorben, und obwohl sie diesen Verlust keineswegs betrauerte, war sie sich doch bewusst, dass sie ihm zumindest ihre Anteilnahme ausdrücken sollte. Aber sie brachte die Worte einfach nicht über die Lippen.

Es wäre eine Lüge gewesen, wenn sie gesagt hätte, dass es ihr leidtäte. Schon als er sie gestern Mittag deshalb angerufen hatte, war es ihr unmöglich gewesen, ihm ihr Beileid auszudrücken. Trotzdem spürte sie, dass er betrübt war.

»Geht es dir gut?«, wollte sie wissen. Jeff griff nach ihren Händen und küsste ihre Fingerknöchel.

»Ich bin hier – bei dir, jetzt geht es mir gut.«

»Jeff … erzähl mir, was im Krankenhaus passiert ist.«

Durchatmend machte er es sich neben ihr bequem, zog sie an seine Seite und legte die Wange an ihren Kopf.

»Bernadett hat selbst auf dem Sterbebett nicht aufhören können zu zanken«, erwiderte er tonlos. »Sie hat verlangt, dass ich mich von dir trenne … Stell dir das vor! Sie hat tatsächlich gefordert, ich solle mich von dir scheiden lassen, weil sie sonst dafür sorgen würde, dass ich meine Firma verliere.«

Sie spürte, wie er den Kopf schüttelte. Nachdenklich verschränkte sie ihre Finger mit seinen und betrachtete ihre miteinander verschlungenen Hände.

»Ich hätte es dir nicht verübelt, wenn du es getan hättest«, bemerkte sie nach einem Moment der Stille. »Die Firma ist dein Leben, du hast sie aus dem Nichts aufgebaut.«

»Du irrst dich«, entgegnete er und drehte sie zu sich herum, sodass sie ihm ins Gesicht sehen konnte. »Die Firma ist ein Teil meines Lebens, eine Arbeit, der ich gerne nachgehe und die vielen Menschen Nahrung und ein Dach über dem Kopf ermöglicht. Aber mein Leben … nein! *Du* bist mein Leben, Grace und Jacob sind mein Leben … Für nichts auf der Welt würde ich euch aufgeben. Selbst wenn ihre Erpressungen und Drohungen rechtens gewesen wären, hätte ich mich nicht davon beeinflussen lassen.«

Ein Lächeln huschte über sein Gesicht.

»Abgesehen davon ist es immer noch *meine* Firma, und nur weil sie die Anteile ihres Ehemannes geerbt hat, bedeutet das keineswegs, dass sie allein darüber hätte bestimmen können, was mit meinem Lebenswerk passiert. Die Klauseln im Kleingedruckten hat Bernadett nämlich nicht gelesen, sonst hätte sie gewusst, dass ihre Stimme längst nicht so viel Gewicht besaß, wie sie immer geglaubt hat.« Nachdenklich musterte er sie. »Eigentlich hatte ich gehofft, dass die letzten Wochen und mein Geständnis dir klargemacht hätten, dass ich lieber auf Allister-Airlines verzichten würde als auf dich. Nichts ist mir so wichtig wie du, Kirsten. Ich liebe dich – und ich kann nicht ohne dich leben. Du bist mein Licht und meine Sonne … Ich lasse nicht zu, dass uns irgendetwas trennt.«

Kirsten schluckte an der Enge, die ihr das Atmen schwer machte.

»Ich liebe dich auch, Jeff. Mehr als mein eigenes Leben … aber auch du hast nicht die Macht, das Schicksal zu beeinflussen.«

Er grinste breit, erhob sich und zog sie mit sich vom Boden hoch. Als er sie an den Schultern packte und einmal um die eigene Achse drehte, sah sie ihre Stieftochter durch den Sand auf sich zukommen. Jeffs Lippen berührten ihr Ohr.

»Ich vielleicht nicht«, flüsterte er, »aber Grace eventuell schon.«

16

Sie fühlte sich gefangen in einer seltsamen Mischung aus purer Euphorie und ermüdender Teilnahmslosigkeit.

Der September hatte nicht nur Unmengen an Mücken mitgebracht, sondern auch eine kaum zu ertragende Hitze, und er näherte sich nur zögernd seinem Ende. Kirsten wusste, sie war nicht die Einzige, die deshalb stöhnte, aber schwitzend in einem Krankenhaus zu liegen, war nicht gerade ihr Herzenswunsch gewesen.

Ihr Blick fiel auf die Infusionsnadel, die in ihrem Arm steckte, wanderte den dünnen Schlauch entlang und zu dem Beutel hinauf, der neben ihr von dem Bettgalgen hing.

Da war es also – ihr Lebenselixier.

Vor gut drei Monaten hatte sie nicht davon zu träumen gewagt, heute hier zu sein und genau das zu bekommen, was nun langsam in ihre Venen sickerte.

Die langersehnte Stammzellenspende!

Ihr Ticket für ein gesundes, langes Leben … mit ein wenig Glück und gutem Willen … und wenn sie sich an die Regeln hielt und künftig keine Chemiecocktails mehr auf ihrer Farbpalette anrührte.

Kirsten wandte den Kopf und sah zu Grace hinüber, die in einer Ecke des Zimmers mit Jacob hockte und Karten mit ihm spielte. Die letzten Wochen hatten alles verändert. Ihr ganzes Leben hatte sich verändert – und rückblickend waren diese Veränderungen gut gewesen, auch wenn sie es anfangs nicht hatte wahrhaben wollen.

An jenem Junitag, als Jeff und Grace in Cornwall aufgetaucht waren, hatten ihre Stieftochter und sie sich erst einmal stumm gegenübergestanden, ehe Grace stockend zu sprechen begonnen hatte. Es war ein langes Gespräch geworden, und es hatte Kirsten fast das Herz gebrochen zu begreifen, unter welchem Druck das Mädchen über Jahre gestanden hatte.

Das, was Jacob in Form von körperlicher Gewalt erlebt hatte, war Grace auf nicht ganz unähnliche Weise durch ihre Großmutter angetan worden. Bernadett hatte sie nicht mit Schlägen und Tritten gequält, aber die psychische Kontrolle und ihre ständige Machtdemonstration waren an Jeffs Tochter nicht spurlos vorübergegangen.

Es war nur eine andere Form von Misshandlung … und es war direkt vor Jeffs und Kirstens Augen passiert, ohne dass sie etwas gemerkt hatten.

Irgendwann war Grace in Tränen ausgebrochen und hatte sich stammelnd bei Kirsten entschuldigt, immer und immer wieder. Das war der Augenblick gewesen, in dem sie ihre letzten Hemmungen über Bord geworfen und ihre Stieftochter an sich gezogen hatte.

Sie wollte keinen Tag länger damit verschwenden, diesen Graben zu pflegen, der über Jahre zwischen ihnen gewesen war. Sie wollte endlich das tun, was sie sich so lange gewünscht hatte – ihre Tochter in die Arme schließen.

Es fühlte sich merkwürdig an, fremd und doch vertraut.

Zum ersten Mal waren sie sich wieder so nah wie bei ihrem letzten Besuch in Cornwall, und sie hatten beide gespürt, dass der Kreis sich zu schließen begann. Sie waren wieder dort angekommen, wo ihre Wege sich getrennt hatten, und sie waren bereit, diese neue Chance gemeinsam zu nutzen.

Später, als sie endlich das Haus auf den Klippen erreicht hatten, berichtete Grace, dass sie bei ihrem Frauenarzt gewesen sei. Er hatte sie untersucht und festgestellt, dass keine Schwangerschaft vorlag. Stattdessen hatte eine faustgroße Zyste für die ausbleibenden Regelblutungen und die körperlichen Beschwerden gesorgt, die sie seit Wochen still ertragen hatte.

Offenbar hatte der Test, den Grace gemacht hatte, auch keine wirkliche Schwangerschaft angezeigt – stattdessen hatte sie sich so sehr in ihre Angst davor hineingesteigert, dass sie den zweiten, kaum zu erahnenden Strich als positives Ergebnis angesehen hatte.

Grace hatte sich mit verheultem Gesicht und breitem Lächeln zu Kirsten umgedreht und gemeint, sie wolle nun doch die Stammzellenspenderin für ihre Mom sein. Zwar würde sie sich erst in einer kleinen Operation die Zyste entfernen lassen müssen, doch im Anschluss konnte sie mit allen notwendigen Maßnahmen für die Therapie beginnen.

Kirsten hatte noch nie so viele Tränen vergossen wie an diesem Tag, und Jeff war irgendwann dazu übergegangen, sich scherzhaft ein Handtuch über die Schulter zu legen und jedem, der es hören oder nicht hören wollte, zu erzählen, dass er damit weiteren durchweichten Flecken auf seinem Hemd vorbeugen wolle.

Es war ein schönes Wochenende gewesen, warm und herzlich. Selbst Ray war irgendwann im Laufe des Samstages angekommen und hatte sich zu ihnen gesellt. Die Erinnerung an den gemeinsamen Familienurlaub viereinhalb Jahre zuvor war so lebendig wie nie, und als Kirsten und Jeff abends im Bett lagen und sich liebten, waren sie überzeugt gewesen, nun könnte es nur noch bergauf gehen.

Graces OP in der Woche darauf war gut verlaufen, aber jeder von ihnen war sich bewusst darüber, dass sie erst wieder völlig gesund werden musste. Also hatten sie sich auf andere, alltägliche Dinge konzentriert.

Jacob war endgültig zu Hause angekommen und in der Vorschule angemeldet worden. Jeff bereitete sich auf seinen nächsten großen Auftrag vor, und Grace genoss die kurzfristige Sonderbehandlung, ehe sie sich wieder dem täglichen Lernwahnsinn ihrer Schule stellte.

Alles war so wunderbar normal und langweilig – Kirsten genoss es, neben ihrem *überbewerteten Hobby* vor allen Dingen Ehefrau und Mutter zu sein, während sie ihre Chemotherapie fortführte. Der einzige Wermutstropfen war das zunehmende Unwohlsein, das sie beim Sex überkam, bis sie es Jeff schließlich beichten musste und er fortan die *ehelichen Pflichten* verweigerte.

Sie war frustriert über seine Reaktion, auch wenn sie seine Sorge verstand. Ließ sie diesen Gedanken jedoch beiseite, hatten all die kleinen Dinge in ihrem Leben plötzlich wieder einen Sinn, und die Hoffnung wuchs mit jedem Tag, dass sie eben doch erleben dürfte, wie Jacob erwachsen und Grace irgendwann selbst Mutter würde.

Als Dr. Carter vor anderthalb Wochen an sie herangetreten war und ihnen gesagt hatte, dass nun der richtige Zeitpunkt gekommen sei und alle Krebszellen durch die Chemotherapie beseitigt wären, war die Nervosität schlagartig wieder da gewesen.

Grace war aus dem Internat nach Hause gekommen und hatte sich fast eine Woche lang täglich ein hormonelles Medikament unter die Haut spritzen lassen, das dafür sorgte, dass die Stammzellen in ihr Blut ausgeschwemmt wurden. Als diese Vorbehandlung abgeschlossen war, hatte sie zwei Tage hintereinander zur Blutentnahme im *Royal Marsden Hospital* erscheinen müssen.

Und nun lag Kirsten selbst hier.

Graces Stammzellen waren bereit und auf dem Weg in ihre eigene Blutbahn. Jetzt galt es nur noch abzuwarten und zu hoffen, dass es tatsächlich funktionieren würde.

Ihre Stieftochter hob den Kopf, sah zu ihr herüber und lächelte Kirsten zu. Sie tat es ihr gleich. Es erfüllte sie mit warmer Zufriedenheit, ihre Kinder so glücklich vereint miteinander zu erleben. Seltsamerweise hatte Grace Jacob sehr rasch und unkompliziert als kleinen Bruder akzeptiert – vielleicht lag es an den Umständen, dass sie Ähnliches erlebt hatten … vielleicht auch daran, dass Jacob sich zu einem kleinen Charmeur entwickelte.

»Wie fühlst du dich?«, wollte Jeff wissen. Seine Hand griff nach

Kirstens Fingern, und als er sich vorbeugte, unterbrach er ihren Blickkontakt mit Grace.

»So weit ganz gut«, gab sie mit einem Lächeln zurück. »Obwohl ich zugeben muss, dass ich immer noch auf so etwas wie Trommelwirbel oder so warte.«

Er lachte leise.

»Ja, mir geht es ähnlich«, gab er zurück und wurde unvermittelt ernst. »Heute ist der zweite Tag vom Rest unseres gemeinsamen Lebens.«

Kirsten grinste.

»Wenn ich nicht so vollgepumpt wäre mit Medikamenten, würde ich glatt darauf trinken«, erwiderte sie zwinkernd.

»Wir könnten etwas anderes tun.«

Fragend sah sie ihn an. »Sex haben?«

Er schüttelte lachend den Kopf.

»Nein, ich habe einen Termin für uns vereinbart«, erwiderte Jeff. Kirsten stutzte und musterte ihn zerstreut. Noch undeutlicher hätte er sich kaum ausdrücken können, um sie neugierig zu machen. Allerdings bezweifelte sie, dass es auch nur annähernd mit dem zu tun hatte, was sie wollte – und was ihr vermutlich für die nächsten Wochen auch verwehrt blieb.

»Was für einen Termin?«

»Ich dachte, ich bereite dir eine kleine Überraschung«, bemerkte er geheimnisvoll und lächelte schief. Kirsten verzog das Gesicht.

»Oh Gott! Bitte keine weitere Überraschungsparty«, bat sie.

Jeff lachte leise. »Nein, keine Sorge – keine Party – zumindest nicht im großen Stil.«

»Na, das kann ja heiter werden!« Augenrollend lehnte sie sich in die Kissen zurück und schüttelte den Kopf.

»Was kann heiter werden?« Dr. Carter trat gut gelaunt in das Zimmer und nickte zur Begrüßung kurz in die Runde.

»Mein Mann will mir offenbar wieder mal eine Überraschung bereiten«, bemerkte Kirsten. »Leider war das beim letzten Mal nicht gerade das Gelbe vom Ei.«

»Du musst zugeben, dass du nicht mit dem gerechnet hattest, was kam«, erwiderte Jeff grinsend.

Nein, das hatte sie tatsächlich nicht – weder mit dem Besuch ihrer Brüder noch mit dem unangenehmen Erwachen am nächsten Tag im Krankenhaus. Ihr Leben hatte sich seither ziemlich verändert.

»Eine Überraschung ist durchaus etwas Positives«, stellte Dr. Carter fest, trat neben Kirsten und überprüfte die Infusion. »Sehen Sie dem mit Zuversicht entgegen, Mrs. MacAllister. Darin sollten Sie doch zwischenzeitlich geübt sein.«

»Ja, sollte ich – im Augenblick bin ich allerdings etwas frustriert.«

»Frustriert? Wieso? Wir haben erfolgreich die Krebszellen in Ihrem Körper bekämpft, und nun bekommen Sie durch die Stammzellen Ihrer Tochter die Chance auf die Produktion vieler gesunder, neuer Zellen.« Er lächelte auf sie hinab. »Ganz davon zu schweigen, dass Sie zum wiederholten Mal den Aufenthalt in unserem Etablissement ablehnen und trotz der erhöhten Gefährdung durch Ihr degeneriertes Immunsystem das Risiko eingehen, zu Hause gesund werden zu wollen.«

»Diese letzte Bemerkung ignoriere ich jetzt einfach, Dr. Carter«, erwiderte Kirsten.

Der junge Arzt grinste. »Wenn ich ehrlich bin, hatte ich das gar nicht anders erwartet.« Er nahm neben ihr auf der Bettkante Platz und schenkte ihr einen fragenden Blick. »Also, Mrs. MacAllister – wieso sind Sie frustriert?«

»Liegt das nicht auf der Hand? Ich bin seit Wochen angeschlagen und erschöpft – und nun hat mir Dr. Philipps verkündet, dass vermutlich auch in den nächsten sechs Wochen nicht damit zu rechnen sei, dass ich irgendwelchen Vergnügungen frönen kann, weil ich mich voraussichtlich nicht besser fühlen werde.«

»Sie meinen Sex!?«

»Ja.«

»Tja, das tut mir wirklich leid.« Sein Grinsen strafte seine Worte Lügen, während er aufstand. »Aber in dem Fall müssen Sie tatsächlich warten, bis Sie sich wieder fit genug fühlen … und damit ist in der Regel wirklich erst in ein paar Wochen zu rechnen.«

»Na großartig.«

»Denken Sie positiv, Mrs. MacAllister.« Dr. Carter zwinkerte ihr zu. »Nicht rückwärts – vorwärts schauen! Da gibt es endlos viele wunderbare Dinge in der Zukunft, auf die Sie sich freuen können – und der Sex ist eines davon.«

»WAS MACHEN WIR HIER?«, WOLLTE SIE WISSEN.

Zu ihrer Überraschung hatte Jeff den Wagen durch den nachmittäglichen Feierabendverkehr zur Christ Church in Little Heath gelenkt, das am Stadtrand von London lag. Es war keine große Kirche und eher unspektakulär, aber es war die Kirche, in der sie vor mehr als fünf Jahren von Father Bowman getraut worden waren. Kirsten fühlte sich etwas unwohl, während sie nervös auf dem Sitz herumrutschte und ihren Mundschutz zurechtzupfte.

Da ihr Immunsystem aufgrund der überstandenen Chemo- und der begonnenen Stammzellentherapie im Augenblick besonders anfällig für Infektionen war, musste sie notgedrungen einige Vorsichtsmaßnahmen treffen, und dazu gehörte eben auch eine alberne Maske, die sie ständig vor dem Gesicht mit sich herumtrug.

Immerhin kamen langsam die ersten Haare zurück, was sie nach gut vier Monaten durchaus erstaunlich fand. Wenn ihre restlichen Kräfte auch noch zurückkehrten, wäre sie für den Moment absolut glücklich. Im Augenblick fiel es ihr schon schwer, die Treppe zu ihrem Schlafzimmer zu erklimmen, ohne außer Atem zu kommen, von anderen körperlichen Aktivitäten ganz zu schweigen.

Angespannt blickte sie sich um.

Sie war keine fleißige Kirchgängerin … nicht mal an Weihnachten – und tatsächlich war ihre Heirat der einzige Moment in den letzten fünf Jahren gewesen, da sie eine Kirche betreten hatte. Ihre Eltern waren keine allzu gläubigen Christen und hatten ihre

Kinder diesbezüglich sehr frei und unkonventionell erzogen, obwohl sowohl Kirsten als auch ihre Brüder getauft waren.

Allerdings war das auch alles, worauf Kirsten zurückblicken konnte. Ihr Interesse an Gotteshäusern und Glaubensrichtungen beschränkte sich in erster Linie auf bunte Fresken bekannter Maler und die künstlerische Freiheit, religiöse Motive ungehemmt zu interpretieren.

»Was machen wir hier?«, wiederholte sie ihre Frage, weil Jeff immer noch nicht antwortete. Er grinste nur und bedeutete ihr auszusteigen, während er selbst die Fahrertür öffnete. Über die Schulter sah sie zu Grace und Jacob, doch beide zuckten nur ratlos mit den Schultern.

Ein genervtes Stöhnen unterdrückend, stieg Kirsten aus und sah sich um. Die Kirche bestand aus grauem Stein, umgeben von einer Hecke und ein wenig Rasen. Kein aufsehenerregender Pfarrgarten oder auch nur der Hauch einer pompösen englischen Parkanlage.

Dennoch besaß sie ihren eigenen Charme, sobald man sie betrat und den Mittelgang entlang auf den bescheidenen hölzernen Altar zuschritt. Über den Besuchern spannte sich eine dunkelbraune Decke aus rundgebogenem Holz, und nach etwa einem Dutzend Bankreihen folgten zwei Reihen Stühle, die damals noch mit rotem Samt bepolstert gewesen waren.

Eine nette, kleine Kirche, aber in erster Linie nur deshalb etwas Besonderes, weil sie dort geheiratet hatten. Es war ein seltsames Gefühl, nun wieder davorzustehen und sich plötzlich darüber klar zu werden, wie viel Zeit vergangen war.

War das der Grund für ihren Besuch?

Wollte Jeff, dass sie sich dessen bewusst wurde?

Kirsten lächelte.

Im Grunde war das eine sehr schöne Geste, auch wenn sie gar nicht mehr nötig war. Sie besaß mittlerweile genug Hoffnung und Zuversicht, um ihrer Zukunft positiv entgegenzusehen, und sie fühlte sich stärker denn je. Innerlich zumindest, der Rest musste sich erst noch erholen.

Als Jeff sie wortlos an die Hand nahm und zum Eingang führte, folgte sie ihm bereitwillig. Wenn er denn unbedingt meinte, das tun zu müssen, dann würde sie ihm diesen Gefallen eben erweisen. Nichtsdestotrotz zögerte sie an der Tür.

»Bist du sicher, dass wir einfach hineingehen dürfen?«, wollte sie wissen.

Er nickte stumm und zog sie weiter. Diese neue Masche des schweigenden Geheimniskrämers nervte sie schon ein bisschen. Ihr halbherziger Protest erstickte im Keim, als Jeff die Tür öffnete und sie in die Stille des kühlen Gemäuers traten. Ganz gleich wie wenig sie mit Religion auch am Hut hatte, sobald Kirsten eine Kirche betrat, verspürte sie jedes Mal den Drang, sich nur noch flüsternd zu unterhalten.

Irritiert sah sie sich um.

Die hinteren Kirchenbänke waren mit Blumen geschmückt, und sie bemerkte nervös, dass Menschen auf den vorderen Plätzen saßen. Alarmiert blieb sie stehen und zog an Jeffs Arm. Es dauerte eine gefühlte Ewigkeit, bis er sich endlich zu ihr umdrehte.

»Wir können da nicht rein«, zischte sie.

Sein Lächeln vertiefte sich, und zu ihrem Entsetzen sah sie dabei zu, wie Grace mit Jacob im Schlepptau an ihnen vorbeischlich, den Mittelgang entlanghuschte und sich einen Platz mitten unter den Gästen suchte.

Kirsten riss erschrocken die Augen auf.

»Jeff!«

Obwohl sie seinen Namen nicht einmal in Zimmerlautstärke aussprach, sah sie, wie die ersten Gäste die Köpfe zu ihnen drehten, und stutzte.

Was zum Henker taten Charlize und Willbur hier?

War das Ray?

Kirsten blinzelte.

Maggie?

Sören!? Warum war Sören hier? Und Morten?

Was zum …

Sie erstarrte und sah Jeff an, der sich ihr voll zugewandt hatte und nun ihre Hände in seine nahm. Es war ihr unmöglich, den Ausdruck in seinem Gesicht zu deuten.

»Was geht hier vor?«, wisperte sie tonlos.

Sein Lächeln und sein Blick waren voller Wärme.

»Vertraust du mir?«, wollte er wissen. Tief durchatmend straffte sie die Schultern. Was für eine Frage …

»Ja«, erwiderte sie.

»Dann folge mir.«

Wortlos ließ sie sich von ihm den Mittelgang entlangführen und zögerte nur den Bruchteil einer Sekunde, als sie dem Geistlichen gegenübertraten, der am Altar stand und zu ihnen blickte.

Ihre Familien und einige wenige enge Freunde, unter denen sich auch Stuart und Carolyne befanden, saßen auf den Bänken und Stühlen der ersten Reihen und bedachten Kirsten mit stummen Blicken und amüsiertem Lächeln.

Sie fühlte sich äußerst unwohl in ihrer Haut, während sie den Mann vor dem Altar über den Rand ihres Mundschutzes hinweg musterte. Natürlich erkannte sie Father Bowman wieder. Einen rundlichen Mann in den Sechzigern, der sie immer ein wenig an Bruder Tuck aus der Geschichte um Robin Hood erinnerte – nach fünf Jahren hatte er noch weniger Haare auf dem Kopf als sie.

Kirsten verkniff sich ein Grinsen und war zum ersten Mal wirklich dankbar für den Mundschutz. Father Bowman zwinkerte ihr gut gelaunt zu.

Im gleichen Moment drehte Jeff sie zu sich herum, ergriff ihre Hände und betrachtete Kirsten einen Moment lang wortlos. Das Herz klopfte ihr bis zum Hals, während sie seinem Blick standhielt und darauf wartete, dass er irgendetwas sagte. Als sie schon begann, nervös ihr Gewicht von einem Bein auf das andere zu verlagern, huschte ein Lächeln über seine Züge, und in seinen Augen spiegelte sich all das wider, was sie selbst empfand.

»Ich will dir danken, Kirsten.« Seine Stimme hallte von den Wänden wider. »Für die Kraft, die du in den letzten Monaten bewiesen hast, und die Zeit, die du uns schenkst. Ich will dir danken für all die Liebe, mit der du uns jeden Tag wärmst. Die letzten

Wochen kamen einem langen, mühevollen Kampf gleich und haben dir viel abverlangt. Dennoch bist zu zuversichtlich und voller Hoffnung gewesen. Die Chemotherapie hat dir zugesetzt und deine letzten Reserven aufgebraucht … Mit all den kranken Zellen starben auch viele gesunde, und es wird seine Zeit brauchen, bis du wieder völlig genesen bist. Ich weiß, wie schwer es dir mittlerweile fällt, alltägliche Dinge zu erledigen, und dennoch habe ich dich in all der Zeit nie ernsthaft klagen hören. Stets bist du tapfer und optimistisch.«

Sie schluckte und biss sich auf die Lippen, als er vor ihr in die Hocke ging, ein Knie auf den Boden setzte und sie treuherzig ansah. Der Puls hämmerte ihr gegen die Schädeldecke, während sie auf ihn hinuntersah.

»Ich kann dich kein zweites Mal um deine Hand bitten, weil wir bereits verheiratet sind«, fuhr er fort, »dennoch möchte ich dir eine Frage stellen.«

Sein Blick war auffordernd, und Kirsten nickte ihm in stummer Nervosität zu. Sie fühlte sich geradezu durchflutet von hysterischer Aufregung und wild sprudelnden Endorphinen.

Jeff drückte ihre Finger.

»Ich liebe dich, und ich möchte den Rest meines Lebens an deiner Seite verbringen. Ich will mit dir alt werden, ich will zusammen mit dir graue Haare bekommen, und wenn wir morgens im Bad nebeneinanderstehen, möchte ich, dass wir gemeinsam unsere Falten zählen.«

Kirsten lachte leise.

»Vor fünf Jahren habe ich dir hier mein Eheversprechen gegeben in dem Wissen, dass ich eine vernünftige Entscheidung traf. Ich heiratete dich, weil es mir zweckmäßig erschien und ich dich als Mutter für Grace geeignet fand.«

Tief durchatmend hielt er ihren Blick gefangen.

»Heute weiß ich, dass du eine fantasievolle und sehr bezaubernde Chaotin bist, die leider nicht kochen kann.« Kichern erklang unter den Gästen, und auch Kirsten grinste. Sein Blick wurde ernst. »Aber ich liebe dich nicht für die Perfektion, mit der du Feiern organisierst und Pläne schmiedest. Ich liebe dich auch nicht für die hochgelobten Bilder, mit denen du die Menschen für dich begeisterst.« Langsam erhob er sich, zog Kirsten an sich und legte seine Stirn gegen ihre. »Ich liebe dich, weil du mein graues Leben mit unendlichen Farben angefüllt hast. Ich liebe dich, weil du die Dinge, die du tust, mit Leidenschaft feierst und weil dein Herz nicht nur mir, sondern auch unseren Kindern gehört.«

»Ich liebe dich auch«, hauchte sie ergriffen.

»Deshalb möchte ich dich fragen, ob du gemeinsam mit mir – hier und jetzt – unser Ehegelübde erneuern möchtest. Nicht weil es vernünftig und zweckmäßig erscheint, sondern weil wir einander um unser selbst willen lieben und nicht ohneeinander leben können.«

Kirsten spürte, wie ihr die Tränen in die Augen schossen, und blinzelte ein paarmal, um wieder klar sehen zu können. Entschlossen griff sie nach der Maske, die immer noch die untere Hälfte ihres Gesichts bedeckte. Für den Moment war sie bereit, jedes Risiko in Kauf zu nehmen. Sie hatten es bis hierher geschafft, und Kirsten wusste, sie würden auch die nächsten Unebenheiten auf ihrem künftigen Weg gemeinsam bewältigen. Jeffs Augen weiteten sich erschrocken.

»Du hast mir die Kraft geschenkt in jenem Moment, da du mir zum ersten Mal gesagt hast, dass du mich liebst … Wie kann ich da nicht kämpfen. Du und unsere Kinder sind mein Leben, und ich werde alles tun, um dieses Geschenk zu würdigen.« Sie löste eine Hand aus seinem Griff, legte sie an seine Wange und betrachtete seine warmen, grünen Augen. »Ja, ich will unser Gelübde erneuern. Für heute und für immer.«

Lächelnd nahm er ihre Hand, legte sie auf seine Brust und küsste zärtlich ihre Lippen. Kirsten schloss die Augen und vergaß die Menschen, die hinter ihnen in der Kirche saßen. Es war eine gefühlte Ewigkeit her, dass sie einander so nah gewesen waren, und ihre Finger krallten sich in den Kragen seines Hemdes.

Erst als Father Bowman sich geräuschvoll räusperte, öffnete sie die Lider und musterte ihn mit errötenden Wangen. Der Geistliche schmunzelte amüsiert, trat ihnen gegenüber und hieß die Gäste, sich zu erheben. Sein Zwinkern war nachdrücklich, als er von Jeff zu Kirsten sah.

»Zeit, dass ich meinen Job erledige, damit ihr beide nach Hause kommt.«

Das Gelächter in der Kirche war so laut gewesen, dass Jeff für einen Moment schon befürchtet hatte, ihr Gelübde würde darüber in Vergessenheit geraten. Father Bowman war jedoch immer noch ein sehr unterhaltsamer, wie gewissenhafter Mann.

Tatsächlich hatte er es geschafft, sie mit einer ganz eigenen Mischung aus Ernst und Leichtigkeit zu überraschen und ihnen damit ein sehr persönliches Ehegelübde auf den Leib zu schneidern. Die anschließende kleine Feier in einem nahen Pub war unbeschwert gewesen, und Kirsten hatte sich trotz Mundschutz, Kopftuch und blasser Gesichtsfarbe ganz offenkundig amüsiert.

Es war schön gewesen, unkonventionell und entgegen aller Traditionen, aber wirklich sehr schön.

Genau wie es hatte sein sollen. Als sie heimgekommen waren, hatten sie nur ein paar von den Sandwiches gegessen, die Maggie vorbereitet hatte, und einander kurz darauf eine gute Nacht gewünscht. Jacob hatte nicht einmal mehr seine sonst übliche Gutenachtgeschichte verlangt und war eingeschlafen, kaum dass sein Kopf das Kissen berührt hatte.

Grace war es vermutlich nicht viel anders gegangen, und nur Jeff lag noch – auf einen Arm gestützt – im Bett und betrachtete seine schlafende Frau. Der Tag war anstrengend gewesen, genau wie die letzten Wochen. Anstrengend, beängstigend und aufregend. Sanft strich er ihr über den Kopf.

Die ersten Haare wuchsen bereits wieder, weich und sehr fein. Auch ihr Allgemeinzustand hatte sich deutlich gebessert, obwohl die Chemotherapie ihr gerade in den letzten Wochen der Behandlung viel abverlangt hatte. Nun konnte es bloß noch aufwärts gehen.

Jeff griff vorsichtig nach ihrer Hand und streichelte Kirstens Finger. Alles, was er empfand, waren Dankbarkeit und Erleichterung. Endlich war der Tag gekommen, auf den er so sehnsüchtig gewartet hatte, und nun betete er darum, dass sie diesen letzten Schritt auch noch ohne Komplikationen hinter sich brachte.

Wenn sie wieder kräftig genug war, würde er ihr auch all ihre anderen Wünsche erfüllen, einschließlich dessen, einander wieder nah zu sein und sich bis zum Morgengrauen zu lieben.

»Du bist noch wach.«

Als er den Blick hob, bemerkte er, dass sie ihn im Halbdunkel des Schlafzimmers betrachtete. Ein müdes Lächeln lag um ihre Augen, und auch wenn er ihre Lippen wegen des Mundschutzes nicht sehen konnte, wusste er, dass auch sie lächelten.

»Ich lasse nur den Tag Revue passieren«, gab er leise zurück. Kirsten zog sich ihr Kissen zurecht, drehte sich auf die Seite, und er kam ihrer stummen Aufforderung nach, das Gleiche zu tun. Auge in Auge lagen sie einander gegenüber.

»Woran denkst du?«, wollte sie wissen.

Jeff schmunzelte.

»Daran, wie gesegnet ich bin«, flüsterte er, »und an meine Hoffnungen in diese Therapie.«

»Dr. Carter macht einen guten Job«, stellte sie fest. »Auch wenn er immer noch aussieht wie ein Schuljunge.«

Er lachte leise.

»Ja, er ist ein guter Arzt«, antwortete er. Nachdenklich musterte er sie einen Moment lang. »Was hältst du davon, wenn wir das Haus hier verkaufen und nach Cornwall ziehen?«

»Du willst raus aus London?«

»Du klingst überrascht«, bemerkte er.

»Ich *bin* überrascht«, gab sie zu und griff nach seiner Hand. Ein Lächeln erhellte ihr Gesicht. »Eigentlich würde ich sofort Ja sagen.«

»Aber?«

»Lass uns noch ein paar Jahre warten. Bis du in der Firma nicht mehr so eingespannt bist … bis Jacob die ersten Schwierigkeiten in der Schule überwunden hat. Vielleicht so in zehn Jahren.« Sie zwinkerte ihm zu. »Wenn du es so lange noch mit mir hier aushältst, schaffe ich das auch.«

»Kein Problem«, gab er zurück, »ich dachte nur an deine Gesundheit.«

»Ich weiß, aber wir können zwischendurch unsere Ferien dort verbringen. Für den Anfang genügt mir das und ist auch für meine Genesung völlig ausreichend.«

»Okay.« Er klang zweifelnder, als er wollte.

Sie legte ihm eine Hand auf die Wange und rückte ein Stück näher. Selbst im Dunkeln konnte er das Funkeln in ihren Augen erkennen.

»Mach dir keine Sorgen, Jeff – in ein paar Wochen bin ich schon wieder so fit, dass du dir vermutlich wünschst, ich wäre noch eine Weile länger krank.«

Er ahnte, worauf sie anspielte.

»Das bezweifle ich.«

Kirsten kicherte leise.

»Vertu dich nicht«, frotzelte sie. »Ich fürchte, wir haben einiges nachzuholen, wenn mein Immunsystem sich erholt hat.«

Kopfschüttelnd legte er eine Hand auf ihre Hüfte. »Mein liebes Eheweib, ich frage mich ernsthaft, wo diese fast schon schüchterne Kirsten abgeblieben ist, die ich mal geheiratet habe.«

»Sie ist erwachsen geworden und hat den Mann ihrer Träume gefunden.«

»Das beruhigt mich«, scherzte er. »Sonst hätte ich mir noch Sorgen machen müssen wegen deiner nymphomanen Neigungen.«

Kirsten kicherte.

»Die befallen mich glücklicherweise nur phasenweise in deiner Nähe. Wenn ich ernsthaft darunter leiden würde, hätte ich gerade ein ganz übles Problem.« Sie verzog das Gesicht. »Ich kann mich schon gar nicht mehr dran erinnern, wie lange es her ist.«

»Ich auch nicht«, erwiderte Jeff. »Das ist vermutlich der Entzug.«

»Daran wird es liegen.« Sie seufzte. »Ich wünschte manchmal nur, du wärest nicht so schrecklich standhaft.«

Er betrachtete sie nachdenklich.

»Mir fällt das auch nicht leicht«, erwiderte er. »Aber die Gefahr, dass du dich deshalb überanstrengst und ein Infekt letztlich alles zerstören könnte, worauf wir gehofft haben, ist mir, ehrlich gesagt, zu groß. Dass wir uns heute geküsst haben, war schon ein Risiko.«

»Eines, das ich gern eingegangen bin«, flüsterte Kirsten. Ihre Augen füllten sich plötzlich mit Tränen. »Du fehlst mir.«

»Ich bin doch hier, Schatz.« Er zog sie an sich und barg ihr Gesicht an seiner Brust. »Ich bin ganz nah.«

»Ja, aber ich will so viel mehr, und es frustriert mich wirklich, dass ich nicht kann, wie ich möchte.«

Jeff strich über ihren Kopf und küsste ihre Stirn.

»Ich weiß, Kirsten, ich weiß. Mir geht es doch nicht anders. Ich will dich küssen und dir nahe sein, ich will jede Stelle deines Körpers erobern und darf es nicht. Aber solange du dich in dieser Phase befindest, müssen wir stark bleiben.«

Sie wischte sich über das Gesicht und legte das Ohr an seine Brust.

»Darf ich mir etwas wünschen?«

»Alles, was du willst.«

»Sorg dafür, dass dieser Raum schalldicht isoliert wird … denn wenn ich wieder Sex haben darf, will ich mir die Seele aus dem Leib brüllen.«

Auflachend schüttelte er den Kopf.

»Du bist die seltsamste Frau, die mir je begegnet ist«, stellte er fest. Sich zurücklehnend, erwiderte sie seinen Blick.

»Aber du liebst mich trotzdem!?«

Er grinste.

»Ja, ich liebe dich trotzdem … oder vielleicht auch gerade deshalb.«

EPILOG

Grace saß mit kleinen Augen am Frühstückstisch und schmierte sich lustlos ihr Toastbrot. Als Jeff und Kirsten gut gelaunt, mit Morgenrock bekleidet, die Küche betraten, hob sie kaum merklich den Kopf und warf ihnen einen bösen Blick zu.

»Guten Morgen«, grüßte ihr Vater und goss sich eine Tasse Kaffee ein. »Du siehst aus, als hättest du nicht besonders gut geschlafen.«

»Das ist die Untertreibung des Jahrhunderts«, murmelte sie mürrisch.

Kirsten schwebte wie auf Wolken durch den Raum, scherzte mit Jacob und reichte Grace ihr Frühstücksei. Sie nahm es zögernd an.

»Wirst du krank?«, wollte Kirsten wissen und strich sich eine rote Locke aus dem Gesicht.

»Ich hoffe es«, knurrte Grace. »Einen Tinnitus würde ich im Augenblick echt begrüßen.«

Während ihre Eltern sich das Frühstück zubereiteten, musterte Grace die beiden. Diese Dauerverliebtheit war bislang kein Problem für die Neunzehnjährige gewesen, aber die letzte Nacht hatte ihr sämtlichen Schlaf geraubt.

Natürlich freute sie sich, dass Kirsten endlich wieder zu Kräften kam und gesund wurde. Ihre Haare wuchsen wieder, und sie nahm langsam an Gewicht zu … Es war toll gewesen zu sehen, wie gut es Kirsten ging, als sie gestern Graces neunzehnten Geburtstag gefeiert hatten.

»Sag schon, welche Laus ist dir über die Leber gelaufen?«, wollte Jeff wissen, nahm Jacob gegenüber Platz und musterte sie lächelnd. »Hast du Probleme in der Schule?«

Grace musterte ihren kleinen Bruder. Wenigstens der Fünfjährige hatte einen festen Schlaf. Sie seufzte. Eigentlich konnte sie froh sein, dass sie nur an den Wochenenden hier übernachtete … Sie würde Onkel Ray fragen, ob der zwischendurch ein Notquartier für sie übrig hatte.

»Nein, alles bestens. Ich finde, wir sollten uns einen Hund anschaffen«, bemerkte sie mit Nachdruck.

»Einen Hund?«, wiederholte Kirsten.

Grace lehnte sich in ihrem Stuhl zurück, gähnte herzhaft und rieb sich die Augen.

»Ja, dann könnte ich nachts wenigstens das Haus verlassen und spazieren gehen, während ihr euch in eurem Schlafzimmer lautstark die … Zeit vertreibt.«

Kirstens Wangen färbten sich dunkelrot, und sie warf Jeff einen vorwurfsvollen Blick zu.

»Ich habe dir gesagt, wir sollten in die Isolierung investieren«, bemerkte sie. Er zuckte ungerührt mit den Schultern.

»Ich fahre nachher in die Apotheke«, erwiderte er.

»Apotheke?«, wiederholte Grace irritiert.

Er grinste sie dreist an. »Die Isolierung ist mir zu teuer, ich besorg' dir ein paar Ohrstöpsel!«

Grace rollte mit den Augen.

»Armer Jacob … die nächsten zehn Jahre werden echt hart.«

»Keine Bange, er bekommt auch welche!«

AUF EIN WORT DANACH …

Wenn ich mich normalerweise an meinen Schreibtisch setze und eine Geschichte beginne, entwerfe ich zuerst meine Figuren. Ich überlege mir, wie sie aussehen, was für Eigenschaften sie haben und wie ihr Leben bislang so verlaufen ist. Sie bekommen ein passendes Äußeres, Sternzeichen, Jobs – manchmal sogar ein Geburtsdatum. Sie erhalten ihre eigene kleine Persönlichkeit und eine Vergangenheit.

Anschließend folgen der sogenannte Plot und die damit verbundene Zukunft für meine ProtagonistInnen – eine Zukunft, in der ich die Geschichte vorab skizziere und meiner Fantasie freien Lauf lasse. Die freie Entscheidung zur kreativen Entfaltung.

Dennoch fließt immer auch ein Stück von mir selbst mit hinein. Dinge, die ich gesehen oder erlebt habe … Dinge, die mich inspirieren. Das kann mich persönlich betreffen – meine Familie, meine Freunde, Bekannte, Fremde. Manchmal sehe ich einen Film oder höre ein Lied, und vor meinem Auge entsteht eine eigene Szene.

Diesmal war es nicht anders.

Es lief gut, mein Plot stand – ich wusste, was geschehen sollte und welches Schicksal meine Figuren erwartete. Aber meistens kommt es anders, als man denkt.

Ein paar Tage, nachdem ich recherchiert und die ersten Seiten geschrieben hatte, besuchte mich meine große Schwester. Sie bat mich sie zu begleiten, da sie – nach einem Mammographie-Screening – ein Anschreiben bekommen hatte, in dem man sie zu einem Termin in eine Spezialklinik einlud. Bei der Aufnahme sei eine kleine Stelle in der rechten Brust entdeckt worden, die auffällig erschien. Hierbei müsse nicht automatisch mit dem Schlimmsten gerechnet werden, aber eine weitere Kontrolle sei in jedem Fall erforderlich … usw. usf. Klang nach Standardanschreiben, machte sie aber logischerweise trotzdem nervös – mich auch, obgleich aus anderen Gründen.

Ich redete auf sie ein, versuchte sie zu beruhigen und ihr immer wieder zu sagen, es sei vielleicht nur eine Zyste, und sie solle sich nicht verrückt machen. Aber wir alle wissen, das ist manchmal leichter gesagt als getan – vor allem, wenn es einen nicht selbst betrifft.

Ich weigerte mich trotzdem, das Schlimmste anzunehmen … Negativ denken zieht negative Energien an. Und obwohl es mir ein mehr als unangenehmes Gefühl gab, weil das Thema Krebs auch in meinem aktuellen Manuskript gerade einen Platz innehatte, wollte ich einfach nur daran glauben, dass alles gut würde. Positiv denken, *richtig* denken!

Natürlich begleitete ich sie zu besagtem Termin. Ein endlos langer Freitag. Draußen strahlte die Sonne vom Himmel – einer der ersten langen, warmen Tage in diesem Jahr … und wir hockten auf mehr oder weniger bequemen Stühlen im Wartebereich der Fachklinik. Es schien Stunden zu dauern, bis sie endlich vom Arztgespräch zum nächsten Mammographie-Screening, von dort zum Ultraschall und erneut zum Arztgespräch gerufen wurde. Die erste vorsichtige Diagnose war klar: *keine* Zyste. Eigentlich prima …

Der unangenehme Höhepunkt war jedoch die Entnahme einer Gewebeprobe, nach der sie nicht einmal mehr Auto fahren konnte, weil es ihr höllische Schmerzen bereitete, den Arm zu heben. Die histologischen Ergebnisse sollten in der Woche darauf kommen.

Zu diesem neuen Termin konnte ich sie leider nicht begleiten.

Als sie abends kam, um davon zu berichten, folgte das, was ich nicht hatte hören wollen.

Diagnose: *Brustkrebs*!

Obwohl der Tumor klein und bereits mit der Biopsie zum Großteil entfernt worden war, folgte kurzum eine zweite OP, in der das Gewebe um die betroffene Stelle ebenfalls beseitigt wurde. Eine Sicherheitsmaßnahme, um wirklich alle Tumorzellen auszumerzen. Danach reihten sich Bestrahlung, Medikamente, Arztbesuche usw. usf. aneinander. Erst in der Pathologie wurde endgültig klar, wie *viel* Glück sie tatsächlich hatte. Ein seltener, höchst aggressiver Krebs, der schnell wuchs und in alle Organe streute – früh genug entdeckt und entfernt.

Das Schicksal hatte es gut mit ihr gemeint, und sie hatte nicht – wie sonst so oft – diesen Termin zur Mammographie verschoben. Hätte sie ein halbes Jahr gewartet, hätte es alles verändert. Hätte sie ein ganzes Jahr gewartet, wäre es vermutlich zu spät gewesen.

Als Schwester war ich nur indirekt betroffen, und dennoch hat mich dieses Wissen die ganze Zeit nicht losgelassen. Wir sprachen ihr Mut zu, unterstützten sie in ihrer Zuversicht und waren uns doch bewusst darüber, wie glimpflich wir im Grunde alle davongekommen waren.

Doch wie vielen Menschen ist dieses Glück nicht vergönnt? Wie viele kämpfen, und verlieren trotzdem? Als Angehöriger fühlt man sich oft machtlos, manchmal vielleicht auch überfordert – und in viel zu vielen Fällen bleibt man zurück mit dem Schmerz und der Leere, weil man jemanden verloren hat, den man liebt.

Jedes Mal, wenn ich an meinem Manuskript weiterschrieb, begleitete mich dieses Wissen. Mit jeder Recherche, jedem Gespräch, jeder neuen Information wuchs das Bewusstsein, wie wichtig es ist, gut zu sich zu sein und auf sich Acht zu geben. Wir gehen oft so lieblos mit uns selbst um, fordern unseren Körper bis zum Äußersten und verlangen ständig, dass er funktioniert, wie wir es gewohnt sind – und viel zu selten hören wir auf die Warnsignale. Dabei muss es nicht ausgerechnet eine tödliche Krankheit sein – manchmal sind es scheinbar harmlose Kleinigkeiten.

Ständige Kopfschmerzen vielleicht, weil wir zu wenig trinken, der Rücken, der sich meldet, weil wir uns zu wenig oder falsch bewegen. Der Schmerz in uns, weil wir nach einer überstandenen Krankheit viel zu rasch wieder volle Leistung bringen wollen – und diese in vielen Fällen auch erwartet wird. Wir kommen gar nicht auf die Idee, kürzerzutreten, wir werden doch schließlich gebraucht. Aber was braucht unser Körper? Was brauchen wir?

Dieses Buch hat wesentlich länger gebraucht, als ich geplant hatte, weil es mich ständig grübeln und in meinem Tun innehalten ließ. Es war nicht so unkompliziert, wie ich es mir ausgemalt hatte, eine annehmbare Balance zu finden zwischen einer meiner leichten Liebesgeschichten und einem Thema, das mir schwerer als sonst im Magen lag. Ich wollte keinen traurigen Schicksalsroman schreiben, aber dennoch etwas ansprechen, das jeden treffen kann – entsprechend schwer ist es mir stellenweise gefallen, flüssig voranzukommen.

Diese Geschichte erhebt keinen Anspruch darauf, dass jeder Betroffene sich genau so fühlt … im Gegenteil. Jeder Mensch ist anders, jeder Mensch ist individuell, und jeder hat sein eigenes Empfinden, wie er in einer solchen Situation sein Leben meistert … mit allem, was dazugehört.

Viel zu oft bin ich von meinem eigentlichen Plot abgewichen, weil mich wieder Ereignisse und Geschichten des Alltags ablenkten und mir eine neue Richtung wiesen. Kleine Katastrophen, die meinen Alltag durcheinanderwirbelten und meinen Zeitplan mehr und mehr nach hinten verschoben. Zudem entwickelten Kirsten und Jeff ein regelrechtes Eigenleben in meinem Kopf, das mich zwischenzeitlich ganz schön nervte.

Das Schöne an einer Geschichte ist: Ich kann das Happy End selbst steuern. Ich muss nicht einfach nur darauf hoffen, ich *weiß*: Am Ende dieses Tunnels – in dem ich sitze und wo kein Zug mich mitnimmt – gibt es nicht nur ein Licht, sondern vor allem ein Ziel, das ich erreichen möchte. Ganz gleich wie lang der Weg ist, irgendwann komme ich an. Vielleicht nicht zu dem Zeitpunkt, den ich mir ausgesucht hatte, aber ich *komme* an.

Als ich den letzten Punkt unter diese Geschichte setzte, war ich erleichtert, weil sie mich mehr mitgenommen hatte als erwartet. Aber auch, weil ich mir mehr denn je bewusst wurde, dass das Leben nicht immer nur gute und sonnige Tage bereithält. Nach jedem Hoch folgt beizeiten auch ein Tief. Ich nehme es mir nur nicht mehr so sehr zu Herzen, weil ich viel mehr an dem festhalte, was mir guttut.

Momente mit den Menschen, die ich liebe. Momente, in denen ich mir selbst etwas Gutes tue. Das sollten wir alle … uns einfach eine Freude machen.

Erst vor ein paar Tagen hatte ich ein Gespräch mit einem sehr belesenen und warmherzigen Mann, und er erzählte mir vom *»Ich-Tag«*. Oft hat man den Terminkalender vollgepackt mit tausend Verpflichtungen – aber nirgends denkt man daran, sich selbst einen Tag freizuhalten. Wir funktionieren ständig und meist für andere. Aber wann denken wir an uns selbst? Wo ist dieser eine Tag, an dem wir nicht für Dritte durch die Weltgeschichte hetzen, sondern wirklich nur uns selbst glücklich machen? Ich habe ihn von nun an in meinem Kalender notiert. Einen Tag im Monat, ganz egal welcher, an dem ein gelber Notizzettel klebt, auf dem einfach nur ein einzelnes Wort steht: »ich«.

An diesem Tag nehme ich keine anderen Termine an … Ich plane auch nichts. Er gehört nur mir. Selbst wenn ich nichts anderes tue als morgens aufzustehen, spazieren zu gehen und mir danach mit meinen Lieben ein schönes Frühstück zu gönnen. Selbst wenn ich den ganzen Tag nur faul in der Ecke hocke und meine Gedanken schweifen lasse. Ich lasse den PC aus, stell' das Telefon lautlos und mache irgendwas, das *mir* guttut.

Wir sollten das alle tun. Spontan den Menschen an die Hand nehmen, den wir lieben, um im nächsten Park zu picknicken oder im Winter durch den Schnee zu stapfen. Jeder sollte sich seinen »Ich-Tag« gönnen. Auch wenn ihr eingespannt seid mit Familie & Co., versucht es euch zu organisieren. Das Leben ist stressig genug – seid gut zu euch selbst, genießt es. Gönnt euch diesen Augenblick – ob ganz allein oder mit euren Lieben. Das Leben ändert sich manchmal von einer Sekunde auf die andere. So viele ungenutzte Chancen, so viele ungesagte Worte. Wir sollten nicht warten und alles auf der langen Bank vor uns herschieben. Lasst uns das Leben feiern!

In diesem Sinne: Gebt auf euch Acht …

… und wer weiß: Vielleicht werden wir uns schon bald wieder begegnen.

Es gibt noch so viele Geschichten zu erzählen … von Stuart … und Ray … und, und, und … ;)

Weiterhin viel Spaß und fröhliches Lesen,
Ewa

ÜBER DIE AUTORIN

Ewa Aukett wurde 1974 im Oberbergischen Kreis geboren und lebt heute mit ihrer Familie, drei Hunden und mehr als zehn Katzen im Grünen.

Bereits als Kind erfand sie Geschichten, in denen die Helden durch schwere Zeiten gehen mussten, ehe alles gut wurde. Als Teenager schrieb sie für ihre Freundinnen Liebesgeschichten – vorzugsweise während des Unterrichts.

2013 gelangte sie auf die Selfpublishing-Plattform BookRix und landete als absoluter Newcomer mit **Outback – Unter australischer Sonne** einen Überraschungshit, dem der Nachfolger **Nur dieses eine Mal** in nichts nachstand. Auch die Folgeromane der Autorin begeisterten tausende von LeserInnen. Mit ihrer **Stunde der Drachen**-Reihe zeigte die Autorin ein breitgefächertes Repertoire an neuen Storys im Fantasy-Romance-Bereich, die in ihr schlummern.

2017 erschien **Fear & Desire** – Ewa Auketts erster Verlagstitel bei Bastei Entertainment.

Wenn sie nicht gerade tippend an ihrem Schreibtisch sitzt, zeichnet sie Comics, begeistert sich für mittelalterliche Riten und Bräuche und engagiert sich ehrenamtlich im Tierschutz.